中华译学佳言值字与

以中华为根 译与学并重

弘扬优秀文化 促进中外交流

拓展精神疆域 驱动思想创新

丁酉年冬月许钧撰 罗卫东书

中华译学馆·中世纪与文艺复兴译丛

许 钧 主持 郝田虎 主编

理论之后的莎士比亚

Shakespeare after Theory

[美] 戴维·斯科特·卡斯顿 著
David Scott Kastan
陈星 译 章燕 校

Routledge
Taylor & Francis Group

ZHEJIANG UNIVERSITY PRESS
浙江大学出版社

本书是国家社科基金重大项目
"弥尔顿作品集整理、翻译与研究"
（19ZDA298）阶段性成果

"中世纪与文艺复兴译丛"序言

　　根据广为流传的线性历史观，中世纪孕育了现代性，文艺复兴开启了现代世界，而中世纪和文艺复兴时期是中西文化进行较深层次接触和交流的肇始期。唐代传入我国的景教久已湮灭，我们存而不论；明末清初之际，西方古典和中世纪的一些思想观念，包括宗教、道德、政治学、地理学、数学等，已经借由来华的耶稣会士传播过来，与中国固有的儒家思想发生了发人深省的交汇和碰撞。这些耶稣会士借用中国文献里的"中古"一语来指称欧洲的中世纪。在晚清，西方来华传教士创办了《东西洋考每月统记传》等现代期刊，介绍西方的"文艺复兴"。改革开放以来，我国中世纪研究的最大成绩在于，学界已达成共识，中世纪并非"黑暗时代"，相反，该时期十分丰富、活跃。自20世纪90年代以来，学界逐渐就欧洲中世纪文化、文学、历史、宗教等的丰富性和复杂性达成共识，对欧洲中世纪的重新发现成为新时期的基本学术成就之一。文艺复兴运动是在中世纪基督教文化基础上发展起来的，文艺复兴文学和艺术表现了在基督教文化影响下形成的人文主义思想，莎士比亚是其中的杰出代表。在20世纪70年代末的改革开放发轫期，我国刚刚走出"文革"，人们热情肯定莎士比亚的价值和欧洲文艺复兴的划时代意义，喊出了弥尔顿式的"读书无禁区"的鲜明口号（文章发表于《读书》创刊号）。1978年，人民文学出版社隆重推出被搁置了十五年之久的《莎士比亚全集》（十一卷，朱生豪等译），大家奔走相告，争相购买；1979年，译制片《王子复仇记》放映后，一时间万人空巷。无论洛阳纸贵还是万人空巷，国人对于莎士比亚的空前热情激烈地释放出来，这代表着民众在久久的压抑后，对新的文艺复兴的恳切召唤。自那以后，经过几十年的努力，我国的中世纪和文艺复兴研究尽管存在不少问题，但在广度、深度、视野、方法、专业化、对外交流等诸多方面都做得越来越好。21世纪以来，相关研究达到了前所未有的水准，表现在研究队伍的扩大、研究领域的拓展、研究方法的多样化、专著数量和质量的提升、学术翻译的持续推进、国内外学术交流的常态化等。今年（2017年）是新文化运动一百周年，新文化运动的旗手之一胡适将这一运动命名为"中国的文艺复兴"（Chinese Renaissance），这一命名具有世界眼光，充满了中国情怀。在中国特色社会主义建设的新时代，近代以来饱经忧患的中华民族将迎来伟大复兴，这不仅是文艺复兴，而且是伟大的民族复兴。新时代伟大的民族复兴离不开中西文化交流和新文化建设，离不开对西方优秀的文化遗产，包括中世纪和文艺复兴文化遗产的扬弃和汲取。小众的中世纪和文艺复兴研究，包括文学、历史、哲学、政治学、艺术史、科学史等方面，不仅具有重大的学术价值，而且有助于深入理解今天的中国和世界，将有力地促进我国的新文化建设。因此，我们认为，"中世纪与文艺复兴译丛"的适时出版，是中西文化交流的必然需要，是新时代中国特色社会主义建设，尤其是新文化建设的迫切需要。读者朋友需要优秀的精神食粮，来丰富他们的头脑和文化生活。

西学研究离不开翻译，二者相辅相成。以文学领域为例，20世纪外国文学领域的老一辈学者，如吴宓（1894—1978）、冯至（1905—1993）、钱锺书（1910—1998）、卞之琳（1910—2000）、季羡林（1911—2009）、杨周翰（1915—1989）、王佐良（1916—1995）、李赋宁（1917—2004）等的辉煌实践告诉我们，研究和创作都离不开翻译，翻译和研究、翻译和创作，可以水乳交融，相辅相成。浙江大学外语学院从戚叔含、方重、陈嘉、张君川、索天章、鲍屡平等先生开始，即有从事早期英国文学研究的优良传统（这里所谓的"早期"，包括中世纪和文艺复兴两个时期）。杰出的莎剧翻译家朱生豪1933年毕业于浙江大学前身之一之江大学，主修中国文学，以英文为副科。著名但丁研究专家田德望先生曾在浙江大学教授英国文学史和但丁，他也是享誉中外的但丁翻译家。朱生豪、方重、鲍屡平、田德望等先贤，乃至早期欧洲文学专家李耀宗先生和早期英国文学专家沈弘教授等学界中坚的实践同样告诉我们，研究和创作都离不开翻译，翻译和研究、翻译和创作，可以水乳交融，相辅相成。因此，我们可以说，"中世纪与文艺复兴译丛"第一辑的及时出版，继承和发扬了浙江大学乃至新中国优良的外国文学研究传统，将有力地普及和推进我国的中世纪和文艺复兴研究。改革开放以来，我国的外国语言文学研究取得了长足进展，但依然任重而道远，译丛的出版是新时代学术进步和"双一流"学科建设的需要。脚踏实地，仰望星空，我们瞄准世界一流是在立足中国大地的基础上进行的，"拿来主义"和文化自信相互补充，并行不悖。

西方文艺复兴发端于14世纪意大利的佛罗伦萨，逐步扩展到全欧洲，在艺术、科学、文学、宗教、政治、思想等诸多领域引发了革命性的变革，奠定了现代世界的基础。文艺复兴得以成就有多种原因，其中一个重要因素是德国金匠谷登堡在15世纪中期发明了铅活字印刷术，对此，伊丽莎白·爱森斯坦等书籍史学者多有阐发。西方中世纪的教育和传播媒介主要是手稿，在铅活字印刷术发明和推广以后，历史发展加速了，一个美丽的新世界脱颖而出。五百多年过去了，"中世纪与文艺复兴译丛"的出版亦得益于传统的印刷媒介，浙江大学出版社张琛女士和包灵灵女士等人的不懈努力为译丛的顺利面世提供了不可或缺的重要保障。作为译丛主编，我谨向她们及其同事表示诚挚的谢意。

"中世纪与文艺复兴译丛"经过大半年的准备工作，计划分数辑出版，其中第一辑集中在文学领域，既有重要的作品选集，也有重要的批评著作。选题以学术水平和翻译质量为标准，同时兼顾中国图书市场的需要。第一辑的顺利推出，显然离不开各位译者的鼎力支持，尤其是胡家峦教授、李耀宗先生和沈弘教授三位优秀的前辈学者，他们对我的信任是我持续前进的动力。我在此向他们表示感谢和敬意。从第二辑开始，译丛将拓展疆域，涉及文学之外的其他领域，包括历史、哲学、宗教、政治学、艺术史、科学史等诸多方面。

"Tomorrow to fresh woods, and pastures new"——弥尔顿的名句激励我们将"中世纪与文艺复兴译丛"做成真正跨学科的高水平出版物。每一辑都包括文艺复兴的内容，也包括中世纪的内容，中世纪是这套译丛的特色。译丛的目标读者是专业研究人员和大学文化程度以上的博雅之士。

"中世纪与文艺复兴译丛"是著名翻译家许钧教授主持的"浙江大学中华译学馆"所推进的重要的学术与文学译介项目。译丛的出版，尤其是第一本书《斯宾塞诗歌选集》（胡家峦教授译）的问世，直接受益于许钧教授的关怀、指导和帮助。"中世纪与文艺复兴译丛"是许钧教授主持的意义深远的集体事业的一分子，也是光荣的一分子。这是需要向读者诸君说明的。译丛得以出世还有一个契机，即2016年12月30日浙江大学外语学院中世纪与文艺复兴研究中心的成立。中心的成立，得到了学院领导，包括两任院长何莲珍教授和程工教授以及褚超孚书记的直接关怀和大力支持。他们不仅勤勉敬业，堪为我辈楷模，而且是有视野有眼光的好领导。中世纪与文艺复兴研究中心是中国高校第一家同类的研究机构，学院领导做出决策是需要学术眼光和破冰的勇气的。正是在中心成立以后，在诸位同仁的持续努力下，才有了与浙江大学出版社的洽谈和合作，才有了"中世纪与文艺复兴译丛"这个可爱的孩子。他，是长子。

是为序。欢迎各位读者批评指正。

郝田虎

2017年11月8日夜于求是村

译者前言

　　戴维·斯科特·卡斯顿教授的专著《理论之后的莎士比亚》（*Shakespeare after Theory*）出版于1999年。那时，"理论（Theory）"已经主导西方文化研究和文学批评近30年，学界对其态度出现了明显的变化，已从先前的趋之若鹜到此时的群起批之，1985年，菲什（Stanley Fish）甚至宣称"理论的日子快走到头了"①（不过站在21世纪的今天来看，他有点言之过早）。到新旧世纪交替之际，西方学术圈内外对"理论"批评的声音似乎越发响亮起来，正如卡斯顿在本书中指出的："人们常常哀悼文学已死，而至少在某些圈子里，将文学之死（倘不论西方世界本身的岌岌可危）归咎于文学研究的新发展已成为时尚。"（23）②"'理论'便是人们所察觉到的这些危险的总称……人们不仅将文学文化的衰落怪罪于它，还将道德的堕落以及共同人性这一概念的消失都算在了它头上。"

---

　　① Fish, Stanley. "Consequences." *Against Theory: Literary Studies and the New Pragmaticism*. Ed. W. J. T. Mitchell. Chicago: Univ. of Chicago Press, 1985. 106–131. p. 128.
　　② 文中《理论之后的莎士比亚》引文后括号内为此中译本边码。

（24）然而，卡斯顿进一步指出，由于"理论"从本质上说是一个"复数概念，指的是**各种理论**，各式各样的范式与学术兴趣并置搭配"（26），所以实际上，往往一种文学文化理论热度退去，另一种对之进行反思、纠正、改良的理论便会顺势而上，取而代之。因此，虽然一个时期内某**一种**理论的"日子"或许的确是"到了头"，但总的来说，被学术圈内外都看作单一整体的、学术原则层面上的"理论"研究与实践，实际上在文学批评和研究领域似乎依旧"江山永固"。

在《理论之后的莎士比亚》出版之时，占据英美——特别是美国——文学文化研究主流地位的具体理论是新历史主义。它最早出现在莎士比亚研究中，并迅速渗透扩张到文学文化研究的其他领域。尽管其提出与倡导者格林布拉特（Stephen Greenblatt）和加拉格尔（Catherine Gallagher）一直坚称他们拒绝将新历史主义实践系统化（换言之即"理论化"），而且新历史主义也的确一直未能形成一个具有统一方法论的学术流派（甚至连格林布拉特本人在前期与后期对新历史主义的看法与实践也不尽相同），但不可否认的是，它对权力、文化与文本之间的关系进行了抽象甚至程式化的分析，并成了多数文学学习和研究者探究文学作品，尤其是文艺复兴时期文学作品的原则和方法指导。从这个角度说，在该学术圈内外的许多人眼中，它的确是一种理论（在欧美各大学术出版社推出的文学理论导读或综述类书籍中也能找到对它的介绍和分析）。不过，尽管是"理论"中较新的一支，自20世纪80年代新历史主义以挑战新批评的姿态首次出现，至1999年，它也已经主导文艺复兴文学文化研究与批评近20

年，并且同广泛意义上的"理论"一样，开始频繁受到学者们的质疑和批评。

从《理论之后的莎士比亚》这个书名不难看出，卡斯顿的这部专著讨论的也是关于理论何去何从以及文学文化研究未来的大问题。而据其开宗明义第一句话"本书探讨以历史视角解读莎士比亚——或者更准确地说，探讨一种以历史视角解读莎士比亚的具体方法"（15），我们或可认为，书名中的"理论"，除了指作为学科类别的、单数意义上的理论外，也特别针对新历史主义这一在当时占据主流地位的文学文化理论。实际上，本书出版后，曾有书评家半开玩笑地说："从许多方面看，戴维·斯科特·卡斯顿这本文笔晓畅的专著可以改名为《新历史主义之后的莎士比亚》。"①而从卡斯顿在本书中的主要批评对象以及个人文学批评实践来看，他的确对新历史主义多有针砭。但在我看来，虽然从具体研究方法来说，卡斯顿对新历史主义式的"历史解读"多有批评和纠正，但其关于莎学以及文学研究的新倡议其实针对的是广泛意义上的"理论"。

部分读者之所以对《理论之后的莎士比亚》产生误解，很可能在于他们误读了"after（之后）"。考虑到专著出版时社会和学界对理论的普遍态度，"理论之后（after Theory）"这样的措辞很容易让当时的读者误认为这是又一部论述"理论已死"、与理论研究划清界限的论著。专著出版后，各学术

---

① Chamberlain, Stephanie. Review of *Shakespeare after Theory* by David Scott Kastan. *The Sixteenth Century Journal* 32.1 (2001): 234–235. p. 234.

期刊上所刊登的书评中，颇有一些批评意见，主要认为卡斯顿"理论之后"的莎士比亚解读似乎并未摆脱理论，因为在作者本人的研究实践中，各种理论，尤其是新历史主义的影响依旧清晰可见。

　　然而，卡斯顿在本书中实际倡导与实践的，并非是抛弃理论的"遗产"，全盘否认理论的作用，去提出一种与理论毫无关系的、全新的文学文化研究法——事实上，这也是不可能做到的。正如他在与书名同题的第一章中所指出的那样，理论"彻底重塑了我们对于文化意义的理解，这一重塑对文学研究具有深远的影响"（27），而这种影响是不可逆的。理论对于文学文化研究的巨大贡献，在于成功地挑战了传统文学批评中一些自然形成、未经细审、有臆断之嫌的概念和思维模式。卡斯顿指出，在这一方面，它的各项主张都令人信服、富有成效。从这个角度说，理论是永远不会"死"的，因为在有了理论之后，我们看待和研究社会、文化、文学的思维方式已经发生了根本性的转变，而任何可能被提出的新研究原则路径，不论是顺应还是反对现有理论，都无法回避过往迄今的各种理论，或与之隔绝。

　　与此同时，卡斯顿也指出，理论的繁盛时代的确已经过去，但这并非因为它已经或是可能被推翻，而是它一方面已圆满地完成了挑战传统文学文化研究思维的使命，一方面又"无法依照自己的论述体系提供令人信服的替代方案"（28）。换言之，理论已经成功地砸碎了旧世界，但无力建造一个新世界。在卡斯顿看来，这正是理论之后的文学文化研究需要做的事情：做更具有"建设性"的研究。而所谓"理论之后"，意味着文学和文化研究者一方面要认真且理性地对待过去几十年里各种理论的影响，另一方面则需要回应这些理论带来的重大挑战，"不是拿出更多的理论，而是拿出更多的事实"（31），即针对所研究的文学文化现象进行更为严格、更为细致的历史解读。

乍看之下，卡斯顿的新主张——他与好友戏称之为"新无聊主义"（18）——与新历史主义不无相似之处，两者似乎都致力于探索文学文本及产生该文本的社会与文化之间的联系。但实际上，卡斯顿的"新无聊主义"（相信本书的读者将会发现，它其实丝毫不无聊）与格林布拉特等倡导的新历史主义之间至少有两个重大不同。

与专注于探索与展示文化身处之政治权力流通网的新历史主义的第一个重大不同在于，卡斯顿特别关注的是作为物质实体且既是社会事实又是艺术作品的戏剧"文本"的生产和传播过程。在这一过程中，文本经由作者创作，然后受到审查者、演员、提词人、合著人、评注者、修订者、书商、誊写员、排字工、印刷工、校对员、观众、读者等相关人员有意无意的干涉、影响，不断成型，又不断变化，直至最终定型。显然，决定一部作品的，并不仅仅是作者的意图，还有所有那些相关人员各具个性甚至对立互斥的意图。身处后世的文学文化研究者，只有探究这一复杂过程中的种种细节，方可对一部文学作品及其所处的社会、历史与文化产生全面的认识。卡斯顿在本书中指出，文学研究不应是"对作者以某种方式隐藏在文本中之独特专属意义的揭示，而是对文本本身的发现，这种文本反映出它得以问世是合作活动的结果"（38）。

卡斯顿的这一关注重点，应与他本人长期从事早期现代文学文本的校订编辑工作不无关系。作为第三版亚登版莎士比亚全集（Arden Shakespeare）的总主编之一，以及亚登版《亨利四世上篇》的编校者（且不论其他大量编校成果），卡斯顿具有丰富的书志学知识，对诸多早期现代手稿与印刷文本版本的流传以及戏剧行业与出版行业内部的运作十分了解。组成本书的十二章文论中，有三章（"文化的机制——今天的莎士比亚作品校订""印刷本中的莎士比亚""'死在诸位的严厉批评之下'——奥尔德卡斯尔和福斯塔夫与《亨利四世上篇》的修订文本"，它们共同构成了专著的第二部分"历史中的文本"）便从莎士比亚作品的印刷、出版、和校订入手，展开关于文本的物质性、印刷出版程序以及"作者"概念之流变的讨论。其他各章对早期戏剧文本的印刷与出版也多有涉及。但卡斯顿的讨论并未止步于文艺复兴时期英格兰的出版业界运作，而是由具体文本印刷出版过程以及该过程给当代校订带来的困难与挑战出发，深入探讨相关的社会、政治、宗教的变迁。例如，"'死在诸位的严厉批评之下'——奥尔德卡斯尔和福斯塔夫与《亨利四世上篇》的修订文本"一章，便提出现当代《亨利四世》校订本中是否应该以"奥尔德卡斯尔（Oldcastle）"来替换一直沿用至今的"福斯塔夫（Falstaff）"一名这一问题，因为前者据信是莎士比亚创作之初想使用的名字。卡斯顿由此着手，探讨了英格兰的宗教改革、伊丽莎白时代戏剧的审查制度以及《亨利四世》的演出与观众反馈。实际上，在本书出版两年之后，卡斯顿又推出了专著《莎士比亚与书》(*Shakespeare and the Book*, 2001)，通过自己的研究实践，充分展示了如何"拿出更多的事实"(31)、"更关注具体细节"(18)，以此来推动文学文化研究发展。

卡斯顿的新主张与新历史主义的第二个重大不同在于，除了文本成型过程中必然经历多重意图的合作与冲突这一认识外，并未对历史与文本的关系做任何预设。新历史主义的历史解读，实际上存在某种"套路"。它对历史与文本关系做了预设：文本处于政治权力网中，而权力在该网中是流通的，因此不论一个文本表面上是支持还是反对现行政治和政权，它实际上都是权力阶级掌控话语权的体现。其文本研究和解读处于此预设逻辑的框架之中，通过"逸事化叙事方式以及习惯性地指向具体历史时间的姿态……用某种稀奇古怪的事件带出一个文化原理，然后又在一个正典文本中发现该原理"(29)。而在卡斯顿看来，这样的研究，不仅不是"真正的历史研究实践"(30)，而且也不够"新"。它实际上依旧是形式主义研究，只不过研究对象由文学文本拓展到了社会"文本"，将文化视作由同一套符号和规范塑形、构建的合理体系，因此能够通过其中的单个符号推演出其他符号，并据以推断出文化社会的全貌。而说它不够"新"，不仅在于它是形式主义的重演，而且在于它与之前饱受诟病的、以蒂利亚德(E. M. W. Tillyard)"伊丽莎白时代世界图景"史观为代表的"旧"历史主义并无本质不同：两者都将莎士比亚所处的社会看作由一套统一的逻辑所机械构建的，且该逻辑渗透了所有文学、文化以及其他形式的社会"文本"——只不过蒂利亚德将这套逻辑简单地归为"巨大的存在链",而新历史主义则用"权力流通"的概念将它分析得略为丰富复杂一些罢了。

相较之下,想要总结出卡斯顿所主张的历史解读的"模式",便要困难得多。若非要说他有什么"套路"的话,那便是通过充分探究历史细节,用历史事实说话,以扭转今人对于文艺复兴时期社会、历史与莎士比亚作品的一些几乎已经固化了的误解。如果说在本书的第三部分中,卡斯顿主要通过书志学、版本学方面的莎学研究,充分展示了"拿出更多的事实"和"更关注具体细节"对于早期现代文学研究的必要性,那么在第四部分"作为历史的文本"的五章以及构成第五部分"尾声:关闭剧院"的最后一章中,他则将研究推至更广泛的文学文化研究天地。

可以说,这六章中的论述都围绕"权力"这个主题展开。然而,不同于一贯认为"颠覆性原本就产生于权力,并推进权力之目标"[1]的新历史主义,在一系列以莎士比亚的英国历史剧为主要研究对象的各章中,卡斯顿通过探索伊丽莎白女王和詹姆斯一世执政时期英格兰的戏剧演出、观众构成、剧院选址、异装传统、演员地位等客观事实,有效地展示了基于所谓"特权可视度"之王权的脆弱,剖析了植根于"张扬的君权"(117)中的君臣关系矛盾,探讨了此矛盾带来颠覆(尤其是舞台演出所隐含的颠覆)的真实可能性。此

---

① Greenblatt, Stephan. *Shakespearean Negotiations: The Circulation of Social Energy in Renaissance England.* Berkeley: Univ. of California Press, 1988. p. 30.

外，在关于《麦克白》的论述中，通过细究中世纪苏格兰的王位继承制度，以及细读戏剧中对于镜像情节近乎偏执的使用，卡斯顿剖析了"合法王权"这一概念，并质疑了传统文学评论对于该剧中暴力场景的伦理道德式解读。在"'米兰公爵和他卓越的儿子'——《暴风雨》中的新旧历史"一章中，他通过分析《暴风雨》成剧时欧洲大陆上的王朝危机，有力地证明了此剧与17世纪的欧洲大陆王朝政治而非北美新大陆的殖民活动关联更紧密，而如今几乎已被默认为《暴风雨》研究正统模式的殖民主义与后殖民主义解读，与其说能够帮助今人理解此剧，不如说是"焦虑的后殖民时代"（185）自身的真实写照。在终章"'公共娱乐'与'公共灾难'——戏剧、表演、政治"中，卡斯顿通过细读17世纪英格兰议会就戏剧演出与书籍印刷所颁布的种种法令，结合英国内战时期保王派与议会派的斗争，以及民众在此时期扮演的角色和所起的作用，重新追溯、分析了议会关闭剧院的主要动机。在传统认识中，议会关闭剧院，一方面是因为随着清教派得势，反戏剧思想成为道德规范的主流，另一方面则是因为剧院和剧作家的政治站位偏向保王派。卡斯顿在前几章中的论述里，已证明了第二种认识对于英国文艺复兴时期的权力机制与戏剧运作存在误会；而在本章中，除了进一步巩固此论证外，他还通过梳理议会禁戏法令颁布时间线的方式，证明了主导此决定的并非"清教主义"（这本身便是一个意义含糊的标签）的宗教热忱，也非单纯为了"反保王党"，而"归根结底主要是为了防止骚乱，稳定政局"（215），因为戏剧，尤其舞台敷演而非书商出版的公共戏剧，"是激进派打破平静、破坏稳定言论的回响，不是因为戏剧呈现了他们的话语内容，而是因为它再造了他们那种未经正统化的说话方式"（220）。

卡斯顿的论述旁征博引，史料翔实，论题广泛。对于英国文艺复兴文学文化的学习者来说，研读本书可以大大拓展我们对于该时期政治制度、社会习俗、剧院运作等方面的历史知识。然而，若要说这本专著有什么不足，似乎也恰恰在此：卡斯顿对"理论之后的莎士比亚"的解读中，有大量他所主张的"理论之后"的文本解读实践，也即"拿出更多的事实"，但似乎没有更多的莎士比亚。尽管（除了"尾声：关闭剧院"一章之外的）每一章的论述都基于某一部或几部莎士比亚作品，卡斯顿在论述和证明自己观点的过程中也信手引用了相关莎剧的情节和台词，但总的来说，就像对本书总体持极为欣赏态度的莎学家哈利奥（Jay L. Halio）所指出的："不说别的，卡斯顿的论述中绝对是充满了研究文学，特别是研究莎士比亚戏剧所需要的历史文化背景的。我必须承认，有的时候，读他关于这些戏剧创作时的历史基础的讨论，我会本末倒置，只关注历史细节。而另外一些时候，在论述中，他聚焦的就是历史背景，而不是这些戏剧。"①哈利奥口中的"另外一些时候"，特指专著中的第八章"这（莎士比亚时期的）文本里有阶级么？"。该章只在结尾处匆匆地探讨了一下《李尔王》中埃德伽异装扮作"装疯乞丐"对于推动戏

---

① Halio, Jay L. Review of *Shakespeare after Theory* by David Scott Kastan. *Shakespeare Bulletin* 18.3 (2000): 41–42. p. 41.

剧情节发展与构建戏剧主旨的作用，其五分之四的内容都在讨论伊丽莎白时代的舞台异装传统和演员社会地位问题。然而，实际上，在我看来，专著的十二章中，除了论述"《麦克白》与'君主之名'"的一章确实做到了将历史背景与文本精读巧妙结合之外，其他各章都恰如哈利奥所说的"聚焦的就是历史背景"，而不是戏剧作品本身。

　　鉴于卡斯顿本人文学研究的重要指导性认识，即"作者意图"只是促成文学文本成型的诸多且往往互相矛盾的意图中的一个，"原作者"或"作者著述"只是一个理想概念，对于文学研究并无实质性的指导意义。他在自己的具体研究实践中大大弱化了"莎士比亚戏剧"的概念，将审视的目光集中在左右其成剧、流传、接受的其他意图上，这种做法是与他自己的主张相符合的。而从这个角度说，卡斯顿的立场与包括新历史主义在内的各种现当代文学文化理论也是一致的，即坚持一种"反人文主义"①主张，拒绝承认（或至少回避讨论）人类个体具有内在特性，将每一个个体都视为被牢固地束缚在以物质为基础的社会习俗和规范之网络中，为社会的主流意识形态和文化所左右。因此，一部艺术作品并不是单一艺术家的独立创作，而是一种社会产物。卡斯顿深究历史细节、挖掘出更多的历史事实，这可以帮助当代研究者更好地看到"主流意识形态和文化"内部的非均质性本质，但实际上依旧没有回答例如"莎士比亚戏剧何以为**莎士比亚**

---

① Parvini, Neema. *Shakespeare and Contemporary Theory: New Historicism and Cultural Materialism.* London: Bloomsbury, 2012. p. 48.

戏剧"这样的基本问题。

问题就在于，在不尝试回答这类问题的情况下，文学研究是否能向着卡斯顿所展望的"更有建设性"的方向发展？我对此稍有疑虑。如果文学研究只沿着卡斯顿设计的"拿出更多的事实"的这一条方向发展（从《理论之后的莎士比亚》出版至今20年间的文学研究实践看，它也的确基本是沿这一条轨道行进的），那么它的研究成果的确可以比新历史主义或者其他文学理论近乎"套路"式的研究成果更为丰富多彩，或许也可以更加接近某些历史真相，但依然无法正面回复人们对"文学已死"以及"文学研究已死"的忧虑，因为它的确一方面通过无限扩张"文学文本"场域，另一方面通过回避讨论文学作者创作个性的方式，逐渐将文学研究变成"他学"研究，借文学将我们的目光和精力引向其他（或许在世人眼中更有价值的）学科——历史、政治、医学，甚至计算机和人工智能。当然，若以卡斯顿的解释看，这也并非问题：这样的做法并没有把文学变成"另一种东西"，因为文学从来都是"另外一种东西"。"它的意义源自历史、心理、伦理、哲学以及意识形态。它的规则来自修辞学、语言学和美学。它是一种商品、一种癖好。"（47）然而，不可否认的是，一部文学作品得以诞生，确实需要某个个体将这些意义、规则以某种独特的方式聚合在一起。而正是此个体的某一方面的特殊性，使得这一件"商品"有与众不同之处，成为后世认识中的文学作品甚至文学经典，而不是某条流水线上区区一件产品。

的确，引入其他客观性和规则性更显著的学科的研究方法，回避谈论主观性极强的"作家意图"和"艺术特性"，能够使文学研究变得更加冷静、客观、科学，从而具备符合当代要求的学科特征。但也必须注意到，这样的做法实际上也把所有的文学作品变成了"同样的"文学作品。一位学者曾抱怨过："如果说戏剧固有的社会性和性别性异装是判定是否有颠覆性意图的标准，那么《珀金·沃贝克》就和《李尔王》一样重要，《爱之变形》就和《第十二夜》一样成功……探究莎士比亚戏剧，却认定他的诗歌本身无关紧要，这样的解读方式有何意义？"[①]这种说法或许有些过激：这样的解读的确是有其意义的，它能够让我们对于抽象意义上的"文学"及其结构和运作机制有相对客观、理智的认识，但它可能并不有助于我们充分理解具体一部文学作品的魅力所在，也无法解决例如"为什么如今被奉为文艺复兴戏剧创作巅峰的剧作家是莎士比亚而非福德（John Ford）或者布罗姆（Richard Brome）"这类看似不值一提却应该得到探讨的问题。

文学研究想要向着有建设性的方向发展，除了如卡斯顿呼吁的那样，要沿着更细致严格的历史解读轨道走下去之外，也应至少将部分注意力放回到作品语言和体裁上，也即从"社会文本"回归"文学文本"。实际上，从研究理念层面说，卡斯顿本人并没有将此排斥在外，他的"文本背景"概念中包含了"各种历史的和非历史的（如伦理的、心理的、神学的，甚或还可说，审美的）背景"（196），只是在这本专

---

① Ryan, Kiernan. Review of *Shakespeare after Theory* by David Scott Kastan. *Shakespeare Studies* 30 (2002): 288–294. p. 292.

著收录的文论中，他尚无暇顾及"审美"。尽管如此，本书仍是一部对于推进莎学研究有着极其重要作用的论著。在理论之后，卡斯顿展示了何为真正有效的历史解读。

在有幸获得翻译《理论之后的莎士比亚》这一宝贵机会之初，我曾给卡斯顿教授去信，表示自己受此重任，心有惴惴。卡斯顿教授在回信中给了我热情的鼓励，并提前欢迎我的"译者意图"加入他这本已汇集了"作者意图""编者意图""出版社意图"等多重意图的"合作之作"中。卡斯顿教授的学者气度，特别是对外国青年学人的宽宏和支持令我十分感动。不过我想，如果说我作为译者有什么意图的话，那便是尽我所能，在中文中忠实重现我所面对的文本。而这不仅意味着准确传达原作文字承载的信息，也包括再现原作的体裁特征和语言风格。

本书的多数章节，在结集成书前都曾分别以单篇论文的形式发表在英美各大文学研究期刊上。换言之，它们是严谨、高深的专业研究报告，面对的是具有较高文化水平、较深专业素养、眼光老辣挑剔的读者，其内容的独创性自不待言，其语言风格亦与之相得益彰。作者为表达自己深刻、复杂、谨严的"长思维"观点，并不追求直白通俗、一目了然。相反，他行文字斟句酌、严谨缜密。在下定义、做结论时几乎总是使用所谓的"长难句"，其中各种从句层层套叠、环环相扣，细致、准确地限定修饰自己的每个说法和观点。这样的行文，使得读者阅读时必须全神贯注，认真分析理解文句中各成分间的逻辑关系，结合上下文反复思索，方能真正解读作者的观点。

　　对于这样的句子，若囿于"汉语中不用长难句"的偏见（尽管实际上即使在以精练文言文写成的《史记》中，也有"将以愧天下后世之为人臣怀二心以事其君者也"这样看上去颇有"翻译腔"的句子），译成汉语时"掰开揉碎"，打乱重组，往往会变成累赘臃肿、拖沓重复的句子，完全失去原文的韵味，根本无法还原此书应有的阅读体验。考虑到译文读者群的文化水准和学术素养，我在翻译时尽最大努力复现原作学术语言的风采。当然，囿于个人水平，是否成功，尚祈读者批评、指正。

　　因此，恰如卡斯顿教授所预见的那样，这部译著中除了有他原本的作者意图外，也的确不可避免地带上了某种"译者意图"。而同样如他在给我的信中所说的那样，《理论之后的莎士比亚》的中译本最终是一部"合作之作"：翻译过程中，我得到了郝田虎教授和章燕教授专业的指点；出版过程中，又承蒙本书的责任编辑张颖琪老师和祁潇老师的悉心校核。在此，谨向他们表示由衷的感谢。

陈　星

致　谢

　　一本旨在说明任何智力成果都必然出于合作的书当乐于表明自己在社会和知识层面受惠于何人，我也愿意这样做，只是担心这么做时自己会在无意中漏提某位合作者，或者难免会提及某个名字，而其本人并不想公开自己与本书所论及内容的关系。无论如何，我还是开始吧，尽管不胜惶恐，因为我所获得的帮助，仅此鸣谢并不足以回报。

　　我有幸拥有一群好友。玛格莱塔·德格拉齐亚（Margareta de Grazia）、玛格丽特·弗格森（Margaret Ferguson）、莉萨·贾丁（Lisa Jardine）、克莱尔·麦凯克伦（Claire McEachern）、弗朗哥·莫雷蒂（Franco Moretti）、芭芭拉·莫厄特（Barbara Mowat）、斯蒂芬·奥格尔（Stephen Orgel）、威廉·谢尔曼（William Sherman）、布莱尔·沃登（Blair Worden）以及史蒂文·兹维克（Steven Zwicker），他们一直是我最好的读者、回应人，常常还是餐友，是他们在很大程度上让我理解了我所做的工作，并且让我体会了做这件事的乐趣。戴维·阿米蒂奇（David Armitage）放弃了文学研究，我却因此得到多到异乎寻常的好处，因为他是我在早期现代英格兰历史研究中极其细致、耐心的引路人。尽管一起喝咖啡时总是我买单，我恐怕还是亏欠于他。吉姆·夏皮罗（Jim Shapiro）是我的朋友中最慷慨大方的一个，而且，除了我的家人外，最乐于见到本书完成的无疑就是他了。他和琼·霍华德（Jean Howard）是我真正意义上的同事，让我在哥伦比亚大学做文艺复兴研究时心中始终充满快乐和骄傲。尽管本书的任何不足都与此处提到的其他人无关，彼得·斯塔利布拉斯（Peter Stallybrass）可无法轻易脱身。在本书写作过程中，他一直给我以灵感、鼓励、刺激、指导（实话实说，往往还有干扰），我敢肯定，书中大多数的不足不知怎的都是他的错。

　　其他的朋友们为我提供了展示本书最初几稿的极好机会，将其引入了其他学术圈，他们是玛吉·加伯（Marge Garber）、阿尔·布劳恩穆勒（Al Braunmuller）、戴维·辛普森（David Simpson）、彼得·莱克（Peter Lake）、詹妮弗·洛（Jennifer Low）、理查德·麦克伊（Richard McCoy）、史蒂文·平卡斯（Steven Pincus）以及罗伊·里奇（Roy Ritchie）。我还有几位远方的朋友，他们是伦敦的戴维·特罗特（David Trotter）、斯特拉特福的彼得·霍兰（Peter Holland）、哥本哈根的彼得·马森（Peter Madsen）和尼尔斯·汉森（Niels Hansen）、开罗的丹尼尔·维特库斯（Daniel Vitkus）以及布达佩斯的伊斯特万·盖海尔（István Géher）（本书最终采取这一形式，实际上正是蒙其所教）。本书成形过程中，我目前和过去的学生也起了重要的作用，他们和我一道进行新的探索，让我的学术生活一直充满乐趣。他们都在我的心中，不过要在此明确提及的有海迪·布雷曼（Heidi Brayman）、道格拉斯·布鲁克斯（Douglas Brooks）、帕特·卡希尔（Pat Cahill）、阿兰·法默（Alan Farmer）、威廉·科尔布莱纳

（William Kolbrener）、杰斯·兰德（Jesse Lander）、扎卡里·莱塞（Zachary Lesser）以及克洛伊·惠特利（Chloe Wheatley），当时他们被看作"年轻的提坦"，他们确实就是。

本书某些章节的早期版本曾发表过：第一章的一稿发表在 *Textus* 9 (1997): 357–374；第二章的一稿发表在 *Shakespeare Studies* 24 (1996): 26–33；第六章的一稿发表在 *Shakespeare Quarterly* 37 (1986): 459–475；第七章的一稿收录在 *Shakespeare Left and Right*, ed. Ivo Kamps (New York and London: Routledge, 1991), pp. 241–258；第八章的一稿发表在 *Renaissance Drama* 24 (1995): 101–121；以及第十章的一稿收录在 *Critical Essays on Shakespeare's "The Tempest,"* ed. Alden and Ginger Vaughan (New York: G. K. Hall, 1998), pp. 91–106。感谢这些出版者允许我在此使用各文的修改稿。也感谢比尔·杰尔马诺（Bill Germano）一直以来对此项目的信心和耐心。

11

目 录

第一部分 绪 论

绪论：以历史视角解读莎士比亚 / 3

第二部分 召唤历史

第一章 理论之后的莎士比亚 / 11

第二章 我们现在跨学科了吗？ / 39

第三部分 历史中的文本

第三章 文化的机制

——今天的莎士比亚作品校订 / 57

第四章 印刷本中的莎士比亚 / 74

第五章 "死在诸位的严厉批评之下"

——奥尔德卡斯尔和福斯塔夫与《亨利四

世上篇》的修订文本 / 104

第四部分 作为历史的文本

第六章 "君王变臣民"

——早期现代舞台上权威的刻画 / 127

第七章　"国王令好多人穿着他的战袍应战"，或
　　　　曰：爸爸，打仗时你做什么了？　/ 154

第八章　这（莎士比亚时期的）文本里有
　　　　阶级吗？　/ 180

第九章　《麦克白》与"君主之名"　/ 202

第十章　"米兰公爵和他卓越的儿子"
　　　　——《暴风雨》中的新旧历史　/ 227

第五部分　尾声：关闭剧院

第十一章　"公共娱乐"与"公共灾难"
　　　　　——戏剧、表演与政治　/ 251

注　释　/279

索　引　/337

第一部分

绪　论

　　说对真义的找寻止于历史，仿佛历史是它的终点，这……绝非事实。相反，无论哪场找寻真义之旅，起点都是历史。

——克洛德·列维-施特劳斯（Claude Lévi-Strauss）

绪论：以历史视角解读莎士比亚

　　本书探讨以历史视角解读莎士比亚——或者更准确地说，探讨一种以历史视角解读莎士比亚的具体方法。[1]书中将讨论莎士比亚戏剧当初传播的各种形式、这些戏剧创作时的思想与制度背景，以及当时的观众和读者在体验这些戏剧时产生了何种想法。要以历史角度解读莎士比亚，当然还有其他的方法；其他时期的历史对我们来说或许也很重要，而且显然我们自己的历史也绝非无足轻重。莎士比亚戏剧总是身处历史、饱含历史。这些文本在初创时便被历史打上了印记，而随着人们排演、阅读它们，这些文本也在不断地吸收新的历史。不过，本书要做的是还原莎士比亚之艺术才能得以实现、得以产生意义的原始环境：演绎这些戏剧的剧团与剧场的合作方式、出版这些剧本的图书业界的习惯做法，以及最初的各类受众群体在接触这些戏剧时（即英格兰都铎王朝末期及斯图亚特王朝早期）那风云变幻的政局。

人们为何想要了解这些，这也许（或应该）是不言而喻的。但几乎从一开始，人们就认为莎士比亚的作品异乎寻常，难以进行此类解读。其公认的普适性让此类解读看上去几乎是一种侮辱，贬损了这些作品的意义。柯尔律治（Coleridge）道出了19世纪时人们对他的看法：他"不限于任何时代"[2]，但首先认识到其永恒性的并非19世纪，甚至也不是让他永垂不朽的1623年版第一对开本，尽管在他辞世不到七年后，本·琼生（Ben Jonson）便在第一对开本中称他"不属一时，当归万世"。莎士比亚尚在世时，人们就已经在讴歌他的不朽了：1609年版《十四行诗集》的扉页宣称他是"我们不朽的诗人"。的确，要说哪位诗人当得起"不朽"之名，那毫无疑问非莎士比亚莫属。在莎士比亚研究中，人们最熟悉的套话便是"他是我们的同辈"，尽管事实上，有点像是克劳狄奥[①]扭曲想象中那位轻浮不贞、人尽可夫的希罗，他一直都是所有人的同辈。

自莎士比亚逝世以来，每一个时代的人似乎都曾宣称过他属于自己的时代。他现在是我们剧作家中的一员，就如同他是18世纪和19世纪剧作家中的一员。随便看一下任何一家剧院的常备剧目单就能证明这一点。然而，尽管他的确与其身后的种种文化融洽无间，而他同时代中能做到这一点的再

---

① 译注（文中脚注均为译注，以下省略"译注"二字）：本书中莎士比亚剧名、剧中人名以及地名的译法均从朱生豪译本（人民文学出版社，2010年，八卷本），台词译文同时借鉴了朱生豪译本与梁实秋译本（中国广播电视出版社、远东图书公司，2001年，单剧单行本）。

克劳狄奥和希罗是莎士比亚喜剧《无事生非》中的一对情侣。克劳狄奥向希罗求婚，得到希罗父亲的许可。但在婚礼上克劳狄奥听信了别人的无端捏造，以为希罗是不贞洁的女子而当面侮辱希罗的再

无第二人，我却认为这并不是因为他真的毫无时代局限，所说皆为前所未有的普适真理；正相反，我倒是觉得，这恰是因为其时代和地域印记特别鲜明。他与自己那个世界的维系，是我们所拥有的关于那个世界如何努力寻求意义和价值的最令人信服的记录。如果他就像第一对开本中伦纳德·迪格斯（Leonard Digges）说的那样，能够奇迹般地在"每一个时代的眼中都生机勃勃"，那是因为他使得每一个时代都能够看清楚自己曾经的模样，并且通过衡量自己与他那个世界的距离，意识到自己如今有了怎样的变化。也就是说，通过他的历史独特性，我们发现自己也属于历史。按照琼生的逻辑，他先是"时代的灵魂"，而后才"当归万世"，前者不仅在先，而且是后者的先决条件。[3]

因此，要谈莎士比亚对我们而言有何价值，至少要从认识他与我们的不同开始，只有这样，我们才能确定所听到的是他所关切的事物，而不是我们自己所关切事物的映射。只有当我们认识到他人的见解实为他人之见解的时候，其见解对我们来说才有教益。这一点或许足以证明，以历史视角解读莎士比亚是合理的：历史能起到某种驱邪之神的作用，防止我们自恋，或至少可避免我们草率地将当下的兴趣和价值观强加于人。（这里的关键词，自然是"草率"；某些强加是难以避免的，也的确令人喜闻乐见。）以历史视角解读莎士比亚，就是要努力恢复其作品创作及使用时在想象与实际方面的特定背景因素。这将使他的作品从那种以泯灭历史为核心的研究中解救出来，那种研究以这些剧作卓越伟大为由，将它们与其创作和接受的实际环境割裂开来，在宣告它们成就非凡的同时，将那一成就变得神秘莫测。以历史视角解读莎

17

士比亚，就是带着对其特殊性和偶然性的强烈意识去解读他的戏剧——换言之，将它们作为莎士比亚的戏剧去解读，即使这意味着它们不可能仅仅属于他。

然而，具有讽刺意味的是，在近期以历史视角解读莎士比亚剧作的研究模式中，最具说服力且最为成就斐然的（也即那些或主动或被动地贴上了新历史主义和文化唯物主义标签的）研究实践，却常常遭人诟病，人们责其自恋，而这种自恋恰应为历史所抵制。在有些人看来，这类研究的历史解读中自我本位意识过于明显，很难算得上令人信服的历史陈述，其意义更多地在于记录我们自己当下的需求和焦虑，而非重建莎士比亚时代的需求和焦虑。

依我之见，他们之所以会陷入这般自相矛盾的境地，并非因其史观之天真，而因其理论之复杂，该理论体系要求他们承认批评家的场景性，因为这种场景性决定着要对过去提出哪些问题。因此，他们的"当下主义"的义务不仅从一开始就显而易见，而且是他们理解过去如何被合理构想的一部分。以前的那些历史主义认为，较为简单的做法是假装他们所构建的就是对过去明晰、客观的描述，不掺杂研究者自己的兴趣。然而过去永远不会等着我们去讯问。实际上，过去的缺席正是它成为过去的原因，也是我们要坚持认为我们对过去的认识必然既残缺不全又片面偏狭的原因，这种历史知识既基于历史的遗迹，也基于研究者在重构历史时的种种考量。

尽管新历史主义问世已很久，但我仍乐意坦白，我欣赏新历史主义，并仍然在从它那里获得教益。不过，如果新历史主义可以被视为一种独立存在的、条理分明的文学评论实践，那我认为在本书中我所做的不是这类工作。我一向认

18

为，自己所研究的是另一并不相同（尽管明显与之相关）的课题（彼得·斯塔利布拉斯［Peter Stallybrass］和我都觉得应该称之为"新无聊主义"［The New Boredom］，这么想时通常都颇为得意）。从某种程度上说，两者之间的不同，可能其实不过是我们更关注具体细节，这恰好是阿多诺（Adorno）对本雅明（Benjamin）研究的批评："天真地呈现出区区事实而已。"[4]不过，我得承认，不管什么时候，我都宁愿站在本雅明这边而不是阿多诺那边，靠近令阿多诺倍感不爽的"魔法与实证主义的十字路口"①。

在那个十字路口，就连"区区事实"的收集也是有价值的，哪怕只是给文化的轮廓增添一点解析度，使之更清晰一些。不过，在这里我所感兴趣的是一种特别的事实阐释，其目标与阿多诺所追求的不同，不在于复原"完整的社会进程"，而是试图厘清那些常被新历史主义所遮蔽的文本与文化的关系。新历史主义对话语在文化中流通的呈现虽然炫目，却很少关注其所探索的话语交换发生于其中的特定物质与习俗环境。在其认识中，"表达呈现"（representation）是一种动态的文化符号阐释过程，但对于一个文本如何进入并存在于世界上，这种阐释过程却很少给予合理的解释，且对于罗歇·沙尔捷（Roger Chartier）所谓"其物质形式在意义层面所产生的效果"[5]亦未给予持续的关注。新历史主义将文学从封闭的文学史中迁移出来，再让它进入繁复的文化体系中，文学看似运行其间，但恰恰就在这一过程中，新历史主义过于

---

① 阿多诺1935年8月曾致信本雅明，批评他的历史研究"处于魔法与实证主义的十字路口上"。

频繁地将文学再度神秘化为一种话语效果，使其研究的作品与作品被人接触时的赋义形式割裂开来。

我认为，对新历史主义的常见批评正因这种倾向而起：人们指责它将权力抽象化和理想化。如果它能更集中地聚焦话语与话语所流通其间的世界之间的实质性联系，其文化分析便更具历史立足点，能明确地针对话语的产出者和消费者之间的关系，换言之，其文化分析就会被置于人类确实经历过的历史世界中。只有这样，话语才真正是活的，才可被看作是人类欲望与构思的产物。

这便是本书希望做到的：探讨莎士比亚的戏剧作为戏剧与文本在当时出现与流通的状况。这一研究视点将这些戏剧既视为社会事实，也视为美学形式，其意义产生于繁多的意图，而作品就浸润于这些意图之中。这并非回避或无视表明莎士比亚作品艺术性的证据，只是要人们认识到，仅凭它并不足以成就其戏剧。莎士比亚戏剧在当时能够问世，并非仅靠莎士比亚无与伦比的想象力，也同样有赖于剧院和印刷厂予以支持，实际上这些作品甫一问世，便立刻向经常光顾剧院和书摊的人们寻求关注。因此在每一个阶段，莎士比亚的艺术都在寻求与其作品相配合的其他意图，从而生成了其文本所传达的意义。我在这里想要探究的，便是这些极富成效之互动的证据，即莎士比亚与他那个世界之间、他那个世界与莎士比亚的作品之间相互打交道的证据。通过这些互动，莎士比亚的艺术获得了实实在在的意义，也就是说，其艺术饱含着的意义不仅来自莎士比亚本人的"意愿"，也来自他人的意愿，而莎士比亚的戏剧（或许有些出乎意料地）对这些人至关重要。

第二部分
召唤历史

批评家的任务，在于提供抗拒理论之道，使其开放，以
面向历史现实，面向社会，面向人类的需求和利益。

——爱德华·萨义德（Edward Said）

第一章　理论之后的莎士比亚

人们常常哀悼文学已死，而至少在某些圈子里，将文学
之死（倘不论西方世界本身的岌岌可危）归咎于文学研究的
新发展已成为时尚。他们将解构主义、女权主义、文化唯物
主义、后弗洛伊德主义等揉在一起，称之为"激愤派"
（School of Resentment）¹，并经常将它们视为文学的潜在破坏
者，指责其将人们熟知的文本政治化，把这些文本及文学批
评同读者大众隔离开来。看来岌岌可危的不只是我们的阅读
习惯，更是我们的生活方式本身。一位忧心忡忡的批评家这
样说道："我们所面临的不是别的，而是支撑我们人文教育理
念以及自由民主制度之基本前提的毁灭。"²看来，野蛮人不是
刚到门口，而是已进入爬满常春藤的大学高墙之内坐享终身
教职了。"穿粗花呢①的生番"，迪内希·德索萨（Dinesh D'Souza）

---

① 西方大学教授的传统形象便是身穿粗花呢（tweed）西装或夹克，内衬牛
津布衬衫，下着灯芯绒裤。

这样怒斥那些被视为正威胁着西方文明基石之基本价值的新批评模式。[3]

"理论"便是人们所察觉到的这些危险的总称，它指称一个学术派别，其中囊括了各式各样往往相互矛盾且被同质化和妖魔化了的论述。在其标签之下，按照这一通俗晓畅（尽管稍显荒唐）的说法，"理论"据知正像——且用个比喻——棘冠海星蹂躏大堡礁[①]那样侵袭着我们伟大的西方文化传统。我们不断被告知，理论只有在现代学术界那池污水中从常识、可知性以及客观性中吮吸生机才能兴旺繁盛。人们不仅将文学文化的衰落怪罪于它，还将道德的堕落以及共同人性这一概念的消失都算在了它头上。

这些保守派对理论的攻击，有一点总令我困惑，那便是他们在似乎明显互相矛盾的主张之间摇摆不定：他们抨击理论时，既说它阴险奸诈、颇具煽动颠覆力，又说它毫无意义、难以理解、可笑至极。理论装腔作势、惺惺作态，正如有人认为的那样，是只在玩学术声誉这种低赌注游戏时才有其重要性的现代烦琐哲学，同时，它又是强大的文化工具，对文化传统与权威进行着可怖的攻击。这样看来，理论之所以不好，既是因为在洋洋自得的理论家小圈子之外没人弄得懂也没人在乎它晦涩的阐释体系，又是因为它成功地削弱了那些经典巨著以及其中的基础性真理对我们产生的影响。这种矛盾，有几分像那个老掉牙的笑话：大家最好不要去这家餐馆，这里的饭菜着实难吃，分量着实太少。

---

① 棘冠海星（crown-of-thorns starfish）寄居在珊瑚礁上，成年棘冠海星几乎没有天敌，因而对珊瑚礁生态具有巨大威胁，又被称为"珊瑚杀手"。20世纪90年代，澳大利亚大堡礁曾经历过一次棘冠海星泛滥生长，2018年再次泛滥生长。

但这一矛盾也正好说明，不应让理论为文学的消亡负责。说起来，这番针对理论进行的往往扭曲事实的公开辩论，赋予了文学研究一种过去不常有也并不追求的关注度。实际上，即使在文学研究内部，也只是在理论提出的或涉及理论的各类争论中，才会给予文化价值以持久而认真的考虑。事实是，文学之所以失去文化权威，并非因为超级敏感的理论家提出了关于意义之不确定性的问题，也不是因为他们坚称文学这一分类本身就是一种历史建构，而是因为在我们这个社会，书籍颓势日显，不再是信息和休闲的主要来源，已被对大众有着巨大吸引力的电子媒体取而代之。这种状况不是理论家造成的，理论家也无法阻止其发生。总的来说，理论家压根儿没有意识到它的发生，因此尽管他们斗志昂扬，一身"反骨"，却依然陷在日益边缘化的文学文化范式与命题中。

25

确实，人们普遍怀念过去的时光，那段文学"死亡"之前的时光，那时西方文学巨著被广泛阅读和重视，并以某种方式保证了它们繁盛其中之社会的品质；但如同大多数怀旧情绪一样，人们憧憬的大概只是一个从未存在过而非已经消失的乐园。1833年，卡莱尔（Thomas Carlyle）就已绝望地总结道："如今所有的艺术不过就是往昔的回响。"[4]民主社会与精英文化的关系一直很别扭，前者充其量算是勉强接纳了后者。就在卡莱尔发表这一怪论前后，托克维尔（Alexis de Tocqueville）把美国称为"最不在乎文学的文明国度"，尽管这里的书籍创作和销售数量巨大。"在贵族群体中读者很挑剔，人数也很少，"他推断道，"而民主社会中读者人数要多得多，也没那么难取悦……读者人数总是在扩大，读者渴望不断读到新东西，这就保证了那些根本没人当回事儿的书照样卖得出去。"[5]

撇开托克维尔的用词"根本没人"所带有的政治偏见不说，认识到高雅艺术将在大众文化中被边缘化，这似乎不是什么惊人或者深刻的洞见。不过值得注意的是，它的确揭示了一点：认为西方民主价值观是由文学巨著所塑造和维持的。这一想法有问题。不管我们是否喜欢，事实上，西方精英文学正典既不与这个世界上大部分人对话，也不为他们发声；说来令人伤心，它也既不与北美或欧洲的大多数人对话，亦不为他们发声。各种高雅艺术与他们的生活渐行渐远，隔膜日深。那种声称经典惠及四海的说法与它们能找到的有限受众并不相称。

保守派批评理论攻击民主传统和理性本身，这种批评在很大程度上别有用心，并不准确，它掩饰了一项政治议题，而这一议题并不乐于见到理论意识到并强调着文学可以且确实在为政治利益服务。不过，就算实在没法把文学之死，或西方文明之衰，或肉体及文化所需承受的万千惊扰中的任何一项怪罪在理论头上，在这一时期，对理论的另一种批评却是可能且是必需的。

我们需要承认"理论"当然只是在**学科类别**层面是单数。在学术思维层面，它显然是复数。[6]实际上，理论一直都是个复数概念，指的是**各种**理论，各式各样的范式与学术兴趣并置搭配，虽然在一个类别之中还算相安无事，但在理念思维方面往往相互冲突，水火不容。然而，如果说在学术圈之外，理论被看作一个整体，为的是可以焦急地诉说理论在攻击西方文明，那么在学术圈内，它往往也同样被看作一个整体，通常是为了可以反过来说西方文明将如何得到拯救以免受自身阴暗面之害。理论课程以及理论教材常常将不同的阐释模式放在一起，不指出它们之间的冲突，通常也不试图调和它们以证明将它们放在一起是合理的。可以说，如果这样理解理论，那么理论除了能给相关的知识兴趣与意识形态关切划出并命名一个空间外，几乎没有什么意义。

尽管如此，受一系列学科与学术性目的和压力（不可避免地，它们都过于武断）的驱动，在20世纪70年代的某个时候，理论从一种次要、晦涩的辅助学科摇身一变，成了一门引人注目（也许并非条理分明）、自成一体的学科，有着远大的学术研究方向与高度的学科声望。理论家取代了新批评派批评家（在此之前，新批评派批评家们挤走了文学史家；再往前，文学史家接替了语文学家；而语文学家继承的则是修辞教师的位子）成了行业先驱。面对理论貌似不可抗拒的吸引力（尤其是它明显是一个朝阳行业），文学研究开始拼命追逐理论，贬低（如果不说实际上放弃了）其传统的知识领域（比如韵律学或小说的兴起），推崇抽象的元批评取向，它作为文学意义之基础条件的通论，得到优先考虑。文字诠释让位于寓意阐发。

理论的成功（当然，有些人认为这并非成功，而是知识分子的背信弃义）及合理化，在很大程度上是由于它拔高了文学研究的重要性。在此之前，至少自冷战以来，文学研究似乎是一门绝对次要的"软"学科，它的判断是主观的，吸引的只是一小部分精英。理论拔高文学研究的重要性，首先是在其结构主义期：它逐渐放弃单独解读文本，转向探索文学本身的基本语法，即单个符号单位组合起来以生成意义所

27

遵循的基本的、不变的原则。据此，它宣称自己是一门公正的科学，具有学术权威性。接下来，在其后结构主义期，它推翻了结构主义的科学主张，承认"文化参与了政治权力"，宣称理论本身即重要的政治实践，开放而有效。正如特里·伊格尔顿（Terry Eagleton）满腔热情的断言，它"以其他方式延续激进政治"[7]；据此，理论宣称自己是立场坚定的政治，具有道德权威性。

后结构主义理论坚持认为，文化表征是不稳定的、有诱因的，也即事实上我们无法有效地将它们与产生和阐释它们的具体环境割裂开来。而若说它的这一主张尚令人信服，那么它慷慨激昂地宣称的政治后果就没那么有说服力了。以往被认为是客观文学事实的东西，实际上是由存在利益关系、具有主观性的价值体系创造出来的，这一断言无疑是正确的，但一个正确的断言本身并不一定是政治行为，或者说，如果要把它算作政治行为的话，那就要大大地稀释"政治"这一概念本身。而如果说理论宣称自己具有政治后果的一个主要论点有明显的逻辑漏洞，其体验局限性也同样让它立足不稳——现有的证据很叫人泄气：根本没几个人在乎它。不过，这么说不是要诋毁政治热情或文学理论，只是表明如果文学理论是政治性的，它的政治性永远都是不确定的，且仅是间接的。海量证据表明，财富与权力分配不均的问题全世界都有，令人痛心，而面对这些证据，如果一个人的最终目的是对此做出回应，那么在《批评探索》（*Critical Inquiry*）或者《文本实践》（*Textual Practice*）上发表一篇论文似乎太过间接、太缺乏效率。我不打算证明在学术圈中政治无关紧要，只是想指出，在多数情况下，文学理论与更重要的政治活动是隔绝的，这些政治活动总是要么高于要么低于其发声之处。

尽管谴责理论是西方理性的有力摧毁者，或是热情地奉其为极具解放性的政治实践，两者都不正确，但理论确实彻底重塑了我们对文化意义的理解，这一重塑对文学研究具有深远的影响。文学分析中的各种概念类别，包括文学这一概念本身，大多未经细审而自然形成，理论对这些概念发起挑战，这很恰当。也许不应说作者真的已死，但"作者意图"只是文本产生中诸多且往往相互矛盾的意图之一，这一点目前已得到普遍承认；也许文本实际上不容进行完全自由的意义阐释，但意义必然是多重的，是在关于文本表征的争论中产生的"意义"，这一点已得到揭示；如果说"文本之外"另有一个表意媒介世界，那个世界无论如何主要还是由语言构建并通过语言被理解的；而也许可以说文学并非一个不加区分、囊括所有语言产品的意义场域，它仍然是一个历史建构，一个与特定历史息息相关的兴趣与价值观的场域，已经并将继续随时间推移而变化，这一点已得到郑重的揭示。

然而，如果理论成功地挑明了文学研究中过去未明说的一些臆断，揭露了写作和阅读实践中既非普遍又非必然的神秘化和自然化，归根结底，它却依然无法依照自己的论述体系提供令人信服的替代方案。理论可以质疑各种文学分析概念，使其变得更加复杂，但想要澄清和修正这些概念，就"意义和价值产生并奠定基础的过程"[8]做必要的阐述，就只能通过历史研究。比方说，有一个已成标准的理论观点是，把作者著述意图视作文学意义的决定因素是有局限性的，而如果我们认定这一理论认识很重要，认真看待它，那么合理的回应似乎应该是将研究转向物质主义的而非理论的模式。那

28

个初始错误，即天真地将"原作者"概念理想化，实际上是一个理论性错误，尽管人们一般认识不到这一点，而且当然了，这并不能减损其理论性本质。赋予书籍文学意义的是其各种存在形态，文学意义总是且仅是栖身其中，而只有当人们把书籍非物质化，通过文学研究的臆断将文学意义与其赋义形式分割开来，此时，人们才能够开始谈论作者意图唯一性。

一旦人们开始关注书籍到底是怎样生产和再生产出来的，理论质疑的作者著述想象就显而易见了。实际上，用最极端的说法，正如罗杰·斯托达德（Roger Stoddard）坚持认为的那样，不管作家们到底做什么，他们反正不写书。[9]当然了，他们的确写作——这本身就是一种复杂的社会行为——但是他们写的是手稿或者打字稿，只有当加入不计其数的新行为人和新意图时，书稿才能变成书。在作者的文本最终印制成书之前，责任编辑、审查员、出版商、设计师、印刷工、装订工都会干预文本，而他们这种多重的且常常相互冲突的介入不可避免地会嵌入文本的表意层面之中。

不管这还意味着别的什么，它已清楚地表明，尽管历史视角本身必然被我之前讨论的那些理论主张所扭曲，但让文学研究回归历史视角是必要的，要明白对过去的探索既不可能无涉价值观，也不可能是直接的。也许可以说，新历史主义恰好宣称实现了这样的回归，但实际上新历史主义既不够新，也不够符合历史，没法派上这个用场。新历史主义视自己为文化历史（或者确切地说，它视自己为"文化诗学"，曾试图以此为自己重新命名，但未获成功）。其研究的核心，是否定传统研究中将审美与物质的领域隔绝、把艺术与历史分

29

开的做法，而将这些领域看作是相互交叉的，从某种意义上说，是相辅相成的。它坚持文学既是社会产物，又对社会有所产出。

这样的立场很有吸引力，令人振奋，不过必须说，它并非不证自明。关于交互性的结论虽令人心醉，却从未经过仔细审视。它只是人们的一种主张，通过修辞方式而非逻辑推演得到强化。新历史主义判定文学与产生文学的文化之间有动态（尽管或许不稳固）的联系，而毫无疑问，为了体现这种联系，新历史主义几乎是条件反射似的采用了交错配列的公式化表述（最说明问题的一个例子就是"文本的历史性和历史的文本性"），还有那声名狼藉的逸事化叙事方式以及习惯性地指向具体历史时间的姿态（"1542 年 5 月 13 日"，云云）。它用某种稀奇古怪的事件带出一个文化原理，又在一个正典文本中发现该原理。就连沃尔特·科恩（Walter Cohen）这种对该研究素有好感的批评家，也抱怨过其实践者"容易抓着某种不入流、鲜为人知甚至怪异离奇的事情大做文章，诸如平民或者贵族庆典、巫术指控、性事论述、日记自传、服饰描述、疾病报告、出生和死亡记录、精神失常病例报道"[10]。当然啦，对于这种指责，新历史主义的回应是指出这些文本和事件都是文化的重要符号和物质表现形式，说它们"鲜为人知，甚至怪异离奇"不过是暴露出我们对文化场域这个概念的认识有多么狭隘。

如果我们确实必须欢迎文化场域的扩张，将超文学领域的元素包括在内（还有随之而来的提醒：文学领域的边界本身始终面临挑战与建构），那么有趣的是，至少有一位 17 世纪的历史学家有如先知般地道出了科恩的忧虑。约翰·特拉塞尔（John Trussell）在为塞缪尔·丹尼尔（Samuel Daniel）的《英格兰史》（*History of England*）所著的《续史》（*Continuation*, 1636）中自豪地坦言，在著史的过程中，自己

30

> 剪掉了这些花哨的冗余枝节，它们就像美丽脸庞上的附赘悬疣，破坏了容颜原本的标致优雅。我指的是，（1）典礼仪式，譬如加冕、受洗、婚嫁、丧葬、礼宴；（2）盛典活动，譬如马上斗枪、假面戏剧、步战比武、盛装游行、游船出巡；（3）怪异事件，譬如洪水来袭、粮价骤然涨跌、怪兽出没、轻罪惩治，以及类似的事务，以前的作家有恶癖，会将这些和国家大事混为一谈。（sig. A4ʳ）①

不可思议的是，特拉塞尔的这份"花哨的冗余枝节"清单，似乎是从新历史主义学术成就中直接抽取而来，而他夸耀自己排除了这些内容，这恰恰否定了让新历史主义备受瞩目的那些素材，实际上也就否定了新历史主义的研究重心，而这一重心正是新历史主义之所以为"新"的标志。用特拉塞尔的话说，历史"**是或者应该是对过去实际发生过之事件分毫不差的记录**"（sig. A3ᵛ），在他看来，历史从本质上来说与"国家大事"相关。此外，新历史主义以及其他各类新的历史研究则主张历史不等于国家政治史。它们意识到，国家政治史不可避免地且有意地抹去了其他类别的历史，如女

---

① 折标（signature，略为 sig.）是早期书籍中用来标示书帖配页（gathering）或各配页（leaf）的符号，以帮助抄写员、装订工或排字工厘清先后顺序。早期印本书的页码标注方法不尽一致，且时有错误，因此学界用折标来标记引文出处。

性、孩童、贫困人群的历史，对于霸权在握的国家来说，这些历史的存在本身便对它要讲述的自身故事形成了挑战。

奇闻逸事的确承认这些另类历史，但它这样做几乎总是要将文化再整体化。所有不循常规的、社会边缘的、区域性的以及特殊个别的事物均被挪用、被均质化成单一的文化，其中实际上包括了那些多重的、异质的且互相矛盾的社会与心理（用那个响亮的新历史主义双关语来说）场域①。如果奇闻逸事的确代表着不循常规的事物，那么不论是主流文化还是企图探究它的研究实践，想要吸收它都没那么容易。然而，这无人注意到的研究步骤假定了（也可以很贴切地使用它那概念中的一个术语，产生了）一个社会，其中没有什么是真正不同的或者不连贯的。很明显，奇闻逸事在此起到的不是证据而是修辞的作用，是一种提喻，而它能起该作用的前提，恰恰就是假定它将论证的事是真实的，即部分可以代表整体，文化从根本上说是连贯一致的（通常凭借其饱含的权力）；而这种必然的连贯性则允许（实是强求）有待论证的事物与历史事实之间产生为人熟知的交叉关系，于是这一关系便得以隆重登场。[11]

新历史主义的这些研究步骤可以轻而易举地用形式分析加以处理，以表明我对它们的看法是正确的：它们并非真正的历史研究实践，而是形式研究实践，如同上一代的形式主义批评家去文学作品中找寻模式与秩序、统一性与连贯性，它们则去文化（很说明问题的是，新历史主义将其作为"文

---

① 原文"sites"一词既可作"场域"也可作"遗址"解释，且这两层意思在新历史主义研究中均存在，因此作者称其为"新历史主义双关语"。

31 本"，哪怕是"社会文本"来想象和处理）中发现这些；两者都倾向于将自己发现的模式理想化，无视那些冲突和压力的破坏力，它们会干净利落地将其化解。新历史主义（New Historicism）的命名原是为表明自己与其试图并最终的确取代了的新批评（New Criticism）不同，不料这名字反而昭示了两者的相似之处。新历史主义从克利福德·格尔茨（Clifford Geertz）的文化一体论中获得灵感，发现社会生活与诗歌如出一辙，都出于精心构建，由同一套符号和规范塑形、缝合。[12]尽管新历史主义有着"连篇累牍的说明"，但不论是从研究对象还是从方法论而言，它都不够符合历史，从它拒绝或者无法将其研究理论化这一点来看，它大概也不够"新"[13]。正如一位热情的实践者所写的，如果它的确"将历史关注推至舞台中心以抗衡空洞的形式主义"[14]，那么也可以不失公允地说，通过假定文学与历史间存在网状结构——这正是它要努力论证的，它阐述并激活了一种新的（尚难说内涵更为丰富些的）形式主义。

我所主张的更具建设性的文学研究职责，是一套较近来由理论驱动的研究更具严格历史性的关注点和研究步骤，但不同于旧文学史，这种研究会认真（并理智）地对待过去二十年的各种理论运动的影响。"理论的日子已快到头啦。"十多年前斯坦利·菲什（Stanley Fish）这样宣布，他说得稍稍早了一点，[15]但我的确认为，现今它已是明日黄花了，而我们正身处理论家们所谓的后理论运动（post-theoretical movement）进程之中。理论的繁盛时代已经过去（若需证据，可在美国现代语言协会［MLA］的招聘清单上找到，与"理论"相关的岗位在20世纪80年代曾一度激增，现在已近乎消失了），但并非因为理论被推翻了，正相反，这恰恰是因为它的各项主张都被证明如此令人信服、富有成效。

理论揭露了主导我们各种文学分析的神秘做法，同时，它把我们带到了这个节点：我们必须开始回应它的重大挑战，不是拿出更多的理论，而是拿出更多的事实，尽管这些事实必然饱含价值取向，它们将揭示出左右文学阅读和写作的特定历史条件。如果理论令人信服地证明了意义并非内在固有而是出于情景，或换言之，如果阅读和写作不是一种直接、孤立的活动，而是只能发生并总是发生在某种情景和情节中，那么对于这些具体的场景、情景和情节，也即实际文学之创作与接受的具体历史环境，就不能只是稍稍一提、点到为止，而必须将其复原并加以分析。

32

如果我们稍微考虑一下文学研究的外在要素，也即文本（text），也许这一切就清楚了。"文本"本身就是（或者至少可以说，在学术用法将它彻底标准化之前，它曾经是）一个有争议的词语，是由语言学理论进入文学研究领域的。它以一个结构主义术语取代了"书"或者"著作"这样的直白词语，而这个术语利用其表示"网"或"编织"意义的拉丁语词源，暗示自己的存在是（用巴特的话来说）"得意的复数"。它总是与多重语言场合及杂乱无章的话语情景交织穿插，在这种场景中产生繁复的意义。若是说"书"这个词暗示了文学作品的完整性和自主性，那么"文本"这个词便指向它的极端互相依存性与不可预测性。然而，发人深省的理论论断是无法在理论层面加以论证的。只有从历史角度去看，这一论断方能令人信服，它揭示出，有关文本完整性和独立性这一观念本身便取决于创作与出版过程之不可实现的理想化。现代的编辑和出版商的确制作**书本**——外表完整、独立的实物，然而其完整性是通过消除其得以实际制作出来的多重多种且往往相互矛盾之意图（甚至来自同一个作家）的痕迹达到的，这些痕迹可由历史研究至少部分地发掘并还原，以资审视。

人们常说的"作者之死"[16]或许能在此给我们的努力指出方向，但不是在文学理论坚持的那一含挑衅意味的文本意义复数性这个层面。将围绕并贯穿文本的真实话语复原，恢复文本写作和传播的具体历史条件，这必然会打破和驱散任何简单的"作者意图"概念，从而使"作者之死"这个声名狼藉的说法变得明了易解，而非仅只引发争议。这种复原还揭示出，无论在话语层面还是在物质层面，作者著述这个概念都比我们传统所持的作者具有艺术独立性和创作意图的概念要麻烦得多，换句话说，既不那么单一，又颇受制约。

作者当然未死（与此相反的理论主张根本不值一驳，而1989年阿亚图拉下达的针对萨尔曼·拉什迪［Salman Rushdie］的死刑圣令，更是极其夸张地宣示了这个说法的愚蠢）。但当然啦，如果我们必须承认作者是一个历史主体，而不仅是某种语言学机制的工具或效应，那我们也一定要认识到，作者既不独立也不自主，就通过文本流传的各种意义而言，作者既不是其唯一来源，也不是其唯一所有者。这并非无视或者贬损作者的权益主张，只是指出，写作本身难免要受到各种束缚和限制。一个作者总是且仅是在具体现实的条件下创作，既受制于习俗，又受制于想象，需将个人的才华与先前存在的思维模式、语言规则、文学传统、社会法规、法律禁制、素材运用以及商业化制作条件联系起来。

33

在英语文学传统中，莎士比亚这个名字几乎是作者著述这一术语的代名词，但越来越清楚的是，他自己的文学创作生涯，恰恰与他的姓名所骄傲地代表着的艺术家权力和自主性明显抵触。他的戏剧创作完全证实了在实际产出环境中存在意图增殖，以及他本人实际上对现代作者著述概念下那些著作权益的个性化表现形式缺乏兴趣。当然了，就他的戏剧而言，莎士比亚没有什么特别的文学利益，也没有太多的经济利益。他写剧本是为了演出，这些剧本一旦交付剧团之后，从法律角度说就不再属于他，也随即脱离其著作权监管和控制。他未曾监督过自己任何一部戏剧的印刷和出版，也未曾拥有过任何版权。尽管他的确因自己的戏剧生涯而家业兴旺，但他的钱财来源既非其戏剧的创作佣金，也非版税，而是作为剧团"持股人"之一应得的剧团收益的十分之一。

作为一个有经验的演员以及剧团持股人，莎士比亚肯定能以某种独立剧作家做不到的方式影响戏剧的排演，但除此之外，他与自己戏剧之间的关系便毫无不寻常之处了。尽管本·琼生一直费心费力想要把自己的戏剧打造成一种高雅文化，但戏剧仍一直屈居二流，不过是新兴娱乐产业的一种计件付酬产品。1612年，托马斯·博德利（Thomas Bodley）①管它们叫"垃圾""下流书"，并要求自己的图书管理员托马斯·詹姆斯（Thomas James）不要收集这种"无用的书"，以免让自己的图书馆因为有这种藏书而惹来"流言蜚语"[17]。

在过去，剧本不是自主独立的文学实体，而是用于演出

---

① 托马斯·博德利（1545—1613），英国外交官、学者，牛津大学博德利图书馆（Bodleian Library）的创始人。

的临时性脚本，必然要服从于产出过程中既在剧院也在印刷厂里发生的种种合作，而演员、提词人、合著人、评注者、修订者、誊写员、排字工、印刷工、校对员自然都会参与剧本文本的成形。即使在著作权这个层面，尽管印刷出的剧本若在书名页标出剧作家姓名的话通常只标出一位，但他们的账簿记录则显示，鲜有戏剧只有"唯一生父"①：亨斯洛（Henslowe）日记②中列出的戏剧里，有三分之二或者一开始就是合作剧，或者后来有其他作者做过增添或调整（因为剧团试图适时更新自己的资产）18。实际上，莎士比亚作品中幸存下的唯一手稿，是《托马斯·莫尔爵士》（*Sir Thomas More*）手稿中的"D手迹"（Hand D），如果那的确是莎士比亚的真迹，那么这手稿便是莎士比亚曾为合著者的明证，说明他只是合作写下此剧的五位剧作家中的一位（不过，引人注目的是，现代版本的莎士比亚全集将"D手迹"这一部分从整个剧本中抽出，单独复制、誊写、编校，试图使他超然于这部剧的合创过程，这一做法颇具讽刺意味）。

　　一般来说，当年的戏剧创作都是应演出剧团的要求，完成后的剧本便归委托创作的剧团所有。序幕前言和收场白提及该剧时，往往不称其为某作者的剧，而是"我们的"剧，说明此为演员们的财产和产品。连剧作者本身都归他们所有——"我们的诗人"，或者，如《亨利五世》收场白中所

---

① 语出莎士比亚《十四行诗集》1609年版扉页献词。

② 菲利普·亨斯洛（约1550—1616）是英国16世纪末17世纪初的一位剧团经理人，他存世的日记（"Henslowe's Diary"）中记录了支付剧作家酬金、戏剧票房、道具购置等信息，是英国文艺复兴时期戏剧与戏剧史研究十分宝贵的一手资料。

说的，"我们恭顺的作者"，一位作者不仅要对客观现实带来的艺术挑战恭顺，也要对委托人指派的任务恭顺，而委托人则可随心处置他的创作成果。

在某些情况下，剧团会将某部剧的版权卖给出版商，且并不一定考虑作者的意愿或利益，不过在那个年代，剧本文本的出版通常是例外而非常规做法。尽管已知的1575年至1642年的戏剧中大约有百分之四十得到了出版，但总体来看，这个比例应该还要低很多。实际上，在为剧团创作的剧本中，最终大约只有十分之一得以印刷出版。例如，从1594年6月到1595年6月，海军大臣剧团（Admiral's Men）一共推出了十八部新剧。假设我们以此为准，那么十年中他们推出的新剧应该在一百五十到两百部之间；但自1595年至1605年的十年里与海军大臣剧团有关的戏剧中，实际出版的只有十二部。

对此现象，我们的解释一般在于强调这些剧本对于演员们的预期价值，我们假定这些演员小心翼翼地守护着自己的财产，不让周围那些虎视眈眈、急于靠卖剧本赚快钱的出版商染指。也的确有一些剧团主动制止自己剧本出版的例子，这其中最有名的，就是1619年国王剧团（King's Men）成功阻止了托马斯·帕维尔（Thomas Pavier）和威廉·贾加尔德（William Jaggard）的计划，不让他们出版一本十部莎士比亚戏剧合集（实际上，其中八部为莎士比亚所创作，另外两部，《约克郡悲剧》[*A Yorkshire Tragedy*]和《约翰·奥尔德卡斯尔爵士》[*Sir John Oldcastle*]，是错归在他名下的）。[19]然而，不愿印行剧本的，更可能是那些有能力刊印这些剧本的出版商，而不是剧团。对于出版商来说，剧本绝非摇钱树，正相反，那是

35

高风险投资。正如彼得·布莱尼（Peter Blayney）证实的那样："只有不超过五分之一的剧本或许能在五年内让出版商收回初期投资。而在第一年内就能收回成本的，二十部剧中都不见得能有一部。"[20]

因此，出版商不愿意发行剧本（我们应该记得，平均一年只有不到六部剧本得以出版）是可以理解的。与此同时，剧团自身一般也的确对将自己的资产以出版物形式传播没有多少兴趣。1608年，国王狂欢剧团（King's Revels Players）的章程中明文规定，成员不得出版剧团的任何一部剧作，不过值得注意的是，就在那一年他们便有几部剧登记出版，而这个剧团不久也就解散了。海伍德（Heywood）在《英国旅人》（*The English Traveller*）的序中谈及剧本文本时说，演员们一般"认为出版剧本有损自己的利益"，但他们大概并非担心观众会转而去读剧本，而是要防止其他剧团获得自己的资产（不过，剧团间对保留剧目侵权的例子并不多，除了最臭名昭彰的那一桩：礼拜堂少儿剧团［Children of the Chapel］从国王剧团那里偷走了《赫罗尼莫》［*Jeronimo*］，国王剧团就上演了《牢骚满腹》［*The Malcontent*］，并在序幕中述及此事）。

然而，若一部剧真的印刷出版，印出的往往不是作者文本，而是演出脚本，就像其扉页上宣称的那样（"最近演出版"，或者"和舞台上一样"）；它的文本权威和商业吸引力并不来自剧作家，而是来自表演它的那些演员。[21]有些剧本扉页上的确提到了剧作家的名字，但这种情况下，一般还是离不开实际舞台演出的加持，而作者归属标注虽然在17世纪越来越常见，却不见得可靠，或者不能算是全面充分的知识产权标识。例如，《约克郡悲剧》（1608）的扉页就宣称它是

"W. 莎士比亚著";《埃德蒙顿女巫》(*The Witch of Edmonton*, 1658)的扉页则将此剧的创作归于"一群受人尊重的诗人:威廉·罗利(William Rowley)、托马斯·德克(Thomas Dekker)、约翰·福德(John Ford)等等";而有一版马斯顿(Marston)的《牢骚满腹》(1604)扉页上用的动词则完全把作者归属分配给搅糊涂了,说它由"马斯顿增补。补充部分由国王陛下之忠仆演出。约翰·韦伯斯特(Iohn Webster)①著"。

不管扉页上宣称了什么,作品的出版很少是因为剧作家的文学抱负。(当然了,本·琼生是个例外,但这个例外也恰好证明了那条普遍规律。他那1616年对开本独特的扉页上颇具个性的署名"作者:B. I. 〔The Author, B. I.〕"非同寻常地意味深长。确实,在17世纪30年代之前,剧作家中在所出版的演出剧本扉页上冠以"作者"之名的,唯有琼生。²) 单是剧本创作的种种要求本身便妨碍着文学惯例的实施。为满足剧团常备剧目的需求,剧本创作的速度都很快(例如,海伍德便在《英国旅人》的序言中宣称,此剧只是"我要么一手包办,要么至少大助一臂之力的二百二十部剧中的一部");而戏剧演出的性质本身,意味着剧作家不可能是最终成品的唯一创造者。实际上,由于表演的变易性,连"最终成品"这个意指产品得以最终完成的概念都难以成立。

但是,这并不是说剧作家对自己作品的印行毫不在乎。尽管没有很多证据表明在1605年之前,除琼生以外有多少剧作家对出版作品有兴趣,但不少17世纪的剧作家,包括查普

---

① 英国文艺复兴时期,i 和 j 两个字母可以互换使用,此处 Iohn 即 John。同样,下文中"B. I."即本·琼生的姓名首字母"B. J."。

曼（Chapman）、福德、格拉普索恩（Glapthorne）、海伍德、马斯顿、马辛杰（Massinger）、米德尔顿（Middleton）、雪利（Shirley）以及韦伯斯特等，都监督过自己某些作品的出版。当然，有些人对决定"将［自己的］剧本交付出版"表示过歉意，海伍德便在《鲁克丽丝受辱记》（*The Rape of Lucrece*, 1608）的致读者信中这样做过，他说自己同意出版这部剧，是因为自己之前有不少剧都"意外地落入出版商之手"，而他们拿到的文本是"如此错误百出、颠倒错乱"，印刷装帧得"如此粗糙鄙陋"，连他自己"都认不出它们来"。不用说，他的这番解释中是有一点虚伪成分的；在其戏剧付印九部之后，海伍德依然在《为演员作辩》（*Apology for Actors*, 1612）中声明自己"从来都怯于暴露自己的弱点，因此不愿将它们交付刊印"（sig. A4ʳ）。

不过，将作品交付刊印的剧作家日益增多，而他们这么做的目的，是想在剧院合作各方的种种要求之下坚持自己作品的完整性。例如，1607 年，巴纳比·巴恩斯（Barnabe Barnes）为自己的《魔鬼宪章》（*The Devil's Charter*）写过题献，而扉页上，除了宣称此剧由"陛下的仆从"在国王面前演出过之外，还强调已印行的文本"在此之后经过了作者仔细审阅、修订、补充，以期增益读者阅读之兴趣与利益"。而韦伯斯特则坚持要在 1623 年的《马尔菲公爵夫人》（*The Duchess of Malfi*）四开本中与用斜体印刷的教士歌谣相对的地方加上一条旁注："作者否认这首小曲出自其手。"（sig. H2ʳ）

莎士比亚从未表现出对艺术的得体规范性有所意识。在剧院合作经济模式下他似乎干得轻松愉快，从未特意求助于出版作品来维护或明示自己的文学成就。他没有监督过自己任何一部剧本的出版。1598 年，卡思伯特·伯比（Cuthbert Burby）在其四开本《爱的徒劳》扉页上标注了莎士比亚的名字，在此之前，其姓名也从未在哪部剧的扉页上出现过。此后渐渐地，莎士比亚的名字确实开始被标注在其剧作的各种版本上。例如，1598 年《亨利四世》上部的四开本的标题页中并没有出现他的名字，但是接下来的 1599 年版便声明此版"经 W. 莎士比亚新近修订"。但这一断语并未确立莎士比亚对这个新版本的艺术主权。这一版其实只是前一版的重印，而它加上了作者姓名的声明则只是一个商业促销策略。这个策略似乎成功了，因为《亨利四世上篇》确实是早期的一部畅销书，在 1623 年被收入对开本前，一共出了七版。不过，莎士比亚的其他剧本虽然扉页上没有用他的名字来增光添彩，也依然在书摊上大获成功。比方说，《亨利五世》出了两版（1600 年、1602 年），后来 1619 年又以"帕维尔"四开本形式出版（出版时年份故意错印为 1608），这几版都没有标注莎士比亚的名字。

早期的扉页上出现莎士比亚的名字，不是为了肯定他对于文本具有艺术或者法律主权，只是出版商觉得他的名字有助于书籍销售。例如，在纳撒尼尔·巴特（Nathaniel Butter）出版的"花斑公牛四开版"《李尔王》①中，莎士比亚的名字用明显大于其他部分字体的花体字印刷，横贯整个扉页，似乎现代作者概念终于完全现身，并以最宏大的形式公之于

---

① 《李尔王》的第一版四开本由巴特于 1608 年出版，扉页称它将在纳撒尼尔·巴特"挂有花斑公牛标志的店中出售"。后世将这一版简称为"花斑公牛四开版"（the "Pied Bull quarto"），以与后来贾加尔德 1619 年重印但将年份有意误标为 1608 年的四开版区分开来。

众；但莎士比亚的名字在那扉页上起到的作用，与其说是指明剧作家，不如说是指明剧本。"花斑公牛"版扉页上的"莎士-比亚"（Shake-speare）是出版商的莎士比亚，是一个生造出来的形象，用来标识和保护巴特的财产权（顺便一提，在此三年前，正是巴特将《伦敦浪子》[*The London Prodigall*]以"威廉·莎士比亚著"的名义推出，这颇具讽刺性，证明1622年《奥赛罗》四开本里宣称的"这位作者的名字是他作品最好的宣传"①这话的确有理——至少名字是"莎士比亚"，"作品"究竟是不是他的无所谓）。

可以理解，对于莎士比亚研究学者来说，"作者著述"这一分类依然宝贵（最近开始强调作品的修订，这似乎是面对存在多重文本的证据时继续维护此种分类的一种方式[23]），然而，只有通过关注英格兰早期现代时期剧本创作的实际情况，才能真正维护历史中的莎士比亚，使其免遭理想主义评论对他的神秘化，或是后结构主义理论几乎同样的神秘化评论，在后者的理论中，他虽未被公认的形式的完整统一性和自足性所淹没，却可能消失在假定的语言学体系自身的优先权之中。历史研究同时打散和重构了莎士比亚，表明他并非仅只是文本的产物，但也算不上文本的唯一创造者。如果说剧场和印刷厂这一先决条件必然会将莎士比亚解构并去中心化，将其分解到戏剧和书本的生产所必不可少的合作过程之中，那么正如那些扉页所显示的，他在早期现代时期的书店中就得到了有效重构，他的稳固地位便因商业也为商业而得以确立。如果说作者并不写书，那么截至17世纪早期，至少

38

---

① 此语见于出版商在四开本前致读者的信。

他们似乎有助于卖书。

将研究聚焦于文本在象征及物质两个层面上的呈现形式很重要，可以厘清有关作者著述与作者权力的种种主张。这样的研究坚持认为，文学作品不是出自单一意图，而是出自具体的、可能条件下的合作。[24]它试图将文本既作为想象的建构也作为物质制品来理解，而在这两个层面上，文本都是决定其形式及内容之多重意图的产物。文学作品不能被理解为一个自立自足的完整体，如皮埃尔·马舍雷（Pierre Macherey）所谓的"某种神话般激进顿悟的产物"，因为这么做，就是"使之孤立而不可知"[25]，剥夺了作品的可知本质。这样一种自足概念要求将作者的创作意图理想化，而这样做就必然会发现物质文本始终是不足的，与想象中的文本存在差距。然而，更好地理解文学作品的方法，是将它看作作者顺应（并抗衡）特定话语、制度化环境的产物；而相应地，文学研究最好不定义为对作者以某种方式隐藏在文本中之独特专属意义的揭示，而是对文本本身的发现，这种文本反映出它得以问世是合作活动的结果，正如玛格莱塔·德格拉齐亚（Margreta de Grazia）和彼得·斯塔利布拉斯所说，这些活动是"复杂的社会实践"，它们"当初塑造了、现在依旧塑造着［其］极具吸收力的表层"。[26]

不论从物质的还是从想象的层面来看，文本当然是各种力量合作和协同互动的产物。若其受限于环境的物质性明显与除作者之外的有效中介作用相关，那么其看似基本的符号维度就不再是作者的自主自由领域。被理解为想象性行为的写作必然算不上发明创造（invention），而是一种涉入改造（*inter*vention），它带着明确的动机进入业已存在的一系列涉及

39

语言、话语的可能性中去。因此，文学阐释没有理由将自己的主要任务定为追寻就定义而言不足以产出文本（无论是符号意义上的还是物质意义上的）的作者意图。不能简单地将作者理解为决定文本意义的唯一来源，因为文本意义产生于多重激励和运作，这其中源于作者，或完全受他（或姗姗来迟的她）控制的仅是一部分。因此，意义就只应该去使得文本能够被写作、印刷、流通、阅读的关联网中去搜寻。确实，若想让作家著述在我们对文学意义的描述中保留一个实质上而非名义上的地位，那就一定要还原其当初充满助力和阻力的环境。

然而，这并不是像有些人声称的那样，是舍文学而取历史，或者化文学为历史。这只是强调文学不可避免地是历史性的，也就是说，文学的创作以及阅读（实际上包括文学类别本身一直以来的定义）始终是在具体历史形态之想象的、话语的以及制度性的机遇中进行的。它的种种意义自然并不定格于其诞生的那一刻。与其他话语形式相比，想象性写作的产物的确更可能世代相传，但它们每一次的复制、再构思和重新利用，都有着虽然确实不同却同样具有历史独特性的条件。

因此，文本的历史性不应被视为对其本质的污损，而是其存在的基本条件，这样的历史性将创造行为置于使其得以实现的决定性条件中。与其尝试穿过文本的能指面去寻找作者的原始意图（必须承认，这些意图本身尽管很难确定，但也是历史事实），以期逃避这一丰满、复杂的历史性，我们不如积极地直面那一能指面，实际上，那是唯一可以进入文学产出行为的地方。这不是要否认作家的创造力，而正是要理解它；因为正是文本的物质实体使助力和限制著述的种种因素清晰可辨，作家的著述权在此既得到肯定又受到削弱：作者对其他参与者的依赖是显而可见的，文学实体也显示出自己必然包含多重的历史和含义——在实质上扩展到文本语言结构之外的历史和含义。文本物质性的所有方面都意味深长，而文本不可避免的物质性则证实了文本以及文本性皆出于合作这一本质。

不过，这样的理解当然有必要将注意力从"节俭原则"也即作者[27]那里转移到意义实际产生其间的关联网的固有丰富性上。实际上，这种理解应该将释义活动的轴线从垂直转为水平[28]，以使我们放弃试图**透过**文本表层去寻找据信就藏在那下面某个地方（什么地方？）的真正（以及作者）意义的文学批评实践，而换成那种积极**审视**意义得以在合作中产出、接受、构建并受到挑战之文本的实践。我要强调的是，这不是在丢掉作者在场的幻想，换上新的不证自明的物质性在场的设想，以避开必不可少的解读；这只是想要澄清我们在读的究竟是什么。也许说到底，真的就像奥斯卡·王尔德（Oscar Wilde）那句俏皮话所说的，只有肤浅的人才不以貌取人。

在我看来，对于莎士比亚研究以及一般文学研究而言，强调文学创作过程中作者权力的分散（而非褫夺）既恰当又有益。这一方式既充分承认作者意图，也认识到作者意图从不独断，而需在由许多**其他**意图（还有绝非可以忽略的读者意图）推动并维系写作活动的网络中才能起作用。换言之，这种方式拒绝将作者权力加以浪漫的理想化，不承认它是文学意义的至尊源头，而让其回归作为一切知识和社会实践本质的、实际的合作经济之中。将关注点放在确认莎士比亚艺

40

术的种种合作之上，并不是要拔高这些合作以压倒（或者说取代）剧作家的智力、意图，或者我们干脆说，意志。不过，要坚信，这个意志只有放在其他人的意志、其他人的智力和意图的背景之中才能得以凸显，而要创作一部可以搬上舞台或者交付出版的戏剧，这些显然都是不可或缺的。

尽管如此，我预计对于我的论述主要会有三种反对意见（无疑还会有一些在我的意料之外）：第一种反对意见是，这一超越理论的做法只不过是让文学研究退回到更为陈旧的、非理论性的史学实证主义上去。随着人们越来越认识到感知与认知的间接性本质，历史也不再能假装可以"原原本本"地恢复和描述过去，但它也不必因此就放弃对确定无疑、可资运用的历史知识的追求。当然，对过去的认知会受到当下不测事件的影响，但这并不意味着过去就只是这种影响的结果。*我们*不是创造过去的人；我们只是（不过并非无关紧要地）推出*作为过去之过去*，也即我们推出过去为我们预备下的意义。过去以我们所构建的形式（为当下的我们而）*存在*，但当然，它曾经存在，且和我们的再现毫不相干；而那一存在赋予我们的构建以责任与价值。若说要理解这种存在只能通过中介，包括史料档案的中介，以及观察者兴趣利益的中介，那就等于说只有这样的过去才是过去的，也等于承认历史如同其他所有人类知识一样，不可避免地具有偶然性，但它并不更具偶然性，也显然并不比其他人类理解行为更难以理解。

第二种反对意见实际上不是假设而是实事（是某大学一位研究生提出的，我在那里用本章较早的一稿做过讲座），即此处推介的研究方法会让文学研究退回到它一直努力逃离的精英主义，要求研究者具有接触珍本典籍的途径及相关学术训练。我的第一反应是，阐明我们阅读文本的建构性，以及将其与历史紧密相连的偶然事件，这不是精英主义，也不要求精英特权。而且，如果替代的方法是无视文学作品得以产出与阅读的种种过程和实践，那么留给我们的就只有可敬的但老掉牙的形式主义了，它虽然提供了看似民主的准入原则，但却付出了文学研究极度缺乏成就这一代价。能够被直接领会的文学，也即不受其文本或读者的物质与历史构成影响的文学，是一种幻想。这种幻想源于认定文学文本自立自足[29]，而这种想法通过有意将文本与文本产出所必需的环境割离，切断了它与存在多股意图各异的中介力量之社会性世界的实际联系（而且，绝非偶然且令人不安地将那些努力从文学价值的总计中抹去了）。

我预料中的最后一种反对意见要简单得多，因而或许也最为有力：关注历史，即使是关注种种使文学活动得以实现之条件的历史，仍然使注意力偏离了文学文本本身。在我看来，这一条意见的问题主要出在"文学文本本身"这个说法上，因为正是这种理想化认识，这种对文学主体自立自足性的假设，当初让文学研究走上了追寻理论的道路。文本本身从来没有存在过——就是说，它从未以令其成为实体之过程允许之外的形式出现过。

42

"文本是世俗的，"爱德华·萨义德这样写道，"在某种程度上它们是事件，而即使当它们似乎否认这一点时，它们也仍然是社会性世界、人类生活，当然还有历史时刻的一部分，而它们正置身这一切之中，得到阐释。"[30]不过，只有从理论转向历史，才能证明此言非虚且具有意义，并发现和展示文本"世俗性"的具体形式与各种效果。承认一部剧（不论是印成书本或是搬上舞台）的历史性，关注其制作与接受的具体环境，便可使它回归一个其本身兴于斯、变如斯的世界；而文学批评正逐渐意识到，它所关注的正是这一世俗性的种种痕迹。解读这些痕迹，意识到一部剧在剧院中、在印刷厂里的实体化就是一部剧的意义，而不是对这一意义的被动的有时甚至令人难堪的表达，这在我看来，就应该是在理论研究之后莎士比亚研究无法绕开的实践方法，不再追逐理论，而是在其之后进行有力、有效的研究。

我们可以说，文学在某种意义上必定一直是历史研究，
因为文学是一种历史的艺术。

——莱昂内尔·特里林（Lionel Trilling）

第二章　我们现在跨学科了吗？

　　几年前我受邀参加北美地区英国研究大会的一个专题讨论。这里我要承认，"真正的史学家们"似乎愿意听我有啥要说，这让我感到有点受宠若惊，但让我惊讶的是我发现这一场讨论的主题居然是"新历史主义之后"[1]。如果这是美国现代语言协会中西部地区分会会议的话，当然就不会这么令人意外了，因为新历史主义的确在英语研究中扎了根，而本行业的内部动态已使得这一选择不可避免，即我们要很快自认已积极进入了"之后"，而不是凄苦可怜地落了伍。（当然
啦，本书便写在"理论之后"。）不过我一直友好地认为，史学家不会像文学学者那样受时尚的影响，或者说得更准确一点，对于史学家来说，新历史主义无关紧要，最多能确证文学学者其实不懂历史，无论将其看作一个科目还是一门学科。所以，为什么一群史学家会在乎甚至注意到我们现在可能已来到新历史主义之后，这直到现在我也还没有太弄清楚。

　　不过，已经弄清楚的，是这个芝加哥讨论会的标题，如

同其人员构成一样（包括了两位史学家，即在历史系任教的人，此外还有两位……呃，该怎么说呢？英语系栖息者们做的工作没有一个约定的名字，这也的确是这整件事儿的一个部分吧），证实了一个普遍观念，那就是史学家和文学学者（这样称呼行吗？）应该对话；与此同时，它也证实，大家都坚信新历史主义并不是合适的对话交集点。在这里我不想卷入对新历史主义的抨击中去。²首先，现在这么做已经太迟，没有多大意义了；再者，我认为在文学研究中，新历史主义一直是一种非常健康且多产的事业，它使得文学与创作和阅读文学的世界之间至关重要的关系得以恢复。

它试图抓住文学与推动文学发展（反过来也被文学所改变）的文化之间生机勃勃（尽管并不稳定）的关系，对这一努力，至少应该承认那是严肃的，旨在缩小两个学科间在机制和知识方面的差距。文学和历史常常看似属于两个完全不同（尽管互相依存）的本质领域。即使两个学科都向对方伸出手，结果却是尴尬地碰触不上对方：历史变成了话语的结果，而文学则成了历史的次生现象。这两个领域似乎从未处于同一个现实平面。然而，新历史主义恰恰视铲除这种不平等为己任，拒绝将艺术美学与社会、经济和政治进程隔绝，拒绝将话语排除在物质领域之外，而是要将它们看作相接相交甚至某种意义上两相交织的整体，并承认文学作品既由文化所创造，同时也更主动地创造着它产生于其间的文化。

然而，尽管新历史主义下了大功夫将文学文本与社会实践和政治制度联系了起来，它仅在文学研究领域内产生了显著影响力。虽然它的基本努力是将文学文本看作既由社会生产（于是打破了传统文学批评的唯美主义论），又具有社会生

45

产力（整个地颠覆了文学研究传统），但新历史主义论述对史学家的文化理解影响甚微。当然，在文学研究领域这些论述的影响是毋庸置疑的。尽管从一开始，在大学英语系的政治化天地里，新历史主义便引发来自左右两派的猛烈抨击，但至20世纪80年代中期，它仍然取代解构主义成了文学研究的主要（即最显眼的）批评实践。而它之所以能够如此成功、引人瞩目，很大程度上是因为它强力捍卫了被解构主义从文本和文本性中抹去了的历史。

但是这些对史学家而言，充其量是不在乎，说糟点就是不屑。史学家显然根本不把它所陈述的东西看作历史。[3]他们一般不大理会新历史主义，认为它武断、无知，对证据的使用草率轻慢，对史学关键概念的理解天真幼稚。事实上在大多数情况下，他们认为，就他们的学科而言，无论哪种模式的文学研究都没什么意义。他们慷慨地提出可以教教我们（例如格伦·伯吉斯［Glenn Burgess］的善意提议，要帮助我们认识到"若文艺复兴文学研究者和其同道，即史学家，建立更亲密的联系，能有何等收益"[4]），但他们似乎很少认为和我们建立更亲密的关系能对他们的实践有什么影响。

尽管如此，在学科分界线的两边，我们通常都还继续向对方微笑着招手致意，很像在学校舞会上的初中生；而若说我们现在都认为新历史主义这个体育馆用作舞池的话地板太滑，没法让我们轻松相会，我们却仍继续着这些交织着不安与期待的仪式，希望能够找到一个让双方都舒适的交谊场所。这一边，文学批评家不断重复（几乎如同念咒）弗雷德里克·詹明信（Fredric Jameson）那奇妙的、超越历史的要求——"要始终历史化"[5]；那一边，史学家则尽义务般地应和着海登·怀特（Hayden White）"历史文本是文学产物"的主张[6]。换言之，文学学者被敦促去认识到，不仅自己所研究作品的创作和阅读都是在影响其意义之特定时间及具体知识、制度条件下进行的，而且（这对詹明信来说尤其关键）历史还既是文学的基础也是其终极指称对象；而史学家则被引导着（几乎肯定不那么热情地）承认，他们的著述未必真实。他们所引用的事实当然是真实的（否则也不能称之为事实），但显而易见，包含这些事实的叙述却不能说是以与被呈现的事实同样的方式对应着过去。我们所书写的历史结构只能是"偶然"与它要阐述的现实一致；但更令人为难的，正如路易斯·明克（Louis Mink）所说，是我们无论如何也无法知道它们是否一致，因为若要知道它们是否一致，就必须"在不诉诸任何再现的情况下知晓历史实况的结构"[7]。

但我们两个学科的这种互相致意到底有没有拉近两个学科的研究实践或至少研究兴趣，这一点并不清楚。可以肯定的是，这种友好关系的建立目前所获得的很难说是跨学科成就。的确，史学家们已经意识到文学是一个可能对其研究有用的档案库；与此同时，他们也日益认识到，他们所研究的文字记录以及他们自己的历史叙述，都具有不可避免的文本性。但这并不意味着相应的学术产出或审视调查的对象就不是一直以来被人们充分信任为"历史"的东西。类似地，文学学者也越来越（或更恰当地说，是再一次[8]）强调文本并非自立自足，他们不仅到作品本身的形式结构关系中追寻它的意义，也到文学作品与文化环境的关联中寻找其意义，而文学作品似乎不仅需要还会改变这一文化环境。为了找回这些环境，文学学者转向了历史，并且常常极为精彩地将文学作品的内部结构与激发并维持它的那更为广阔的文化环境联系到了一起。但由此而产生的学术研究，不管它对一部文学作品的社会能量做出了多么鲜明深刻的评论和估量，往往反映出的并非对跨学科研究的奉献，而仅是一种学科生存空间的扩张策略。[9]文学研究毫不懈怠、持续不断地拓展它的研究对象，从文学文本拓展到文本性，再到文化本身的符号运作，而后者不可避免地被想象成一种"文化文本"，以期为这种关注点的激进扩张提供依据。不过，文学依然稳居中心地位，被视为最引人入胜、充分全面的释义者。

当然，在某种程度上，学术圈内对于跨学科研究普遍的呼吁反映出我们对于知识碎片化的不满：学科界线将业余人士与专业人士分隔开来，也将专业人士彼此分隔开来。然而可以看出，在文学研究领域内引入跨学科研究的各种姿态，几乎总是本学科为维护自身在人文教育计划中的传统重要地位而做出的下意识努力，英语文学正典想要不经审视就自动构成人文教育的核心已经日益困难，尤其是在美国。不论其动机多么理想化，文学研究朝着或可称为文化研究的方向发展是精明审慎的体制性战略，也许可使各校英语系免于像宗教系和古典学系那样收缩规模、失去优势地位，而这两个系也曾像现在的英语系一样，在人文教育课程设置中享有核心地位。

在我看来，尽管真正成功的跨学科研究（比如生物化学）很快就将自己打造成了新学科，而不是继续抗衡学科的划分，但真正跨学科的研究会揭示学科知识结构的缺陷并致力于打破现代学术界学科文化的权威。无疑，这很大程度上应该是高等教育奖励体制的结果。一般来说，这一体制只赋予系级机构行政权力，这相应意味着对课程设置、人员雇

47

用、职位晋升的管辖。所以，跨学科研究能否在其必然居于其间的体制环境中存活下来，这一点并不十分清楚。即使在那些鼓励跨学科研究维持自己知识与行政杂交能力的地方，研究者至少还是会考虑这样做是否会一直是件好事，是否每个科目都能适用跨学科研究实践而有所产出。总的来说，我是完全支持打破学科壁垒的——这种壁垒与其说是知识活动的自然结构，不如说是主要发展自19世纪德国大学的体制传统。但是，目前，对跨学科研究的追求和坚持已经变得像当初对学科完整性的追求和坚持那样，成了一种情感性的本能反应。传统学科兴趣和研究程序也许仍有其价值，再说，无论如何，任何能让我的院长和教务长如此热衷的东西，我肯定是不会小视的。

　　不过，在文学研究中，向跨学科研究发展的压力几乎难以抗拒。"文学批评总是在变成'另外一种东西'，"莱斯利·菲德勒（Leslie Fiedler）在差不多五十年前就曾写道，"原因很简单，文学从来都是'另外一种东西'。"[10]它的意义源自历史、心理、伦理、哲学以及意识形态。它的规则来自修辞学、语言学和美学。它是一种商品、一种癖好。由于无法通过文学之本质属性（这一属性或能将其与他种话语形式明确区分开来）而充分地定义文学，因此它不可避免地暴露在许多其他学科的觊觎之下，而文学研究反过来也盗用它们的理论和方法（但它一般只在某一理论被原学科抛弃之后才会这么做[11]），用以理解文学文本的各种道理。尽管如此，不论文学研究如何想象或是打扮自己，它的资料库也只有那一批一直作为其研究对象的文学作品，尽管近年来其体量着实被撑大了不少。

48

　　文学研究已经认识到，文学这一类别本身便不稳定，在不同的时期揽进不同的话语种类。它不像是一个连贯有序的呈现体系，更像是一个被不断爬梳整理的表意行为的汇集。所谓文学，在我们这个学科的文化中，实际上任何时候文学学者研究啥，啥就是文学，也就是杜尚（Duchamp）"艺术就是被引入艺术环境的那玩意儿"宣言的学术版。这一认识使文学正典的领域得以扩张，直到近乎消除文学正典的地步。现仍有一批公认为基本学科知识核心的文学作品（对不住哈罗德·布鲁姆［Harold Bloom］和威廉·贝内特［William Bennett］了），这些书，用杰弗里·哈特曼（Geoffrey Hartman）的话说，是我们认为应该"直接开始读"[12]的书；但与此同时，对于什么适合被当作文学来研究，目前的认识也更宽泛了，不仅涉及过去被忽视的那些作家，也包括那些一贯被贬谪的体裁样式。

　　实际上，正是文化价值本身现身成为本领域主要研究兴趣之所在，将人们的关注点从艺术作品各种内在的及形式的关系上再次转移到了作品如何产生及吸纳文化意义上。文本和作品背景不再被看作文学叙述的内核和外形，而是影响彼此、包容彼此、互依互存的因素。因此，文学作品的意义不是其本身固有的，不是它内部结构的唯一属性，而是它与其置身之中的文化环境相互介入的对应产物。

　　这样一来，文学意义的历史性便不可避免，而现在文学学者转向历史，不是像过去那样找些一成不变的数据来说明文本的某些细节，而是要探究使得文化意义得以表达和流通的各种条件本身。但是，让不少文学学者沮丧的是，我们已对文学与历史间内涵丰富的相互关系做了出色的整理和探究，而史学家却一直对这一工作也对我们的努力视而不见，不相信我们对文化价值的整理对于他们的历史理解能有什么影响。我们经常阅读他们的研究，但史学家却很少阅读我们的。随便查阅一下这两个学科各自学术著作的脚注，就能证明这一点。

49　　不过，史学家普遍忽视文学研究是有原因的。要我说，这并不是鄙视。的确，大多数史学家乐于承认我们中有些人是很不错的文学学者，尽管就像那些乐于承认这一点的物理学家和经济学家一样，他们并不觉得这些研究从总体而言和他们自己的研究有什么直接关系。这个原因多半就是，许多史学家认为，即使文学学者对历史问题感兴趣，他们通常根本不读史，他们只读史学家的著作。因此，这些文学学者的研究并不能立刻引起史学家的注意，因为他们已经读过文学批评者读的那些史学家的著作了（甚至有可能其本人就是作者）。

两个学科间存在误会，其中部分原因在于关键词汇在各自那里（就像在这里一样）定义不同，尤其是"历史"本身这个意义出了名含糊的能指单位。当我们（即文学学者）运用"历史"这个词时，我们一般是指史学家的学术研究成果，而史学家运用它一般是指研究对象本身。因此，当我们读史学家的著作时，按照我们的认识，我们就是在采用历史视角了，而且我们相信自己对于文化意义的各种叙述也具有历史视野，满心希望（尽管希望渺茫）史学家也能这么看。

不过，问题不只在于我们对何为历史研究的理解不同，也在于我们想做出点不一样的研究。史学家认为文学学者使用史料很随意，对此很鄙视。之所以如此，一个原因在于他们认为两个学科的研究兴趣是相同的（因此要求研究方法和步骤也相同），但这只是个错觉。实际上，对于过去，两个学科提出的是不同的问题，也各自找到了有效（尽管明显不同）的方案去寻求令人信服的答案。史学家经常为文学研究使用证据武断而叹息。威尼斯大使信件里有一处言及某点，这就足以做个衣架，让他们高高兴兴地把文化理解的全部行头挂上去。而如果是史学家，肯定要求有更多的证据，才能确信这句引言想要证明的论断（不过，到底要多多少才够，这是个有趣的问题：两处言及足够证明一个论点吗？还是五处，十处？言及的频繁程度又必须是多少？）。但这一事实并不表明史学家就是比文学学者更严谨、要求更严格的学者，只是证明若课题不同，对证据的要求标准也就不同。如果研究目的是找出人们有没有想过什么，那么很可能应该认为只一处提及是不够的，因为这种情况很容易解释为个性特质或者异乎寻常；然而，如果研究目的是查清在某一个时期某事是否可以想象，那么一个例子就颇能说明问题了。

可以想象之事是完全恰当的学术研究点，也已有可靠的分析和举证规则可用以进行探索。至于史学家应不应该对它感兴趣，则又是另一回事了。对于关注具体某部作品之独特性的文学批评家来说，能够证明某个观念可以想象是有重要意义的（这也正是为什么对于大多数史学家来说，文学批评家对一部作品的解读不管有多么犀利奇妙都不是很重要，因为该文本的价值就来自它的个性特质）；对于关注人们当初想过什么的史学家来说，一部作品的价值来源于它的典型性（这就是为什么对大多数文学批评家而言，史学家的解读对文本个性关注不足，而且归根到底多少有点平淡无奇）。不过，即使我们都认为，无论是好是坏，史学家一般都不怎么读文学批评家的研究[13]，我们也必须承认，他们的确越来越频繁地在读文学文本。不过他们往往不把它们看作文学作品，而是作为另一些事物的书面证据，通常是作为一个优雅的例证，说明一些人们经常想到但从未如此清楚地表述过的想法。

这明显绕过了这样一个问题：将文本当作文学来读到底意味着什么？不过，不管它还意味着别的什么，它肯定意味着人们在乎这是不是一部文学作品。我觉得，这不是同义重复，这其实是在强调言语环境大有关系，是在强调思想和言语不能在不改变其原定意义的情况下脱离它们所根植其中的美学结构，正如不能脱离产生它们的历史情境一样。然而多数情况下，研究者所做的是拿出一个能表明某一政治或哲学立场的单词或短语来证明作者有意拥护那一立场，几乎不考虑语言在特定环境中究竟如何运作。一个文学人物表达出共和观点，这的确能证明在当时共和制观点是可以想象的，但它不一定证明作者持有这种观点，或者在那一文本中提出了这种观点。

或许，这仅表明史学家不擅长文学批评，正像史学家说文学学者不擅长历史研究一样。或者更可能的是，这表明史学家做的根本不是文学批评，就像若按历史学科既定的研究程序和规则来说，我们做的也根本不是历史研究。例如，研究16世纪历史的史学家们很可能会觉得，在解释16世纪历史的某一方面时斯宾塞（Spenser）的作品会很有用；同样，如今斯宾塞研究者在解释斯宾塞作品时也常发现16世纪的历史颇为有益。一个是通过参考文本解释了历史，另一个则是通过参考历史解释了文本。但这是不同的课题，要求不同的学术研究程序和证据使用原则。两个课题当然有交叉，但这不能使其成为跨学科课题。所谓跨学科，不能够（也不应该）

51

单纯将另一学科的见解和技术当作工具使用。史学家的确不时为了各种形式的历史研究而使用文学，就像文学学者不时为了各种形式的文学研究利用历史一样。我认为这一分析是符合事实的，但坦率说，这不是一个很有意思的论断。我想，关于学科关系，即使我们可以承认这些学科特点并非关乎本质也非永恒不变，相比说史学家就是史学家、文学批评家就是文学批评家，可以有更具建设性的说法。

也许，回到思想史（因为在这个研究领域，史学家的确是以阐释文本为基本目的而直接接触文字文本的）可以说明这个关系应该是什么样的。我对于许多思想史学家利用文学持有的异议并不在于他们是以非文学方式使用它——我刚才说过，这是意料之中的；我的异议部分在于他们常常用不够历史的方式使用它。这大概就不是预料之中的了。不过在我看来，他们有意复现的那些哲学和政治语汇都有些理想主义，与使用它们的特定文本以及使之产生的特定事件都不可思议地扞格不入。共同的词汇并不一定意味着共同的目的。确实，我想指出，即使不同的作者被证明使用了相似的词汇，其共用的词语在各自不同的文本中也必然起着不同的作用，其意义也因上下文而发生重大改变。毫无疑问，1649年后所用的"king（国王）"这个词，和在此之前所用的就不完全是一回事。①

这在某种程度上反映出，很多对思想史的阐述所缺少的是对语言工具本身产出能力的领悟，即其作者不能完全控制所写文本的易变性。换言之，缺少的是对意向性

---

① 英格兰国王查理一世于1649年1月被处以死刑。

（intentionality）这一概念的充分认识。思想史学家往往将作者意向理想化，也就是说，他们认为这种意向在文本意义中明晰可见，并统领全局。然而，除非文本套套逻辑化，不然是无法将意义浓缩为作者意图的。当然了，我们可以坚持说作者的原意**就是**文本意义，然后把所有与作者原意不相关的东西都归为非"意义"类（比如E. D. 赫希［E. D. Hirsch］所主张的"隐义"［significance］ [14①]）扫到一边。然而，文本不可避免地会产生不在作者意图之中的意义，而将这些排除在意义之外，就是曲解写作、阅读以及文本自身的本质。

这不是要重新启用那个为人熟知但有误导性的结构主义论断，即意义来自语言而非语言使用者。我坚信意义是被有意识地创造出来的，但我也坚信，文本的意义不由任何单一的意图决定。在我们阅读的文本中存在着多重且往往相互抵触的意图。这是真实的，从物质角度来看，这是因为书本确实是由具有可见于文本能指层面的（非作者）意图的力量所生产的；从话语角度来看，这是因为一个文本与其说是一篇文章（composition），不如说是一个合成物（composite），是与其他文本交融的产物，那些文本通过作者文本留下了种种断层线般的意识痕迹；而从现象角度来看，由于体验文本的读者阅读时都带有意图，因此决定他们与文本关系的，不仅有

---

① 赫希认为，"meaning"（本书译作"意义"）是文本所要呈现的意思，即作者写作时使用某一串特定符号表达的意思是一成不变的。而"significance"（本书译作"隐义"）则反映出意义与人、概念、情境等之间的关系，是变动不居的。也就是说，作者在不同处境、心境之下，对自己与文本关系的认识会有所变化，但文本中符号所要表达的意义应是恒定不变的。国内学界对这两个概念暂无统一译法，有学者将其分别译为"内部意义"与"互动意义"，也有学者将它们译为"意涵"与"意义"、"意义"与"旨趣"、"含义"与"意义"等。

作者意图，也有他们自己那不可预知的阅读动机。也许可以说，文本形式是作者为了保持意图唯一性而做出的努力，但这种努力注定要失败。

思想史对这种失败不感兴趣，这可以理解。毕竟，几乎从骨子里它所关心的就是这一努力在多大程度上是成功的，即在多大程度上作者成功地使用、操纵既有词汇和习俗，以产出自己意欲表达的意义。即使思想史中无比复杂、有效的研究，即昆廷·斯金纳（Quentin Skinner）及其追随者的著述，也依然致力于此。斯金纳卓有成效地利用语言学理论，特别是维特根斯坦（Wittgenstein）的语用学以及奥斯丁（Austin）与格赖斯（Grice）的言语行为理论，试图通过探索文本所处的思想意识环境以复现所研究文本的"历史意义"。他的研究意识到，仅仅理解一个论点的"言内力"或曰命题力是不够的，因此他主张也要考虑言语的"言外力"也即意图力。换言之，必须不仅理解言语中的关键词语在作者选择的习用体系内运作时是什么意思，也要弄明白到底是什么使得作者运用了这些词语。[15]

这种对历史意义的理解方法标志着对思想史早期模式可喜的放弃，那种模式通常要么针对某部被视作"自立自足的研究与理解对象"的卓越作品集中研究其特殊细节，要么专门关注某个既有观念，通过忽略赋予这一观念的特定用途而实现其内在的一致。[16]对于斯金纳来说，不论是从典籍入手还是聚焦关键概念来研究思想史，都不是"真正从历史视角出发"[17]。其中一种方式是让我们面对那些在思考问题时"其抽象思维和智力水平是他同时代的任何人都无法企及的"非凡人物；另一种则是让我们面对被具象化为"思想"的概念，

53

而这只有忽视其用途的历史特殊性才能实现。斯金纳的方法与此不同，他呼吁使用历史语用学。一个作家说了什么？为什么要这么说？答案则在作者对于某些关键词语和短语的运用中，而这些词语和短语则揭示出作品置身其中的思想意识背景。

然而，特意关注对既有政治语汇有目的的运用会使研究又退回到概念的历史上，而非含有这些概念的作品；而轻易将词语从其直接语境及其他决定性语境（文本的和历史的）中剥离，将它们置于条理分明的思想谱系中，其结果便是将话语和使用此话语的作品都扁平化，以抛弃特定作品的丰富性以及产生该作品之特定历史时刻的复杂性为代价换来一个最小公分母。

我倒也同意，从历史角度理解一部作品的确意味着将它看作是有意的创作，但在本书中我将始终坚持这个观点，即这些意图总是由文本与历史两方面的诸多因素所决定的，而种种传统的思想史更关注思想而不是事件（即使是文本中的事件），因此很难容纳意图的问题。当然，如果我们的目标是复原历史意义，我们必须关注作品是谁写的、为什么写，但针对这些问题的答案并不能解释文本是如何产出的、如何被体验的；换言之，这些答案只能就文本意义的关联范围和产出参与者提供一个稀释了的概念。

我想指出，要从"真正的历史角度"理解一个文本，就必须在理解意图时更具包容性，对生成意义的真实环境进行更充分的探讨。这当然意味着要考虑作者的意图，无论从包含这些意图的作品内在运行机制中将其整理出来有多么困难。不过，这种困难恰恰就是作品基本历史性的标志，是确凿的证据，说明文本不可忽略的具体情况（也即它不仅作为美学结构也作为实体和事件而存在）是如何使得作者意图与其他欲求和行为相互交织（并往往相互冲突）的，而这些欲求与行为对于文本所表达之意义所起的作用绝不比作者意图小。

如果学者要关注历史层面上的意义，他们不仅要考量文本的语言和美学结构，也要考量那些使得文本能被体验的各种制度与物质条件，以及那些与文本相关人员的情况、能力和所关心之事（即认识到读者也是历史主体，而非仅为文本产物）。不考虑作品以何种形式传播、在何种情况下与人相遇，是无法抓住意义的。[18]"谁在读，读什么"这个问题和"谁在写，为什么写"同样重要，而如果我们想要把意义当作真正的历史问题来考虑，那么这两个问题就都需要回答。

一个文本的意义，由于出现在历史上，并不完全由作者意图产出：在文本实体化并与人相遇的过程中，作者意图会受到种种干扰与抵消。实际上，文本作为一种形式以及物质结构，会对其受众施加压力，而其读者或观众（如果这个文本是剧本的话）则带着种种不可预料的欲求、期待，才能体验该文本，这便形成了往往与该压力呈相持之势的创作力，而文本的意义就产生于这两种力相互间复杂的协调过程之中。因此，文本的意义必定是多重、易变的，而非单一、稳定的。文化批评者关注文化会将哪些应力维系在一起，而思想史学家则关心大家所继承的共同概念，相比之下，文本意义的特性更有利于前者。

必须把文本看作一种语言结构、一件实物制品、一个事件，从方方面面说文本都是多重意图的产物，这些意图既决定了它的形式，也决定了它的意义。这样理解文本，既承认了文本作者的意图，也同时意识到这些意图本身既不足以解释文本的物质化过程也无法解释其效果；也就是说，只关注意图，归根结底既无法解释文本在这世上的实际书面存在，也无法解释它多变的行为活动。只有将文本意义看作多重意图（而且其中读者或观众的意图相当重要）的产物，这些意义才真正是历史的，充满了人之目的。

这至少是一个文学和历史研究可以在同一个平面相遇的地方：将文学作品既作为文本又作为实体研究，既是语言和思想的结构，又是使它进入世界、在其中运转的物质载体。这样的研究焦点是真正跨学科的，无论是对文本的生产力还是生产过程，它的结构组织还是物质形式，激发其创作的意图还是使接触这些意图成为可能的必要制度和技术的介入，它都能积极回应。在这里，文学批评家和史学家各自的技巧和方法找到了一个共同的研究项目：文本不再被看作"超越历史的富饶世界"[19]，而是一个扎根历史的富饶世界，是社会知识和社会经历的一种形式。

当然了，我并不是说这是文学和史学研究唯一的交界面，只是觉得它是特别振奋人心、卓有成效的一个。一部作品的可理解性是由丰富多彩的意图塑造的，将这部作品放在这个意图网中去考量，换言之，将它看作一种语言结构、一种文化姿态、一个物质实体、一件商品，便可以将其重置于历史中，厘清它到底如何产生和传达意义。在"新历史主义之后"来实现其理想之应许的，应该就是这样的关注。这种关注让文本以及通过文本传播的思想回归一个充满着丰富意义的人类活动的世界。

第三部分

历史中的文本

对于那些以为通过评校技巧就必然能还原莎士比亚原作的人（如果有这样的人），我们推荐他们研究一下《理查三世》的文本。

——W. G. 克拉克（W. G. Clark）和 W. A. 赖特（W. A. Wright）

《剑桥莎士比亚全集》（*The Cambridge Shakespeare*），1864

我总听人说这事儿做不成，但有的时候也没准。

——凯西·施滕格尔（Casey Stengel）[1]，1964

第三章　文化的机制

——今天的莎士比亚作品校订

最近大家似乎都在做这件事，或者在考虑要做这件事，或者最常见的，是在想自己为什么还没开始（如今毕竟是20世纪90年代了）做这件事。校订，我说的就是这个。校订突然变得非常热门，或者该说，也许作为一件要着手去做的事还没那么热（毕竟，它的确包括大量十分单调枯燥、冷冰冰到让人麻木的工作），但至少作为一个供讨论的话题还是够热

---

① 凯西·施滕格尔（1890—1975），美国棒球运动员、经理人，谈起棒球来总是如数家珍，且说话风趣幽默、别具一格，被体育记者称为"老教授"。

的（大约可说是莎士比亚研究中最热的话题）。我们所研究的文本实体似乎从来没有如此吸引人、如此无法回避、如此令人振奋地问题重重。

这在很大程度上是因为，如今新兴的电子技术正威胁着印刷书籍的霸权（但并未如有些人声称的那样，威胁到其存在本身，因为随着电子替代品的出现，传统书籍的优势也日益明显），而印刷文化的成就本身便成了十分令人感兴趣的审视对象。当然，我们不应靠电子革命来引起人们对印刷媒介的关注，不过文本生产的过程是在最近变得显眼、紧迫起来的。文本的实体化不再是自然而然或显而易见的，而学者也不再对他们所研究文学作品的历史形态漠不关心。

然而，许多年来我们都是手边正好有哪个版本就读哪个版本，完全信任其文本的准确性和权威性。这是新批评派所留民主遗产的一部分，至少大学课堂上实践的那种新批评派是这样的。不需要珍本，不需要进档案馆的特许权，也不需要掌握关于印刷厂运作或古文书学那些晦涩难解的知识。在随第二次世界大战的结束而到来的反精英教育环境中，廉价、可靠、可供所有人细读的文学著作版本是英语研究在美国学术界立身的基石。

偶尔，我们也能听到让"读者小心"的警告：马西森（Matthiessen）关于《白外套》（*White Jacket*）中"soiled fish of the sea（海中污秽之鱼）"这一冲突之和谐（discordia concors）的那一声名狼藉的讨论，但实际上梅尔维尔（Melville）对那条海蛇（更准确，尽管也许没那么有诗意）的描述是"coiled（盘绕的）"；或是叶芝（Yeats）《诗选》（*Collected Poems*）的早期版本中，《在学童中间》（"Among

School Children"）一诗的文本中存在字母移位，原本诗中描写亚里士多德 "solider（更实际）"，结果被弄成了 "soldier（士兵）"。[1]但我们无须担心。我们读的那些莎士比亚文本里没有这类错误。我们读《李尔王》，在讲台上神气十足地对学生说这部莎剧曾有一百五十来年在舞台上演出时只有泰特（Tate）那无病呻吟式（"那么还有众神，他们在意的是美德!"）的改编本，并为我们自己的时代而得意：我们受得了这部剧本身，能接受原版中所有的暴虐。

当然，问题却正出在"这部剧本身"上。我们（以前）读的那部剧（《李尔王》，基特里奇［Kittredge］校订；《李尔王》，哈贝奇［Harbage］校订；《李尔王》，缪尔［Muir］、弗雷泽［Fraser］或贝文顿［Bevington］校订）与我们所认为的《李尔王》并不完全一样。那是（我们学过，应称作）"合并版"或者"拼构版"的本子，校订花费的精力几乎相当于原创。现在人家告诉我们《李尔王》不是一部剧而是两部，校订者一直在将两部剧一点点合并，打造出了一个莎士比亚从未写过或构思过的文本。在学者们看来，此剧的 1608 年四开本版与 1623 年对开本版截然不同、互不关联。其中一个据牛津"莎士比亚全集"的校订者称，呈现的是"莎士比亚的原作"，另一个则应该是第一版上演几年后"他大幅修改过的"版本。[2]

而这很难算是一种新说法。早在 1927 年，格兰维尔-巴克（Granville-Barker）就"确认"对开本文本中记录了"至少一些莎士比亚自己的改动"[3]。1931 年，玛德琳·多兰（Madeleine Doran）详尽地论证过（不过她后来调整了自己的

61

观点）第一版四开本（Q1）^①来自莎士比亚的手稿，而对开本文本则源自被修改、删节以及审查过的演出脚本。⁴实际上，早在1725年，蒲柏（Pope）便宣称，对开本文本中很可能包含"莎士比亚本人所做的调整或添加"⁵。但直到1983年《王国的分割》（*The Division of the Kingdoms*）一书出版，旧的异端邪说才变成了新的正统理论。⁶从那时起，《李尔王》就决定性地成了"《李尔王》们"了，对于很多人来说，这一认识意味着可以有力地反对惯常那种合并两版的编辑方式，因为按照现在的认识，两版各自独立自洽，而且在很多方面并不相容。⁷

而认为剧本有过修改的观点，以及随之而来的反对合并式编辑的主张，并不仅仅针对《李尔王》。学者们指出过，《哈姆莱特》《奥赛罗》《特洛伊罗斯与克瑞西达》《亨利四世下篇》以及《理查二世》的各种早期印刷版本中，也都有类似的重大修改痕迹（不过，让"修订派"沮丧的是，必须承认没法证实这些修改是且必定就是莎士比亚自己的修改；一旦一个剧本被收入剧团常备剧目，它必然不再由作者独自控制）。⁸那些令人赏心悦目的旧平装书，里面满是下画线和旁注，我们拿它们作课本用了那么多年，如今似乎不再那么权威，看上去也不再那么可靠了。它们的封面上宣称这是莎士比亚的《李尔王》、莎士比亚的《哈姆莱特》，结果成了与事实不符的广告用语。更准确一点，应该说这是艾尔弗雷德·哈贝奇（Alfred Harbage）的《李尔王》或者肯尼思·缪尔（Kenneth Muir）及哈罗德·詹金斯（Harold Jenkins）的《哈姆

---

① 莎学界以"Q+数字"的方法指称同一部莎剧早期的各个四开本版本，下同。

莱特》，或者梅纳德·麦克（Maynard Mack）的，是他们的校订成果。他们筛选、固化各种见诸文字的异文，打造出自承致力于维护莎士比亚作者权威的文本（用维多利亚时期的校订者查尔斯·奈特［Charles Knight］的话说，坚持"那一原则，即只要看上去像是莎士比亚写的，就一行也不能丢"[9]），而具有讽刺意味的是，这样的文本却与莎士比亚打算写的东西大相径庭，而且，由于各自独特的校订判断，各校订本之间也大相径庭。

　　然而，作者权威的问题也不仅仅关乎存在多个独立版本的那些剧。有一些剧未收入早期的四开本，只在对开本里出现（对开本承诺所收剧本都按莎士比亚"原来的构想修改完善了"），这些剧的文本本身并不稳定，甚至不具自赋权威，看上去真需要以莎士比亚的名义进行校订，将文本剥离制作环境并否认其完整性。传统上，校订者对自己任务的理解，用弗雷德森·鲍尔斯（Fredson Bowers）意味深长的话来说，就是"扯掉印刷文本上蒙的纱"[10]，以发掘出藏在印制文本可见表面之下对于文稿真义的解读。版本校订自诩是重构因剧院和印刷厂而遭受污染的剧本，还其作者刚创作出来时的原貌。"某处出现讹误是确定无疑的，"牛津版"莎士比亚全集"的校订者们在该版的《文本指南》（*Textual Companion*）中这样写道；"文本有疾。"[11]因此一般认为，校订行为就是一个净化过程，将艺术作品恢复到堕落进印刷厂之前纯正、健康的状态。

　　但是，对于这种旨在将文本还原到被印刷出版篡改之前而设计的校订理论来说，一个绝不可忽略的问题在于未受污染的原始版本根本不存在，莎士比亚作品的情况就常常如

62

此。莎士比亚的原稿无一留存，没法拿来对比、修正那些印刷本，诉诸其本质特点至多是一种假设，实际上这往往貌似一种令人不安的循环论证：就是说，重构或更准确地说是想象出一份原稿，靠的是参考某一份有缺陷的印刷文本，而发现这一文本的缺陷，靠的是参考那份假设的手稿。尽管如此，校订者们还是不断援引那已不再存在的原稿（对它的想象人言人殊）以证明剧作家的意图。所谓的善版四开本（good quartos）之所以有权威，是因为据称它源自作者的"毛稿（foul papers）"（即交付誊抄或印刷的亲笔手稿），尽管没有任何一部莎剧毛稿存世，且事实上那一时代作家中也没有任何一位有这样的手稿存世。实际上，保罗·沃斯汀（Paul Werstine）就曾有力地论证过，莎剧校订者口中的"毛稿"这个类别根本"是出自愿望而非理智的产物——我们渴望在'善版四开本'中获得莎剧原本，即由莎士比亚作为独立行为人开始创作并最终完成的剧本形式"[12]。

然而，不管这种对纯正和原创的渴望有多么合理，它可能都弄错了对象。它不仅注定要令人沮丧失望（不仅因为莎剧没有留下任何原稿，而且也因为格雷格（Greg）自己也注意到的那种必然破坏原稿权威性的两难处境：若将假定的原稿认作剧作家本人的，那么其中必然包含"未理顺的文本缠结"；而如果将它当成剧团使用的誊清本，那么就无法确定它只呈现"作者本人"写的东西[13]），而且就像很多别的愿望一样，其追求的东西可能并不恰当。人们追求的是作者的本意，然而在所有的文学体裁中，戏剧是最不尊重作者本意的。戏剧总是表达多重且往往彼此冲突的意图，毕竟，除了剧作家之外，演员、评注者、修订者、合著者、誊写员、排字工、印刷工、校对员，都要在剧本文本的成形过程中插上一手。但是剧本的编校往往会将作者著述这一活动理想化，主动将其移出剧本创作时的环境，使之脱离那些使（作者和非作者的）意图在印刷物和舞台演出中得以实现的社会和物质干预。

就其本身而言，对作者意图的关注自然既无不妥也并非无益。作者意图的确是戏剧阐释视域的一部分，而且不论它有多么易于消失，它依然不可否认地属于历史。（我得承认，需要为意图性做辩护似乎有点奇怪，即使是像我在此提出的这一有效辩护也罢。）很显然，文学作品在某种意义上始于作者，而长期以来，学术校订的任务在人们眼中，用 G. 托马斯·坦瑟尔（G. Thomas Tanselle）简单至极的话来说，是"找出一个作者到底写了什么"[14]。校订者研究留存下来的文本证据，查考它们流传的过程，然后通过选择和校勘，构建出一部以"权威"自居的评校版——所谓"权威"，是指它符合作者原本的意图，尽管留存至今、言之有据的文本都无法完美地实现并展示这些意图。

因此，校订者总是不可避免地想要纠正那些印刷文本宣示的某些内容。有时候，这个做法看上去完全无可指摘：颠倒的字母被默默地正了回去（比如，对开本版《无事生非》2.3.20［TLN 852］中的"turu'd"一词①，我们至少可以把它当作某位百无聊赖的排字工不管不顾地开了个行内玩笑）；明

---

① 2.3.20分别为现代莎剧版本中的幕次、场次、行数，不同校订版间会有一些出入（下同）。而学界在引用第一对开本文本时，则惯用未分幕场次的全剧行号（Through Line Number，简写为TLN）。《无事生非》第二幕第三场第二十行中的"turu'd"一词现在一般被校勘为"turn'd"。"turn'd"本身有"翻转，颠倒"之意，因此本书作者开玩笑说，这有可能是排字工故意将"n"倒置为"u"，幽上一默。

显的排印错误也被纠正过来了（比如，对开本《安东尼与克莉奥佩特拉》2.3.3［TLN 967］中的"ptayers"改成了"prayers"），这种做法的确可以称得上是"净化"了文本，去掉了其中显而易见的错误。

但是其他的一些调整就有点问题了。"校勘考订总是有风险的，"塞缪尔·约翰逊（Samuel Johnson）坚持认为，"有将特例误作讹误的危险，也有可能有人仅因为自己才疏智浅而碰巧无法理解某个段落，就以不知所云为由将它删掉。"[15]我们觉得某处需要修订，这也许并不意味着文本有什么不足，而只是我们对于某些句法、语义或者风格变体的无知。而且，即使在有些印刷文本中的确有明显缺陷、必须做出相应修订时，提出的修订本身也不见得就肯定是正确的。对于可能的文本错误，的确可以利用校订者的古文书学知识，或者对于印刷厂内习俗的了解，给出一个可信的解释，提出一个可行的替代方案，以满足诗句的美学和意义要求，但即使是西奥博尔德（Theobald）将对开本里"a Table of greene fields"①（《亨利五世》2.3.16—17［TLN 839］）换成"a babbled of green fields（他谵语绵绵，念叨着绿色原野）"这种如有神助的校订，尽管很让人动心，也最多只能说是似乎合理。实际上，对此也还有一些别的合理的修改法，比如，把"Table"换成"talkd（说到）"（从其鲜明生动的图形来说，这也同样可能，而且从四开本中还可以得到一点支持：其中老板娘说福斯塔夫确实"talk of floures［说到花］"）。当然了，

---

① 对开本版的此句的确切意义不明，朱生豪将之译成"脸绿得像铺在账桌上的台布"。

西奥博尔德的"babbled"看上去几乎是"莎士比亚式的"，令人难以抗拒，比平淡无奇的"talkd"这个选项更令人信服；然而，这一事实恰恰证明，我们的偏爱建立在主观、评鉴的基础之上，而非出于所谓客观、书志学的理由。我们并不能斩钉截铁地说这样的修订肯定恢复了莎士比亚原文，尽管它的确拿出了一个句子，令人满意地吻合了我们对于莎士比亚构思习惯的认识。

这也许只是在说，考订版的确是经过了考订的。但是，即使承认这种版本能做到确凿无疑的部分是有限的，既然作者意图本身就是有待研究的对象，那么这种理想化或一般所谓"调合式"的校订明显就是有价值的，而它的常规操作程序也是必要且恰当的。留存至今的文本几乎可以肯定未完整、忠实地实现作者的预期，而对于那些选择关注这种预期形式（即早于并独立于作品物质实体而存在的形式，不管它有多么无关紧要）的校订者来说，他们的工作就是要修订文献记录中被认为存在缺陷的部分，恢复并呈现之前那些在文本物质化过程中未实现的意图。尽管如此，虽说在确定文学作品呈现形式时，作者意图毫无疑问是一个，甚至可以合理地说是唯一一个最重要的决定性因素，但仅仅关注意图（至少是作者意向中的意图，而不是作者实际表达出的意图[16]）必然会将写作活动与激发和维持它的最直接的历史环境割裂开来，而将作者捧上一个令人难以置信的至尊地位。

我们当然可以将注意力从剧作者转移到作为一种使那些意图社会化的方式的剧院本身。由于演出是莎士比亚为将自己的戏剧公之于众所寻求的唯一形式，人们或许会说，校订版应该以舞台演出本而非作者文本为基础，从而有效地复现

65

戏剧演出时的多重意图。实际上，最近推出的牛津版"莎士比亚全集"便宣称已这样做了：它试图呈现出"莎剧当初在作为莎翁职业生涯中心的伦敦剧场上演时所用的文本"[17]。然而，我们怎么能知道"它们当初上演"是怎么回事儿？从早期的剧本印刷文本证据中又如何能复原这样的信息？

为做到这一点，牛津版的校订者们试图将校勘原则用于现有文献，但取消了假定的原稿权威的传统效价，更重视那种有迹象表明源自或受到"提白本"①影响的印刷文本，而非那种基于作者"毛稿"的文本。但试图依靠提白本还原演出脚本，并不比依靠剧作者"毛稿"还原出作者意图更确切可靠，一个无法忽略的原因就是提白本本身和毛稿一样，也属于理想范畴。没有任何一部莎剧有早期提白本存世，流传至今的同时代其他剧的提白本也根本无法证实曾被用作最终的演出台本。现存剧本手稿和印刷剧本中，只有为数不多的几部上面有协调人的记录，但威廉·朗（William Long）已经证明，这些剧本并不具有书志学家所确定的提白本文本特征。[18]尽管现存的"提白本"对我们了解早期现代戏剧显然是有巨大价值的，但它们所反映的，更多的是协调人对后台活动而非对舞台上所说所演的关注。

不过无论如何，戏剧的演出并非一件单一或稳定的事。它当然要随着每场演出情况的变化而变化，而没有哪个剧团

———————————

① 英国文艺复兴时期的剧团中设有"prompter/bookkeeper（提白人/协调人）"，其职责既包括在舞台演出时为演员提词，又包括协调排演以保证演出按计划进行，为演出准备剧本（在作者交付的原稿上添加舞台指示、背景音乐指示等演出信息），解决剧本审查问题，以及保管剧团剧本，等等。因此，所谓"提白本（promptbook）"也并不一定指专门用来提词的台本，而是"提白人"所保管、使用的那个剧本。

的提白本可以预见到某一特定演出会要求进行怎样的调整变化：调整舞台布置以适应不同的场地；修改文本以保证它不过时或者不犯讳；演员忘了或者弄混了词儿；甚至有时还需要即兴发挥一段，给场下某个犯浑插话的观众来个精彩回击。说起来，海伍德所作《俘虏》（*The Captives*）的所谓提白本里有一条含糊的舞台指示："要么用权杖抽他，要么扔块石头"（ll. 2432—2434），但谁也不会真这么试一下。就如沃斯汀指出的那样："这样一来，对所谓'演出文本'这种稳定不变实体的追求就成了堂吉诃德式的，和已被放弃的对作者意图的追求并无二致。"[19]演出文本一旦被放进所设想的环境中，就变得彻底可塑，并对与作者意图并存的种种赋形意图做出回应。

过去的剧作家们肯定认识到了这一事实，有些人转而将剧本出版，想要挽救据他们看来在演出中必然会丢失的那些东西，哪怕只是演出时剧本被压缩的部分，因为要让演出不超过还算灵活的"两小时之剧情"，在这段时间内观众有望保持注意力。[20]詹姆斯·赛杰尔（James Saeger）和克里斯托弗·法斯勒（Christopher Fassler）已经指出过，在17世纪，习见的剧本扉页授权形式（"与……最新的演出一致"），即那种常具体指明演出剧团和地点的方式，渐渐被对作者著述权的说明所取代：剧作者的名字开始越来越频繁地出现在剧本扉页上。[21]不过，与文本作者授权变化一样意义深远的，是文本概念本身的变化。文本的推出越来越频繁地被看作剧作家而非剧团的成就，不仅如此，推出的往往是不同的文本，不再"与演出一致"，而是更完整的作者著述版——"收录未曾公开叙述、上演的内容"，琼生《人人扫兴》（*Every Man out*

66

of His Humour）的扉页上便是这样写的。[22]

这对于校订的影响，或至少是它给校订带来的两难困境，似乎显而易见。如果我们校订的目的是还原并再现剧作者的意图，我们几乎肯定得收录未曾在舞台上出现过的内容；而如果我们校订的目的是恢复并再现作为演出蓝本的剧本，那么我们同样肯定得删去剧作者确实写出并明显很珍视的内容。[23]这两种方法各自对应了两种主流莎士比亚观中的一种：我们要么把莎士比亚看作绝对的剧场人士，要么把他看作最为典型的文学大师。但是，如果我们的研究兴趣是作为演出文件的剧本，那么校订后的文本对剧作者意图的关注就应少于对剧团如何运用剧作者意图的关注。剧院不可避免地会吸收并改变其剧作者写的东西，使之适应各种机会和需要，并且在此过程中绝非偶尔地对它们做出改进。麻烦就在于，舞台上发生的事情多数并未被记录下来；变化不定的演出文本从未以任何书面形式存在过，而根本没有一部校订本能真正反映舞台上那些风采各异的演绎。

67　　所以，不管一部校订本是否有可能充分反映出那一过程，在职业剧院中，剧作者的意图不可避免地必须服从演出的要求。不过，我们现在已不仅将戏剧创作，也将其他所有形式的作者著述看作某种比传统艺术完整性观念所确认的更为犯难的东西，就是说，其个性张扬较少，而约束限制较多。作者绝对未死，但在当下的理解中，每一种写作行为都必然是妥协折中的结果，受着束缚，并非某种自由自主发挥想象力的活动。一个作者总是也只能是基于既有的（想象以及体制方面的）可能性去写作，而文本则只有通过其他行为人的努力而实现（并必然为其所改变）。校勘学（且不论校订本身）越来越想要努力复原参与文本产出的整个中介网络，将文学作品回归到使之得以实现的合作经济模式中，而且从这些合作痕迹中看到那些使文本不论是在舞台上还是在印刷厂中都能得以实现的客观环境，而非那些随着文本脱离作者原创构思而蜕化变质的原因。

　　然而，如果说文本性的这种社会性理念（与杰尔姆·麦根［Jerome McGann］和 D. F.麦肯齐［D. F. McKenzie］有着最直接的联系[24]）在校勘学领域已有了巨大影响的话，它对校订工作本身并没有（且大概也无法有）同样的影响。认识到作者意图不仅与非作者意图共同起作用，而且实际上需要非作者意图帮助才能物质化，这就是对文本完全历史性的恢复。但对这一历史性文本的追求，对传统的校订基础而言，即使没有彻底动摇了它，也是给它添了极大的麻烦。如果研究文本、呈现文本的目的是揭示出作者意图与非作者意图之间由历史决定的、意味深长的合作，那么就不再存在认为文本的某一版本较另一版本更优越的理由。一个关注莎士比亚意图的编辑者会认为 Q1 版《哈姆莱特》不如 Q2 版有价值，然而一个关注社会性文本的校勘者会认为 Q1 与 Q2 或对开本文本完全一样，都反映了使其得以产出的物质和体制环境（且仅在优劣标准由是否接近作者手稿而定时才是"劣版四开本"[①]）。说起来，如果我们关注的是文本的社会建构，而不是某个作者版本，那么看起来似乎根本就没有校订的必要；毕竟，未经过校订的文本，哪怕是存在明显错误的文本，都是文本复

---

　　① 《哈姆莱特》有两个早期四开本，1603 年出版的 Q1 常被学界称为"劣版四开本（bad quarto）"，次年出版的 Q2 则被称为"善版四开本（good quarto）"。

杂生产过程唯一、充分可靠的见证，同时，它也见证了对其物质性（威廉·莫里斯［William Morris］会这样说）不可避免的抵制。

68　　　这种关注社会性的逻辑，似乎指向完全放弃校订本，改用早期印刷本的复制本，这样的本子能提供更丰富的、可说明文本产出时所处社会环境的能指材料场域。研究《麦克白》可以使用唯一提供此剧真实文本的对开本复制本；研究《李尔王》可以同时使用1608年四开本和对开本的复制本；至于《哈姆莱特》，则是三种早期印刷本的复制本，其中每一种都自诩源于不同的机制逻辑，因而每种都是一部完全不同的剧。相对于无法轻易用来进行研究的早期版本的原本，这种复制本的确可以提供现成的、价格适宜的副本，可以让我们将艺术作品置于其得以产出的原始环境中，较之那种试图移去所有被鲍尔斯斥为"非原作增生物"[25]痕迹的汇校勘本，能获得更为严谨细密的理解。

　　但尽管复制本明显具有复现原始文本许多重要视觉特征的能力，不论它是纸质的还是电子模式的，它也只是将现实理想化。它将文本独有的特征实物化，将原本独一无二的一份文本（因早期现代印刷厂的做法而形成，那时人们会将校改过和未校改过的书页装订在一起[①]，这样一来，不大可能找到两本一模一样的16世纪时期图书）复制成了无数副本。而

---

　　① 16、17世纪，一校稿返还印刷厂进行正式印刷后，即使印刷过程中再发现需要修改的地方并进行了相应修改，之前已经印制好的书页也不会被弃之不用，而是照样交付装订。因此，同一批书中各本之间也往往存在不同。比如，现存的二百余本莎士比亚戏剧第一对开本中，有四本中的莎士比亚画像与其他的相比有细微不同，说明在印制过程中，画家又对雕版做过调整。

复制本这种理想化的形式将对文本实体的关注限定在语言媒介构成的书志学规则上。很明显，它无法完全复制文本的物质化，无法复制它的纸张、油墨和装订，而毫无疑问，这些物质因素也是文本意义的一部分：普林（Prynne）在《优伶苛评》（*Histrio-mastix*, 1633）中对莎士比亚的作品是用"比大多八开或者四开《圣经》好得多的纸"（sig. **6ᵛ）印制这一点大为愤慨，这就是一个证明。[26]

这样看来，如果说校对本通常将作家创作理想化，那么复制本则将印刷文本理想化。可以看出，关于如何呈现文学作品，无论怎么做都会导致某些有用信息的丢失。在某种程度上，这是由书籍制作技术本身造成的。因为需要考虑所印书本的开本和成本，我们不得不做一些既非必须又非理想的选择，而在这个方面，未来的电子化也许能让我们轻松一点。毫无疑问，对于一部莎剧来说，最能包容一切的形式就是一个超文本（hypertext）版本，将所有早期独立存在的印刷本（以及理论上任意数目的校勘版文本）都电子化，收录进去。不过，虽说超文本可以让我们避开典籍制作的物理限制，它们当然也和任何复制本一样，依赖于将某一印刷版本理想化，这就有了它自己的不足，其巨大容量就绝非无关紧要。与其说超文本是作品的一个版本，不如说它是一个可以无限扩大、良莠混杂的档案库；而且，如果说这就是制作超文本的理由，那么需要注意的是，拥有这样内容丰富的（超）文本是一回事，阅读它可就是另一回事了。

实际上，在可以预见的未来，我们中大部分人在阅读和教学中仍会继续使用莎士比亚戏剧的校订本，用纸质的而非电脑屏幕上的校订本，其拼写和标点也都经过现代化修订。[27]

69

如果我们偶尔（也许不止偶尔）因此而痛惜——知道了自己因接受校订者为我们构建的文本而失去了什么，那么同时我们也清楚自己获得了多少好处。现实中没有令人完全满意的莎士比亚作品校订方式，至少没有一种方式不会在校订过程中丢失什么，因此从个人兴趣和需要的角度而言，校订本不论以何种形式呈现文本，其易接触性这一优势都必然大打折扣；如果我们必须承认这一点，那么我们也必须承认如果要研习莎剧，尤其对那些只想读一读莎剧（不管这有多天真）的学生而言（更不用说那些需要一个单一而稳定的文本以便演绎的演员们了），阅读校订本是一种极为便利的方式。而我们其实没有别的研习莎剧的方法，因为从最初以印刷本形式出现起，它就已经过校订，经过除作者之外的代理力量的干预，也经过为方便读者而做的设计。

我认为，正是对校订既不可能又无法回避这一点的认识，催生并解释了今日校勘学之热。这一矛盾标志着文本历史性带来的复杂局面。我们已经认识到，一部文本不可能绝对权威、纯粹原作，就像它不可能只有"唯一生父"一样。文本总是遵循一套文化价值观和文本设想而建构，它的创造和再创造并不意味着污染，实际上那正是它得以存在的前提。这并不是说一部剧以何种形式出现无所谓，而是说不管这部剧以何种具体形式出现，它都不可能代表该剧真正的原本（只可能是原本的想象），正如第一对开本当年广告那神奇的暗示，那广告承诺，印刷文本"依据了那些真正的原创抄本"。一部剧经由印刷厂和剧院的物质化而得以存在，这一物质化过程就是这部剧的意义，而不是对这一意义被动的、有时不充分的转达。文学总是以文本的形式进入历史、演化于历史之中，而关注其文本性的物质和语言环境，便是将之牢牢定位于其兴于斯、变如斯的世界。认识到这一点，可能会降低我们"扯掉印刷文本上蒙的纱"的欲望，但现在毕竟是20世纪90年代啦。

所有关于创造者其人的臆测，都是为了消灭真正的
知识。

——皮埃尔·马舍雷

第四章　印刷本中的莎士比亚

我在这儿想论证的或许很简单，就是想说莎士比亚并没有写那些冠有其名的书。不过，这不是要加入习见的作者著述归属论战，就创作这些剧本的是否并非莎士比亚，而是躲在来自斯特拉特福镇的手套工匠之子这个身份后面的某个其他人这一主张辩论一番。这一主张没什么可取之处，除了无意中产生的幽默之外。最早提出莎剧作者是牛津伯爵（Earl of Oxford）的人中，有一个名字取得很糟，叫J. 托马斯·卢尼（J. Thomas Looney）①（不过，牛津伯爵派总是不厌其烦地指出，"卢尼［Looney］"这个姓氏在马恩岛上通行的发音其实是"隆尼［Lone-y］"）¹。有一篇文章宣称莎剧其实是丹尼尔·笛福（Daniel Defoe）创作的（尽管笛福于1623年莎剧对开本出版三十七年后才出生），此文作者的名字也没有好到哪里去：

---

① 卢尼出生在纽卡斯尔，但其家族来自马恩岛。他的姓Looney若按标准英语发音读，则与"loony（发疯的）"一词同音。因此，牛津伯爵派一直特意指出，其姓需按照马恩岛本地的读法念作/ˈləʊni/，而不是标准英语中的/ˈluːni/。

乔治·M.巴蒂（George M. Battey）[①]。更近的一个例子是，纽约有一位律师写了一部幻想戏剧，自费印刷，没有公开发行，在其中他为马洛（Marlowe）派的事业摇旗呐喊。他的名字，唉，是谢尔曼·E.西利曼（Sherman E. Silliman）[②]。我有时候会很不理性地觉得，这些都是上帝确实存在的证据。

对于存在莎士比亚这样一个人，而且（在人们发现他是好莱坞写手之前）的确是效力于伦敦剧院的剧作家，我和我们中多数人一样，从未有过丝毫怀疑。他曾是宫务大臣剧团（Lord Chamberlain's Men）也即后来的国王剧团的首席剧作家，连续十八年平均每年创作两部剧，保证剧团一直能有戏可演，而且这些戏上演后还要确实能将足够数量的观众招徕到环球剧场以及剧团其他的演出场所来。不管他抱有怎样的文学志向，在剧院的要求面前那都是次要的，而剧作家的成就既因舞台上演员的成就而得以实现，又被其遮蔽。莎士比亚不持有自己任何一部戏剧的版权，尽管其中十八部在其生前便已出版，他自己却未监管过其中任何一部的印刷出版事宜。演出是他为它们寻求的唯一发布形式。

当然，对于那时的职业剧作家来说，这是正常行为。在那个时代，戏剧基本上属于二流文学，其中大部分，很有可能约为百分之八十，根本未曾印刷。（一个参照：亨斯洛曾提到过二百八十二部剧，其中只有三十部左右在16或17世纪得以出版。）而那些最终得以交付印刷的剧本，很大程度上是新兴娱乐产业昙花一现的产品，而非高雅文化的珍贵艺术品。

---

① 此人的姓Battey在英语中与"batty（神经错乱的）"同音。
② 此人的姓Silliman在英语中与"silly man（傻瓜）"同音。

"四十本里几乎没有一本值得收藏，"托马斯·博德利给自己的图书管理员托马斯·詹姆斯写信谈到剧本时是这样说的，"我越想越厌恶，这样的书居然能在如此高贵的图书馆中蒙恩得占一个房间。"[3]

剧本通常仅仅计件付酬，由剧团订购（对于自由剧作家，一次性付清的酬金一般在五到八英镑之间），不过有时剧团会与剧作家签约，规定后者在一年内提供一定数量的剧本，如亨丽埃塔王后剧团（Queen Henrietta's Company）就曾和理查德·布罗姆（Richard Brome）签订合同，剧作家承诺为该剧团独家创作，一年提供三部剧，报酬是每周十五先令，再加上每部新剧一天的票房利润。[4]由剧团订购的剧本属于剧团，一旦交付剧团后，便由与演出相关的各方共同控制，不可避免地会因舞台要求和演员气质的不同而被修改；并且，随着新剧成为剧团保留剧目，剧本很可能会被进一步修改（常常由另一位剧作家进行），因为剧团要保证自己的剧本跟得上时尚。1601年，本·琼生为《西班牙悲剧》（*The Spanish Tragedy*）"添戏"，赚了四十先令；接下来的那一年，塞缪尔·罗利（Samuel Rowley）和威廉·伯德（William Birde）因"为《浮士德》（*Doctor Faustus*）添戏"分享了四英镑。[5]

这样一来，剧院便挫伤了文学理想，将一部剧的创作和修改权分散到了各式各样的行为人手中——合作者和修订者、协调员和提白员、乐师和木匠，当然了，还有演员们自己，所有这些人都对一部剧的最终成形和成功负有一定责任。一部剧的创作本鲜有与演出本完全一致的；剧院运作中的各种实际考虑（涉及成本、时间、人员以及剧院自身可用资源）会迫使它对剧本进行某些修改，而所有的职业剧作家

73

都不仅知道这是自己作品得以上演的条件，还知道排演中的考虑常把最初写下的东西改得更好了。

　　莎士比亚超群的文化地位让我们常常忽视这一事实，即他当初的创作也是在这样的环境中进行的，他的艺术确实植根于商业、制度和物质的环境，而这些环境令其文学才情屈从于实际的和实用的剧场运作。他唯一与众不同之处，在于他在其职业生涯大部分时间中只为一个剧团创作，而不像大多数职业剧作者那样做计件工作，甚至不像理查德·布罗姆那样是和演出剧团签约的"普通作家"，他是排演自己剧本的剧团中的"合伙人"。尽管他的戏剧生涯十分成功，他的收入来源却并非佣金或版税，而是抽取剧团十分之一利润的权益——这一股份收益颇为丰厚，使他得以进行相当规模的地产投资：1597年，他在斯特拉特福购置了被称为"新宅（New Place）"的永久产权豪宅，这是镇上第二大房产；1602年，他斥资三百二十英镑从斯特拉特福镇北部相邻的庄园购得大约一百二十五英亩土地，三年之后再花了四百四十英镑购下斯特拉特福镇一座什一税农场一半的产权。

　　因此，如果说作为合伙人，莎士比亚的物质收益远高于 74 当时大多数戏剧界人士，但作为剧作家，在多数方面他体验到的就与其他职业剧作家别无二致了。他写出准备搬上舞台的剧本，这些剧本一旦交付剧团，从法律上说便不再属于他，在艺术上则受多种表演赋形压力的支配。当然，作为剧团合伙人，同时又是其中经验丰富的演员之一，他可以对演出施加其他自由剧作家难以企求的影响，但像任何其他剧作家一样，他也知道自己所写的东西走上舞台后会被修改。

　　当他的剧本印刷出版时，它们既不证明他的文学成就，也不代表他的文学志向。它们的印刷发行没有他的参与，也不取决于他是否有过明白的出版愿望——再者，严格说来，它们并不属于他，印刷与否与他无关。由于缺乏类似我们今天的版权法（版权法始于1709年），从实质上说，剧团委托创作的剧本归剧团所有，其权益延展至相应的出版物。布罗姆与索尔兹伯里宫剧院（Salisbury Court Theatre）①的合同明确写道：在未事先获得剧团授权的情况下，"他不得明确允许或默许任何由他创作或将由他创作或编写的剧本……印刷出版"6。

而这种权利，剧团并不总是愿意授出。1609年《特洛伊罗斯与克瑞西达》第二版前致读者的信中，便提及"拥有此剧的大人物们"不太情愿授权剧本出版。偶尔也可见剧团积极阻止自己剧本印刷出版的例子。1600年3月，海军大臣剧团借贷四十先令"交给印刷工以阻止《耐心的吉赛尔》（Patient Gresell）的印刷"；而曾有过三次，国王剧团认为出版剧本会对他们"不利，有害"，因此似乎动用了他们的影响力，请宫务大臣向书业公会（Stationers' Company）颁布指令，"未经国王陛下的仆从们同意，不得印刷出版其戏剧或幕间剧②"7。当然，出版商要获得剧本，一般都是通过剧团的某位成员，因此白衣修士剧场（Whitefriar's Theatre）合伙人合同规定："自合同生效日起，本剧团中任何人不得印刷出版剧团使用之任何形式的剧本，或此后出售给剧团的任何剧本，违者将处以四十英镑罚金，或剥夺其在剧团的职位及全部股份。"8

不过，还是有不少剧本印刷出版了，常常是因为剧团将

---

① 即前文中提到的亨丽埃塔王后剧团自1636年起的常驻剧院。
② 幕间剧（interlude）又称插剧、幕间幽默短剧，是喜剧的前身。

剧本卖给了出版商以筹集资金或做自我宣传，不过出版商的
剧本原稿也常常来自其他渠道：某个靠记忆默写出剧本的演
员，演员们的朋友中弄到手抄稿副本的某些人，甚至偶尔来
自剧作家自己。海伍德在别处说过，这种剧作家做的是"将
自己的劳动二次出售，先卖给舞台，然后卖给印刷厂"（《鲁
克丽丝受辱记》）。[9]出版商会从各种渠道购买剧本，对自己所
购文本的性质，实际上包括它的来源，一概不在乎。正如布
莱尼提醒我们的那样，他们购得的是"一本手稿，而不是我
们现在称之为**版权**的东西"[10]。从本质上说，这里的法律问题
涉及的是有形财产而非知识产权，即所有权而非著述权。有
许多人可以合法宣称剧本属于自己、可以出售，出版商从其
中某人手中购得剧本的抄本，那么这个抄本就属于他了，[11]他
可以按照他购得的形式将其出版，而其购回的本子在形式上
很少（几乎从不）与作者构思的一致。

　　所有在莎士比亚生前出版的莎剧剧本，用的都是小开
本、低成本的版式。所用的文本质量和来源各不相同，有的
看起来源自作者手稿，有的则带有剧院难免要做的删节与增
补的痕迹，还有一些用的是口授记录本，口授者是看过甚至
演过此剧的人。这其中有不少本子，比如《罗密欧与朱丽
叶》（1597）、《理查三世》（1597）、《亨利五世》（1600）、《温
莎的风流娘儿们》（1602）、《哈姆莱特》（1603）、《配力克里
斯》（1609），以及《王位争夺上篇》（1594）和《约克公爵理
查》（1595），即《亨利六世中篇》和《亨利六世下篇》，其文
本风格和结构与它们公认的真正原版实有天壤之别，它们往
往被称为（沿用波拉德 [Pollard] 的话）"劣版四开本"（就
《约克公爵理查》而言，称"劣版"八开本更恰当）。[12]按通常

的书志学表述，它们被认为有缺陷，或许是盗用的文本，但它们也很可能不过是反映了文本在剧院和印刷厂运作过程中出现的正常变化。不管怎么说，这些早期印刷版剧目，不论它是"劣版"的，还是像有些扉页上强调的那样，"修订过的"，其中没有任何一部有任何迹象显示出莎士比亚对它的出版有过兴趣或参与。莎士比亚从未为其中任何一部写过题献或致读者信，或做过确保印刷文本准确的事——实际上，他也从未抗议过它的不准确。这和别的一些人不一样，例如海伍德就宣称（不管他有多么言不由衷）自己不得不允许自己的剧本出版，是因为"我的一些剧本意外地（未告知我，也未受我的监督）落到了出版商的手里，因此讹误、脱漏之处甚多（仅通过听写记录），我自己都认不出来了……"[13]此外，莎士比亚创作的、由他在斯特拉特福镇的同乡理查德·菲尔德（Richard Field）印刷出版的两首长诗——《维纳斯与阿都尼》（1593）和《鲁克丽丝受辱记》（1594），则明显经过精心制作，每一首诗前都有给南安普顿伯爵（Earl of Southampton）的署名题献。那些剧本的印刷出版就没有这样仔细谨慎，也没有剧作家参与的迹象。

76

当然，所有这些都已众所周知。还有一个事实同样众所周知，那就是尽管如此，莎士比亚依然成了世界上最有辨识度、几乎是回避不了的作家。时至今日，他的作品已被译成九十五种以上的语言，他的剧本几乎在世界上所有国家都能买到。实际上，他已经成为以英语写作的作家中被最为频繁地阅读（或至少可说是最为频繁地被指定阅读）的一位。那些从未阅读或观赏过他戏剧的人，依然可以轻而易举地认出手持鹅毛笔的莎士比亚，知道这是艺术才情的象征。然而，不管这一切有多令人欣慰，如果莎士比亚活到今日，看到自己赫赫的文学声名，肯定会大吃一惊的。他一向在专业剧院的共有体系中如鱼得水，他的剧作生涯与他那姓名所骄傲地代表着的著述权和自主性概念明显相互抵触。

本·琼生就不一样了。他虽然在与莎士比亚同样的专业环境中创作，但一直坚持不懈地致力于让自己的作品刊印出来。从一开始，他就将自己的剧本印刷出版，这应该是获得了国王剧团的允许（即使是在像《人人扫兴》[1600]和《人人高兴》[*Every Man in His Humour*, 1601]这样为国王剧团创作的剧本印刷出版后，他们也还是愿意再雇用他）。1616年，他辑录九部自己的戏剧，以气派的对开本刊行，题曰《本杰明·琼生著作集》（*THE WORKES OF Benjamin Jonson*）（这个标题遭到那些认为戏剧不值得如此郑重对待的人的嗤笑，他们说琼生显然忘了剧本与著作有别），不仅如此，剧本文本经过悉心校对和编排，为的是将这些剧从琼生所谓"可恶的舞台"的侵扰和糟蹋中解救出来，为它们立起高雅艺术的丰碑，并使之完全成为他个人的作品，不管这有多么不可能。[14]

不过，琼生这种个人化剧作，并有意识地将自己打造为作家的过程，并非始于1616年的对开本。例如，在他的《塞扬努斯》（*Sejanus*）1605年四开本前的"致读者"信中，琼生便自豪地声称出版的文本与舞台上的演出不同，"在那里头，"他承认，"还有相当一部分属于第二支笔。"琼生此举虽晚了一些，但使他成了此剧的唯一作者，他系统地抹掉合作者的痕迹，换上没有在舞台用过的新台词，以向自己的读者提供一个他自己的文本，一个的确如扉页上所称的"本·琼生著（Written by Ben; Ionson）"的文本，而不是在伦敦实际演

77

出时用的版本。琼生经常修改（或如在此例中，实际是重构）自己的文本，剔除与剧院合作的痕迹，使之成为阅读文本而非印刷脚本。他甚至会全程监督印刷厂的印制过程，尽量控制文本印刷中出现的意外情况，换言之，他努力确保扉页题称准确无误、货真价实："作者B. I."。

莎士比亚的情况则截然不同。对于自己的戏剧，他关心的一直是舞台演出，他坦然将剧本投入维持剧团运作的合作体系中，并无明显的担忧。[15]他未表现出对于作者著述权力的追求或焦虑，也没有明显将自己作品变成铅字的兴趣。他完全可以把它们拿去给自己的老乡菲尔德出版（那两首叙事诗他显然就是这么做的），但他没有。

1756年，塞缪尔·约翰逊提议出一部新的莎士比亚戏剧集，他指出，莎剧众多早期印刷版本质量如此令人沮丧，主要在于莎士比亚自己对印刷出版缺乏兴趣，除此之外还有一连串的因素，他写道："没法轻易编造出这么多理由一起发生作用来糟蹋掉文本。"莎士比亚

> 将剧本出售不是为了印刷出版，而是为了演出。剧本旋即被誊抄以分发给演员，一稿一稿越抄越多，因抄写员犯的错而损害了质量，因演员的演绎而发生了改变；又或许因加了一个笑话而被扩大，或者被大幅删改以缩短演出时长；最后它被交付印刷，但未得到作者的同意，也未获得拥有人的允许，用的是偶然弄到或是偷来的演出用拆分本凑成的东西；剧本就这样偷偷摸摸、匆匆忙忙地被推到世上，还要因印刷工的无知和粗心再遭一劫，这一点，任何对那个时代印刷状况有所了解的人都

不难想象。[16]

有些情况约翰逊弄错了，尤其是那些令他将当时印刷技术一棍子打死的情况。但他认识到莎剧当初的印刷版本在很大程度上与作者意图无关，这一点是正确的。这里不合适的，是约翰逊的极度沮丧。

在所有文学体裁中，戏剧最不尊重作者的艺术意图。戏剧文本是为剧院而写的，因此会存在有关排演的考虑、改编、删节的痕迹毫不奇怪。1647 年，汉弗莱·莫斯利（Humphrey Moseley）出版了博蒙特与弗莱彻（Beaumont and Fletcher）戏剧集第一对开本，他承认："这些喜剧和悲剧之前在舞台演出时，视情况需要，演员们（在作者的允许下）略去了某些场景和篇章；而当他们的朋友想要一个剧本抄本时，他们便把自己所演的东西记录成文（也当如此）。"（sig. A5ʳ）莫斯利在自己这个版本中宣称所印出的是完整的文本，即包括了作者创作的、舞台演出实录的以及被删节的所有内容。但他指出，删节是演出常有的事（而且这么做是获得了"作者允许"的），而转录本是由这些演出文本而来的（"也当如此"），这对我们所熟知的书目学叙述来说是一种修正，在书目学叙述中，莎剧四开本"遭劫"，背后的原因往好里说是缺乏专业能力，往坏里说是没有职业操守。[17]

早期莎剧印刷本的不足，几乎从来都不是因为无良书商寻求盗版剧本想要大赚一笔，或者粗心或无知的印刷工敷衍自己所印的书籍或自己的职业。恰恰相反，早期的四开和八开版本，即使并不完美，都精确地反映出使这些剧本实际得以产生的剧院和印刷厂所处的商业环境。不过，如果说在剧

78

院里剧本的改变大多是有意为之，在印刷厂里就往往是事出偶然。

　　这一时代的多数出版商都抱有机会主义态度，出版能拿到手的文本，希望能赚取一点利润。如果他们弄到一个剧本，而这个剧其他书商之前没有注册过，那么通常他们就可以将其印刷出版了，并没有义务查问文本的权属或来源，无论它是源于剧团还是作者，是按记忆录写的稿子还是作者的毛稿。印刷工们当然会努力制作出精确的文本，而且大多数情况也的确能做到这一点；但若遇到抄本上写得密密麻麻或模糊不清的地方，排字工就不得不做一些揣测；偶尔抄本是清晰的，但当初录写时听错了或排版时出了差错，就会扭曲原文；某个铅字可能损坏了；铅字偶尔也会脱落；墨可能上得不好。校对是有的，但即使是对着原稿校对，也很可能就是飞快过一遍，使用演出脚本时尤其如此，负责校对的可能是出版社雇来的校对员，也可能是某位有点空闲的印刷工，甚至偶尔有可能是作者本人（如果是这个情况，肯定就不会做得那么匆忙了）。[18]印刷作业开始后，会由印刷厂员工校对初校样（这次一般不会对着原稿）；但一般来说，校对初校样期间，印刷并不暂停，而若最终做了改动，印出的成书中会既有修改过又有未经修改的书页。

　　因此，剧团和印刷厂的这些常规操作，使得最终出现在书摊上的剧本肯定与莎士比亚所写的不同（初校样更正这个做法本身也使得所印剧本肯定没有两本一模一样的）。但即使（用约翰逊博士的话）印刷文本不可避免地会扭曲剧作家的意图，它们同时也准确记录了文本生产中的种种因素。除了作者以外，戏剧和剧本的产出总是需要许多人的付出：剧作家写出戏剧脚本，由剧团排演成戏，再由书商印制成书。还有

79

许多其他人会影响到剧本最终式样的设计，而他们的活动也必然会在文本的能指层面上反映出来。

今天我们都想当然地认为我们读的那些文本就是莎士比亚写的。我们买《亚登莎士比亚全集》（*The Arden Shakespeare*）、《牛津莎士比亚全集》（*The Oxford Shakespeare*）、《诺顿莎士比亚全集》（*The Norton Shakespeare*），尽管在有几部剧中（比如《两位贵亲戚》或者《亨利八世》）肯定有别人写下的东西（《亚登莎士比亚及合伙人全集》?）。而即使那些不大可能包含这种传统合作形式的剧，它们得以在舞台上或是印刷厂中产生，这一过程本身便确定了对该剧文本成形产生影响的，除了莎士比亚本人以外，一定还有其他的人。

但事实是，最早的莎士比亚作品出版商似乎压根儿不在乎这些。1594年约翰·丹特（John Danter）版的《泰特斯·安德洛尼克斯》扉页省略了莎士比亚的名字，倒是提供了各种其他信息，特别是书的印制情况，以及在哪里可以买到它。剧本文本的广告（其扉页直接就是一幅广告，可用作招贴钉在书报摊上 [19]）宣称该剧由演出它的剧团而非莎士比亚所作："如尊贵的德比伯爵、彭布鲁克伯爵及苏塞克斯伯爵大人之仆从所演。"而即使是在再版重印（1600年一次，接着1611年又一次）时，出版商也未因版本文献方面的顾虑或商业利益的考量而在扉页上添上莎士比亚的名字。

实际上，整个16世纪，大多数印刷出版的剧本都完全按丹特版本上的说法来推销自己："如……所演"或者"如……最新所演"——换言之，印刷本不是作者创作的文本，而是剧场演出用的脚本：该书的文本权威和商业吸引力源于敷演

80　它的那班演员，而非它的作者。[20]莎士比亚戏剧的早期印刷本未显示出对作者著述持续或系统性的关注。我们刚才看到，《泰特斯·安德洛尼克斯》出版时未署莎士比亚的名字来标注其归属，《亨利六世中篇》和《亨利六世下篇》的首版也是这样。不过，也许可以分辩说，这些剧是一位年轻剧作家不够成熟的作品，或许此时他的成就还不足以获得承认，也不足以让书商因在扉页上印他的姓名而获利。然而，莎士比亚之后写得更加成功的那些戏剧，其印刷本依然拒绝利用（甚至不承认）其著作者身份。1597年《罗密欧与朱丽叶》出版，扉页上没有莎士比亚的名字，剧本被作为"亨斯顿男爵大人之仆从①经常（饱受赞誉）的公演版"推出。接下来的两版分别于1599年和1609年推出，自称是"新近修正、补充、改进过"，但既没有提到作者，也没有提所谓的修订者是谁，只再次提到这是"宫务大臣大人之仆从多次公演版"。《理查二世》1597年的第一版四开本也是作为"宫务大臣大人之仆从公演版"呈现给读者的，而《亨利四世》1598年的四开本扉页上也未署莎士比亚的名字。

以四开本出版了七部剧后，才终于有一部出版时在扉页上印上了莎士比亚的名字。1598年，卡斯伯特·伯比（Cuthbert Burby）出版《爱的徒劳》时，莎士比亚终于第一次登上了剧本扉页。不过，那扉页并没有大肆炫耀自己的作者，而是低调地用小号斜体字印出他的名字，说剧本是"由

---

① 莎士比亚所在的剧团最初名为宫务大臣剧团，1596—1597年改称为亨斯顿男爵剧团，1597年4月14日起，亨斯顿接任宫务大臣一职，剧团再度易名为宫务大臣剧团，1603年詹姆斯一世继承英格兰王位后成为该剧团的赞助人，剧团改称国王剧团。

W. 莎士比亚最新修正、增补"的。这甚至不见得是在说莎士
比亚就是剧本作者，尽管根据其他证据几乎可以肯定作者就
是莎士比亚。宣称四开本经过"最新修正、增补"，不管是否
符合事实，这么说多半不是为了宣传作者是莎士比亚，而很
可能是为了将它与如今已不再印行、存在缺陷的一个早期版
本区分开来（尤其是伯比几乎用了完全一样的字句，以显示
自己 1599 年出版的《罗密欧与朱丽叶》与约翰·丹特 1597 年
版存在缺陷的《罗密欧与朱丽叶》的区别）。不管怎么说，扉
页上这种含含糊糊的作者归属声明，反映出伯比并不指望靠
"莎士比亚"来卖书。

这样，早期印刷本提供的明确证据显示，莎士比亚对于
这些书的出版并无兴趣，而且（或许更令人惊讶的是）他的
出版商对他也没什么兴趣——不管是作为作家还是作为商
品。但至少这后一条很快就发生变化了。1608 年，《李尔王》
的"花斑公牛"四开本就在热情洋溢地力推莎士比亚的著述
权："威廉·莎士比亚先生的李尔王与三个女儿之生与死的历
史纪实。"在这里，出版商斩钉截铁地展示并炫耀剧本属于莎
士比亚，然而和之前的那些四开本相比，所印出的文本中也
没有多少莎士比亚参与的迹象。和之前脱离其监控的其他剧
本一样，这一版也并非只属于"他的"。实际上，这一版四开
本印得并不好（这是印刷工尼古拉斯·奥克斯［Nicholas
Okes］在厂里印制的第一个剧本），对于它的出版，莎士比
亚显然未曾监管。诗句断行被搞错，有时被印成了散文；
有的台词分配给了错误的角色；排字工似乎看错了原
稿，把"cunning"印成了"crauing"，"conferring"印成了
"confirming"，杜撰了一个"crulentious"来代替原本的

81

"contentious"。有的时候，他似乎是听别人读原稿时会错了意，例如，把"incite"印成了"in sight"，还有"a dog's obeyed in office"印成了"a dogge, so bade in office"，这样的错误一定是听录失误，而不是误读原稿或排错铅字。²¹

《李尔王》四开本被作为莎士比亚的剧本推出，但实际上它是纳撒尼尔·巴特的：这位出版商拥有文本，并决定现在要肯定莎士比亚的著述权以促进剧本销售，这么做要么是为了利用莎士比亚越来越大的名气（尽管我们刚才已看到，无论是1609年版《罗密欧与朱丽叶》还是1611年版《泰特斯·安德洛尼克斯》的出版商，都不觉得莎士比亚的名气已大到值得将其姓名印到剧本扉页上），要么更有可能的是，为了将此剧与1605年出版的那部作者不详的《利尔王信史》（*The True Chronicle Historie of King Leir*）区分开来。²²不管是哪一种情况，莎士比亚名字所起的作用，实际上是表示非同一般（虽然是在另一层意义上）。尽管如此，还是得注意到，接下来出版的一部剧，即1609年由乔治·埃尔德（George Eld）为理查德·博尼安（Richard Bonian）和亨利·沃利（Henry Walley）印制的四开本《特洛伊罗斯与克瑞西达》，看得出来似乎对于这一策略没有多大信心。它的确标出此剧由"威廉·莎士比亚所写"，但是这行字用的字体是扉页上最小的。与1608年大肆鼓吹莎士比亚名字的《李尔王》不同，《配力克里斯》①是压低了声音在说剧作家是谁。说起来，这就同彼

---

① 此处或系原作笔误，应是上文提到的《特洛伊罗斯与克瑞西达》。《配力克里斯》1609年四开本扉页上的署名方式是"威廉·莎士比亚作（By William Shakespeare）"，而不是"威廉·莎士比亚写（Written by William Shakespeare）"。此外，扉页虽未用过于显眼的字体印刷莎士比亚的名字，但该字体不是扉页上最小的，而且在"威廉"和"莎士比亚"之间有花纹点缀。

得·斯塔利布拉斯所说的那样，看上去，此一扉页上的权益确认几乎像是特意设计来"杀一杀著述权的威风"[23]。

　　但莎士比亚从来没有抖过这样的威风。直到1623年那本如今一般称为第一对开本的书出版，莎士比亚才真正以作者的身份进入了英语文学，而这很难说是他自己想要的。他逝世于1616年，那是对开本问世七年前，直到生命的终了他也没有表现出什么特别的文学志向，只是满足于为剧团写剧本。然而，对开本认为莎士比亚是位供人阅读的作家，而不是仅为剧团提供演出用脚本的人——或许说得更准确一点，是认为他是一个作家，不见得非要读他，但最起码要购买和展示他的作品。

　　就实物而言，对开本令人叹为观止，这表明其印制也十分复杂，尽管实在算不得精美的印刷品。[24]印刷于1622年年初就开始了，历经约二十一个月完成。印成的书是大部头，一共九百多页，尺寸大概是13英寸×8英寸，用的是十二点活字，双栏，纸张采用中等质量、手工制作的布浆纸。书中收录了三十六部莎士比亚戏剧，其中十八部之前从未出版过（或者说十七部，如果把1594年的《驯悍》[The Taming of a Shrew] 看作莎士比亚《驯悍记》[The Taming of the Shrew] 的早期版本的话），还包括了题献、致读者信、序诗以及雕版扉页，扉页的四分之三为一幅莎士比亚画像，扉页对页上还有一首诗。纯色小牛皮包封的版本售价为一英镑，其他材质的稍便宜些，未装订版（当时很多书都这样卖）的售价则大约十五先令。以对开本面世这件事本身使得此书成为莎士比亚文化定位发生重大改变的标志，这一改变在此书出版几个月后得到了证实：托马斯·博德利创建的图书馆（博德利本人已于1613年去世，就在他指示其图书馆员不要收藏剧本一年后）的确接受了一本对开本，将它用细皮面装订，并压印上牛津的盾徽。[25]

我们并不清楚将剧本结集出版是谁的策划，甚至不清楚这背后的动机究竟是什么。毫无疑问，主要参与的出版商是埃德蒙·布朗特（Edmond Blount）以及威廉·贾加尔德与艾萨克·贾加尔德。不过，威廉·贾加尔德于1623年11月去世，或许就在此书完成数日前。他的儿子艾萨克继承了他的生意。出版商信息中和布朗特的名字一起出现的是艾萨克的名字，不过版权页是早些时候印的（书中最后一部剧《辛白林》的印制结束时），上面称此书是"由W.贾加尔德、埃德·布朗特、I.史密斯威克和W.阿斯普雷出资印刷"[①]。约翰·史密斯威克（John Smethwick）和威廉·阿斯普雷（William Aspley）两人共拥有六部剧的版权，他们选择做这项投资的小股东，没有出租或出售他们的版权。[26]书卷在贾加尔德的印刷厂印刷，布朗特大概是主要销售商，在他位于圣保罗大教堂园区内的黑熊书店（Black Bear）出售此书。

看起来，书商应该是与国王剧团签了合同，拿到了剧院里没有印刷出版过的脚本：艾萨克·贾加尔德与布朗特于1623年11月8日以"之前无人正式注册"为由注册了这十六部剧[27]，确立了他们对这些剧的版权，而且他们显然是做了一番努力，以获得版权在别的出版商手里的那些剧本。贾加尔德与布朗特应该是联系了持有各部已出版戏剧版权的出版

83

---

① 第一对开本中，出版商信息印在扉页底部，版权页则在《辛白林》最后一页的底部。

商，试图拿到它们的出版权（应该不是要求其无限所有权，只是获准将其收入对开本[28]），或是租赁，或是购买，或是以别的方式让渡——比如史密斯维克与阿斯普雷手里的那六部剧就是这样处理的，他们同意让其出版，以换取一定的股份。托马斯·帕维尔之前已获得了三部剧的出版权（《亨利六世中篇》与《亨利六世下篇》，以及《亨利五世》，这三部剧之前已用瑕疵文本出版过了，但并不影响其所有权），而且还有另一部剧至少一半的出版权：《泰特斯·安德洛尼克斯》。马修·劳（Matthew Law）拥有好几部剧的版权：《理查三世》《理查二世》《亨利四世上篇》，这些都是安德鲁·怀斯（Andrew Wise）于1603年转让给他的。

其他的出版商都只持有不超过一部剧的出版权。这群人中有一位是亨利·沃利，他拥有《特洛伊罗斯与克瑞西达》的出版权，一开始似乎不同意授权项目组出版，而那时对开本印刷工作已经开始。结果，《特洛伊罗斯与克瑞西达》根本未在对开本的"总目录"中出现，印成出售的对开本中有一部分未收录此剧。最终沃利还是签了协议，但那时原本给此剧预留的位置，即紧接《罗密欧与朱丽叶》之后，已经被《雅典的泰门》所占用，对开本的印刷工作也已经进行到书末的版权页印制。因此，当《特洛伊罗斯与克瑞西达》姗姗来迟之时，已无法进行简单的添加，只得很别扭地插入悲剧部分的开头。已经印好的书页，包括《罗密欧与朱丽叶》的最后一页以及《特洛伊罗斯与克瑞西达》的前三页，连带原来的页码，都留用了，《罗密欧与朱丽叶》的最后一页只是画叉作废，然后新印了剧本剩余部分，未标页码。这一版式的对开本至少有五本流传了下来。不过，肯定因为这看起来太明

84 显是个权宜之计，他们最终找了一篇1609年四开本未收录的剧场开场白，用来代替《罗密欧与朱丽叶》画掉的那页。这一单页的一面是这段开场白，另一面是重新排印的《特洛伊罗斯与克瑞西达》第一页，替换掉原来以画叉作废的《罗密欧与朱丽叶》最后一页为右页的《特洛伊罗斯与克瑞西达》首页。这样一来，如彼得·布莱尼指出的那样，对开本一共有三个互不相同的版本，尽管大多数留存下来的对开本都是最终修正过的这一版。[29]

不只是与沃利的协商在这本书中留下了痕迹。看上去，项目组和马修·劳打交道时也遇到了类似的困难，而劳手里的三部历史剧当时都很畅销。最终双方达成了协议，但此时历史剧部分的印刷已经不得不暂停，先印刷后面的部分。一旦和劳达成协议，就可以回过来印这些剧了，但印刷工发现预留的空间不够，只好又加了一叠共八张对折纸来完成《亨利四世下篇》的印刷，不过文本占不满全部新加页面，这无疑就是最后一张书页与众不同的原因了：收场白的字体特别大，左页还印了角色表。

与另一位多部剧本出版权的持有者帕维尔的协商就简单多了，至少没有打断印刷进程或导致重新排版。帕维尔似乎立即就答应了出售或出租自己的出版权。他是贾加尔德家的朋友，若不是四年前参加了一项出版十部莎剧（实际上是八部，另外两部——《约克郡悲剧》和《约翰·奥尔德卡斯尔爵士》误归在他名下）四开本合集计划的话，他很有可能也会是此项目组的一员。那一四开本合集计划被迫中止，因为国王剧团成功地求得宫务大臣下令"国王陛下剧团所演各剧，未经剧团成员许可，不得印刷出版"[30]。这一干涉似乎是阻止了合集的出版计划，不过由于当时印刷工作已经开始，帕维尔和威廉·贾加尔德显然决定继续印刷，但将剧本分册出版，且在扉页上故意误标日期，希望这样一来这些书就会被看成是旧的存货，可以平安无事地在帕维尔位于常春藤巷（Ivy Lane）的书店中出售。[31]

从许多方面来看，这段插曲都令人困惑。贾加尔德是莎士比亚对开本的印刷商，他的儿子是出版商之一，因此剧团演员们愿意让他加入1623年对开本的出版，这说明他们要么不知道他和1619年那件事情的关联，要么就是既已阻止了那部合集的出版，对此也就不再关心了——或者就是原谅他了。帕维尔其人并不像某些史学家所说的那样是个奸商，恰恰相反，他可是非同寻常地成功且很受人尊重。[32]他的出版事业早期集中在新闻合刊①和剧本上，但到参与该项目时，其重心已转移到灵修文学上，并刚刚获选进入书业公会的管理层。但不管出于何种动机，对开本印刷启动三年前，的确曾有一个莎剧合集出版计划，而随着计划失败，策划此书的出版商将自己持有的出版权出售或出租给了新的项目组。

无论这些出版安排还能反映出别的什么，它们又一次揭示了在打造莎剧对开本的过程中，作者有多么边缘化。只有手握权益的出版商才需要关注，书本实体形式受商业交易的影响并不亚于文学考虑。尽管如此，这本书引人注目地呈现为莎士比亚个人的作品。扉页上宣称，"威廉·**莎士比亚**先生的喜剧、**历史剧**及悲剧。按真正原稿抄本出版"，并献上马

85

---

① 新闻合刊（newsbook）是现代新闻报刊的前身，流行于17世纪的英格兰和苏格兰，除了正式的新闻报道外，还常刊登一些讽刺诗。

丁·德罗肖特（Martin Droeshout）创作的那幅严肃、朴素的雕版肖像，来证实所言非虚。一双半睁半闭的眼睛盯着我们，脑袋大大的，古怪地浮在一圈过时的轮转皱领上。但是，对页上的短诗则让我们把目光投向别处，挑战肖像以画面吸引我们注意力的能力。"唉，他若能像画他面相那样／用铜版画出他才智长啥样／那任何铜雕的作品／都比不上这幅画品／可既然他做不到，那读者呀／去看他的书，别管这幅画。"人家告诉我们，我们应该看的是这本书，我们从这本书中将发现的不仅是真正莎士比亚的作品，而且是真正的莎士比亚其人。[33]

但书里到底有什么？我们已经看到，莎士比亚是在里面某个地方，但绝对不完整、绝非纯粹而不掺杂质：文本本身是基于誊抄员的手抄稿、剧作家的毛稿、加了注的四开本和提白本，它们既反映最初的构思，也反映后来剧院中的增补。它们揭示他对剧团各种合作活动的积极参与，以及对印刷厂中各种合作活动的被动接受。然而，这一部书却想讲一个不同的故事。莎士比亚不再只是一个合作者，在这里，就像本·琼生的纪念诗里所说的那样，他是"作家威廉·莎士比亚先生"。四开本上标注的剧团授权信息没有了，也不再提该书所收文本皆是"如……所演"——实际上，根本没有提演出剧团的名字。（当然，剧团主要演员的名字是印出来了，但很有意思的是，印在前言后面的补记页上。）呈现给读者的戏剧文本本身据称是崭新且修订过的，或者应该说，是原创且无添加的，扉页上称这些剧是"按真正的原稿抄本出版"的。"真正的原稿抄本"这个说法很古怪，"抄本"在这里显然应该指有待誊抄的文本，而不是抄写好的文本，但这个短语听起来特别自相矛盾，令人不安（如果它是原稿，能称为

86

抄本吗？如果它是抄本，它还是原稿吗？），无意间令原创声明有了疑问，而所有的原创声明都必然如此。

但此书继续着自己将莎士比亚打造成一个作家的工程，一个莎士比亚自己从未想过要成为的作家。最近有研究者认为，这一工程仅属于后面的校订者，例如卡佩尔（Capell）和马隆（Malone）这样的18世纪学者，但这一工程实际始自他戏剧的第一部合集。约翰·亨明斯（John Heminges）和亨利·康德尔（Henry Condell）是莎士比亚的朋友，也是剧团合伙人（莎士比亚在遗嘱中给他俩以及理查德·伯比奇〔Richard Burbage〕这三位尚健在的、1599年环球剧院建成时的合伙人每人留了26先令8便士，"给他们买戒指"，这进一步证明，如果还有必要证明的话，莎士比亚对自己在剧团这个演出团体中的生活毫无不豫之感）。看起来，是这两位向出版商提供了十八部未出版的莎剧脚本：伦纳德·迪格斯在一首致莎士比亚的赞美诗中，也赞美了他"两位虔诚的同仁"所做出的努力，"把你的作品"给了"这个世界"。而且，至少还有一个同时代人向他们的编辑工作致敬，写了一首题为《致我的好友约翰·亨明斯和亨利·康德尔先生》的诗：

> 承蒙二位先生不辞劳苦艰辛，
> 吾等方能欣赏到这雅乐诵吟。
> 你们应受何等善报无人提及，
> 可你们热爱逝者，也令生者满意，
> 你们从地下发掘出丰富矿产，

寇蒂斯①与他同伙也只能眼馋。

卡斯蒂利亚人不过刨出点金矿，

你们找到的宝藏却多种多样。³⁴

作为国王剧团的资深成员，亨明斯与康德尔能够接触到剧本，而且，即使他们自己没有剧本所有权，让他们作为剧团代表去与出版商交涉，也确实合理。作为莎士比亚加入的原演员团体中仅有的两名健在者（伯比奇已于1619年逝世），他们比任何人都清楚，剧团交给布朗特和贾加尔德的剧本文稿对于莎士比亚文辞这一丰富多彩的宝藏到底做了多少改动。尽管对开本声称其剧本文本是"最初原稿的精确再现"，十八部之前未出版过的剧中，只有三部所用原稿看起来算得上是莎士比亚的毛稿。其他的或来自抄写员誊抄稿，或来自协调员加了注的脚本。誊抄稿一般会将文本合理化，整理好前后不一致的内容，将台词归属、拼写、标点，有时甚至包括格律都做规范化处理；剧院脚本则不可避免地会记录下为了剧本能够演出而做的插补和删节（比如说这在《麦克白》的文本里就很明显）。虽然如此，在他们"致广大读者"的信中，亨明斯与康德尔却假装事情并非如此。如今"结集出版"的文本被说成是完全按照它们从作者脑海中流淌出来的模样排印。而"之前"，他们说，是读者们的权益"被侵犯，读的是各种偷盗来的可疑文本，因提供它们的害人骗子奸诈的伪造而残损变形。如今就连这些也得以修复，完整无缺，

---

① 寇蒂斯（Hernando Cortés, 1485—1547），也译作科尔特斯、科特斯，西班牙殖民者，1518年率探险队前往美洲大陆开辟新殖民地，1523年征服墨西哥。他出生于古卡斯蒂利亚王国麦德林镇（今西班牙埃斯特雷马杜拉境内）。

供君清览；其余的无一例外完全按其原本构思呈现"。

可以理解，学者们已尽力深挖这段话，在其中寻找关于莎士比亚戏剧最早的变迁证据，并基于亨明斯和康德尔对"奸诈的伪造而残损变形"的"可疑文本"和"其余的"这一区分，构建出种种颇具影响的说法。因新书志学家（即那些主要活跃于 20 世纪前 30 年的学者，如波拉德、格雷格以及麦克罗［McKerrow］，他们的确成功地改变了我们对于英国早期现代印刷和出版实践的认知）的开拓性研究而形成的一致意见认为：第一种表述并非指所有那些先于对开本出版的四开本，只包括那些"四开本用了劣本稿，而对开本用了善本稿的剧"[35]。这一目前的共识是，亨明斯与康德尔区分了两种四开本，一种（比如 Q1 版《哈姆莱特》或者 Q1 版《罗密欧与朱丽叶》）用的原稿似乎并非来自莎士比亚的手稿，而是转述者或一位或数位演员制作的未经授权的本子（因此"残损变形"），其出版也未经剧团允许（因此是"偷盗来的可疑文本"）；另一种则是对开本中"其余的"那些剧。这一组也包括两个类别："善版"四开本，即以合法手段获得的剧本为原稿的出版版本，原稿或是莎士比亚自己的手稿，或是其誊抄稿；此外便是剧院持有、此前未出版过的戏剧的脚本。

尽管这样的区分干净利落，并且支撑了新书志学最具影响力的几个观点，在我看来这却不大可能是事实。第一，那样解读那句话过于勉强，坚持分出三类文本，而亨明斯和康德尔只提出来两种：之前"残损变形"、当时"修复"了缺陷加以呈现的文本，以及"其余的"依然与莎士比亚最初"构思"完全一致的文本。第二，那种解读将某种缜密的书志学

88

思考映射到两位演员身上，既不合情理，也误植了时代。对于未经授权而出版人家的作品，作者完全可能会抱怨（实际上的确有人抱怨过，但莎士比亚从未这么做过），但演员就不大可能注意到或者在乎了，因为他们一直工作在这样一个环境，在那里舞台要求被放在作者构思完整性之前，而且总的来说，剧本的出版不是一件大事，如果不说它是一件麻烦事的话。即使在国王剧团反对出版自己剧本的几个案例中，他们关心的也并非文本质量。

也许，如果可以证实"善版"四开本的文本是直接从剧团购买的，而"劣版"四开本用的必然是盗版，那么至少可以有一个利益问题来解释个中动机，但是习见的书志学分类更多源于学者的希冀，而非实际情况。[36]认为"劣版"文本的出版必然不规矩，这没有什么根据（参看米林顿［Millington］版的《亨利六世中篇》，不论其文本质量有多么糟糕，它可是规规矩矩注了册的）；而认为"善版"文本的印刷出版一定取得了剧团准许，这亦无多少根据（参看博尼安与沃利版的《特洛伊罗斯与克瑞西达》，他们欣然承认，这是不顾剧本"持有者大人们"的反对而出版的）。

我认为，亨明斯与康德尔只区分了两种文本：一种，"偷盗来的可疑文本"，即那批已经印刷出版了的剧，"善版"和"劣版"四开本都包括在内；另一种，"其余的"，包括之前没有出版、截至此次印刷前一直好好保存在演员手里的那批剧。在对开本中，亨明斯与康德尔将两批戏剧合在一起，"以纪念我们的**莎士比亚**这位可敬的朋友、同仁，永志不忘"，就像他们在给赫伯特兄弟①的题献中所说的那样。那些流落在外、在出版过程中"残损变形"的剧本，如今被"修复"了（经过了一番未明确说明的校订工作）；它们之前以畸形状态"提供"给读者，如今则"完整无缺"地呈现在他们面前。此外，剧院持有的脚本一直得到保护，未受出版过程的破坏，因此是莎士比亚意图的完美呈现，可以完全按他的"构思"印制。

　　使得这一对亨明斯与康德尔那段话直白的解释不能为人轻易接受的原因，是新书志学家们正确地注意到：之前的四开本实际上并非都是出版不合规矩、内容多有缺陷的文本。他们的研究证明，毋庸置疑，在大多数情况下，出版商是以合法手段从拥有剧本的人那里获得剧本，按照常规的专业步骤将其印刷出版的，最终印出的文本准确度和可靠性都还算差强人意。尽管如此，或许多达十部的莎剧曾出现在可被视为"劣版"的版本中：《亨利六世中篇》与《亨利六世下篇》、《理查三世》、《罗密欧与朱丽叶》、《爱的徒劳》（不过其"劣版四开本"，如果曾经有过的话，并未流传下来）、《亨利五世》、《温莎的风流娘儿们》、《哈姆莱特》、《李尔王》以及《配力克里斯》（当然了，这部剧未收入1623年对开本）。因此，尽管有一些在对开本之前印刷的版本可以被视作"可疑""变形"，其他的则显然不能这样说，且有多部剧被用作了对开本的原稿。如果说亨明斯和康德尔对于早期文本性质的描述是准确的，那么他们关于之前流通的"各种"版本的说法显然不是指之前出版的所有版本——因此，新书志学很

①指威廉·赫伯特（William Herbert, 1580—1630）和菲利普·赫伯特（Philip Herbert, 1584—1650），前者即那位受国王剧团之请，下令禁止未经授权出版该剧团剧本的宫务大臣。

想肯定对开本编者的诚实和所呈文本的完善，便按他们对于事实的认知解读了那句话。

他们坚持认为亨明斯与康德尔准确描述了早期文本的特征，然而这一认识本身正好削弱了他们对于这两位编者说法的解读。对开本中的剧里，至多有两部文本也许可以被认为是符合他们的描述的：之前只以"可疑""残损"的版本存在，如今获"修复"并按规矩出版。曾有过"劣版"四开本的《爱的徒劳》（若的确有过一个更早、有缺陷的印刷版）、《罗密欧与朱丽叶》和《哈姆莱特》已被更好的版本所取代，而且实际上对开本对这类版本的文本也多有依赖。《亨利六世中篇》和《亨利六世下篇》之前的版本是公认的有缺陷文本，但似乎都是得到充分授权的出版物：《亨利六世中篇》于1594年登记注册，这次的注册显然也涵盖了《亨利六世下篇》，因为托马斯·米林顿于1602年将两部戏剧的出版权都转让给了托马斯·帕维尔。《理查三世》（1597）和《李尔王》（1607）也都按章登记过：《理查三世》于1597年10月20日登记在安德鲁·怀斯名下，《李尔王》于1607年11月26日登记在纳撒尼尔·巴特和约翰·巴斯比（John Busby）名下。尽管这两个版本都与对开本中的文本有明显差异，含有对开本中没有的台词，而对开本版中有的台词它们又没有，但它们都不包含符合"劣版"四开本一般特征的那种文本讹误。

不过，《亨利五世》和《风流娘儿们》的四开本看似有理由被看作非授权文本（尽管如此，Q1版《亨利五世》虽然也许为演出做了删节，其整体仍然连贯，它的缺陷主要是舞台指示不足；Q1版《风流娘儿们》看上去则更可能是口授转录文本），两剧的出版过程都有一些异常情况。《亨利五世》于1600年由托马斯·米林顿和约翰·巴斯比在未经登记的情况下出版，而且1600年8月4日的记录显示，它被要求"停止"出版。《风流娘儿们》倒是注册了，约翰·巴斯比于1602年1月18日做的登记，但是出版权立即就转给了阿瑟·约翰逊（Arthur Johnson）。在有些人看来，这一非同寻常的做法反映出巴斯比手段之精明，如果不是狡诈的话；他以此来避免因购买未经授权的剧本而可能受到的处罚，尽管这看起来更可能是一种完全合法的以极低风险谋点小利的方法：将剧本出版权出售，而不是去出版它。[37]

不管怎么说，如果对开本三十六部剧中，最多只有两部可以算得上是之前以"可疑"及"残损"的形式出版的（且即使这两部中，有一部也可以说并不"可疑"，而另一部则可以说并不"残损"），那么这似乎根本不足以支撑那种对于授权（且"完整无缺"）和非授权（且"变形"）文本的根本性区分，而这一区分正是亨明斯与康德尔推崇对开本文本的基础。相反，他们颇具争议的话语的意思更有可能就是其字面含义：亨明斯与康德尔嘲笑了那些在对开本出版之际已刊印的剧本，且想要将其与自己书中被认定为真正原本的那些剧本区分开来。

当然，我并不是说我们应该因此而无视波拉德、麦克罗以及格雷格所做的那些令人信服的研究，回归马隆对于早期四开本过分悲观的结论："毫无疑问，它们全都可疑，是从剧院盗出，未经作者或所有者允许而出版的东西。"[38]毋庸置疑，早期的印刷版并非全都未经授权、粗制滥造。而我想指出的是，亨明斯和康德尔说它们未经授权、粗制滥造，也许

91

是因为在戏剧界的人看来，廉价出版的剧本不可能不是这样；但毫无疑问，他们这么说主要是为了提高新出版的对开本的吸引力。两位演员不过是宣称在有对开本"之前"，读者们的权益被"侵犯"了，只能读到错误百出的文本，而"如今"他们可以享受"完整无缺""无一例外完全按其原本构思呈现"的莎士比亚戏剧。

　　这是经典的"使用前使用后"广告策略，很难看作是对于早期版本的确切描述。这段话曾被如此理解，这本身是个令人感动的证据，说明我们对真实莎士比亚的向往。与其将亨明斯与康德尔的书志学宣言看作权威的文本历史，不如将其看作对于文本生产制作过程带有目的的想象，而且有意思的是，这种想象与"莎士比亚创作过程"这幅图景完全一致："他的心与笔一致：凡能想到的他就能轻松如意地表达，交给我们的剧本上几乎毫无涂改。"[39]莎士比亚写作似乎毫不费力，而现在这些文本与之前任何一版都不同，再现了他毫不费力的创作，既无损伤也无瑕疵。文稿和印刷也完全一致，就像当初他的"心与笔"一样。在他们的那封信中，亨明斯和康德尔抹掉产生莎士比亚艺术的环境及准则，将莎士比亚塑造为一名作家。来自剧院和印刷厂的多重作用因素，甚至包括他自己作品的因素，都被否认。信中坚称这些剧是按莎士比亚的"构思"呈现的，然而这些构思实体化的过程却不可思议地未留下一丝痕迹。在亨明斯与康德尔的描述中，莎士比亚的绝对著述权力未经挑战、完整如初——或者更准确地说，他们的叙述并非*使得*莎士比亚的著述权力免于受到挑战，而实际上它正是打造出这一权力的手段。与琼生不同，莎士比亚从未拥有过这种权力，也从未试图拥有它。

可以说，今天对于莎士比亚唯一著述者身份的确认关系更为重大，因为他已开始扮演起另一个他从未寻求过的角色：西方道德与社会价值观的见证者和担保人。对于亨明斯和康德尔，还有那个制作对开本的项目组来说，事情也许简单得多。亨明斯与康德尔将书摆在期待它的读者面前，邀请他们按自己的标准来判断："您自个儿判断啥样的东西值得您一次花上六便士、一先令、五先令，甚至更高，高到您自个儿觉着合适，怎么做都行。但无论如何，买吧。""阅读他，"他们敦促道，而且是"一遍又一遍地"，但最要紧的（这表明这封致信中还有布朗特急切的声音）是："无论如何，买吧。" 92

对开本的商业背景不可忘记。对于今天的我们来说，这本书似乎显然是对英国最伟大的剧作家必要且合适的纪念，但在当时，对于布朗特及其合伙人来说，唯一显而易见的是他们进行着一项耗资巨大且并无把握能收回可观投资的出版项目。[40]如果说作为剧本写手，莎士比亚必然要被去中心化、分散到早期现代戏剧和书籍生产的共同体和合作过程中，那么又因为早期现代图书贸易的需求，他被有意识、有效地重构为一名作家。[41]实际上，如果不能确切地说莎士比亚就是印有其姓名的那本书的创造者，倒是可以说是那本书创造了莎士比亚。本·琼生受文学志向的有力驱动，积极追求作家的角色。而如我们所见，莎士比亚总的来说对于这样的个性化并无兴趣，且在戏剧圈合作氛围中干得轻松愉快。但最终崭露头角树立起个人天才超凡形象的，正是莎士比亚；尽管他从未追求伟大，但在去世七年后，他还是让伟大加身，成了伟人。

为文本而努力的是文本自身。

——R. 克劳德（R. Cloud）

第五章　"死在诸位的严厉批评之下"①
——奥尔德卡斯尔和福斯塔夫
与《亨利四世上篇》的修订文本

　　毫无疑问，正如大家早已认识到的，莎士比亚最初并未打算给哈尔的胖酒友取名"福斯塔夫"。早在17世纪30年代，理查德·詹姆斯（Richard James）便指出：

> 在莎士比亚的哈利五世②最初上演时，他安排的那个丑角不叫福斯塔夫，而是约翰·奥尔德卡斯尔爵士（Sir John Oldcastle）。这让其爵位继承人相当恼怒，或许也惹恼了许多其他须庄重纪念他的人，作家只好转而去捉弄约翰·福斯多夫爵士（Sir John Fastolphe），这也很不智，福斯多夫虽然虔敬之名稍逊，德行上却并不比奥尔德卡斯尔差，他坚定不移、不畏牺牲地参与我们的改革，为此遭受当时牧师、主教、僧侣和修士们的攻击。[1]

---

① 《亨利四世下篇》收场白第31行。
② 原文如此，指《亨利五世》。

理论之后的莎士比亚

对这位著名的罗拉德派（Lollard）殉道者、第四代科巴姆男爵（Baron Cobham，奥尔德卡斯尔因1408年与琼·科巴姆[Joan Cobham]联姻而获此爵位）的侮辱，显然引起了威廉·布鲁克（William Brooke，第十代科巴姆男爵）的不满[2]，似乎是他迫使莎士比亚将约翰爵士的名字换掉了，他这么做时可能动用了自己作为宫务大臣（布鲁克自1596年8月8日至1597年3月5日其去世期间任此职）的职权，也有可能是女王插了手（如尼古拉斯·罗[Nicholas Rowe]所称："那时该家族仍有成员在世，故恳请女王命他[莎士比亚]做出修改。"[3]）。

当然，修改过的文本中似乎隐约仍有原来那个名字的痕迹。哈尔称福斯塔夫是"我那城堡里的老家伙（my old lad of the castle）"（1.2.41），这一指称喧闹酒鬼的俗语似乎就出自原先的那个名字。此外，第二幕中有一句台词——"走吧，好奈德。福斯塔夫要淌汗淌死了（Away, good Ned. Falstaff sweats to death）"（2.2.107）——用福斯塔夫这个名字就错了格律，但如果用三个音节的"Oldcastle"[4]就可以说不错了（而且这个意象本身巧合得恐怖：众所周知，奥尔德卡斯尔真算得上流汗至死，他是在圣贾尔斯被吊在锁链上烧死的，福克斯[Foxe]《伟绩与丰碑》[*Acts and Monuments*]中的一幅木刻插图纪念的就是这一令人毛骨悚然、难以忘怀的殉道场面）。而且，在《亨利四世下篇》的四开本中，1.2.114台词前的称谓用了"Old"指称"福斯塔夫"，这一抹残余痕迹，倒像截肢后的幻肢痛[5]。而收场白中则强调"奥尔德卡斯尔是为宗教而殉身的，这不是他"（l. 32），这一否认若要有意义，只在有理由假设事情恰好相反、"这"很有可能就是"他"的情况下。

对于这一大家熟知的论证[6]，我没有什么实质性的反对意

105

见。我没有任何新证据可以驳倒它，也真没有新证据可以证
实它。似乎可以肯定的是：莎士比亚在《亨利四世上篇》中
最初给自己的胖骑士取名"奥尔德卡斯尔"，后迫于压力又改
掉了它。1598 年的四开本也许就是应某方面的要求而印刷
的，以证明莎士比亚愿意回应当局的关切。[7]奥尔德卡斯尔因
此就从该剧的印刷文本中消失了，但他有没有也从演出中消
失似乎就没那么确定了：例如，罗兰·怀特（Rowland
White）便提到过宫务大臣剧团于 1600 年 3 月，应该是在亨斯
顿男爵的宅邸中，为荷兰大使演过一出他称作《约翰·奥尔
德·卡斯特尔爵士》（Sir John Old Castell）的戏。尽管有人认
为这指的是德雷顿（Drayton）、哈撒韦（Hathaway）、芒迪
（Munday）与威尔逊（Wilson）合写的《约翰·奥尔德卡斯尔
爵士光荣生平信史上篇》（The First Part of the True and
Honorable History of the Life of Sir John Oldcastle），但几乎可以肯
定这就是莎士比亚的《亨利四世上篇》而非海军大臣剧团的
那一出，后者至少一直到 1602 年 9 月（当时亨斯洛支付德克
十先令，作为"他增补剧本"的酬金）都还在该剧团手中
（因此宫务大臣剧团无权演出它）。[8]

　　但是不管为大使上演的是哪一部剧，我们所知称作福斯
塔夫的这个角色显然曾一度叫作奥尔德卡斯尔。在纳撒尼
尔·菲尔德（Nathaniel Field）于 1618 年出版的《给女士们的
补偿》（Amends for Ladies）中，赛尔顿（Seldon）问过一个问
题，明显关乎《亨利四世上篇》第五幕中福斯塔夫就何为荣
誉的那一连串发问。赛尔顿问道："你有没有看过那部剧，就
是有个名叫奥尔德卡斯尔的胖骑士告诉你荣誉究竟是什么的
那部？"（sig. G1ʳ）。看来，起码在菲尔德那一次看的剧中，"福

95

斯塔夫"的一连串提问是从奥尔德卡斯尔的嘴里说出来的。而简·欧文（Jane Owen）看起来也有相似经历，1634年，她回忆道，"约翰·奥尔德卡斯尔爵士被人家指责懦弱"时回答说："要是我为了追求荣誉，在战争中不巧失去一条胳膊或者一条腿，荣誉能把我失去的胳膊或腿还给我吗？"⁹

　　我这里关心的是，奥尔德卡斯尔被从《亨利四世上篇》中清除，之后又阴魂不散，这对于关心16世纪90年代末期戏剧的政教效能的评论家，以及必然与创作和传播相关联的文本校订者而言，意味着什么。最近，加里·泰勒（Gary Taylor）指出，这段历史至少意味着《亨利四世上篇》各校订版应该让"奥尔德卡斯尔"回归剧中，还原"最初自由构思时该角色的一个重要层面"¹⁰。而且，牛津全集里就这样做了，这尽人皆知。但有些奇怪的是，牛津莎士比亚全集里由戴维·贝文顿校订的单行本《亨利四世上篇》特地保留了福斯塔夫的名字，明智地指出福斯塔夫在其他剧中的再现有赖于观众/读者对《亨利四世上篇》中这位胖骑士名气和性格的熟悉。既如此，那么就像贝文顿说的一样，他必须被看作"一个虚构的实体，要求有一个统一的名字。而既然那个名字不能是'奥尔德卡斯尔'，它就得是'福斯塔夫'，在其他剧中是这样，在《亨利四世上篇》中亦然"¹¹。

　　我和贝文顿一样，反对泰勒那一挑衅式的校订裁决（尽管我的理由和贝文顿的稍有不同，我的根据他也可能不接受），我将试着从意识形态和文本两个层面出发，重新考虑这一命名行为的历史背景，希望提出的论证能够为这一反对提供支持。无论如何，泰勒的立场至少有一个坚实支柱。无可否认，莎士比亚笔下这位骑士的名字最初是"奥尔德卡斯

96

尔",因此审视最初的命名行为是有益的。讨论过"奥尔德卡斯尔"这个名字的批评家们通常关注此举对科巴姆家族爵位隐含的不恭,推测要么是莎士比亚想要羞辱威廉·布鲁克(一般认为是因为据信布鲁克对演艺界有敌意[12]),要么就是莎士比亚并没想羞辱谁,只是不巧给角色选了这个名字,就如沃伯顿(Warburton)于1752年指出的那样:"我认为这件事并无恶意。莎士比亚想要给自己的角色取一个滑稽名字,但压根儿没考虑过这名字曾属于谁。"[13]

我觉得莎士比亚不大可能有意嘲笑或刺激科巴姆男爵,特别是,若如大多数学者推测的那样,此剧写于1596年年末或者1597年年初,那么1596年8月起担任宫务大臣一职的科巴姆可不是个好招惹的人,而谁也没能提出一个合理的动机,会让讲求实际的莎士比亚如此有违本性地轻举妄动。[14]但沃伯顿的解释也不十分正确:他说莎士比亚"压根儿没有考虑过""奥尔德卡斯尔"这个名字曾经属于谁。如果说本剧没有用这胖骑士来嘲弄伊丽莎白时代的科巴姆男爵,它肯定拿约翰爵士嘲弄了科巴姆的中世纪祖先。莎士比亚的角色指涉了那位罗拉德派骑士,对于这一点其同时代人都毫不怀疑。1599年《约翰·奥尔德卡斯尔爵士》的作者们特意要努力纠正遭莎士比亚歪曲的历史:"我们呈现的不是暴饮暴食的老饕,也不是教唆年轻人堕落的老头,而是一位德行胜过众生的人,英勇的殉道者,正直的贵族"(开场白,ll. 6—9)。类似地,托马斯·富勒(Thomas Fuller)也因"戏剧作家"对这位罗拉德派殉道者的嘲弄而悲哀,且很高兴地看到"约翰·福斯塔夫爵士解脱了可敬的约翰·奥尔德卡斯尔爵士,最近代替他做了小丑"[15]。1649年,乔治·丹尼尔(George Daniel)

也看出莎士比亚的用意，他像富勒一样，赞美"那位可敬的先生，以福斯塔夫这不幸的名字被人在舞台上饰演，免得诽谤溜回来，玷污了烈士"[16]。

如果莎士比亚的这位胖骑士，不管取了什么名字，都会立即被人看出是在"饰演"历史上的奥尔德卡斯尔，并且"玷污了烈士"，那我们的确可以问，让他以"小丑"示人又给什么带来了威胁。不论奥尔德卡斯尔曾是个怎样的人，他都绝对不是个小丑。[17]年轻的亨利王子率军出征威尔士时，奥尔德卡斯尔曾在其麾下，不过一直是个相对平庸的赫里福德郡骑士，直到他与第三代科巴姆男爵的继承人琼·科巴姆联姻（这是他的第三次婚姻）。终于，靠着妻子发家致富的奥尔德卡斯尔成了一位很有影响力的地主，在五个郡中拥有庄园和大量土地。他得到皇家的委任，并应召进入了上议院。

尽管奥尔德卡斯尔新近获得了那样的政治声望，他依然在宗教信仰上"不靠谱"。显然他信奉异端邪说。一般认为他是异端传教士的保护者，本人与波西米亚的胡斯派（Hussites）有来往，可能还曾将威克里夫（Wycliffe）的文论寄往布拉格。1413年年初，罗马的宗座理事会将威克里夫的著作裁决为异端作品，英国教会也许受此裁决的感召，且肯定受到新近加冕的亨利五世需要教会支持的鼓励，开始大力迫害罗拉德派异端，奥尔德卡斯尔于1413年9月在阿伦德尔大主教（Archbishop Arundel）面前接受审讯，被宣判为异端分子。不过，无疑因为奥尔德卡斯尔是国王多年的老友，他们给了他四十天来放弃自己的异教信仰。但在羁押期间，他成功地越狱逃离了伦敦塔。在他逃走之后，一场打着他名义的叛乱爆发，叛乱者还阴谋在主显节之夜（Twelfth Night）攻

97

击国王。国王获悉叛乱内情，奇袭并击溃了在菲克特原（Ficket Field）①集结的暴动武装。奥尔德卡斯尔逃逸，躲在威尔士边界地区三年未归案。1417 年 12 月 1 日，他被捕的消息传到伦敦。奥尔德卡斯尔被押回首都，带到议会，受到起诉并被判有罪。他被车拉着穿过伦敦，送到圣贾尔斯新搭建的绞刑架上。"据说"[18]，奥尔德卡斯尔站在行刑台上誓言自己死后三天将重新站起，话说完后他便被吊在锁链上烧死了，其罪名，正如弗朗西斯·锡恩（Francis Thynne）所写，是"威克里夫宗教思想以及叛国（据那一时代的认定）"[19]。

　　尽管花了远超过三天的时间，奥德尔卡斯尔最终还是得以复起。由于英格兰宗教改革运动需要一段历史，新教的一部圣徒录在奥尔德卡斯尔的生平与死亡中看到了对腐朽教会的坚贞抵抗，而这样的品质正是这一虔敬民族自身的基石，于是他被平反，恢复名誉。在伊丽莎白时代福克斯编纂的五版《伟绩与丰碑》（1563—1596）中，奥尔德卡斯尔强势亮相，在福克斯笔下，他"对上帝无比虔诚与恭谨，对国王无比忠顺，坚守信仰，忠于事业，献身真理，无惧牺牲"，因此"无可争议地应授予'Martyr（殉道者）'之称号，这在希腊语中相当于见证者"。[20]

98　　然而，若想令人信服地用奥尔德卡斯尔的一生做新兴的新教国家之真理的见证，福克斯必须推翻其叛国罪。如果要奥尔德卡斯尔不仅做殉道者，以生命见证"基督福音的真正教义"与"天主教妄自尊大的错误做法"（vol. 2, p. 265）的斗争，还得做救赎的余剩子民，自他而始建立起虔敬民族，要

---

①　今伦敦林肯律师学院新广场（Lincoln's Inn New Square）。

做到这两点，他的宗教信仰就不能与他的政治忠诚有冲突。新兴的新教史撰述可以轻而易举地将他原始新教罗拉德派的异端身份一笔勾销，但是，由于16世纪英格兰的新教运动与王室君权高于神权的主张密不可分，要消弭叛国罪名就不那么容易了。奥尔德卡斯尔当初被认定参与谋反，这使得彼得·莱克（Peter Lake）所称的"福克斯合并论"岌岌可危，这一观点主张"将以基督教君主为中心之教会与以教民社团为中心之教会合并起来"[21]。

当然，福克斯最终成功地将奥尔德卡斯尔置入这一综合体。他从历史叙述中抹去了奥尔德卡斯尔参与叛乱的记录，消除了它造成的矛盾。[22]说起来，这是货真价实的"抹去"，不过，是借爱德华·霍尔（Edward Hall）而非福克斯之手。福克斯提到，霍尔和之前的撰史者一样，写了奥尔德卡斯尔参与"谋反"的这段历史，准备出版，但是，一位仆人给他送来了"刚刚来自"欧洲大陆的一本"约翰·贝尔（John Bale）所写的关于科巴姆男爵的书"，霍尔"两晚之后……涂抹消除了自己之前关于约翰·奥尔德卡斯尔爵士及其伙伴们的叙述"（vol. 3, pp. 377–378）。就福克斯而言，叙及霍尔抹去关于奥尔德卡斯尔叛国事件的记叙就是一种皈依宣示，足以支持自己对编年史中关于奥尔德卡斯尔叛乱之记叙的批驳了。

在福克斯看来，奥尔德卡斯尔的叛乱并非一个不宜提及的事实，而根本就是那帮心怀成见的史学家在信口雌黄。他展示了各种早期记叙之间不一致及互相矛盾的地方，得出结论，认为这不过是一场"杜撰出来的叛乱……是起诉（奥尔德卡斯尔）时强加在他头上的，起源于错误的暗示和不实的臆测，又因言语峻切而加剧，根本未经应有的调查"。福克斯接着说，这样的杜撰背后是有意识形态动机的，这番指控"主要源于（奥尔德卡斯尔）的宗教信仰，它令主教们对他生恨；主教们令国王对他生恨；国王之恨置他于死地，使其以身殉道"（vol. 3, p. 543）。

但即使奥尔德卡斯尔未犯叛国罪，福克斯还是不能不提及那不宜提及的"国王之恨"，而这就暴露了将罗拉德派当作原始国教这种历史叙述上的断层。如果奥尔德卡斯尔作为罗拉德派教徒是新教信仰的殉道者，那与此同时他也为国王所憎恨，是新教国家令人尴尬的英雄。奥尔德卡斯尔的信仰与皇家权威之间不可避免的对立使得伊丽莎白时代英格兰官方所要求的真正教会与虔敬民族的定位成为不可能。

也许可以从这里着手来考察为什么莎士比亚之前要选择将历史上的奥尔德卡斯尔描绘成自己剧中那个不负责任的骑士。1752年，《绅士杂志》（*The Gentlemen's Magazine*）上一篇仅署名P. T.的文章问道："莎士比亚能将居于英格兰改革者和新教殉道者名单之首的高尚之人，写成放纵骄奢的老饕、放荡堕落的怪物吗，且是在女王对宗教改革进行重大研判之际？这荒唐得令人难以置信，任谁都无法这样想象。"[23] P. T.试图推翻福斯塔夫在莎士比亚剧中曾名为奥尔德卡斯尔的证据，但由于那证据同（如P. T.所说）奥尔德卡斯尔"居于英格兰改革者和新教殉道者名单之首"的证据一样无可辩驳，我们只能认为，P. T.觉得这种毁人名誉之事无法想象，莎士比亚却故意这样做了。

而执着于原版、要让奥尔德卡斯尔回归剧中的加里·泰勒争辩说，正是奥尔德卡斯尔家喻户晓的"原始新教"英雄之名惹来了莎士比亚的戏仿嘲弄。在《大英帝国的戏剧》

（*The Theatre of the Empire of Great Britaine*, 1611）中，约翰·斯皮德（John Speed）曾批评过耶稣会信徒罗伯特·帕森斯（Robert Parsons，笔名为 N. D.）将奥尔德卡斯尔描写成"恶棍、强盗、反叛分子"，抱怨说他所给出的证据"都是从剧场演员那里拿来的"，痛斥"这个天主教徒和他的诗人，两人都撒谎成性，一个总是信口开河，另一个总是歪曲事实"（p. 637）。泰勒列举了用以证明莎士比亚同情天主教立场（若非莎士比亚本人信仰天主教）的证据，并和斯皮德一样，认为对奥尔德卡斯尔的讽刺反映出莎士比亚至少"愿意利用一个许多同时代人会认作'天主教'的立场观点"。泰勒提出了其他能运用这一解读的戏剧事实，得出结论："在这样的情况下，很难否认莎士比亚是有意在讽刺奥尔德卡斯尔。"（《时运》，p. 99）①

莎士比亚是有意在讽刺奥尔德卡斯尔，这很难否认，但我认为泰勒对于莎士比亚创作戏剧以及其戏剧与观众见面时的"情况"有点误判。无论莎士比亚是不是天主教徒或天主教同情者²⁴，1596 年或 1597 年时莎士比亚的戏剧观众都更有可能把讽刺奥尔德卡斯尔看作具有新教而非天主教倾向的表现，而这反映出新教内部存在分裂，使得接纳罗拉德派这段过往如此之困难。在当时，人们越来越将罗拉德派信仰与更激进的清教徒（其中有些人自称"虔敬兄弟会"）联系起来，而不是与虔敬的民族联系起来。这些清教徒曾试图"继续改革"英国教会，但未能成功。如果说，在伊丽莎白执政之初的十来年中，人们（在福克斯的鼓励下）将罗拉德派看

100

---

① 指泰勒 1985 年发表的论文《奥尔德卡斯尔的时运》（Gary Taylor, "The Fortunes of Oldcastle," *Shakespeare Survey* 38 [1985]: 85—100）。

作国教先驱的话，那么在其在位的最后十来年里，人们则（在班克罗夫特［Bancroft］和其他英国国教政体代言人的怂恿下）将其看作有可能破坏它的不奉国教派（Nonconformist）的先驱。

约翰·海沃德（John Hayward）一定知道那些激进的新教徒是罗拉德派的教旨教规以及其反叛名声的继承者，因此，就像丹尼尔·伍尔夫（Daniel Woolf）指出的那样，他在《亨利四世生平与统治》（*Life and Raigne of King Henrie IIII*）中"对于罗拉德派的发展壮大"表示了"某种遗憾"。不奉国教者，那些"推崇、追随威克里夫思想的人"，不断与君权发生冲突，"这使得一派的尊崇与另一派的信仰隔绝背离，愈行愈远"。存在于理查王朝末期并贯穿整个亨利王朝的政治角力，使得海沃德无法在其所修历史中让罗拉德派教徒轻易成为新教国家的先驱。"与约翰·福克斯不同，"伍尔夫写道，"对海沃德而言，罗拉德派不是早期的新教徒，而是伊丽莎白时代布朗派（Brownists）①的创始人，是宗教改革运动'教随国定（*cuius regio, eius religio*）'原则的破坏者。"[25]

不过，若说海沃德看清了不奉国教派的宗谱，他可不是唯一做到这一点的人。1591年，一位自称"亚当·伏尔维特（Adam Foulweather）②"、信奉国教的占星家，在其编撰的一本年历中预言"异端的余烬中"将很快"又生出新的分裂思想

---

① 英国16、17世纪主张脱离英国国教的一个教派，以创始人罗伯特·布朗（Robert Browne, ?—1633）命名。1620年登上"五月花号"前往北美的不奉国教派教众中多数是布朗派。

② 此姓字面上有"糟糕的天气"之意。

和异端派别，比如布朗派、巴罗派（Barowists）①以及其他胡说八道的图谋，大大阻碍教会的统一，搅乱真正的信仰"²⁶。而1593年，在克林克监狱（the Clink）中撰写反叛文字的分离派领袖弗朗西斯·约翰逊（Francis Johnson）本人便证实了自己与"异端的余烬"之间的联系。他自豪地宣称自己的思想与"早年间基督的神圣仆从和殉道者中那些被称作罗拉德派和异端信徒"，比如"科巴姆男爵（他被吊起来烧毙）……"²⁷的思想完全一致。

在约翰·菲尔德（John Field）（《女士们的补偿》作者纳撒尼尔·菲尔德之父）的领导下，不奉国教的新教徒在16世纪80年代尝试过通过议会授权的方式建立起长老制，但是到了16世纪90年代中期，惠特吉福特（Whitgift）力促宗教统一，女王始终坚持"我们已拥有宗教改革之真理"²⁸，在此背景下，英国政府的反激进分子行动获得胜利。如托马斯·迪格斯（Thomas Digges）所忆，克里斯托弗·哈顿（Christopher Hatton）受任为大法官（Lord Chancellor）标志着国家政策的转变，自此，不仅天主教徒，"清教徒也被视为扰乱国家分子受到痛斥和羞辱"²⁹。而到了16世纪90年代早期，被政府视作国家威胁的激进新教已经消退，至少作为政治运动是如此。那些"煽动叛乱的分裂派"（1593年的《确保女王陛下之臣民恭顺法案》["Act to Retain the Queen's Subjects in Obedience"]³⁰中如此称呼不奉国教者）不得不转入地下或者

101

---

① 不信奉国教的各教派中并无一个独立的"巴罗派"。不过布朗派中确实有一位亨利·巴罗（Henry Barrow/Barrowe，约1550—1593），其观点与布朗大体一致，但也有一些细节上的分歧。巴罗领导过伦敦的地下教会，写过大量为布朗派教义辩护、宣传的文字，1593年4月6日被处以绞刑。

逃往国外。而激进新教，尽管其福音派冲动日渐旺盛，但正如克莱尔·克罗斯（Claire Cross）所写，其各种分裂主义派系"在大多数有影响力、依然致力于推动进一步宗教改革的信徒眼中"，已经彻底"失去了替代国教的资格"。[31]因此，不管莎士比亚自己的宗教信仰如何，可以肯定的是，他1596年的大多数观众都不大可能将对罗拉德派殉道者的戏谑看作隐秘的天主教手段，反而会将它视作完全正统的做法，是对不奉国教主义的反思，女王本人便曾判定不奉国教主义"对正统宗教、对其王权、对其政府、对其臣民有害"[32]。

不过，即使泰勒弄错了在1596年对奥尔德卡斯尔的讽刺可能具有的政治暗示意义，对他而言，在恢复《亨利四世上篇》中因审查而被换掉的"奥尔德卡斯尔"一名的主张中，更核心的书志学理由似乎并不受影响。泰勒认为，"'福斯塔夫'将剧中最令人难忘的角色故事化、去政治化、世俗化，并在此过程中庸俗化了"（《时运》，p. 95），而不管被禁用的"奥尔德卡斯尔"的政治效价如何，这个论点都是站得住脚的。泰勒认定恢复"奥尔德卡斯尔"可有效地将约翰爵士这个角色重新历史化，这很令人信服（即使我希望的是另一种重新历史化）。但对我来说，这一主张对于校订的意义带来的麻烦在于，如果说恢复"奥尔德卡斯尔"会将这个角色重新历史化，这也会有效地将刊载他的文本去历史化，并且在这个过程中还会让这一文本去物质化。[33]

102　　　不管对奥尔德卡斯尔的戏谑会不会让泰勒口中"正直的新教徒"（《时运》，p. 97）震惊（而答案明显取决于新教徒到底怎样才算"正直"），不管莎士比亚的胖骑士被附加了什么意义，就如泰勒自己的论证所呈现的那样，这些意义并非一个自立自主文本的功能，而是莎士比亚的文本与文本之外的某些东西交集的产物，这些"东西"是其周围的文化文本，是罗兰·巴特所谓的"社会书卷"³⁴，而文学文本既传播它又改造它。然而，若泰勒对于被审查掉的"奥尔德卡斯尔"这个名字的批判性回应巧妙地承认了文学文本与社会文本互依互存的关系，而他将"奥尔德卡斯尔"重新放回印刷文本中的做法却自我矛盾，又否认了此种关系。

泰勒坚持认为我们应该在剧中恢复"奥尔德卡斯尔"这个名字，因为"莎士比亚是被迫"改掉它的，而恢复它能让我们回归"莎士比亚最初的构思"（《时运》，p. 88）。泰勒主张，"奥尔德卡斯尔"是莎士比亚最初想用的，因此现代校订本就应该印上这个。"在我看来，"泰勒写道，"对于恢复原始用词（奥尔德卡斯尔），主要的、实际也是唯一的反对意见，是替代用词（福斯塔夫）已为人熟知"（《时运》，p. 89，强调记号为笔者所加）。然而，对于恢复那一名称至少还有一条充分有力的反对意见，那便是，所有权威的文本印的都是"福斯塔夫"，无一作"奥尔德卡斯尔"。"奥尔德卡斯尔"也许能让我们回归"莎士比亚最初的构思"，但"奥尔德卡斯尔"其实算不上一个"曾用文本"³⁵。

无视这一事实，便是将作者的著述活动理想化，将它与使其意图得以在印刷和演出中实现的社会与物质的干预隔离开。这是将文本从其日趋复杂的历史性中抽离出来。³⁶恢复"奥尔德卡斯尔"实现的是作者著述不受干预的幻想，而这一作者著述又自相矛盾地被牛津校订版自身所干预。泰勒在这里将"莎士比亚的本意"（《时运》，p. 90）置于已成现实的、不可避免地保留了多重（而且有时互相冲突）意图的文本之上。尽管泰勒此处执着于作者意图，但这一主张本身显然并不是一种前所未有或毫无意义的理论立场，[37]其绝对古怪之处在于，此处的具体操作似乎恰与牛津版莎剧集的主要成就相抵触——牛津版自称与之前其他校订版的不同之处，就在于它承认在莎士比亚时代的英国，戏剧的产生从来就不是作者自立自主的成就，而是一种复杂的社会与演艺圈的活动，作者著述只是其中一个方面。用泰勒的话说，牛津版莎剧集"认识到莎士比亚是剧院诗人，其作品唯有在他为之写作的合作性戏剧事业中才能够实现其意图，此校订版鲜明地体现了这一认识对文本和评论所含的意义"[38]。

　　加里·泰勒显然比其他大多数校订者更清楚戏剧文本是多种合作的产物，而牛津版的独特之处就在于试图反映出这样的合作，呈现的不是"舞台表演前的文学文本"，而是"基于戏剧演出实践"的文本。[39]然而，在福斯塔夫/奥尔德卡斯尔命名之争中，泰勒之所以将莎士比亚最初的构思置于"合作性戏剧事业"的运作之上，置于文艺复兴时期戏剧制作必然多重、分散的意向性之上，完全在于他坚信剧作家是"被迫"改掉了《亨利四世上篇》中"奥尔德卡斯尔"这个名字。换言之，替换"奥尔德卡斯尔"一事，被看作外力对作者意图进行了不请自来且不容抗拒之干预的证据，并非使得一部剧能够上演或出版所必需的种种妥协与调适之体现。对泰勒而言问题很清楚："改换名字反映的不是修改而是审查"（《时运》，p. 88）。而作为审查，它是一种"破坏"，必须通过校订加以修复。

　　的确，似乎可以肯定莎士比亚原本计划给自己的角色取名"奥尔德卡斯尔"，似乎同样明显的是的确有人用这样或那样的方式让莎士比亚改掉了那个名字。但"这样或那样的方式"这个说法必然的含糊性意味着以此追溯意图是有问题的。如果泰勒的那个我们"知道莎士比亚最初的构思"的说法是正确的，那么他的次级前提，即我们知道"他为什么放弃了那个构思"（《时运》，p. 90），却不那么站得住脚。实际上我们并不知道。如果说他被施加了政治压力这件事似乎显而易见，那么该压力是以何种形式施加的却不那么显而易见。泰勒胸有成竹地谈到"审查员的干涉"（《时运》，p. 85），但并无记录证明这一点。看起来，理查德·詹姆斯的说法基本上是正确的，即伊丽莎白时代的科巴姆男爵对前科巴姆爵位持有者遭戏弄感到"不快"。但值得注意的是，知识渊博的詹姆斯写作时此事已过去很久，而他与相关人员并无明显联系。而且，尽管尼古拉斯·罗的说法被提出来作为"独立证言，确认了"审查"起于科巴姆家族"（《时运》，p. 87），但罗写那段话时与事情发生的时期相隔更远，而且，如我们所见，罗说的实际上是"女王"（而非科巴姆家族）下令改名的，这便又提出了一个施压来源，让我们越发无法确定对莎士比亚文本所做干涉的性质。[40]

我的观点并非否认政府当局对于戏仿罗拉德派殉道士奥尔德卡斯尔有所不满，而只是要指出，现有的证据不足以让我们确切地说清楚为什么"奥尔德卡斯尔"从《亨利四世上篇》的文本中消失了。有一个具有影响力的家族对"奥尔德卡斯尔"这个名字提出了异议，这一点似乎毫无疑问，但不那么确定的是，此名的删除是否由我们可以自信而确切地定义为"审查"的过程所致。这不是在吹毛求疵，而是要转向这一书志学争议的核心。设若我们有外部力量控制作者著述的先例，那么任何一个致力于还原莎士比亚艺术意图的《亨利四世上篇》校订本都可以将"奥尔德卡斯尔"引入（虽然肯定不是再次引入）其印刷文本中，尽管诸如牛津版这样坚持"莎士比亚是剧院诗人"的校订本，即使在确实存在这种审查的情况下，似乎也有理由将"福斯塔夫"视为一个名副其实的曾用文本，因为审查是剧院诗人职业生涯中无法避免的。

但我们事实上并不知道将"奥尔德卡斯尔"换成"福斯塔夫"就是政府强令的结果，而不是作家针对戏剧产出制度及在此制度之中做出必要（尽管可以说并非情愿的）妥协的例子。在缺乏文献档案支持的情况下，我们无法判断我们手头拿的是被超出作者控制之力所损坏了的文本，还是反映出作者努力适应既有戏剧写作和演出环境的文本。科巴姆男爵对剧本诽谤奥尔德卡斯尔的做法不满，这一点看上去似乎是肯定的，但没有证据告诉我们，"福斯塔夫"代表的是莎士比亚最终对于自己文本掌控的丧失，还是他为掌控自己文本所做出的努力。换言之，我们无法确定"福斯塔夫"是剧本审查的结果，还是剧本修订的结果。

不过，这样的不确定性虽然令人懊恼，却同时又颇具启发性，反映出两者之间常常并没有严格的区别。威权与作者著述往往并非各自为政、互相对立的作用力，而是相互依存、共同塑造伊丽莎白时代英格兰戏剧的行为。[4]无疑，来自上层的某种干预最终让莎士比亚将奥尔德卡斯尔的名字改成了"福斯塔夫"，但审查及管制如同剧院中的男童演员及印刷厂中的版面编排样张一样，是戏剧产出的决定性条件之一。为将自己的文本推上舞台、送进书店，剧作家既配合也绕开审查员。弄清审查员可以接受什么与从演员那儿弄明白舞台上什么热演同样必要。因此，我们不能说"福斯塔夫"代表着"对作者本意的压制"（《时运》，p. 92）。相反，"福斯塔夫"看上去更像是反映出作者要在舞台和书稿中实现自己本意的愿望。无疑，之后的剧中使用"福斯塔夫"，似乎说明莎士比亚不管愉快与否，都在自己艺术的完整性上做出一点让步，将之出色地融入了自己的意愿。

显然，我们不知道莎士比亚及其剧团对《亨利四世上篇》中的改名有何看法，然而，泰勒宣称"莎士比亚与剧团后来的意图只有在回答一个问题时才重要：如果有机会的话，他（或者他们）会不会在上篇中恢复'奥尔德卡斯尔'"（《时运》，p. 90）。对于泰勒来说，答案是"会的"，因而坚定了自己在剧本校订版中印上"奥尔德卡斯尔"的决心。舞台演出史显示似乎《亨利四世上篇》偶尔会"按原来的命名"演出，尽管《亨利四世下篇》《温莎的风流娘儿们》《亨利五世》的创作中约翰爵士这一角色都被命名为"福斯塔夫"，但即便如此，就泰勒而言，这足以证明莎士比亚或莎士比亚的剧团依旧将《亨利四世上篇》中的胖骑士认作"奥尔德卡斯尔"（《时运》，p. 91）。

但舞台演出史的证据充其量是非决定性的。决定命名选择的，除莎士比亚或其剧团的意图之外，还有其他因素（特别是在私下演出时）；即使忽略这一事实，就只看福斯塔夫在17世纪成了一个多么频繁（超过任何其他莎剧角色[42]）使用的典故，情况似乎就很清楚了：演出此剧时，用新名字比用残留的"奥尔德卡斯尔"要频繁得多。这个名为福斯塔夫的角色风靡一时，这一点实际上是众所周知的了。托马斯·帕尔默爵士（Sir Thomas Palmer）认为，福斯塔夫迷住观众的本事可谓演出水平的标杆，他在1647年博蒙特与弗莱彻戏剧集对开本前的一首序诗中写道，"我知道……福斯塔夫可以让人们忍住多久不剥坚果"①，这提出了一个评价标准，可衡量两位合作者据信能获得的更大成功。[43]而伦纳德·迪格斯则写道："只要让福斯塔夫上场，哈尔、波因斯、剩下的所有人——你们都靠边站吧，他可会胡搅蛮缠了。"[44]亨利·赫伯特爵士的工作日志中提及国王剧团于1624—1625年"元旦之夜"在白厅（Whitehall）演出此剧，将它称为《约翰·福斯塔夫爵士上篇》，这记录了福斯塔夫惊人的文化热度。[45]

不过，对于泰勒关于莎士比亚或至少其剧团仍然认为约翰爵士是"奥尔德卡斯尔"的主张，比起用剧院演出中的理由来反驳，用书志学的一个理由似乎到底要更令人信服一点：他的朋友和合伙人其实是"得到了"恢复审查掉的名字的"机会"的，但明确地决定了**不再**在剧中使用"奥尔德卡斯尔"。将莎士比亚剧作合集以对开本形式出版这个决定，给了亨明斯与康德尔恢复"奥尔德卡斯尔"的绝佳机会。实际上，正如我们在上一章中所见，他们宣传1623年对开本时，称其优势就在于弥补了早期四开本中的缺陷，修复了之前"残损变形"的文本，将它们"按照其（莎士比亚）原本构思"[46]印刷呈现。第一对开本印制的时候，已经没有科巴姆来指手画脚地强制执行因1596年第十代男爵的小心眼而引起的换名要求了：第十一代科巴姆男爵亨利·布鲁克因为参与拥戴阿拉贝拉·斯图亚特（Arabella Stuart）登上英格兰王位的阴

①就像如今人们在影院看电影时会吃爆米花一样，莎士比亚时代的戏剧演出期间观众多会剥坚果吃。琼生曾抱怨过，剥果壳造成的噪音"可恶至极"。

谋，于1603年被判叛国罪，囚禁在伦敦塔中至1619年去世。科巴姆爵位直到1645年才有人再承袭。然而在1623年科巴姆爵位蒙羞且空缺之时，亨明斯与康德尔却并不认为有必要在《亨利四世上篇》中恢复"奥尔德卡斯尔"，以使文本还原至未受伤损、"原本构思"的形式。

　　泰勒推测说，他们或许"尝试过"恢复"奥尔德卡斯尔"的名字，但"未能成功"："对开本中《亨利四世上篇》的印刷未能按期进行，完全有可能是因为他们试图从新宴乐官那里获得批准……以恢复原来的名字。"泰勒也不得不承认："如果亨明斯与康德尔的确尝试过恢复'奥尔德卡斯尔'，他们显然是失败了……"然而，由于既无证据证明他们尝试过，也无证据显示即使他们尝试过也完全可能失败了，我们实在无法不得出那个泰勒竭尽全力想回避的、显而易见的结论："作为莎士比亚文学作品的执行人，亨明斯与康德尔对于'福斯塔夫'并不介意，乐意让它永久存在于《亨利四世上篇》中"（《时运》，p. 92）。而看上去，他们的确如此。尽管恢复"奥尔德卡斯尔"并无明显障碍，亨明斯与康德尔仍然保留了"福斯塔夫"，这反映出的并非莎士比亚的原始意图，而毫无疑问是使《亨利四世上篇》得以产生（使得任何文本得以产生）的那种作者与非作者意图间复杂的相互作用。换言之，这证明了戏剧并不能自主自决，而只能令人恼怒地兴于斯、变如斯。"福斯塔夫"是此剧的历史标记，而作为也许是他们最有效的一个书志编撰决定，亨明斯与康德尔明智地将"斥黜"他这件事留给了哈尔。

第四部分

作为历史的文本

> 谁都不了解未来，因为未来尚未到来。但我们会从自己对过去的认识中创造出一个未来。
>
> ——托马斯·霍布斯（Thomas Hobbes）

第六章 "君王变臣民"①
——早期现代舞台上权威的刻画

　　弗洛伊德曾举例阐释幽默，用了路易十五与一位素以机智风趣著称的朝臣之间的一段故事。国王命"这位骑士拿自己［国王］开一个玩笑，他要做这个玩笑的'subject（对象）'。朝臣妙语以对，'*le roi n'est pas sujet*'"[1]——君王不是subject（臣民）。即使这一俏皮话算不上精彩，至少在政治上是很高明的一招。朝臣须服从国王的权威，这使得他必须用这个双关语才能既满足又拒绝了国王的命令。拒绝或真的说个笑话都将冒犯国王，但两险相较孰为大？面对这一不确定性，这个双关语是个绝妙的应对。

---

　　① 语出《理查二世》4.1.252，原文为"Proud majesty [made] a subject"，朱生豪译作"君臣失序"。本章中，对"subject"（*n*1. 对象，主语，题材；*n*2. 臣民，国民；*v.* 使臣服，使隶属，使服从）及此词各种变形（subjection, subjective 等）多重含义的双关使用贯穿全文。而这种一词多义所产生的效果很难在译文中表现出来，之后的类似情况中，译文酌情用加注原文的办法提示。

然而，在17世纪中期的英格兰，任何类似的笑话都难免苦涩。的确，文艺复兴时期的专制政治一直强调君主不同于臣民。"君主与臣民根本就是两回事。"[2]查理一世傲慢地宣称，但这是查理最后的几句话了，是1649年他被处决前站在国宴厅（Banqueting House）前黑色的行刑高台（scaffold）上说的。

查理受审判被砍头，这毫不含糊地证明，在英格兰君主已经成了臣民，不再拥有被尊为"小上帝"（用他父亲的话说）的特权，可以"坐在〔上帝的〕王座上统治其他人"[3]。现在，英格兰的君主必须服从"英格兰下议院的权威"——主持审判查理国王的约翰·布拉德肖（John Bradshaw）反复强调这一点。[4]一位威尼斯大使，阿尔维斯·孔塔里尼（Alvise Contarini），不无同情地写信给总督说：

> 最后，在伦敦，于众目睽睽之下，无人为其说话，受其臣民之裁决，可怜的英格兰国王丢了王冠和生命，犹如一个普通罪犯，死于刽子手刀下。[5]

与此同时，在法国，由于路易十五依然大权在握，国王只会是风趣朝臣俏皮话里的subject（主语），存在于语法之sentence（句子）中，而非置于司法的sentence（裁决）之下。

我感兴趣的是，在英格兰是什么使得国王要屈从于臣民的力量与权威，换言之，是什么使得曾经居于英国政治结构核心的君臣之别被抹去。在莎士比亚的《理查二世》中，当理查被逼退位时，卡莱尔主教愤怒地质问：

> 哪一个臣子可以判定他的国王的罪名？在座的众人，哪
> 一个不是理查的臣子？（4.1.121—122）

那些审判查理的人也都是他的臣子（国王一直在提醒他们这一点），但自认为有资格裁决君主。该审判是针对至尊君权和国王本人的一系列错综复杂的攻击中最终且显然是决定性的一步。尽管有些议会派人士声称其目的既非激进也非共和主义，国王一直都知道其利害攸关所在。他知道议会要求用多数选票来决定法律，实际上是在策划

111

> 彻底毁掉……君主制本身（朕完全有理由说，这远超朕
> 之先人时代之所见，因为尽管也曾偶有某个国君含冤被
> 废，但在此之前，君权本身从未遭受攻击）……[6]

1649年，人们在威斯敏斯特厅（Westminster Hall）开庭审判，给了"君权"直接有力的一击：裁定查理犯有叛国罪，下令处决他。当然了，此前也有其他英格兰国王被杀。然而，不像爱德华二世或理查二世之被臣子暗中谋害，查理一世是被人以"这个国家正直的人民"[7]之名义公开审判和处决的。

我想要表明的是，这一导致君主迫不得已对"人民"之权威臣服（subjection to）的过程受到了某种征服（subjection）的鼓动，犹如那位朝臣的俏皮话一样，是一种言语（或更准确一点说，是言语及视觉）的征服。评论家们（甚至包括E. M. W. 蒂利亚德［E. M. W. Tillyard］与斯蒂芬·格林布拉特这样观点大相径庭的评论家）一致认为，伊丽莎

白时代的戏剧，尤其是历史剧，是有效服务于王室利益的，但在我看来，它在颠覆那一权威方面似乎至少同样有效，它在一个政治改革进程中起着重要的文化干预作用。[8]戏剧将英国的君主们置于平民观众面前，滋养出一种国民最终可以审判自己君主的文化环境，倒不是因为戏剧正面演绎了颠覆行为，而是因为演绎本身就是颠覆性的。不管这些历史剧的外显意识形态为何，它们都不可避免地，即使并非有意地，会削弱权威的结构：在舞台上，君主成为一个对象（subject），一个剧作者想象的对象，以及由臣民（subjects）构成的观众关注和评判的对象。因此，如果说英国历史剧回忆、重现了过去，那么它们将国王置于露天戏台（scaffold）上任由公众评判，也就预演了未来。

尽管人们对此看法不一，但戏剧演绎的危险是这一主题反复出现在那种我们顺手（即使并不准确地）打上"清教徒主义"标签的反戏剧表演情绪中。[9]这种针对戏剧的敌意着魔似的集中渲染戏剧对传统道德与政治权威的威胁。按照菲利普·斯塔布斯（Philip Stubbes）在《恶习的剖析》（*Anatomie of Abuses*）中的说法，戏剧"违逆福音圣言，吮吸恶魔的乳头，以滋养我们的偶像崇拜、异教信仰以及罪失过错"[10]。但反戏剧思潮所认定的，不仅仅是舞台上表演了不道德行为，而且是舞台表演本身就是不道德的。威廉·普林声称："戏剧演出的形式本身就是巨大的虚假。"他断言，在戏剧中，一切都是"假冒、伪装、掩饰；所演的没有真实真诚的东西"。[11]

尽管有些戏剧的反对者，比如斯塔布斯，会避免批判宗教戏剧，[12]但大多数人则发现宗教戏剧不仅不能缓解他们的担忧，反而加剧了他们的焦虑。在扮演对象是上帝本身时，戏

112

剧表演所带来的问题变得尤为严重。最重要的，当然是如何呈现上帝这一很实际的问题：信纲（Articles of Religion）第一条将上帝定义为"无体，无肢，无情感"的存在。切斯特神迹组剧（Chester cycle）的晚告（Late Banns）①提供了一个解决方法。组织者们决定，剧中上帝"将只是一个可以听见的声音，不会是有形的上帝，也不会以人的模样出现"[13]。但是问题不仅仅关乎如何模拟上帝。这实际上是一个伦理道德问题。问题不仅仅如晚告中所说，"无人可与上帝相称"，这里的关键是人应不应该做这个尝试。1576年，英格兰高等宗教事务法庭接到"情报"称，有人将在韦克菲尔德（Wakefield）上演圣体节剧，便下令

> 在该剧场景中，不得扮演或呈现庄严神圣的圣父、圣子或圣灵，亦不可展现施洗圣礼、圣餐，或演出任何有违上帝或国家之律法、助长迷信或偶像崇拜之风的内容。

颇能说明问题的是，宗教法庭所关心的不只是戏剧的宗教内容，还有它的审美形式。法庭担心，"扮演和呈现"剧中的神圣主题，会"减损上帝的圣仪和荣耀……"[14]

约克的宗教法庭认为戏剧表演会"减损"，即降低、削弱被呈现对象的权威。1574年，麦彻特泰勒斯学校（Merchant

---

① 切斯特神迹组剧是起源于英国切斯特市的一组表现《圣经》故事的神迹剧，其历史可追溯至15世纪。当剧团获准演出后，会有公告传报员（Crier）在市内各处宣读演出公告（Banns）（内容形式与莎剧前的开场白有些相似）。切斯特神迹组剧流传下来的公告有两个版本：一版早至英格兰宗教改革前，学界称之为"早告（Early Banns）"或者"前改革告（Pre-Reformation Banns）"；另一版出现的时期较晚，被称为"晚告（Late Banns）"。

Taylors' School）决定中止校内演出，也是出于类似的考虑。这里涉及的呈现问题不是宗教的，而是世俗的："我们的公共演出以及类似的活动……致使年轻人在尊长面前如此恣意放肆、不顾礼仪，随之而来的往往就是蔑视师长父母尊上，最近发生在我们公共休息厅中的事情就充分证明了这一点……"[15]

由于麦彻特泰勒斯学校演出的剧目不大可能是低俗下流或颠覆破坏性的，那么很明显，问题就不是剧本而是表演了。麦彻特泰勒斯学校的禁令宣称，仅仅是在舞台上呈现权威的形象，戏剧就足以让观众在其"尊长"前"恣意放肆、不顾礼仪"。这样一来，正如亨利·沃顿爵士（Sir Henry Wotton）在叙述《亨利八世》的一次演出时所揭示的那样，戏剧表演削弱而非巩固了权威，将其置于大众视线之内故而无视了其应有的尊严。这部新剧，他写道，"演出时用了许多无比庄严华丽的道具和场景，就连舞台地面的席垫都没有忽视"，这些设计"如此逼真，足以令威仪变得俚俗，即或不是可笑"。[16]

显然，用约克宗教法庭的话来说，艺术表演会导致世俗威仪的"减损"，绝不亚于它对其神圣原型威严的减损，使得彰显其权威的形象不再神秘、不再高大。正是出于这种顾虑，伊丽莎白规范了君主肖像的绘制。1563年，宫内起草了这份公告："获特许之画家可觐见女王，以自然的方式呈现陛下圣容，尽管陛下一向不喜此道。同时，在出现可令他人学习临摹的完美范本之前，禁止任何其他人勾描、彩绘、雕刻或描摹女王陛下之身形或容貌。"[17]1596年，枢密院下令"销毁"所有"不能妥当得体表现女王陛下身形和容貌，因而严重冒犯女王陛下、有辱上帝馈赠于陛下之优美与崇高威仪的绘画、雕刻、印刷品"[18]。

伊丽莎白明白，不能允许女王受制于画家的想象；它必须永远受制于女王的想象。正如罗伊·斯特朗（Roy Strong）所指出的[19]，君主肖像有效地为君主制服务，使其威权得到彰显。然而，若不加管控，君主的肖像却具有潜在的危险性：它或许不会强化预期的统治者与被统治者之间的区别，反倒会销蚀它，因为置于臣民无礼打量之下的君主威仪会受到减损。1603 年，就在詹姆斯继位之后不久，亨利·克罗斯（Henry Crosse）抗议说：在剧院中，"王国至尊的君主国王陛下所有的情感都被夸大，被公开地调侃，被所有观看者当作了五朔节的把戏"[20]。因此，英格兰的君主们都尽力确保能控制戏剧表演的方式，也就不足为奇了。正如查理愉快地回忆的那样，1624 年，面对西班牙大使对米德尔顿的《一局象棋》（*Game at Chess*）的激烈抱怨①："出台了禁令，禁止在戏剧中演绎任何一位现代基督教国家君主。"[21]伊丽莎白本人可以出现在像皮尔（Peele）的《帕里斯的裁判》（*Arraignment of Paris*）这样的剧或者琼生《人人扫兴》一剧的宫廷场景中，但是，正如琼生所发现的那样，任何演员不得扮演伊丽莎白女王。尽管女王对戏剧很有兴趣，1574 年还给莱斯特伯爵剧团（Earl of Leicester's Players/Men）颁发了执照，准许他们"为了朕之臣民的娱乐"以及在"朕认为合适之时，为朕之消遣和愉快"[22]而演出，但她也很清楚戏剧表演若是不加以控制会带来哪些威胁。她明白执照是必要的，换言之，演员的表

114

----

① 米德尔顿的《一局象棋》是当时大受欢迎的一部剧。剧中，代表西班牙和耶稣会的黑国王被白骑士查理王子将了军。西班牙大使对此提出了抗议，詹姆斯一世于是查禁了此剧。

演除了要受艺术家的控制之外，也必须接受国家法令的监管。

　　尽管她从戏剧演出中获得不少"消遣和愉快"，伊丽莎白也能敏锐地察觉它的错失。她绝不会允许自己的情感被人公然调侃，或是成为观看者的五朔节把戏——当然，除非那是她的五朔节把戏。1622 年，托马斯·斯科特（Thomas Scott）这样写道："有时，君主愿意接受戏剧和假面剧中这样或那样的告诫。"²³ 但伊丽莎白很少如此。她对受制于（being subjected to）其治下（subject）的表演总是非同寻常地敏感。1565 年，西班牙大使古斯曼·德席尔瓦（Guzmán de Silva）写信告诉腓力，伊丽莎白在看到一部剧中朱诺与狄安娜就婚姻与童真之美德进行辩论时，愤怒地断言："这都是针对朕的。"不管文本有多么含糊，伊丽莎白都能找到影射她的痕迹。1595 年，埃塞克斯安排了一场表演，人们对他这出剧①的含义有很多说法。"关于这几段道白，人们做了很多不正确的解读。"罗兰·怀特（Rowland Whyte）写道，但伊丽莎白知道哪一种是合适的。不过，根据怀特的描述看，剧中并没有人扮演伊丽莎白，只是恭维地提到了她（因为这位"美德"之源"令他［埃塞克斯］脑中充满崇高的想法；她的智慧令他精明睿智；她的美丽与品德令他随时可以领军出征"）。但怀特告诉我们，尽管如此，"女王说，如果她早知道他们对于她要谈这么多，当晚她就不来了，说完就退席就寝去了"。同年

———————————

　　① 在 1595 年 11 月 17 日伊丽莎白登基日庆典（Accession Day Tilt）上，埃塞克斯与培根（Francis Bacon）合作推出了一场演出，可能是一部假面剧。此剧无完整剧本存世，根据现有记录，它由至少八段道白组成，包括《"自爱（Philautia）"反对恋爱（Love）的道白》《"自爱"给女王的信/独白》等。其内容让女王不满，女王未等演出结束便退场了。

早些时候也发生过类似的事情，伯利（Burghley）对那件事的点评很到位："我觉得除她以外，没有哪位女士，也没有哪位宫中的情报解读员，会像陛下这样嚼碎字词究其本意。"[24]

伊丽莎白不只是偏执多疑。正如戴维·贝文顿所证实的那样，戏剧的确常会触及敏感的政治问题。[25]但也许更重要的是，戏剧本身已经成了一个敏感的政治问题，而对它的控制则成了宫廷与伦敦市政当局之间的一个角力点。戏剧的辩护者与诋毁者都清楚，戏剧表演有着强大的政治作用。辩护者们指出，戏剧表演有着宝贵的意识形态教化功用。"戏剧创作以此为目的，戏剧排演以此为方法，"托马斯·海伍德写道，"即教导臣民要服从君主，让人民看到引起骚乱、暴动、叛乱之人不得善终，让他们目睹遵纪守法之人兴旺发达，敦促他们忠君爱国，奉劝他们不要作奸犯科。"[26]戏剧反对者的论点则恰恰相反：戏剧漠视宗教、煽动骚乱，而剧院本身说轻点是有损公众利益，说重点则是对公众利益的严重威胁。正如伦敦市长与高级市政官在1597年致枢密院的信中所说："它们使本城内外那些生性邪恶、不敬神明的社会渣滓有机会聚集，且其自身下流、渎神之行为绝不输于此类渣滓。"[27]总的来说，戏剧反对者（不管他们的敌意显得多么偏执癫狂）的论点更占上风。其辩护者们只拿得出一个近乎说教性的戏剧概念，而此时期的几乎所有戏剧都与这一概念相抵触。反对者对戏剧实际运作的理解更接近事实，其担忧也确因戏剧潜在的颠覆破坏性而起。

潜藏在他们对戏剧的不安下面的是这样一种认识，即戏剧表演对他们文化的基本等级划分构成一种天然的挑战，这一文化由上下尊卑不同等级构成，并使其显得不可避免且永恒不变。毫无疑问，这就是戈森（Gosson）反对戏剧与戏剧表演的缘故，它让"男孩打扮成女人，摆出女人的姿态，模仿女人的情感；贱民冒用君王的称号，享受虚假的尊严，还有假扮的随从"[28]。等级化意识形态要求将社会秩序理想化，而剧院里的"谎言"则剥掉了社会秩序理想化的面纱。在《一位优秀演员》（"Of an Excellent Actor"，1615）中描绘了"优秀演员"特征的作者写道[①]："所有的职业他都曾从事过。确实，他假扮的都是别人的真实。今天扮帝王，明天演平民。此刻演一个暴君，次日又成了流犯。今晚是个寄生虫，隔日便是清教徒。诸如此类，变化多端。"[29]演员表现任一社会身份（role）的能力赋予他们"角色（role）"之名，用哈姆莱特的话说，他们表现的是"谁都可以做作而成的样子"，而非根本、不可更改的身份地位，这令人不安。

116　　戏剧便是如此致力于戳穿权力的神秘。其中之冒牌王权增加了王权本为冒牌的可能性。伊拉斯谟（Erasmus）在其所撰《论基督教君王之教育》（*Education of a Christian Prince*）一书中问道：

> 如果一条项链、一根权杖、一袭深紫袍、一班随从就足以造就一位君王，那么又凭什么不让舞台上全套王室威仪环绕的演员称作君王呢？[30]

在文艺复兴时期高度戏剧化的政治世界和高度政治化的

---

　　① 《一位优秀演员》是约翰·韦伯斯特以17世纪流行的"人物描写"体裁创作的，一般认为文中"优秀演员"的原型是莎士比亚的老搭档查德·伯比奇。

戏剧世界中，这个问题的答案也许并不像伊拉斯谟假定的那般明显。"舞台上全套王室威仪环绕的演员"的确是被"称作君王"，至少在戏中如此，而在像福德的《珀金·沃贝克》（*Perkin Warbeck*）这样的剧中，这恰恰就是关键所在：要想区分扮演国王的演员与扮演扮演国王的演员的演员很困难，这成了此剧的"诡异真理"。"演员还在舞台上呢，这是他的角色，他不过是在表演"（5.2.68—69），亨利七世不屑地这么说珀金。然而，同样的话用来说站在剧院观众面前的亨利，也同样合适。[31]

正如舞台上所呈现的那样，真正的君王并非总是一眼可辨，这不仅仅因为那些人都"不过是在表演"。在《威尼斯商人》中，鲍西娅毫不犹豫地断言："替身就像君主一般耀眼，直到君主归来。"（5.1.94—95）但在《亨利四世上篇》中，道格拉斯伯爵干掉了那些身着王袍的贵族，最终与国王本人面对面交手，此时的亨利，其君主威仪并不比道格拉斯杀掉的那些替身更为耀眼：

> 你是什么人，假扮着国王的样子？
> 亨利：国王本人……
> 道格拉斯：我怕你又是一个冒牌的。[32]
>
> （5.4.26—34）

《亨利四世上篇》剧末，在索鲁斯伯雷的战场上，国王与他的替身几不可辨，他的威仪可以轻易且有效地模仿。但即使在真正的而非饰演的君王身上，伊拉斯谟想要在君王和演员之间明确划分的界线也被弄模糊了，不过并不是被成功扮演君王的演员，而是被成功扮演君王的君王弄模糊的。这便是乔治·布坎南（George Buchanan）那危险的认识，就像理查德·班克罗夫特（Richard Bancroft）抱怨的那样，他"嘲笑君王在民众面前露面时的排场，将他们比作孩子们手里被打扮得浮夸俗气的玩偶"[33]。这话虽说有点刻薄，却极有见地，而就伊丽莎白而言，可能与其说是批评，不如说是道出了其治国策略之实。显然她自己就是一个出色的演员，也许由于缺乏有效的威权手段，她不得不如此。在《皇家琐记》（*Fragmenta Regalia*, 1641）中，罗伯特·农顿爵士（Sir Robert Naunton）写道，自己从未见过

> 在位君主中，有如此爱惜名誉、如此严格维护君权，以至于如此努力追求自己人民的拥戴的，确实，她追求那些平头百姓的喜爱，以致在出行和巡视时，会纡尊降贵，向公众展露真容……[34]

自从宣告继位的那一刻起，她对于"向公众展露真容"有着近乎强迫性的关注，因为她认识到自己的统治可以通过（且就她而言，或许是唯有通过）戏剧性表演得到宣告和承认。

1559年1月14日，加冕仪式前一天，伊丽莎白身着金线礼服，头戴女王冠冕，乘坐饰有金丝锦缎的敞篷马车穿过伦敦，一千名侍从骑马紧随其后。这次巡游从伦敦塔出发，目的地是威斯敏斯特大教堂，这壮观场面充分展示了她对王权戏剧化艺术的精通。"若是有谁以描述见长，"《女王陛下巡游记》（*The Quene's Majestie's Passage*）的作者写道，"那么他对当时伦敦城最好的形容，莫过于一个展示了美妙场面的舞

台，高贵善良的女王走向她亲爱的人民，人民目睹如此高贵
之君王、亲耳聆听如此威严之圣言，深感喜悦欣慰……"³⁵
此刻以及终其在位期间，伊丽莎白利用庆典和游行，将自己
的国家变成了剧场，在没有一支常备军的情况下，用一群观
众——一支由忠实倾慕者组成的队伍，来巩固自己的统治。

斯蒂芬·奥格尔（Stephen Orgel）和罗伊·斯特朗的研究
告诉我们，文艺复兴时期的统治者惯于戏剧性地展示自己的
权力。³⁶张扬的君权致力于将其观众置于自己所展示的皇家权
威之下（及之中），在多重意义上抓住①其旁观者。但是这种
被斯蒂芬·格林布拉特称为"特权可视度"³⁷的戏剧化策略，
亦自带极大风险。意义深远的是，它使得权力依赖于观看者
的赞同（尽管那种赞同已被默认为君权剧本的一个方面）。君
主公开露面时，不论君主如何坚称观看者都怀有欣赏与尊
重，君主仍需要有一群平民作为观众，并给他们授权，以此
作为自己统治的一个基础（而正是这一点所带来的焦虑，而
非对戏剧的喜爱，催生了我们如今熟知的、伊丽莎白与詹姆
斯自称他们人在"舞台"上的这一说法）。

除此之外，这一策略是否有效依赖于能否有效地掌控戏
剧界。早在1559年5月，伊丽莎白便明令禁止戏剧

> 涉及或探讨宗教或治国理政之事宜，此类事宜除有权
> 威、学识和智慧之人，其他人不可书及或涉及，也不可
> 在任何观众面前谈及，除非面对的是严肃、谨慎之人士。

①此处原文为"captivate"，兼有"迷惑"和"捕获"之意。

"宗教或治国理政之事宜"只能在由"严肃、谨慎之人士"构成的观众面前演绎；若在由普通平民组成的观众面前展现这类事宜便十分危险，而且，如禁令所声称："在任何秩序良好的基督教国家都不合时宜、不能被允许。"[38]它之所以"不合时宜、不能被允许"，是因为在剧院中，权威的意象受制于观众的认可。不过，国家盛典则会利用其至征用这种认可。例如，伊丽莎白1559年的巡游仪式接近尾声时，女王看到"一个老人在抽泣，还扭过头去"。记录者不知"他这样做，该如何解读呢，是因为伤心还是喜悦"；但"能将一切可疑之事变成好事"的伊丽莎白则对这位市民的反应很有把握："我向你保证，这是喜悦。"市民模棱两可的反应被伊丽莎白拿来转化成了展示的机会，用记录者的话说，这展示了"大无畏者的善解人意"[39]。

此外，剧院的演员并没有阐释以及吸纳观众反馈这一选择。剧院创造出一个挑剔的"群体"，并赋予了他们评头论足的权利。斯蒂芬·戈森紧张地指出：

> 上剧院去的普通人不过是一帮裁缝、补锅匠、鞋匠、水手、老头儿、小伙儿、女人、男孩、女孩，诸如此类，如果让他们来评判那里所呈现之事宜的错误，谴责那里的风俗习惯，那真是既不合法又不合适，应该被看作诽谤和诋毁。[40]

在剧院里，由平民百姓组成的观众可以"评判那里所呈现之事宜的错误"。这是将边缘人群聚集在一起组成了一个权威群体，德克也认识到了这一点，尽管也许他没有戈森那么

119

焦虑。他对自己的傻瓜（Gull）①解释道，鉴于剧院

> 在娱乐这事上实在无拘无束，农家小弟和大律师一样都
> 有张凳子坐，散发体臭的小人和芬芳的朝臣一样有自由
> 在这里吞云吐雾，车夫及补锅匠的言语和评论家中最骄
> 傲的莫摩斯②的意见一样响亮，都能坐在席间判决戏剧的
> 生与死。[41]

在文艺复兴时期的剧场中，观众彼此间不需要（也的确
没有）保持合乎礼仪的距离（不像观看皇家典礼时，说起
来，也与现代剧院中的情形不同）。伊丽莎白时代大众剧场的
表演模式拒绝赋予被表演者以特权。如罗伯特·魏曼（Robert
Weimann）指出的那样，文艺复兴时期的舞台演出方式，即在
台上场景和台前平场之间来回转换③的方式，事实上抛弃了强
势的特权阶级意识形态。[42]在剧院中，这样一种将上流社会的
仪态和自负置于小丑和平民的审视之下、"本末倒置"的视角
会在更广泛的层面上发挥作用，因为舞台上的戏剧情节被投

---

①德克于1609年出版了《傻瓜入门手册》（*The Gull's Hornbook*）一书，用讽
刺幽默的笔法向"傻瓜"们介绍了伦敦城中时髦男子的生活，就如何骗过巡夜
人、如何打扮、如何上剧院和下酒馆等给出了许多建议。书中对伦敦剧院中观众
行为、演出情况的记录是文艺复兴时期戏剧研究的宝贵资料。

②莫摩斯（Momus）为希腊神话中的嘲弄与非难指摘之神，因此在英语中亦
指吹毛求疵的批评者。

③在魏曼的戏剧理论中，"台上场景（*locus*）"指的是戏剧情节中呈现的具有
象征意义的空间，是想象中的地点。而"台前平场（*platea*）"则是由观众与演员
共享、使观众产生舞台体验并与演员进行互动的空间。理论上这两个空间可按台
上、台下区分，但在早期现代的伸出式舞台剧场（thrust theatre）中，演员需要和
观众互动时，通常站在前台，表示离开戏剧场景，回到现实。

射进观众空间。在那里，农家小弟和大律师、小人和朝臣、车夫和补锅匠，民主平等地聚在一起，超越（尽管只是暂时地超越）了詹姆斯一世时代英格兰的阶级社会，从反特权、迎合大众的剧院逻辑那里获得权力，可以"判决戏剧的生与死"。

回顾历史时，很难不认识到1606年时人们对一部剧的生死判决与1649年时人们对国王的生死判决之间只有一线之隔。不过即使没有强加于这一视角的目的性及其误导性的缩略看法，对于当局认为允许由平民构成的观众自认有资格对不论风俗、戏剧还是国事进行评判是"不合法且不合适的"这一观点，我们也不会感到惊讶。而当戏剧空间是城市本身而非剧院时，不受控制的表演所带来的直接威胁便会更大。如同历任市长大人一样，伊丽莎白以城市街道为舞台上演了权力大戏，但街道不可用作大众剧场。当有人提醒伊丽莎白，埃塞克斯曾用（可能是莎士比亚的）《理查二世》作为他那次未遂叛变的序幕时，她恨恨地对威廉·兰巴德（William Lambarde）说道："这出悲剧在露天大街上和民宅中上演了四十场。"[43]这出剧讲了一位合法（且沉溺于自我戏剧化）的君主被废黜的故事，这故事显然非常符合埃塞克斯的政治目的，不过，如斯蒂芬·奥格尔所提出的，也许在伊丽莎白看来，与此同样严重的是，埃塞克斯盗用了她的政治策略，像她宣称的那样，将城市变成了舞台，在露天大街上借理查这个人物喻示她的人格和命运，而且演了"四十场"之多。[44]

埃塞克斯对伊丽莎白盛典政治的盗用，揭示了此种策略的一个固有缺陷：它可以被盗用。埃塞克斯可以在市民面前表演，而且完全有可能偷走伊丽莎白的观众。卡姆登

120

（Camden）记录道，埃塞克斯与他的"密友们"讨论过"到底是直取王宫；还是先设法赢得伦敦人的好感，在他们的协助下强攻王宫；还是逃跑以自保"。

> 正当他们就伦敦人的好感和喜爱，以及粗俗百姓易变的性情争论不休之时，走进来一个有着明确目标的人，他似乎是由市民们派来，代表他们许下重大承诺，将协助他们对付敌人。闻此，伯爵似乎受到了鼓舞，开始说起自己在伦敦城中多么受欢迎。想起以前人民对他的拥护，还有他们对于他敌人的议论和抱怨，他让自己相信他们中许多人都忠于自己，会帮助他保住自己的名誉与好运……因此，他下定决心……于次日，也就是周日，带领两百随从入城……向市政官与人民说明自己此举之原因，请求他们帮助自己对付敌人。如果市民证明难以争取，他便立即退至王国他处；但若他们不难说服的话，那么就在他们的协助下，直取女王。[45]

当然，结果是他的努力失败了：城中无人响应。他呼吁"市民们拿起武器来，但只是徒劳"。市民们"对君主的忠诚未受影响，毫不动摇"，但显然，伊丽莎白要维持自己的统治，靠的是守住她费力争取来的观众的忠心，而非随地位而来的法定权力或权威。若是当初埃塞克斯能赢得"伦敦人的好感与喜爱"，他"改换国家面貌"[46]的计划有可能就成功了。

那么，把伊拉斯谟的问题反过来问，又有什么能阻止舞台上全套王室威仪环绕的君王被称作演员呢？我认为，这就是莎士比亚历史剧所提出的中心问题，且是具潜在颠覆性的

121　核心问题。在一部又一部剧中，我们面对的不是秩序而是骚乱，统治与人际关系都动荡不定。然而，如果说在几乎绵延不绝的王位争夺中，我们看到的是令人沮丧的人类动机大戏，那么我们同时也目睹了人们为对抗混乱和腐败所建立起的各种象征性结构的力量——在这其中王权是主要的一个部分。"君王代表着绵延不绝。"[47]普洛登（Plowden）写道，而那些历史剧既宣称这位法学家的断言是谎言，又证明它必不可少。统治者成了不朽的象征，而为建立并确保"父子祖孙世代相传的合法王统"（《理查二世》2.1.199）的斗争，因国家自认其必然永续不堕而倍感紧迫。在历史剧的"艰难时世"中，虚构的长治久安情节不断出现，但这些剧也实实在在可以被解读为一个发现，用克南（Kernan）的话说，也即随着英格兰"从典礼和仪式走进历史"[48]，人们发现这些剧终属虚构。

　　这些剧揭示出，权威的排场和道具多半出自人为，它们的价值关乎策略而非圣仪。习俗与圣恩都不能维护王权，尽管种种仪式往往将权威打扮得花里胡哨。亨利五世，莎士比亚笔下最成功的（也许是他笔下唯一成功的）君王，知道"仪式"——"圣油、权杖和那金球，那剑、那御杖、那王冠，那金线织成和珍珠镶嵌的王袍"（《亨利五世》4.1.256—258）都是用来神化权力的道具：

　　除了地位、名衔、虚礼引起人们的敬畏与惶恐外，你还有些什么呢？（4.1.242—243）

　　历史剧将统治演绎为职责，并揭示权力通常落在最善于控制和操纵权威之视觉与言语符号的人手中，从而掀开了政治权力理想的面纱。在那些最激进的历史剧中，其戏剧性便揭示出典礼仪式就如亨利·沃顿爵士理解的那样，是一种工具性的"神圣感，用迷信这使人盲从的愚蠢羁绊来约束民众，让他们平静安然，循规蹈矩"[49]。但认识到需要"约束"民众以让其"循规蹈矩"，也就是同时承认了他们具有抵抗和反对的力量。连亨利是否"伟大"，就像他自己理解（并且憎怨）的那样，也得"听凭（subject to）每个傻瓜来议论"（4.1.230—231）。君王必须不断地在臣民（subjects）面前表演，让自己获得（subject to）他们的钦佩与敬畏，好使他们臣服于（subject to）自己的权力。

因此，波林勃洛克战胜了有神授君权的理查王。约克这样描述亨利如何耀武扬威地进入伦敦城（查尔斯·基恩[Charles Kean]于1857年演出的这一幕可谓场面宏大壮观）：

波林勃洛克骑着一匹勇猛的骏马，那匹马好像是知道背上驮的是一位雄心万丈的人，用缓慢而庄严的步伐徐徐前进。所有人都齐声高呼："上帝保佑你，波林勃洛克！"你会觉得窗子都在开口说话，窗扉里那么多老老少少急切的面孔，将他们饱含热望的目光向他的脸上投去，墙壁像是画满了人像，他们齐声欢叫："耶稣保佑你！欢迎，波林勃洛克！"他呢，一会儿向着这边，一会儿向着那边，对两旁的人们脱帽致意，他的头垂得比他那骄傲的马的颈项更低，向他们这样说道："谢谢你们，诸位同胞。"就这样一路上打着招呼过去。（《理查二世》5.2.7—21）

122

145

波林勃洛克满足了市民们"饱含热望的目光",同意作为他们注视的对象(subject),而他们便成了他治下的臣民(subjects)。当公爵夫人问到理查的情况时,约克回答道:

> 正像在一座戏院里,当一个红角下场以后,观众用冷漠的眼光注视着后来的伶人,觉得他的饶舌十分可恶一般;人们的眼神就是这样的,甚至更加轻蔑,怒视理查。没有人高呼"上帝保佑他!"没有一个快乐的声音欢迎他归来;只有泥土掷在他神圣的头上……(5.2.23—30)

人们常说该剧探索的是理查的戏剧化行为,但实际上,正如约克的类比所揭示出的,它也对波林勃洛克的戏剧行为做了探索。他的城中巡游同伊丽莎白1559年的相似(不过更刻意地低调),是一场盛大的赋权、证权、示权的表演,一举三得。在理查的观念中,权威是神圣神秘的,这令他沉稳宁静,不愿采取行动(全部定义上的"行动"①)来维护自己的名号,结果便是他"神圣的头"不受人们尊重敬畏,成了玷污亵渎的对象——被道路两旁围观皇家巡游的观众投掷"泥土"。

理查躲在君权神授的概念中,而这个概念,就连卡莱尔主教都试图把它解释得更积极活跃,朝着更实际的方向发展:

123　　上天有意使您为王,亦必有力不顾一切地使您保持王位。我们应该勇于接受而不该蔑视上天所给予我们的机

---

① 此处"采取行动"一词的原文为"act",亦有"表演,扮演,假装"之意。

会，否则就是逆天而为。（3.2.27—31）

奥墨尔受不了理查的不作为（也受不了滋养这一做法的神学语言），用更直接更实用的话把主教的激励翻译了一遍：

> 陛下，他的意思是说，我们太疏忽懈怠了；波林勃洛克
> 趁着我们不备，装备日强，声势日大了。（3.2.33—35）

面对波林勃洛克的装备和声势，理查仍坚持认为那虚幻的神圣权威是有效的，而实际上它在"波林勃洛克烧起的战火"面前不堪一击，后者已经"用坚硬锃亮的刀剑，以及比刀剑更坚硬的心肠吞没了"理查"恐惧的国土"（3.2.109—111）。如诺森伯兰预言的那样，波林勃洛克的确成功地

> 把受污的王冠从当铺中赎出，拭去那遮掩国家御杖金光
> （gilt）的尘埃，使庄严的王座恢复它旧日的光荣。
> （2.1.293—295）

"gilt（金光）"的那个同音异义词①喻示，统治的象征在篡位者波林勃洛克的手中"蒙羞"了，可以说，攫取它的过程玷污、贬损了它。亨利的guilt（罪行）玷污了御杖的gilt（金光），而如果说如今"庄严的王座"看起来有了"旧日的光荣"，那很有可能是因为王座上的亨利以及他登上王座的过程有效地将统治的特征去神秘化了。理查"失去王冠"，归根结

---

① 即"guilt"。

底是因为他远不如亨利明白在"这新天地内"（用费兹华特[Fitzwater]的话说）做君王到底意味着什么。

在这里知识就是权力，或至少可以说权力有赖于知晓权力就是权力。当理查最终从这残酷的套套逻辑中长了见识，但将它转化为行动为时已晚。他能做的，只有逼着亨利在民众面前上演权力更替的实况，而不是亨利所希望的，在议会面前上演为兰卡斯特家族"洗白"的一出戏。尽管理查可以影响权力易手的方式，却无力阻止权力易手的发生。他承认"我们必须顺从形势的压力"（3.3.207），但当交出权力时，他不会如亨利所愿把此事演成逊位（"我以为你是自愿让位的。"[4.1.190] 亨利恼火地说），而要演成废黜。"喏，贤弟，把王冠拿住了。"（4.1.181）理查边奚落边拿起王冠，我想，那王冠肯定没递到亨利手边。

理查终是迟了一步，但他开始意识到公共权力的戏剧性了。只是，尽管他成功地揭露了亨利想利用让自己正式"禅让……政权和王冠"的方式来掩盖真相，他却无法避免自己的失败。不管他是被废黜还是禅位，无论如何他都不再是国王了。他通过表演自己受制于（subjection to）亨利的权力，力求成为观众所理解和同情的对象（subject），而他的确可以问："既然受此种种支配（subjected），你们怎能对我说我是一个国王呢？"（3.2.176—177）

"受到支配（subjected）"，他就不再是国王了。理查将成为亨利的臣民（subject）——至少在他在世时如此（不过前国王可不像前总统，别指望能过上长久、富足的退休生活）。但理查意识到，将自己政治上的臣服（subjection）作为自己戏剧性行为的主题（subject），他便也成了这一政治行为的同谋：

> 我发现我自己也是叛徒的同党，因为我刚在这里衷心同意把一个国王身上的威仪全部解除，让光荣变成卑贱，叫君王变成奴隶，使威仪变成平民（subject）……
> （4.1.248—252）

我在这里揪着"subject"这个词不放，不仅仅是因为其中含有意味深长的双关，也因为就像路易十五朝臣的俏皮话所展示出来的那样，这一双关聚焦并解释了权威的某些重要构成。当斯宾塞在《仙后》（*The Faerie Queene*）中描写（并取悦）他那"令人敬畏的君王"伊丽莎白时，他与她的权力之间那种复杂的关系，他对她的赞许和受她赞助的需要，便消解了他心中怀有的焦虑甚至憎怨，因为他将她变成了自己描写的对象（subject），这至少暂时勾销了君主与潜在桂冠诗人之间力量的失衡。[50]

戏剧表演是强大而危险的，我认为它的颠覆功能并不像新历史主义学者们暗示的那样，可以轻而易举地控制或征用。斯蒂芬·格林布拉特的论点很巧妙："有些本可严重削弱权威的行动到头来却成了权威的支柱。"然而，仅从历史角度来看这个论点就令人生疑：如果颠覆行为如格林布拉特所写的那样"正是权力之基础"[51]的话，那么我们又该如何解释社会变革呢？如果文艺复兴时期的专制主义机制在解决文化对抗与挑战方面如新历史主义学者所展示的那般高效的话，那为什么查理一世，那位"皇家演员"（如马韦尔［Marvell］在《写于克伦威尔自爱尔兰归来之际的贺拉斯体颂歌》［"Horatian Ode upon Cromwell's Return from Ireland"］中所说），会在1649年1月30日被送上在白厅前立起的"悲剧高台

（scaffold）"并丢了性命？

不是说格林布拉特错了，而是他的论证过于笼统。他将比他所认同的远为纷繁复杂甚至自相矛盾的文化行为理想化了。斯蒂芬·奥格尔提出："扮演君主是一种颇具潜在革命性的行为——埃塞克斯和伊丽莎白对这一点都很清楚。"[52] 我认为他这个观点比我的更有说服力。埃塞克斯与伊丽莎白无疑都将在叛乱前夕上演《理查二世》的行为看作谋逆想象的一部分，是在鼓励大众（不论是在故事中还是在现实中）参与对神授君主罢黜。实际上，想象君主之死的确就是叛国谋反。众所周知，伊丽莎白在理查二世身上看到了自己，而威廉·朗巴德对此的回应则是谴责埃塞克斯谋反的"邪恶想象"[53]，而且他所使用的"想象"一词是一个法律术语。在源于1352年法令的都铎法律语言中，叛国罪被部分定义为"想象、密谋弑君"。（而埃塞克斯的正式罪名是"密谋并想象在伦敦……罢黜并杀害女王，推翻政府"[54]。）尽管在实践中法律的这一部分会导致司法困惑和争论，但法律条文本身的确认定想象，也即策划（该词本身既有政治含义也有文学含义）废黜和杀害君主就是触犯叛国罪。[55]

《理查二世》当然的确是想象且鼓励观众们一起来想象君主的废黜和死亡；显而易见，这恰恰是埃塞克斯及其追随者付了四十先令让它上演的原因。不过反过来说，我们自己也必须小心，不要将戏剧表演的颠覆力量理想化。在剧院中，由于不存在任何具体的政治意图，这样的想象并非叛国（约翰·海沃德爵士因所著史书《亨利四世之生平与统治》被以叛国罪起诉，审讯时辩护方的论辩便基于类似的观点；此外，培根［Bacon］在法庭上指出，海沃德从塔西佗

[Tacitus]那里大量借用，因此要起诉他的话，应该是以剽窃罪而非叛国罪[56]），不过大家都明白《理查二世》的主题很敏感，伊丽莎白在世期间出版的此剧四开本中，没有一版保留罢黜理查那一场，便是明证。在伊丽莎白治下，文化冲突日益明显，在此氛围中，戏剧潜在的颠覆性受到政府更严格的审查和控制，当局想方设法限制、管束演员们那让人提心吊胆的自由：宴乐官开始颁发剧本许可证（并加以审查）；只有贵族赞助、持有演出执照的剧团中的演员才能登台演出；而剧院本身被（城市长老们）逐出城区，集中到了城外特区。

在《亨利五世》的开场白中，剧情旁白大发奇想："以整个王国为舞台，叫帝王们充任演员，让君主们瞪眼瞧着那伟大的场景。"（ll. 3—4）在这一理想的戏剧环境中，演戏的各种矛盾就会消失：舞台表演就是实际展示，历史剧则是历史本身——而且重要的是，这一历史中不存在社会不平等，尽管这并非由王国的民主化所致，而是社会下层阶级全被剔除了。而现实中莎士比亚"木头圆台"的情况当然完全不同：位于萨瑟克（Southwark）的一个戏台，一帮渴求名利的演员，还有一群观众，并非"全是君子"，但充分代表了王国内各个社会阶层。[57]

正如近来伊丽莎白时代戏剧制度研究所表明的那样，莎士比亚的戏剧世界无论从地理位置、社会地位还是政治意义上来看，都非同寻常地难以界定[58]：剧院地处行政特区，既是又不是伦敦城的一部分；而毫无疑问，这样的大本营非常适合一个既依赖又不依赖其贵族赞助人的商业剧团；而演员们呢，按照1572年《惩治流氓暨济贫济弱法案》（Acte for the Punishment of Vacabondes and for Releif of the Poore & Impotent

[14 Eliz. c. 5]），他们被看作恶棍、流氓、乞丐，如今则正式成为贵族家庭的成员，而国王剧团的演员甚至有自称绅士的权利。

伊丽莎白时代戏剧界的这些矛盾不可避免也无法调和，这些矛盾是当时戏剧运作的基本环境，也是《亨利五世》的剧情旁白在其表达中想要避开的。他想要一个统一的贵族世界（也许和理查德·文纳［Richard Venner］的《英格兰之欢喜》［*England's Joy*］所承诺的那样——文纳戏单的宣传说，这部描写女王的剧，只由"一些有身份的绅士淑女"[59]来演）。如果能够打造出这样的戏剧表演条件的话（文纳收钱后试图卷款潜逃，这出戏根本没有上演），那么戏剧表演中的问题就算不能完全解决，至少也可减少一些。

理想中，在这样的戏剧里，我们可以有"威武的哈利，就像他本人"——不是一个长得像哈利或者举手投足像哈利的演员，而是有着哈利本人的长相，"像他本人"那样行事的哈利。在这样的戏剧表演中，我们知道事情就是如此，而非似乎如此，但这种戏剧不可能存在。那就不是戏剧表演了（就像哈姆莱特认识到的那样，它也不是生活）。戏剧表演就是（且为我们讲述）一个"好似"的世界。它在我们眼前摆出一个个权威的形象，依靠我们的合作，来"弥补"他们被呈现时不可避免的"缺陷"。想要把"我们的帝王装扮"起来，必须依靠我们的"想象"而非他们自身的威仪。因此可以说，戏剧表演实现了权威概念的全然转变——实现这一转变并非一定得靠舞台表演，而是渗透在与观众的基本互动之中；正是这一转变把一位君王送上法庭受审，并最终将统治权植根于臣民的共同意志之中。17世纪的政治话语提及社会时，越来越倾向于主张，观众们愿意信赖并认可对统治的戏剧表演，这使他们成了权威的终极来源。

> 现在戏已演完，国王成了乞丐；
>
> 只要诸位满意，结局就算不赖；
>
> 为了答谢诸公，我等不遗余力；
>
> 一日更甚一日，只为让您得趣；
>
> 你们看过我们，轮到我们看您；
>
> 请为我们鼓掌，带走我们寸心。
>
> （《终成眷属》，收场白）

这几乎精准定义了据信存在于1649年查理一世受审时臣民与君王的关系——不过他们没有带走他的心，而是要了他的脑袋。

万物生一：一种逻辑上的不可能；一首诗歌，或一个象征；一个被演绎或被具象化的比喻；一种诗意创造。

——诺曼·O. 布朗（Norman O. Brown）

第七章 "国王令好多人穿着他的战袍应战"①，或曰：爸爸，打仗时你做什么了？

如果可以说《亨利四世上篇》"讲了"什么，那么它讲的是权力的打造，这个问题在亨利四世执政初期与此剧创作时的老年伊丽莎白统治末期都很严峻。亨利的麻烦，当然是在罢黜了按世袭制度继位的理查之后，如何巩固、维持自己的权威。伊丽莎白的王冠是继承来的，但在后宗教改革时代英格兰复杂的宗教-政治世界中，直到她登上王座的前一天，人们对她是否有能力接替她同父异母的天主教长姊仍大有怀疑，而就像亨利一样，她将要统治的也是一个分裂的国家，同样面临着由珀西（Percy）家族领导的北方贵族暴动。¹

亨利"惊魂初定"，"烦恼而疲惫"（1.1.1），这是可以理解的，他知道自己并不合法的政治地位十分脆弱。亨利罢黜了理查，戳穿了君权神授的空虚本质，而这使得他关于自己

---

① 《亨利四世上篇》5.3.25。

拥有合法性权力的说法空洞无力。他对秩序这一强大意识形态的利用必然是有限的，因为他坐上宝座这一事实就证明了它的争议性。"反叛总归要受到惩罚"（5.5.1），亨利这样谴责华斯特，声称合法统绪必然胜利，然而事实上，亨利自己的反叛却没有受到这种"惩罚"，他成功地对抗了理查的合法王权。

亨利统治的这个国家边境不太平，国家统一从内部受到攻击。在北边他与苏格兰人交战，在西边他与威尔士人打仗，而当初扶他上位的那批贵族如今又在反对他的统治。这样，亨利关于发动圣战的讨论便既是可以理解的民族统一幻想，也是实现统一的策略。被内战撕碎的民族归属感可以在共同的目标下得到修复。一个完整统一、"同种同源"（1.1.11）的民族国家，可通过对抗一个异己、野蛮的"他者"而打造出来；这几乎与伊丽莎白时代有序和谐的英格兰民族概念异曲同工，这一概念主要通过将爱尔兰民族视为异类和劣等人而造就出来。[2]亨利立誓要

> 把那些异教徒从那曾经被救世主圣足履践的土地上驱逐
> 出去，他为了我们的缘故，一千四百年前被痛苦地钉在
> 十字架上。（1.1.24—27）

亨利想通过圣战来构筑他迫切需要的民族统一。这个民族

> 最近曾演成阋墙的惨变，同室操戈，如今将同仇敌忾，
> 步伐一致……（1.1.12—15）

当然，亨利知道，事实上他的国家并非"步伐一致"，而
131 是被阶级意识、种族矛盾、地域观念等这样一些在不平等的
等级社会中有意设置的差异深深割裂。他的王国（以及任何
王国）的现实庞杂多样、并非均质，它是个体、家族、郡县
等的松散集合，所有这些都各有其局部和宗派的利益及立
场。发动圣战的欲望，反映的是政治融合这一人们熟知的幻
想，是对差异性造成的问题的一种不切实际的解决方法。而
亨利不得不承认，目前的局势不允许这样的幻想：

> 可是这是一年前就已定下的计划，无须再向你们申述朕
> 出征的决心。（1.1.28—29）

伊丽莎白时代的英格兰打造权力时同样也坚持主张这一
幻想中的统一。大家所熟知的"身体各部分协调统一"或者
"父权制家庭井然有序"的政治比喻，反映出一个潜在的专制
国家对内部统一完整的渴望，而与伊丽莎白有关的种种历史
与神话类比亦是如此。伊丽莎白这朵都铎玫瑰，代表着各贵族
派系的联合统一；同时，她也是融合世俗与宗教权威的底波拉
（Deborah）；还是通过其贞洁反映出女王身体（the Queen's
body）和国族政体（the body politic）之不可侵犯性的狄安娜
（Diana）。[3]这个国家在过去六十年中经历了五种形式的官方宗
教，君主四易，每一位在位期间都发生过大规模叛乱，而如
今它又面临着进一步的不稳定，因为伊丽莎白在没有后嗣的
情况下统治着国家，而这个国家在新生的资本主义带来的压
力和机遇下，正经历着传统社会与经济结构的变化，这毫无
疑问要求这位童贞女王和她所代表的主权国家能有各种昭示

统一的喻示。德克的《老福多诺》（*Old Fortunatus*, 1599）开场白中，一个老头儿这样说起伊丽莎白："有些人称她潘多拉（Pandora），有些称她格罗丽亚娜（Gloriana），还有辛西娅（Cynthia）、贝尔菲比（Belphoebe）、阿斯特里亚（Astraea），大家都用各种名字表达不同的热爱。然而所有这些名字构成的是单独一个圣体，所有这些热爱聚成单独一个灵魂。"而尼古拉斯·布雷顿（Nicholas Breton）在他的《伊丽莎白女王之德》（"Character of Queen Elizabeth"）中，尽管近乎歇斯底里，也在女王的象征中找到了根本的统一性：

> 她不是自述 *semper eadem*①——始终如一吗？笃信一种宗教，信奉一位上帝，坚持一个真理，永远敬神。一位女王，独一无二之女王，因为在她的时代，这样的女王绝无仅有：凤凰为其神，天使为其貌，女神为其智；人如其言，人行其言。一言以蔽之：永远的ELIZABETHA——βασιλεθ'εα②，威仪赫赫的女神，砸碎上帝子民精神枷锁之救赎者伊丽莎白，赐他们以休养生息之供养者伊丽莎白，由唯一之神钦选之唯一之人为独一无二之女王以统领这一统王国，一整座岛屿……⁴

132

这段话里不当之处非止一端，特别是这"一整座岛屿"上有两个王国——英格兰与苏格兰，还有已被征服的威尔士。这种对于一统帝国的幻想，不管多么诱人，都遮蔽了这

---

① 拉丁语，意为"永远不变"。
② 希腊语，意为"啊，君主"。

一现实：其统一只能通过排他和均质化行为方能实现。在伊丽莎白时代的英格兰，这是通过思想钳制和政治压制实现的，即或是粗暴地将边缘群体（吉卜赛人、女巫、流民、爱尔兰人）排除在英吉利民族表述之外，或是将其散乱随意地塞进稳定并可维稳的社会等级阶层中。在《亨利四世上篇》中，亨利在叛军被击溃后命令自己的军队乘胜追击，彻底消灭叛军余孽：

> 若是再吃一次今天这样的败仗，
> 叛变就会在这国土上失掉力量，
> 这一场战事既然是如此之顺利，
> 让我们在赢得（won）一切前不要泄气。（5.5.41—44）

"won（赢得）"和"one（统一）"两词的同音异形双关（在16世纪末期的伦敦英语中不完全同音，而是能辨出）精确地演绎了统一的政治过程：用言语调和那只能通过强制手段达到的一致。我们可以说"winning（胜利）"就是"one-ing（统一）"，但兼并过程总包含着对异己远超可承认的更为暴烈的镇压。在复合性社会中，只有已被"won（赢得）"的，才是"one（统一）"的。

该剧以其戏剧样式来表现那些未曾调和一致的社会分裂。剧中的喜剧情节所道出的是统一国家希望压制的东西，实际上，这也恰是统一的戏剧情节希望压制的。文学评论乐于论证该剧的美学统一性，展示其喜剧情节如何"服务"于历史情节，如何作为次情节来阐明"主"情节。但在我看来，该剧并没那么连贯一致，相较于对其公认的统一性所做的论证，该剧并不因此就少有趣味或不那么出色，只是它不那么愿意将其异类声音纳入等级系统中。评论家们要求剧本具有规范的连贯性，要做到这一点，只有让次情节从属于主情节，平民服从于贵族，喜剧低于历史，换言之，要将国家的特权与权力等级划分强加于戏剧之上。然而该剧并未轻易压抑其喜剧色彩。尽管 1662 年托马斯·富勒曾表示过异议，认为福斯塔夫只是一个供哈尔"滥用"⁵的"寻欢作乐的道具"，但这位胖骑士却完全拒绝让自己服从于亲王的欲望或计划。实际上，在 1598 年版《亨利四世传》（*The History of Henrie the Fourth*）四开本中，"约翰·福斯塔夫的幽默巧喻"与"索鲁斯伯雷战役"一道出现在扉页上，都被当作此剧的主要卖点。如我们在第五章所见的，整个 17 世纪，知道此剧名为《福斯塔夫》的人同知道其名为《亨利四世》的人一样多。

133

　　如果说这种对历史剧与喜剧传统关系的明显颠倒可能高估了福斯塔夫的支配作用，它却的确揭示出常见的那些对此剧连贯性论证的不足。的确，喜剧情节道出了历史情节未说的东西。我这样说，不只是说喜剧情节包括了"主"线中没有的社会元素，甚至不只是说喜剧情节道出了被贵族历史情节忽视或理想化了的阶级分化与统治现实（不过，诸如哈尔拿弗兰西斯开傲慢玩笑等例子肯定起了这一作用）。我想说的是更加根本的问题：喜剧情节的存在本身便打破了权力一统的幻想，揭露并瓦解了此种幻想所依赖的等级体系。这里所呈现出的历史超越了被文艺复兴史学家独具特色地称为"国是"的历史——尽管不那么稳定，但更为博大。

　　若在此剧中只看到喜剧自觉从属于历史剧（这已是形式

主义学者对《亨利四世上篇》的标准阐述），那就是把哈尔版的事件当作了莎士比亚的版本，或者更准确地说，是在像哈尔一样行事，认为酒馆世界的存在只是为了创造贵族的乐趣和价值。大多数有关此剧两条情节线之间联系的阐释所表达的其实正是这一点。它们分析喜剧情节与"主"情节在主题上的联系，发现喜剧情节与历史情节平行发展，或者对历史情节进行了戏仿。无论哪种情况，它们所做的分析都再现了贵族历史的优先与特权。人们认为，喜剧的存在主要是对严肃剧情意义做进一步阐释，因而它无意间为斯蒂芬·格林布拉特就剧中以及文艺复兴时期的英格兰如何遏制颠覆的巧妙论证做了形式主义版本的演绎。

对于格林布拉特来说，就像他在自己颇具影响力的论文《无形的子弹》（"Invisible Bullets"）中指出的，此剧就像文艺复兴时期英格兰的文化一样，既包含也限制了各种对立文化中的颠覆可能。剧中的喜剧力量始终无法有效挑战权力的主张和索要权力的人："颠覆性是真实且根本的……与此同时，颠覆性又为自己所威胁的权力所遏制。实际上，这种颠覆性原本就产生于权力，并推进权力之目标。"如此便否认了酒馆世界里的行动和价值观具有任何破坏效果，它们的作用是使政治权力变得合理、得到巩固，而非对它发起挑战。他们将哈尔看作大师级演员，其骄奢放荡都是装出来的，目的是抓住统治权。"［他］放肆无聊鬼混"（1.2.19①），这看上去有可能颠覆哈尔的政治命运与意图，却被指出这恰是那意图

134

---

① 此处应是原文的笔误。卡斯顿教授自己校订的亚登第三版（Arden 3rd Series）《亨利四世上篇》中，此句在1.2.186，其他版本或有少许出入。

的"产物",是特意为推进其"目标"而设计的,他的放荡不羁经过精心策划,为的是让他将来的"洗心革面"显得更加非凡绝伦。格林布拉特得出结论,哈尔所坚持的角色表演,以耽溺于酒馆为基本形式,并非与权力相斥,而正是"权力的基本模式之一"(p. 46),因此,喜剧情节并不是贵族历史独白的替代,归根结底是为它所做的辩护。

有关这一可称为哈尔之权术的分析导出了格林布拉特的论点,即此剧正是对伊丽莎白时代的英格兰权力形式的演绎。伊丽莎白时代的英格兰缺少现代国家所拥有的那些太过常见的强制形式,因此表达和确认权威需要通过戏剧的方法,借助公共表演昭示君主与国家的一体性。宏大场面的展示是一种基本君权工具,用罗伊·斯特朗的话说,这是"权力的戏剧",不仅仅颂扬君权,实际上也创造了君权所依赖的社会关系。[7]

我们若是想从历史角度来理解莎士比亚的戏剧,肯定有必要认识莎士比亚的戏剧实践与伊丽莎白时代政治环境之间的关系。与此同时,分清伊丽莎白时代政治的戏剧化世界和伊丽莎白时代戏剧的政治化世界,似乎也很重要,而且幸运的是也有可能做到这一点。正像格林布拉特所说,"皇家权威"可能会"显现在臣民眼前,好似在剧场中一样"(p. 65),但这个比喻绝不能立刻就被缩减为一个身份特征,就像那些只把剧院视为打造和维护皇家权威意识形态场所的人们常做的那样。[8]类似并非同一,正如谚语所说。皇家权威并不是在而只是好似在剧院里呈现给臣民的。这个比喻将产生文化的各种模式同一化,遮蔽了其不均衡的发展,而这种为格林布拉特的论证排除在外的不均衡发展正是社会矛盾的一个来源,一

135 个与权力抗衡的空间。大众剧院中的戏剧表演易变且非正统，这使得戏剧无法简单复制主流意识形态，即使剧作家或赞助人带有明显的政治意图，这种复制也无法实现。显然，戏剧表演从来就不仅仅是一个复制皇家权威的工具，政府对戏剧演出从不放松的监督和控制便是明证。

正如罗伯特·魏曼所指出的，伊丽莎白时代英格兰的剧院并不简单认可其舞台上所呈现的一切。⁹人物和台词受到真正的上下打量，受到上面楼座和下面庭院中观众的仔细审视，同时，舞台上贵族的行为则受到平民和小丑的模仿和评判。不论是从剧情还是从观众的角度来说，大众戏剧都将不同的语言及社会意识混杂到了一起。工匠与朝臣在剧院中相遇，就像他们在舞台上相遇一样。在这里，如哈姆莱特所说，"庄稼汉的脚趾头"，或者至少是手艺人的脚趾头，"已然挨着朝廷贵人的脚后跟，可以磨破那上面的老茧啦"（《哈姆莱特》5.1.139—140）。于是，大众剧院创造出这样一种局面，即贵族与平民、尊贵者与粗俗人、精英与大众"坦诚而专注地直面彼此"，而巴赫金（Bakhtin）认为，这正是文艺复兴时期文化本身的特征。¹⁰各种口音和方言、时尚和价值观争相涌现，互相撞击，有时则混合在一起，这种复调音乐挑战着国家戏剧均质化、统一化要求的压力：那种展示权力威仪场面的戏剧透露出对于单义性的幻想，而这种单义性必然被其所急于否定的异质性揭穿并修正。

而在大众戏剧中，那种异质性获得了充分的表达，其多样的社会和形制模式在逐渐占据了舞台的混合体戏剧中表现出来。约翰·弗洛里奥（John Florio）在他的《二番果实》（*Second Frutes*, 1591）中写了一段关于英格兰戏剧现状的对话，指出现在的戏剧"既不是真正的喜剧，也不是真正的悲剧"，而是"表现各种事件，毫无规范可言"（sig. D4ʳ）。当然啦，弗洛里奥是在附和锡德尼，后者曾抱怨本土的戏剧

> 既不是真正的悲剧，也不是真正的喜剧；它把帝王和小丑混到一起，并非由于内容的需要，而是生拉硬拽一个小丑塞入戏中，让他在威严的事务中担任角色，既不庄重体面，又不恰当慎重；因此，他们那种杂交悲喜剧，既引不起钦佩与悲悯，也不能让人当真快活高兴。[11]

诸如"杂交（mongrel）""混杂（mingle - mangle）""大杂烩（gallimaufrey）"这样的词语一再出现，用以描述（或至少是抗议）这些越来越流行的跨界戏剧样式。1597 年，很可能是《亨利四世上篇》首演的那一年，约瑟夫·霍尔（Joseph Hall）在他的《答鞭束》（*Virgidemiarum*）中对那些"把乡巴佬与帝王混在一起"的戏剧表示了不满，把它们斥为"一堆大杂烩"。[12]但在大众戏剧中，尤其是在《亨利四世上篇》中，的确是帝王和小丑混在一起；不同的语言和习俗常常（也许说反常更好）共享舞台，争夺观众的注意力和舞台的主导。 136

　　但这就把我们又带回到福斯塔夫那儿了。提到他，必须用锡德尼的话说，他"对待在威严事务中担任的角色既不庄重体面，又不恰当慎重"。而哈尔也的确这么说过：福斯塔夫上战场带了一瓶酒却不带手枪，他训斥道，"呸，现在是开玩笑的时候吗"（5.3.56）。但福斯塔夫就和该剧一样，拒绝将"威严的事务"当回事。哈尔则将它们当回事，它们是他这场浪子回头戏的终极目标，但却不是莎士比亚这部杂烩剧的目

标。福斯塔夫既不体面又不慎重，这反映出该剧对于统一权力的抗拒，充分证明了异质性拒绝被均质化。他的勃勃生机和恣意放肆无法融入国家政治中起稳定作用的等级体系。

颇具启示意义的是，当他想象自己在即将到来的亨利五世治下的生活时，他是按自己的社会角色构想的：

> 让我们做狄安娜的猎户，暗夜的绅士，月亮的宠臣；让人家说，我们都是遵纪守法的人，就像那大海一样，听令于那月亮，我们高贵贞洁的女主人……（1.2.25—29）

这正是童贞女王伊丽莎白时代英格兰的社会秩序幻想。她当然就是那环绕她的众多政治神话人物之一的狄安娜，而她的忠实臣民则是"遵纪守法的人……听令于……我们高贵贞洁的女主人"。但对福斯塔夫而言，这并不是向权威臣服，而是给违法乱纪授权。他并不伺候把（如尼古拉斯·布雷顿所坚持的）"*semper eadem*——始终如一"当作信条的君主，而只听令于变动不居的月亮，"在她的眷顾下行窃"（1.2.29）。

于是，福斯塔夫便是一个"月亮之人"（1.2.39），永远有盈亏圆缺，而不在稳定的等级社会中占据固定的一席。他抗拒被整合进单一国家的或是连贯戏剧的等级结构中。尽管如此，哈尔还是试图镇住他。不管他有多喜欢同福斯塔夫嬉笑调侃，但很清楚，哈尔亲王是在利用这胖骑士构建自己的政治身份。哈尔只是暂时栖居于伊斯特溪泊的下层社会，而这么做则只是让自己将来必然要肩负的大任更加卓越非凡、如其所愿：

137

> 我……先和你们放肆无聊鬼混一阵，但我这是在效法太
> 阳，它容忍卑贱污浊的浮云遮蔽它的庄严宝相，但只要
> 它想要露出自己的本来面目，人们会因为对它渴望已久
> 而格外惊奇赞叹……（1.2.190—196）

这正是亨利国王的政治策略，尽管国王错将儿子的放浪
形骸当真，不知那只是精心筹划的结果。在第三幕第二场，
当国王斥责哈尔"放纵下流的贪欲"时，他是担心哈尔让自
己的政治权威受到威胁。亨利担心的不是哈尔之魂的堕落，
而是哈尔这个国家之魂的败坏。显而易见，这里的问题是政
治而非道德，受到威胁的是权力的产生：

> 要是我也像你这样不知自爱，因为过度的招摇而引起
> 人们的轻视；要是我也像你这样结交匪类，自贬身价；
> 那帮助我得到这一顶王冠的舆论，一定至今拥戴着旧
> 君……（3.2.39—43）

亨利会将自己的韬光养晦变成政治资本："因为我在平时是
深自隐藏的，所以不动则已，一有举动，就像一颗彗星一
般，万众惊叹……"（3.2.46—47）。亨利提前说出了1606年爱
德华·福赛特（Edward Forset）的断言："既然同样威力无边
的上帝和灵魂，本质上都悄无声息，隐藏在人之视线以外，
这似乎更适合君主，如果更多深藏浅出、更少屈尊附就，（其
力量一旦显示时）则更能引起众人的瞩目、钦佩、爱戴。"[13]
无疑，福赛特在这里反映的是詹姆斯国王的为君之道，他对
用戏剧化权力来打造权力的做法嗤之以鼻，这与伊丽莎白显

138 然的乐此不疲形成对照。但詹姆斯不亚于伊丽莎白，同样知道君权之威正存在于君王令自己"更能引起瞩目、钦佩、爱戴"的能力之中。统治权力的宏大展示恰是这种权力的基础。

显然，正因为亨利明白权力不仅通过戏剧化得以确认，更经由戏剧化得以打造，他这才担心哈尔"与粗俗人厮混"（3.2.14），已疏远了民望。在亨利看来，哈尔太像理查了，后者

> 与市井为伍，博大众欢喜，受他们牵制……所以，他该露面的时候，就像是六月里的杜鹃，大家对他都抱着听而不闻的态度；因为和大众太熟稔了，人们再看到他时，目光都厌倦冷漠，毫不惊奇，不像那平常不大露面、一显现就如太阳般炫迷了热望之眼的君王威仪。（3.2.68—80）

在畅饮狂欢之际，哈尔同样变得尽人皆知，"是寻常景儿"（3.2.88），没法赢得人们"惊叹的目光"，因此似乎就像理查那样自贬了权威："你与民为伍，自甘下流，已经失去了你的王子威严。"（3.2.86—87）

尽管做父亲的对哈尔行为的解读明显有误，但有意思的是，对于亨利来说，"与民为伍"是"下流"的，"和大众熟稔"令人生厌，"博大众欢喜"自套枷锁。这些现代民主的常见口号在国王听来都很危险——而正是这位国王罢黜了理查，把权力带入了可被民众挑战或控制的范围之中。不过，尽管亨利区分了"寻常景儿"与"惊叹的目光"，对于霍布斯

响亮地冠以"可视权力"[14]之名的君权，他私心认为必须有一批平民观众，授权给他们，以此作为其权威的一个先决条件。如果一个宣示性君权要将权力构建在斯蒂芬·格林布拉特所谓的"特权可视性"（p. 64）之上，那么，正如克里斯多夫·派（Christopher Pye）曾写到的那样，它就要面临这样的风险，即有可能被贬低为"观众无处不在、无孔不入的凝视对象"[15]。不管多么不情愿，宣示性君权必须承认人民的构建作用，即便它试图控制（若非否认）这一作用。亨利明白，"民望确实帮助［他］得到这顶王冠"，但他承认的是具体化的"民望"，抹杀了必然持有它的人民的作用。

139

与此类似，亨利强调"惊叹的目光"，是试图避免将君主置于臣民"热望的目光"之下所隐含的那种不安定的政治暗示。亨利厌恶理查"每日都让人们的眼睛饱餍"（3.2.70），这反映了围观的臣民那难以被承认的力量，而他自己逃脱这一力量的威胁，靠的是语言的魔力："我的出现，就如教皇的法衣一般，要么不见，见了就令人惊异敬畏……"（3.2.56—57）。当然，这句话最直接的意思是，每次人们看到他时，都对他感到惊异敬畏，但也一定同时意味着他"从来不被人看见"，只令人讶异疑惑。①宣示性君权就是用这个策略来否认那些围观臣民实为自己权力的源泉。国王从不让人见到，从不将自己置于臣民注视的目光之下；他只允许人们讶异疑惑，让他们臣服于自己辉煌张扬的威仪。君主的仪仗一定要耀眼，令那些它欲迷惑的人们目眩神迷。锡德尼将伊丽莎白

---

① 这一句的台词原文是 "My presence, like a robe pontifical, / [was] Ne'er seen but wonder'd at." 后半句的意思既可理解为"只要见到，无人不惊异敬畏"，也可理解为"无人能见，只能讶异疑惑"。

形容为"令他们目眩的唯一的太阳"[16]，而在《亨利五世》中，如今已登上王位的哈尔也有同样的认识，发誓要在法国一展自己的威风：

> 我要在那里升起，光芒万丈，叫全法兰西的人民睁都睁
> 不开眼来，嘿，叫皇太子望朕一下，就立刻瞎了眼。
> （1.2.279—281）

但这英格兰的君主必须先让全英格兰那些既建构了又迷惑于其宣示性君权的人民"睁都睁不开眼来"，让其变"瞎"，因而看不到其所具有的建构性力量。正是这无人承认也无法解决的根本性矛盾支撑着宣示性权威观念，而这一观念让亨利四世将哈尔似乎具有的政治负资产加诸世袭上位的理查，把自己的事业与霍茨波的叛乱混为一谈。

> 如今的你，就像当我从法国出发在雷文斯泊登岸那时候
> 的理查一样；那时的我，就是现在的珀西。（3.2.94—96）

无疑，这部分地代表了残存的阶级忠诚。就他而言，霍茨波的贵族野心注定具有一种吸引力，他当年自流放地归来，要求收回自己的公爵继承权，并最终戴上了王冠，也就是在坚持自己的贵族特权，以抗拒国王的专制权。亨利一直对霍茨波挺着迷，早些时候亨利承认自己嫉妒诺森伯兰，希望"当初是哪个夜游的小仙把我们的孩子在襁褓中交换了位置，使我的儿子称为珀西，他的称为普兰塔琪纳特"（1.1.87—88）。但不管霍茨波多么符合亨利对子嗣的幻想，很明显，哈尔才

140

是他的亲骨肉。亨利的愿望只是一种情感转移，排遣自己统治不合法的心绪。他自觉与霍茨波有共鸣，下意识地承认自己对王权的理解给抵抗留下了余地，恰恰把权力授予了它要统治的人们。

亨利给哈尔的这番并无必要的劝告基于这样一个想法，即宣示性君权概念中隐约可见的动荡危险可以通过谨慎处理对这种权力的呈现而得到控制，通过控制让什么出现在"热望的目光"之下以保证它一定令人目眩。然而，这部剧承认这种呈现本身就隐藏着类似的动荡危险。将这一点表现得最为淋漓尽致的是第五幕的第三场和第四场。在那两场戏中，该剧显然成了对于呈现的呈现：叛军在索鲁斯伯雷战场上遇到了许多"打扮得和国王一样"的贵族（5.3.21）。霍林希德（Holinshead）曾记叙道，道格拉斯"杀掉了沃尔特·勃朗特爵士和另外三个穿着国王铠甲和服饰的人。他说，国王的脖项里突然又跳出另一个国王来，有那么多的国王，叫人目瞪口呆"。不过，霍林希德对战役的记叙紧接着就强调了国王本人的行动："国王本人那天也御驾亲征，且大有勇武之举，据记载，那天他亲手杀掉了三十六个敌人。"[17]

然而，莎士比亚对索鲁斯伯雷战役的演绎却没有国王在战斗中如此勇猛、果断出手的情节。剧中的君权完全以替身形式出现，而当国王在战场上露面与道格拉斯交手时，则需要亲王出马相救。从某种意义上说，索鲁斯伯雷战场上出现这么多国王的替身（他们是他字面意义上的 lieu-tenant［副官］，也即place-holder［占位者］①），这可以看作对王权运作的直观展示，而非对王权概念的贬损；国家的统治依赖于君主权威，通过不同形式的呈现行为成功传达至臣民。权力既是呈现的结果，也是其力量来源。尽管如此，这一场戏依然反映出呈现行为不可避免的内在矛盾性。它永远都是产生权力同时又是减损权力的代表。如果它能够传达君主权威，那么只有在权威缺位时才需要它，而作为替代品，它不可避免地会提醒人们去注意有什么东西是不在场的。因此，呈现行为同时构建和颠覆了权威，既赋予它权力，又暴露其局限。

141

这种双重性就是德里达（Derrida）在另一语境中所说的"模仿的风险"[18]，即任何形式的比喻表达都会揭示呈现者与被呈现对象之间的差异，会承认它们之间的关系是任意而脆弱的，并会暴露出这种比喻想要填补的空白。呈现标志着某种力量的缺席，而这种力量原本就不能或不便出场，因而也总是比文化统治理论所认为的更变动无常，既不那么合法正统，又不怎么能授权立法。在索鲁斯伯雷战场上，道格拉斯在遇见又一个国王替身时，不耐烦地怒吼道："他们就像九头蛇的脑袋一般生生不绝。"（5.4.24）他讽刺地用人所熟知的反叛形象②来形容自己遇到的这些王权复制品，但也准确地说明了呈现这一概念本身所隐含的不稳定因素，即无秩序复制的可能。因此，在最好的情况下，权力可以被理解为权力呈现的结果；而在最糟糕的情形下，人们很可能看到权力被呈现

---

① 英语中"lieutenant（副官）"一词来自法语，而法语中该词是由lieu（位置［place］）与tenant（占据者［holder］）组合而成的，直译即"占位者"。

② 九头蛇（Hydra）是希腊神话中的海怪，长有九个头，割去任何一个都会再长出两个来。在文艺复兴时期的英国，人们常用"九头蛇"来比喻叛乱。

主动推翻。

道格拉斯在寻找国王的过程中，遇到了太多的国王替身，他认为用暴力把他们解决掉，最终就能找到赋予他们呈现王权之权力的来源。

> 凭我的宝剑发誓，我要杀尽他的衣服，杀得他衣橱里一件不留，直到我见到国王。（5.3.26—28）

然而，尽管他杀气腾腾、手脚麻利地解决了国王的衣橱，当他最终面对王权时，却辨认不出它来。当道格拉斯终于真正"见到国王"时，这君王并不比道格拉斯杀掉的那些替身更光彩照人。

> 你是什么人，假扮着国王的样子？
>
> 亨利： 国王本人。我从心底抱歉，道格拉斯，你遇见了这许多国王的影子，却还没有和真正的国王会过一面……
>
> 道格拉斯：我怕你又是一个冒牌的。（5.4.26—34）

这里用了不同的两个词"影子"和"冒牌"，显然是在暗示存在着与这些不完美替身相对照的真正王者。然而，在索鲁斯伯雷的战场上，国王与替身却无法区分。亨利的君王威仪可以被有效模仿。尽管道格拉斯承认"你的气度倒像是个国王"（5.4.35），但君王气度绝非君王的确证。不过，这一插曲所暗示的，不仅仅是亨利殊无英雄气概（尽管是小心审慎）地为自身安全耍了个花招，也不只是外貌可被改易以伪

142

装国王，它的深意更令人不安：王权本身就是伪装，是一个角色，是一种可以表演的行为。就连亨利自己也只能拿出"像是个国王"的气度，他并不拥有胜过呈现且未被呈现所改变的真正的王者原质。亨利将理查赶下王位，但自己只不过如勃朗特一般，拥有了"一个借来的名号"（5.3.23），但他必须操弄权力的各种语言和视觉象征，使自己对这一切的拥有显得合法。

不过该剧也许反映出了对于权威本质更深层的质疑：亨利无法拥有一份真正的君威，这并非仅因为他的王位乃篡夺自理查，而是因为这恰是王权统治的一个先决条件。冒充"the person of the king（国王其人）"永远都意味着冒充一个冒充者，因为正如霍布斯所指出的，"person"一词来自拉丁语中的"*persona*"，"意指舞台上假扮某人之打扮或外表，有时特指用以掩饰面容的那一部分，比如假面或者护面"[19]。因此，"国王其人"就总是一种呈现，不稳定，无根基，并非被亨利称作"the very king（国王真身）"的固有存在。

在面对同样的权威危机时，文艺复兴专制主义话语试图解决呈现退化的方式，是将上帝作为权威的终极来源。君权君威得自神授天许。然而，这不仅仅是政治权力得自"神授"的问题，更为根本的问题是，它本身就有如天神。如果说，君主知道统治意味着"像个君主"，他（或对于玛丽和伊丽莎白而言，她）也知道，在构成人类经验的等级类比体系中，"像个君主"就意味着像个上帝，君主以上帝之名，也以上帝之姿进行统治。詹姆斯在他那部论统治的著作《皇室礼物》（*Basilikon Doron*）中宣称：

上帝并非徒然地将"人神"这个头衔赐予君主，因为他们其实坐在他的宝座上，挥舞着他的权杖。[20]

然而，关于神授之君权是如何传承及让渡的，如果拿不出一套令人信服的说辞，那么诉诸神权这一做法本身也无法令人满意。众所周知，詹姆斯的说法是君主"甫一出生……即获得王位"[21]，父系继承原则规定了长子继承，由于继承人总是清楚的，因此确实能保证传承有序，但这其实掩盖了起源问题。即使是某一从未断绝过的统治传承序列，可能除了《撒母耳记上篇》中扫罗的情况外，其间一定会有一个并非上帝直接授权的肇始。

君权愿意在授权行为的纵轴即神权的共时原则上构建自己。但不管国家多么希望把自己当作无始无终、永恒的存在，历史的断续性都必须得到承认。王权也同时存在于强权的历时横轴上。博丹（Bodin）认为，"理智，以及自然规律本身，让我们相信国家始于强权与暴力"[22]。即便是詹姆斯也不得不承认君主之治起源于强制。部分也是为了避开最近所谓转移理论也即君权源于人民赋权之说带来的危险暗示，詹姆斯承认苏格兰王位的权威直接来源于对爱尔兰国王弗格斯（Fergus）的征服。不过，詹姆斯试图降低由权威基于强权所带来的不安定影响，他坚称"人民是自愿臣服于他的"，而且，这个国家反正"人烟稀少"。[23]

但是，一旦权威承认自己起源于强权，那么诸如理查二世的合法统治与亨利四世的篡权夺位，两者间的差别立刻就会模糊起来。篡权者的合法性与篡权者的继承人的合法性之间存在重大差异吗？用霍布斯的话来说，英格兰的君主惯常用"征服者威廉伟业之善良仁慈，以及自他而始的那一嫡传大统"作为自己权威的基础。不过，霍布斯不无讽刺地继续说道："他们试图证明其正当性，其实大可不必，而这也就证明了那些无论何时出于野心对他们发动叛乱并获得成功的人及其继承者的行为都是正当的了。"[24]不过，从征服中获得合法性要冒的风险不仅是认可叛乱，更是令统治本身失去合法性。1590年时，威廉·西格（William Segar）对此表达了自己的怀疑态度，他写道："国王、君主以及其他统治者（最初）是依靠强权和武力攀上高位的——这么做的第一人就是该隐。"[25]而一旦权威承认其惯例源于"强势与武力"，承认宝座上有该隐的印记，那么就将不再能把合法统治与篡逆统治之间的不同定为绝对的差异。如果权威的唯一来源是武力，使之获得认可的是惯例的话，那么所有的头衔都只不过是"借来的"，而非在任何真正意义上属于头衔持有者。

众所周知，拉康（Lacan）曾断言，一个认为自己是国王的普通人并不比一个相信自己是国王的**国王**更疯狂。[26]换言之，认为王权奇迹般地属于国王其人，而非存在于维系甚至创造国王与臣民的各种政治关系中，这是精神错乱。但恰恰因为明白了这一点，哈尔才能有所作为，才有了那些给人深刻印象的即兴表演。他从未将神授君权的主张与此主张需建立的政治关系混为一谈。在《亨利四世下篇》中，亨利国王忧虑地承认，自己摘取王冠用了"诡诈的手段"，但对于哈尔来说，这种事情几乎简单得好笑，与政治讽刺性或道德复杂性完全无关：

王冠是您赢得的，您戴过的，您留下来的，您给我的，那么我的所有权是显而易见、合法合理的……（4.5.221—
222）

哈尔知道，王冠永远是非法的，就是说，它永远是种种
社会关系的结果，而非其起因，因此，它必须（也能够）不
断地因每个戴上王冠之人的即兴表演而合法化。合法性是打
造出来的，国王在威斯敏斯特大教堂里打造出的合法性与福
斯塔夫在野猪头酒店里打造出来的并无本质差别。国王的王
座、权杖和王冠，与福斯塔夫的椅子、匕首和靠垫一样，同
统治权并无任何固有关联。一切都是王权呈现所需的道具。
若如同雷蒙·威廉斯（Raymond Williams）所说，"高高的舞
台"始终指代"高高的权力"，[27]那么，这一指代便可将权威的
姿态实体化，并因而去神秘化，以其自身的戏剧性揭露出这
种姿态的戏剧性。帕特纳姆（Puttenham）提到："那位伟大的
帝王，常说 *Qui nescit dissimulare nescit regnare*①。"[28]但这并不是
在坦白统治所需的必要手段，而是承认统治的必然本质。毫
无疑问，哈尔知道如何佯装掩饰，能够也愿意"推翻人们的
错误预期"（《亨利四世上篇》1.2.206）。如果说福斯塔夫坚
持"真金"与"赝品"（2.2.485—486）之间存在差别，哈尔
则模糊了这一差别。他始终清楚，不管君位有多么重要，那
也只是一个角色，而他已准备好出演这个角色，用理查二世
的惊人之语，去"像君主一样统治"（《理查二世》3.2.165），
带着与他扮演法定继承人时所带有的那种威仪。亨利曾轻蔑

145

---

① 拉丁语，意为"不懂佯装掩饰的人也不懂统治"。一般认为这句话是路易
十一说的。

地说他是"王位之影"(3.2.99),他的确是,但不是亨利说的那个"影"(不像霍茨波,哈尔是个不中用、不合格的继承人),而是更具文艺复兴时期特点、意指"演员"的那个俗语词。并且,哈尔将成功地表演自己的继位。

的确,在第二幕第四场的"即兴表演"里,他着实这么表演了一番。他把福斯塔夫从"折凳"宝座上赶下去,立即口出为君之言、身作为君之态,不仅如此,还立即意识到统治有赖于排除一切抗拒融入一统之事。"撵走了胖杰克,就是撵走了整个世界。"(2.4.473—474)福斯塔夫警告道,而未来已冰冷地刻在哈尔的话语中:"我要,我一定会。"

但事情真的没这么简单。当然,哈尔将在《亨利四世下篇》中驱逐福斯塔夫,但深受欢迎的、欢闹无序的喜剧力量却无法如此轻而易举地被驱逐或约束。《亨利四世下篇》的结尾以语言的净化宣告了欢闹无序的失势,这是独白式的贵族霸权的胜利:"现在决定把他们一起放逐,直到他们痛改前言、自知检束为止。"(5.5.101—102)然而,尽管如巴赫金所说,权威的独白声音总是"佯装自己是*最终定论*"[29],在《亨利四世下篇》中,上流社会"自知检束"的声音却没有拿到最终话语权:真正最终发言的是收场白——而且,我认为,它是属于扮演福斯塔夫的那位小丑的。[30]而他的念白,就像为之收场的舞蹈一样,兴高采烈地打破了君权神授的统一幻想,也颠覆了如此王权用以加持自我之既呈历史的连贯与闭合。

理查·赫尔格森(Richard Helgerson)也有类似见解:"该剧通过福斯塔夫这个角色,在大众剧场中站稳了脚跟,这是一个将国王与小丑混在一起的大众剧场,也是可以在其中想象一个包含了高贵与卑贱的政治国家的大众剧场。"但对于赫尔格森来说，这种政治想象只是暂时的，甚至几乎是挖苦嘲讽的。在他眼中，福斯塔夫被押去弗利特监狱，意味着该剧否定了自己脆弱的包容幻想："攥走福斯塔夫，它就从梦中醒来了，并唾弃那个梦。"[31]然而"该剧"并没有攥走福斯塔夫，是亨利五世攥走了他。该剧倒真的把他又带回来了，从而宣布了哈尔的胜利有限且短暂，并坚持了规范有序的戏剧和规范有序的国家都想否认的社会、意识形态、语言以及审美的多样性。换言之，它不折不扣地坚持了"包含高贵与卑贱"的政治国家形象，不论这个形象比起神授君主所愿意接受的那个要复杂和混乱多少。

如果说该剧以哈尔成了严峻的亨利五世，胖杰克被逐出宫廷世界来结束历史情节，这是在肯定新古典主义对戏剧中国王与小丑相混杂的批评，那么全剧本身则抵消了这一威权的胜利。由于贵族的历史剧本让位于丑角的狂欢精神，该剧的整体情节便挑战了秩序的胜利。的确，在历史剧情节中福斯塔夫没能实现自己的美好愿望，即在亨利五世的新朝出人头地，但收场白却肯定了他的希望。"今晚就会有人召我的"（5.5.90—91），他让夏禄、巴道夫、毕斯托尔放心，尤其是向自己做了这样的保证；不久的确就有人召唤他了。从形式上说，福斯塔夫是在吉格舞一幕再次出场的，这是此剧对他在索鲁斯伯雷战场上"还魂"一幕的再现①。而他的再次出场宣示了戏剧样式的改变，在平民观众的帮助下，这种戏剧会让

146

---

① 《亨利四世上篇》里，索鲁斯伯雷战役中，福斯塔夫是靠装死躲过一劫的。

他火起来的。在这里，他的刑期可以得到核减了："要是我的舌头不能求得诸位的宽恕，诸位可否叫我用双腿向你们乞恕？跳一下舞来还债，也着实是轻松了一点。"（收场白，ll. 18—20）

该剧的收场部分是一个已基本被遗忘了的16世纪戏剧传统（在现代文本中已不可避免地遭到忽略）的成文版，以吉格舞来结束戏剧，颇具特色。"如今，"理查德·诺尔斯（Richard Knolles）这样说道，"他们在每一出悲剧的最后都添一节滑稽剧或吉格舞（就像给肉下毒一样）。"在1600年前后的大众剧院里，一出剧用吉格舞做剧终余兴节目的做法太司空见惯了，以至于本·琼生把它当作平庸的标志：他把彭塔瓦罗（Puntarvolo）①的求爱说成是"研习过的一件事儿，反复演练，就像熬鹰或者狩猎一样平常，如同剧终的吉格舞"。琼生之后在《卡塔林》（Catiline）的题献中抱怨：这个时代真可以被看作"大跳吉格舞的时代"。如同约翰·戴维斯（John Davies）在一首讽刺短诗所写的：

> 君见剧院中，闹舞随歌起，
> 便知一出戏，剧终已可期；
> 乡民与绅士，还有风尘女，
> 脚夫与仆役，百千哄闹聚。[32]

虽然"剧终已可期"，一天的娱乐却还没有结束，"百千哄闹聚"的人群"闹舞随歌起"，其中蕴含的力量不可避免地挑

---

① 琼生的戏剧《人人扫兴》中的一个人物。

战和限制着获准上演戏剧中的种种主张，戴维斯以及莎士比亚看到了这一点——实际上，市政当局也看到了，并心生畏惧。1612年10月12日，威斯敏斯特颁布了《剧终吉格舞禁令》（"An Order for surpressinge of Jigges att the ende of Playes"），宣称"由于有一些粗俗下流的吉格歌舞……扒手以及其他粗俗不轨之人会在每场剧终成群涌向剧院，多次引发骚动混乱"，因此命令演员"彻底废止所有的剧终吉格歌舞……否则将被处以监禁，其剧也将被禁止上演"[33]。显然，在1612年，当局试图消解剧院中释放出的大众力量，而他们要控制的那些因素，胖杰克·福斯塔夫恰恰与之对话并为其代言。在这里，民主之梦的确被唾弃，但在剧院里，就像在该剧中，想要放逐这个梦却难之又难，令人紧张。

147

我们是人而非天使，因此我们只能靠外在认知明理。

——托马斯·埃利奥特（Thomas Elyot）

金钱改变一切。

——辛迪·劳帕（Cyndi Lauper）[①]

第八章　这（莎士比亚时期的）文本里有阶级吗？

对于标题上的问题，至少有两方面的考虑让我们无法断然回答"有"。第一方面也许更容易面对一些。史学家给了我们有益的提醒：用阶级关系的语汇来谈早期现代英格兰的社会构成，这犯了年代误植错误。[1]实际上，"阶级（class）"是19世纪的分析类目，对于身处都铎王朝和斯图亚特王朝的英格兰人来说，这一概念显然根本不存在。[2]但是他们自己的社会语汇——"阶层（estate）"或者"等级（degree）"，尽管强调以地位而非收入和职业作为社会分类的基础，却同样能充分证明这是一个可用阶级这一概念加以阐述和分析的不平等

---

① 1953年6月22日生于纽约，美国创作歌手、制作人、演员、同性恋权利活动家。辛迪·劳帕是历史上同时拥有格莱美奖、艾美奖、托尼奖三大奖项的二十位艺术家之一。

社会系统。在最准确的经济定义中，或许可说阶级只能出现在具有资本主义生产的社会环境中，但作为一个抽象的社会概念，却可以认为自社会组织结构允许财产、优先权和权力的分配不均之始阶级就已存在。[3]

因此，对于任何运用阶级语汇来讨论莎士比亚戏剧的顾虑很有可能都是不必要的。然而，虽然那个时代的文化未将其社会关系明白地视为阶级关系，但社会的层级化以及因各种形式的不平等所产生的紧张关系却在戏剧中有鲜明的反映，值得仔细考察。在《皆大欢喜》结尾，许门宣告说上天就欢喜"人间事事平"（5.4.106），然而莎剧一次又一次地揭示这实属痴心妄想，是乌托邦之梦，会被社会差异与矛盾所打破，即恰恰被在舞台上及剧院中重现的事事不平所打破。如同《亨利五世》里的剧情旁白将伊丽莎白时代社会构成复杂的观众想象成"诸位绅士"（第一段旁白，l. 8）一样，国王将自己的军队称作"一支兄弟的队伍"（4.3.60），人人都因其共同事业而"成了绅士"，然而在阿金库尔战役后清点阵亡人数时，社会差异这一对抗性本质便清晰地浮现了出来："我们英国军队阵亡的数字呢？约克公爵爱德华、萨福克伯爵、理查·克特利爵士、戴维·甘姆候补骑士，其他都不是有地位的人，总共不过二十五人。"（4.8.101—105）即使是在死亡这种抹平一切的事情上，亨利的"兄弟"中仍有二十五人因等级低下而湮没无名。在《科利奥兰纳斯》中，米尼涅斯的"肚子"寓言将政体理想化为和谐有序的整体，但他转脸就破坏了自己描绘的共同体图景："罗马和她的群鼠已经到了决战的关头。"（1.1.161）这则大家熟知的寓言并未提供罗马政体的完整图景，只提及了其中特权集团的策略优势。米尼涅斯拖延时间，好等到马歇斯回来镇压暴乱，而这精心打造的类比中的偏见则随着其视角的转换而暴露出来：一开始罗马被视为由贵族和平民组成的社会集体，尽管存在差异但依然是统一的，渐渐地罗马被视同其贵族的集团，需要保护自己免受"群鼠"的啃噬。

然而，即使可以多少安心地接受"阶级"这个说法，将它看作有效的探索性（若非合理的历史性）分类，用来描述和分析这些戏剧中（以及早期现代英格兰自身）的社会关系层级化现象，我们依然有一个更麻烦的问题需要考虑。要回答"这文本里有阶级吗？"这个问题，不能只是评估用于分析的语汇是否合适。如果问题是（引用玛丽·雅各布斯[Mary Jacobus]的话）"这文本里有女性吗？"[4]其难点也就随之清楚地浮现了出来。的确，莎剧中写了女性人物，但饰演这些人物的当然是年少的男演员，因此对于这个问题的回答必然既是"有"又是"没有"。剧中安排了女性，但女性自己并不在台上，而是通过伊丽莎白时代大众戏剧的异装传统得到呈现。因此，提到莎剧中的女性，说的不是作为历史主体的人物，而是由戏剧行业推出、在很大程度上通过代理呈现出来的女性形象：男演员，念着男剧作家写的台词，演绎女性人物。由此我们愈来愈清楚，我们不仅需要分析"莎剧中的女性"，也要讨论她们的呈现。在相当的意义上，剧中没有女性，只有男性扮演的"女性角色"。如果说关于早期现代英国女性，这些"角色"能透露某些重要信息，那也首先是因为这些使她们得以呈现的中介代理。

但若说异装演绎传统决定了舞台上的女性呈现，那么这种呈现代理与被呈现对象之间的差异同样也影响着阶级的演

151

理论之后的莎士比亚

绎。戏剧的确可以演绎一系列阶级定位（以及言语风格），但这些当然都经过了剧院中各种呈现模式的调制。⁵尽管众所周知，在英国文艺复兴时期的舞台上，国王与小丑混在一起，但国王和小丑本人实际并不在场，在场的只是扮演他们的演员。在本书第六章中，我们已经见过了林肯律师学院理查德·文纳的例子，1602年时，他试图解决或至少是缓和阶级呈现中的问题，提出要在天鹅剧场（the Swan）上演《英格兰之欢喜》这部贵族历史戏剧，戏单上宣称演出者都是"一些有身份的绅士淑女"⁶。当然，尽管文纳这番只用有身份的演出者而非平民演员的承诺也不能完全弥合呈现者与被呈现者之间的差异，但它至少可以避免两者之间社会地位上的巨大错位。但文纳根本没有制作这部剧，他企图带着颇大一笔入账款项潜逃，压根儿不准备上演此剧（且把剧场留在愤怒的观众手里，任由他们劫掠一空）。然而，在商业剧场中，贵族角色从来都不是由"有身份的绅士淑女"表演的，呈现皇家行动也不能如《亨利五世》的剧情旁白所希望的那样"叫帝王们充任演员"。社会地位低下的演员当然只是模仿那些社会地位高于自己的人物。斯蒂芬·戈森在他的《五斥戏剧》（*Playes Confuted in Five Actions*, 1582）中说，演员们"要么是职业的……要么是一般的游吟者，要么从小就受训练，从事这可憎的行业"（sig. G6ᵛ），尽管这些"了不得的流民"（《帕纳塞斯》组剧［*Parnassus Plays*］①的作者们轻蔑地这么称呼他

152

<hr>

① 三部讽刺喜剧，分别为《帕纳塞斯朝觐》（*Pilgrimage to Parnassus*）、《自帕纳塞斯而返上篇》（*1 Return from Parnassus*）、《自帕纳塞斯而返下篇》（*2 Return from Parnassus*）。组剧约创作于1598年至1602年，作者不详，由剑桥大学圣约翰学院的学生在伦敦演出，观众也全部是学生，是圣诞节庆祝活动的一部分。

183

们）中有一些最终获得了他们不应得的社会地位："他们把更聪明的人写的词念上一念，就买得起土地，做起了乡绅。"（《自帕纳塞斯而返下篇》[2 Return from Parnassus] ll. 1927—1928）因此，和女性的情况一样，在莎士比亚的舞台上，阶级地位只能通过异装表演传统这个中介而现身。异装这一常被言及的文艺复兴时期戏剧中的做法令人不安地不仅逾越了性别，也逾越了阶级：不仅是男孩演员扮演女性，还有平民扮演帝王。

近年来，女性主义研究卓有成效地（尽管是异见纷呈地）探讨了戏剧内外的异装对于理解文艺复兴时期人们的生理-社会属性体系的意义，[7]但鲜有人关注异装对于理解伊丽莎白王朝和斯图亚特王朝时代的英格兰社会经济秩序有何意义。"在早期现代英格兰，有多少人异装？"最近琼·霍华德（Jean Howard）提出过这个问题。尽管她承认这个数字一定是"不多"的，但若我们除了统计逾越性别的异装外，还算上逾越阶级的异装，那她估计的数字就得显著上调了。[8]

如果说在时人眼里，诸如臭名昭著的玛丽·弗里斯（Mary Frith）①那样的生理性别异装是异乎寻常、为人不齿的，那么社会角色异装则是司空见惯的，潜藏着危险。经常有人对这种社会角色异装导致的"杂拌"（菲利普·斯塔布斯的说法）表示抗议："几乎没法知道谁是高贵的，谁是虔诚的，谁是绅士，谁又不是。"[9]都铎王朝时代的英格兰，除了五条《衣着装束令》（"Acts of Apparel"）外，至少还发布了十

---

① 玛丽·弗里斯（1584?—1659）是17世纪英格兰最臭名昭著的女性之一，活跃于伦敦的罪犯社会，以盗窃、收赃和表演为生，时人称之为"扒手玛尔（Mal/Moll Cutpurse）"，常以手持烟斗、身着男装的形象示人。

九份用以规范衣着的公告，以杜绝由"低贱之人打扮得同高等级人士一样富丽堂皇"而造成的"等级……混乱"。[10]出台这些规章制度的背后明显既有经济上也有政治上的动机，其中一个目的是减少奢侈品进口，并通过限制进口纺织品来保护英格兰的羊毛贸易。尽管如此，它们对于异装可能带来的"难以估计的混乱"所表达出的巨大担忧却也明白无误。1559年的公告哀叹"从没有哪个时代目睹如此奢华无度、逾规越矩的装束"[11]。人们的确异装，而且人数可观，政府则试图禁止它，敏锐地察觉这样的异装威胁到了他们小心打造的早期现代英格兰的社会等级秩序。有必要对穿着打扮做出规定，以明示并保证社会差异的存在，杜绝威廉·珀金斯（William Perkins）所说的那种情况："如果不能通过着装将地位和职业低贱之人和地位较高的人士分开，那么就会导致上帝规定的等级和天职差异出现混乱。"[12]或者，如同戈森1582年所写的那样："如果容许普通人抛开本分，就因为他们想装出绅士风度，穿绸着缎，鞋跟饰扣，那真是乾坤颠倒，体统蒙尘，和谐不再，国体崩解，君王元戎只能痛心疾首。"[13]"制定了很多好法令禁止这种放荡奢靡、破坏秩序的事情，"费恩斯·莫里森（Fynes Moryson）提到，"但要么是商人花钱免罚，要么是法官执法不严，弄得空有许多法律，至今没什么成效。"[14]

　　然而，社会角色异装虽在伦敦街头受到法律的禁止，在伦敦舞台上却自然是不可或缺的。每一场演出中，演员们都以异装示人。尽管早期都铎王朝时代颁发的禁奢令中特意豁免了"宴会、典礼中助兴的短剧演员"，伊丽莎白时代重申各禁奢法令，却未再提及此豁免。[15]在舞台上，"低等级"者令人不安地扮作社会地位高于自己的人，不仅模仿他们的语言

153

和姿态，还模仿他们的标志性穿着。如果说那时的戏剧并不努力表现历史真实（想一想亨利·皮查姆［Henry Peacham］所画的《泰特斯·安德洛尼克斯》一幕），那么它却的确试图呈现令人信服的社会等级差异。菲利普·亨斯洛的戏装室中收藏有一些极为华丽的行头，"镶有两条宽金蕾丝的猩红斗篷，两侧有相同的金纽扣"，另一件是"饰有蓝天鹅绒的金扣猩红斗篷"，还有一件"装有金镶条和白鼬皮的绯红袍"。[16]爱德华·阿莱恩（Edward Alleyn）①似乎是花了二十多英镑，买了一件"袖子绣满金银的黑天鹅绒斗篷"。但尽管这样的服饰显然能够展现出贵族奢华，如此穿戴却可以说是违法的。1597年的服饰法令中禁止任何"等级低于男爵者（嘉德骑士［及］女王陛下枢密院官员除外）"穿着"金银织物……或混纺、镶嵌有金银珠宝的织物"，而任何"等级低于骑士者（除在女王陛下宫中或内廷从侍的绅士、任命为驻外使节者、骑士之嗣子、薪酬来自女王陛下的副将以及终生拥有税后可用年金达两百英镑者）"禁止在"礼服、斗篷、外衣或其他上衣"上使用天鹅绒。[17]

154

  这样，在这个社会身份和社会关系似乎令人忧虑地动荡不定的时代，剧场因其本质的逾越性理所当然地成了一个政治角斗场。这种不稳定性，部分地源于对社会地位的矛盾定义，就像法令里所说的，它既按地位（骑士或男爵）又按资产（"可用年金达两百英镑者"）而定。这样的矛盾反映出，在新生资本主义变革性创业力量面前，建立在等级和顺从之上的传统文化岌岌可危。在大剧场（the Theatre）和幕墙

----

① 阿莱恩（1566—1626）是莎士比亚时代的著名演员。

剧院（the Curtain）①分别于1576、1577年建成后，涌现出大批反戏剧传单，其中对社会角色和身份流动性的文化忧虑尤为尖锐。被频繁引用的《申命记》中禁止男子穿着女子服饰（22.5）的禁令常常引发对于卑贱者模仿高贵者的担忧。戈森认为，在剧院中，男性青少年扮作女子，"穿上她们的服饰，做出她们的姿态，装出她们的情感"，和"低贱的人……顶着君王的头衔，装出尊贵的派头，一帮随从跟随"，两者一样可憎（《五斥戏剧》，sig. E5ʳ）。威廉·兰金斯（William Rankins）对戏剧带来的可怖玷污做了歇斯底里的评述，强调"演员那样的蠢材不可展现君王形象"[18]。但人们的忧虑不仅仅针对"向上"异装，担心这样的模仿有可能对权威造成损害，他们也同样担忧"向下"异装（扮作乡巴佬与扮作皇族一样让兰金斯担心）。叫人担心的是假冒阶级地位这件事本身。

虽然斯蒂芬·格林布拉特受托马斯·拉科尔（Thomas Laqueur）有关文艺复兴时期解剖学研究成果的启发，提出了颇具挑战性的见解，即王政复辟前戏剧的异装演绎传统是秉持"以男性为重"[19]这种性别观念的文化之必然产物，但从阶级而非性别的角度来看，基于异装表演的戏剧似乎并非那般必不可少或自然而然，而对该文化的基本社会分类而言，异装或许更令人担忧。如果说戏剧并非如乔纳斯·巴里什（Jonas Barish）曾热情宣称的那样，"其存在本质就是颠

---

①幕墙剧院英语原名中的"Curtain"并非源自现代剧院中的台前帷幕，而是棱堡间的幕墙。该剧院以此命名，是因为它的选址靠近伦敦肖迪奇的幕墙街（Curtain Close），而后者则因靠近霍利威尔修道院（Holywell Priory）的外墙而得名。

覆"[20]，那么至少在16世纪末期英格兰的社会焦虑中，戏剧拥有一班能"变身"的职业演员，这对于等级文化来说是一个威胁。戏剧表演可能会暴露出社会的人为和主观性本质。戏剧的基础，即角色扮演，打破了等级意识形态希望创造的理想社会秩序的神话。成功地伪装成社会等级中的某个人，这带来了某种令人不安的可能性：社会等级本身就是一种伪装，用沃尔特·罗利（Walter Ralegh）一针见血的话说，这"不过"就像戏剧中"换一换行头"一样。在伦敦的剧院中，若不说在整个戏剧世界，等级地位的真实面目被揭露出来：它不是人类存在的基本事实，而是可变的，是构建出来的。要是"所有人都只穿自己的皮囊，"罗利写道，"演员们就都是一样的了"[21]。

但是，如果说角色扮演在知性层面挑战了自诩稳定并能维稳的社会等级制度，那么，角色扮演者本身则也许是更大的社会威胁。[22]假如演员全方位展现社会角色的能力令人不安地意识到这些社会角色都仅是角色，那么演员在社会中惹人注目的存在则暴露出社会分类本身的不稳定性。在每天都打破着社会阶级制度稳定幻想的各种事物中，他们的成功或许是最为显而易见的。演员们在伦敦街头的华丽身影，以及他们有财力建造的坚实圆形露天剧场，清楚地表明传统的等级文化在资本运作的变革力量面前是多么脆弱。

尽管当局不断努力将演员限制在习见的社会组织范畴中，演员及其剧团却明目张胆地藐视既有的社会逻辑。如果说他们"穿着奢华"（戈森的话）以及他们那"富丽堂皇的剧院"（托马斯·怀特［Thomas White］的说法）在这些批评者的眼中，都是"伦敦荒淫愚蠢之标志"[23]，那它们也是伊丽莎白时代伦敦欣欣向荣的娱乐产业蕴藏巨大利润之惹人注目而无以回避的明证。威廉·哈里森（William Harrison）写道，"演员腰缠万贯，有钱造如此豪宅""毫无疑问证明了这是一个邪恶不义的时代"。[24]而尽管由于那利润只限于剧团持股人或剧场业主，实际上大部分演员仍然贫穷，通常只能假扮富足，但少数人，比如伯比奇或莎士比亚自己，的确"腰缠万贯"。《拉奇的鬼魂》（*Ratseis Ghost*）的作者挖苦爱德华·阿莱恩的富足，写道："有些人，得到上天如此眷顾，他们一分钱掰成两半花，再加上一直演戏，最后变得如此富有，甚至指望能够册封爵士，或者至少得以跻身权贵之列，同真正高尚尊贵之人一道坐在法官席上。"[25]尽管阿莱恩始终未能如愿受封骑士，但他最后的确做了皇家狩猎官（Master of the Royal Games），积蓄了一大笔财富，足够他在1619年创建达利奇学院（Dulwich College）。而莎士比亚自然也是将自己的"股份"转化成了相当可观的财富和地产，甚至为自己的父亲及"他的后代"购买了家族纹章，上面镌有这样一条响亮的铭辞："*non sanz droict*（并非无权）"[26]。琼生在《人人扫兴》中写乡巴佬索格利亚多（Sogliardo）花三十英镑买了一枚纹章，彭塔瓦罗建议纹章应该设计成"后腿跃立做扑击状的无头野猪"样式，用"并非无芥末"作铭辞（3.4.86），该剧嘲讽的直接对象，大概就是这一条非同寻常的暴发户宣言了。而在《蹩脚诗人》（*The Poetaster*）一剧中，琼生则明确谴责演员攀高枝的行为："他们忘了自己在法令里属于'无赖平民'；这就是为他们刻下的纹章；他们还有他们的家系都在此得到了描画：要我说，他们不需要别的纹章官了。"（1.2.53—55）

琼生提到的"法令"是1572年济贫法令（14 Eliz. c. 5）

156

的又一次重申。众所周知，那部法令将演员与流氓和乞丐联系在一起。演员们跻身上层社会的雄心被他们的法律地位所拖累，"傲慢的法定流氓"，马斯顿如此称呼他的《优伶苛评》（*Histriomastix*）中那帮野心勃勃的演员（3.1.241）。巡回演员属于无主之人，若未获准许而出现在某地，会搅乱社会秩序，可予以重罚。若是被判有罪，他们会被"重重鞭打，并用烙铁烙穿右耳软骨，烙洞直径约一英寸左右"；若是第三次被判有罪，那么就"处以死刑"。[27]

不过，演员当然可以定期获得执照和许可，按照法律规定，他们可作为"本王国的男爵"或"其他更高等级之尊贵人士"的家仆，或获"两位治安法官准许"而合法演出。1598年，法律吊销了地方治安法官颁发演出执照的权力；到1603年詹姆斯登基后，王国贵族颁发演出执照的权力也被收回，此权完全集中到皇家手中。尽管如此，执照法条款给予演员们组团并演出的机会。演员们可免于被起诉，且可获得赞助，据说赞助人制度可固化演员在社会秩序中所处的地位，从法律上将其置于家臣法的管辖之下。演员被绑在这一兼顾控制与责任的互惠关系中。

然而，虽然演员的合法表演有赖于这种仆从体系，但这种体系与其说是一个社会事实，不如说是一种法律虚构。那些名义上属于某个王侯家族的剧团实际上是按明确的商业原则运作的，只不过借赞助人的名头获得职业演出的权利。例如，1572年颁布了一条家臣法令，它与同年晚些时候颁布的济贫法一样，试图控制各类"无主之人"的行动，其中就包括"不属于任何男爵或更高等级尊贵人士之普通宴间助兴剧演员和游吟诗人"。于是，组成莱斯特伯爵剧团的六位演员上

157

书伯爵，请求他"颁发执照，证明我们是您的家仆"，但并不要求"伯爵大人给予任何薪饷或好处"。[28]由此看来，为人仆从不过是涂上一层保护色，让商业戏剧隐在其下发展、兴旺。1615年，一位批评者抗议说，不管演员"怎样装作自己拥有显贵的男主人或女主人，他的薪酬和依附状况证明他是大众的仆从"[29]。

戏剧表演的商业现实并未能成功地隐藏在家仆制服之下。1584年，女王剧团（Queen's men）向枢密院提出申请，要求获得公开演出的权利，第一条理由是他们的公演只是为宫中演出而进行的彩排，第二条理由则是"帮助改善我们贫困的生活"。[30]而伦敦市法团呈上了辩护状，反驳了这两条理由。他们指出，首先，尽管艺人们"佯称需要练习以在女王陛下面前演出……在女王陛下面前表演曾在伦敦和米德塞克斯的公共舞台上面对最低贱人群表演过的戏剧，并不合适"；其次，他们坚称无论如何"艺人们以表演之术为生"是不合适的，他们大可"以诚实、合法的技艺为生，或者从事体面的仆从生计"。[31]

尽管强调自己虚构的仆从身份，艺人们的职业演员身份还是轻而易举地就被识破，且正因其职业化性质，他们的演出不断遭到反对。1591年，萨缪尔·考克斯（Samuel Cox）谴责戏剧是"淫邪放肆的危险温床"，他的厌恶之感并非针对戏剧，而是针对演员，希望他们"今天也能像遥远的过去那样"，要么虽为帝王表演但"还有其他生计，很少或从不外出演出"，要么在贵族人家做"普通仆从"，"不以外出表演以获利的表演者为业"，再不然就像莎士比亚笔下的那帮手艺人一样，是"诸如鞋匠、裁缝等的……手工劳动者"，会在市政厅或者"偶尔在教堂"演出，只为"博大众一乐"。[32]考克斯描绘了一个戏剧尚处纯真时代、未受商业污染的幻景。而现实当然是，戏剧表演是一种职业，演员演出实为谋利。尽管在1574年，伦敦庶民会（London Common Council）要求演员只有在"不公开或不普遍地从听众或观众处收费"[33]的情况下才可演出，这已迟了一步，失去了效力：当年早些时候，国王已向詹姆斯·伯比奇（James Burbage）、约翰·珀金（John Perkin）、约翰·兰厄姆（John Laneham）、威廉·约翰逊（William Johnson）以及罗伯特·威尔逊（Robert Wilson）发放了执照，他们的剧团成了第一个获准在全国进行商业巡演的演出剧团。

以商业形式组织起来并获得王室支持（这一做法与当时总是试图确立垄断以便组织和控制贸易的经济政策是一致的）的职业戏剧，激起了越来越强烈的反戏剧情绪，而且与此相称的是，这种情绪常常意识到攻击的对象就是其职业化本身。1578年，在保罗十字架（Paul's Cross）①的一场布道中，约翰·斯托克伍德（John Stockwood）抨击了"数以千计前往下流剧院的人群"，他不无厌恶地指出，"按最保守的数字来计算"，戏剧所赚取的利润高达"每年两千英镑"。[34]安东尼·芒迪对戏剧一番恶骂，骂到最后他将通常对戏剧演绎内容之不道德的抨击与对戏剧表演目的之不道德的抨击结合到了一起："一言以蔽之，他们表演那些助兴剧的主要目的，就是塞给人们目眩神迷的消遣；尽力弄得别人的钱从钱袋里跳进他们的手中。"[35]斯塔布斯既对戏剧鄙俗不敬的内容不满，也

---

① 伦敦旧圣保罗大教堂（Old St. Paul's Cathedral）园区内的露天布道坛。

对表演本身以及"以此为职业"的演员同样不满（《恶习的剖析》，sig. M1ᵛ）。戈森对于演员的职业化也做过类似抨击："让他们不要指望靠表演维生。"（《五斥戏剧》，sig. G7ʳ）

1618年，天主教大司铎威廉·哈里森（William Harison）颁布了一份原则性公告，禁止神职人员观看戏剧，不过当有人提出异议时，他也承认这道命令"并不是禁止观看所有戏剧，仅禁止观看普通舞台上由普通演员演出之戏剧"，并将"普通演员"定义为"自己承认为演员，以表演所得维生，将表演作为行当或职业之人"。[36]威廉·普林指出，戏剧"仅为娱乐方式，不应变成职业"[37]。不过，若是私下演出且不求利润，那么戏剧似乎就不那么伤风败俗了：约翰·诺斯布鲁克（John Northbrooke）便附和过这一普遍看法，提出只要演戏"不成为公开普遍的做法，不为牟利，而为促进学业和练习"，那么就可以容忍。当然，戏剧表演还是走出了学堂，走进了剧场。而在"那些……被建造、装潢成专门上演像大剧场和幕墙剧院所上演戏剧和幕间剧的地方"，戏剧毫无疑问地成了"普遍做法"，主要"为牟利"而演出。[38]

在表演正式成为真正娱乐业的新职业环境中，演员们积攒了相当可观的财富，也获得了人们不小的尊重。那些剧院本身便是他们成功的最显著标志。1596年，约翰纳斯·德维特（Johannes de Witt）评论道，"伦敦有四座美轮美奂的圆形露天剧场"；而到了1629年，埃德蒙·豪斯（Edmund Howes）在重修约翰·斯托（John Stow）的《年鉴》（Annales）时提到，伦敦城内城外先后共建过十七座剧院，尽管当时有些已经不在了。[39]在这些专为戏剧表演建造的演绎空间中，不论是从艺术上还是从商业上来看，戏剧都欣欣向荣。1617年，费

159

恩斯·莫里森提到，不仅"伦敦的戏剧比我在世界任何地方见过的都多"，而且"这些演员，或者丑角也比世界其他地方的优秀"。[40]而按照罗伯特·格林（Robert Greene）在《永远不太迟》（*Never Too Late*）中的说法，"演员们因为总有活计，演技日增，而且［他尖酸地补充道］富裕和傲慢也日涨"[41]。1603年，詹姆斯国王给国王剧团颁发表演执照，允许他们在"其地处萨里郡，名曰环球的常驻剧院，以及其他城市、学校、乡镇、自治区允许范围内的市政厅或市民公会会堂中"将他们"最好的剧目公开演出"，并要求人们对演员待以"以往给予的、与他们的地位和才能相当的礼节"。[42]而且，有此执照，演员们便正式成为皇室宅邸中的一员，属于内室男仆（Grooms of the Chamber），有权自称绅士。

然而尽管（或者是恰恰由于）演员们新获尊严，以往的种种焦虑和人们熟悉的谩骂之声再次浮出水面。"法令宣称他是出格的流氓，这十分睿智，"1615年一位随笔作家写道，"因为他归根结底，是日日假冒他人：他太熟悉如何在外表摆出样子来，由于不为人知，便称自己明明白白是个绅士。"[43]演员不仅在戏剧中假扮他人，在剧院外也"日日假冒他人"，能佯装拥有不属于自己的社会地位。他既"出格"又"不为人知"，令人不安地在乡间来来往往，于社会阶梯上上下下——又在焦虑、反戏剧想象中成了一个流氓。无主的演员，从社会地位和地理位置而言都流动易变，令人紧张，且由于其职业的商业化操作，他们脱离了传统的、以敬上和依附为基础的等级文化，导致了人们对他们的广泛焦虑，甚至蔑视。

"他精明圆滑，也意识到全国上下都对他获得的许可有疑虑。"这位作家接着写道，而不出一代人，"全国上下"就将

160

粗鲁地废止该许可。1648年，议会第三次通过了关闭剧院的法案，宣布"所有的舞台戏剧演员，以及幕间插剧和通俗剧演员……不论是不是游民，不论是否获得国王或者其他任何人颁发的许可或具同等效力的执照"，均"按照法令规定，其身份性质是且将是流氓"，可受法律"制裁惩罚"。[44]表演这个职业，曾经无视将演员定性为流氓、乞丐之流的法律，以贵族赞助为幌子，夯实了商业基础，达到了其辉煌的艺术和经济成就顶峰，如今却被另一部法令取缔（不过只是到王政复辟为止），这部法令做了与之前同样的判断，但是将之前的漏洞补上了，而那些漏洞对于这个职业来说，起到的几乎是特许状的作用。

此处无法详论17世纪40年代关闭剧院涉及的政治考虑，[45]但显而易见，并不能将议会颁布的戏剧表演禁令理解为主要是为了摧毁一个保王机构。作为一种文化生产主体，戏剧从来不可靠，政府一再力图对它进行控制、审查，恰恰就证明了这一点。实际上，对于1642年9月下达的关闭剧院令，更恰当的理解不是将它看作议会对于君主的主动出击，而只是将它看作一种防御手段，祭出它是因为议会意识到，不论是在舞台上还是在观众中，戏剧都会制造难以控制的骚乱，而面对这种状况，自己岌岌可危。对于1642年夏末的议会来说，戏剧混乱的声音，准确地说是它的出格，太令人困扰，无法忍受。

我一直认为，文艺复兴时期英格兰的职业戏剧，因其乔装的本质和商业组织形式，在实现其令人不安的交易过程中，自带对社会秩序的威胁，17世纪40年代的议会本能地嗅到了这一威胁，并通过把演员重新划入无主之人这个邪恶化分类的方式，昭示了自己的这一认知。商业戏剧把事情摆得很清楚：不管法律怎么说，演员没有主人，只有他需要取悦的观众，他在社会组织体系中也没有固定的位置，而在越来越弱的传统文化面前大肆炫耀自己的多变性。格林的《一点小聪明》（*A Groats-worth of Witte*）中，以格林本人为原型的角色罗伯托（Roberto）遇到了一位衣冠楚楚的陌生人，十分惊讶地发现他居然是个演员："一个演员，罗伯托说，我还以为你是位家底殷实的绅士呢；告诉你，要是人可以按外表评价，你肯定会被当作一个人物。（演员说）在我住的地方他们就是这样看我的……当初我乐意徒步挑担为生时，这世道待我不好……现在可就不一样了，我那一份演戏行头，两百英镑都买不来。"[46]就连"我们这些演员的有些佣工，"戈森写道，"每周赚六便士的薪水"，却可以"就在绅士们眼皮底下穿着绸缎衣裳"，"礼拜日向别人求救济之前，先斜着眼睛把这些人"[47]都瞧上一瞧。

或是因为自己有钱，或是因为能接触到剧团道具，演员即使离开了舞台，也能冒充具有不同社会地位的人，可传统等级文化的存在就依赖于等级属性既不可被模仿也不可被购买的事实。因此，演员本身就是对这种文化的挑战。而戏剧的本质就在于这些身份的转换，它持续不断地破坏该文化的稳定性，坚持强调其社会阶层边界是可以轻易穿透的。可视的等级差异难以为继。托马斯·普拉特（Thomas Platter）提到："英国有这样的传统，显赫的贵族或者骑士将死时，会将自己几乎最好的衣服留赠给自家的仆从，然而后者穿这样的衣服不得体，因此他们就把它转卖给演员，换一小笔钱财。"[48]因此，那些让佣工有底气瞧不起社会地位高于自己的人的绸缎衣裳，新的时候肯定属于一位这样的人士。

　　但是，为了避免这一事实被用来保护而不是破坏社会等级制度，我们应该记得托马斯·贾尔斯（Thomas Giles）于1572年对宴乐官约翰·阿诺德（John Arnold）提出的抱怨，他抗议"出租"宴乐厅服饰的政策。贾尔斯在控诉书里列举了前一年有二十一次衣物外租的经历。显然，宴乐厅的惯常做法是把过旧、不适合宫廷演出使用的服装转卖或者出租给职业演员。[49]但是贾尔斯所抗议的，是阿诺德将这些服装出租给伦敦市民作正装穿：有些礼服出租给了各家律师学校；有一件礼服出租给了伦敦市长；还有一件则是租给"蒙塔古爵爷之女在婚礼上用"；而最令人愤慨的是，一件金丝红袍出租给了一个在黑衣修士教堂办婚礼的"裁缝"。贾尔斯抱怨道，这些衣服被拿去"贱用"，大多时候"被那些最是低贱的人穿着"，弄得"残破污秽"。[50]若说人靠衣装，那么这样看起来，衣也靠人撑——或者毁。当然了，贾尔斯的控诉多少有几分动机不纯，因为他自己做的也是"出租服饰"的营生，和有生意头脑的阿诺德是竞争对手关系。但不管怎样，有一点是明确的：服饰会定期地流入又流出演艺空间（亨斯洛与演员所签订的合同中，常常要明确若是离开剧院时穿着剧团行头，应受怎样的惩罚[51]），不断地制造又消弭内部与外部、表象与实质、演绎与生活间的差异，同时也不断地在社会分类中制造和消弭差异——而社会精英们正是希望通过服饰来反映并固化这些社会分类的。也许不能说是因为剧院不断模仿、扰乱传统等级文化而把该文化逼上了绝路，尽管如此，剧院惹眼的存在确实昭示了这样的文化在早期英格兰初生的资本主义变革力量中脆弱不堪，只能消亡。或许不能说是剧

162

团的创业成功带来了"阶级"的存在，但它们的确通过自己充满勃勃生机和雄心壮志的外在表现形式，使阶级进入了人们的视线。

＊＊＊

对于我前文中追溯的异装表演传统，我想试着探究一下其政治内涵，因此拟在结束本章前简短地审视一下《李尔王》里一个异装的例子，不过这是一个向下而非向上异装的例子：埃德伽和他假扮的可怜汤姆。尽管似乎无人明确将埃德伽伪装成健硕乞丐①这件事与戏剧身边如影随形的反戏剧主流和妖魔化语汇联系起来，但不少研究者已经指出，埃德伽乔装打扮这一安排，有一个来源是16世纪下半叶流行的流浪汉文学。52约翰·奥德利（John Awdeley）的《浪子联盟》（*Fraternity of Vagabonds*，1561）开篇便将"装疯乞丐（abramman）"描述为"露膀光腿，装疯作傻，身背一包羊毛，或者一根吊着咸肉的棍子，或者类似的孩童玩具，自称可怜汤姆的人"53。但是从意识形态角度来说，面对英格兰日益增长的贫困及流浪人口，流浪汉文学起到的作用是证明对此状况的合理政治回应应是镇压而非同情，在流浪汉文学中，这类人展现出的脆弱实为精心策划的骗局。他们是压榨一个国家的基督教博爱慈悲之心的奸诈狡猾之徒，而非早期资本主义国家社会与经济错乱状况的可怜受害者。

---

① 健硕乞丐（sturdy beggar）是英国古代法律中的一个乞丐分类，指那些有能力工作但仍以流浪乞讨为生的人。

　　然而，若须承认埃德伽乔装打扮的一个来源是刻画了装疯乞丐和其他装穷者的流浪汉文学，另一个来源是反戏剧言论，且两者都是（如让-克里斯托弗·阿格纽［Jean-Christophe Agnew］认为的那样）无情的新生资本主义市场所蕴藏的欺诈可能之表征[54]，那么莎士比亚以及他的观众也必定能从英国社会现实中找到"疯乞丐的先例"（2.2.187—188）。针对流浪者的公告经常反复颁布，其中一份对1598年"游手好闲、四处漂泊者"人群的增长表示了不满，这些人出没于"本国的许多地区，尤其是在伦敦城和女王陛下宫殿四周，光天化日之下在公路上游荡"[55]。詹姆斯国王在纽马克特（Newmarket）曾目睹此状，颇为厌恶，提笔致信弗吉尼亚公司（Virginia Company），建议把这些四处游荡的年轻人送到新大陆去。因此，埃德伽口中的"高声叫喊"听上去一定是太熟悉了，是无家可归的穷人被疏远（也令人疏远）的声音，他们在对自己穷困潦倒的境地大声表示抗议。

163

　　但当然了，埃德伽的角色扮演是一种欺诈。李尔认为自己找到了一个仍保持"本来面目"的"赤条条的人"（3.4.105—106），但我们知道他所找到的不过是一个扮作疯癫乞丐的贵族，或者更准确地说，不过是一个扮作扮演疯癫乞丐的贵族的演员，或者，按照反对戏剧者的说法，不过是一个健硕乞丐扮作另一个健硕乞丐罢了。无疑，我们可以论证说，埃德伽引人注目的伪装，就像那些装疯乞丐一样，也不过是管控关于伦敦贫民之焦虑的一种方式，是一种稳固已为人们所逾越的社会分界线的手段。然而，至少在剧中，他的伪装并未明确地为现有社会秩序辩护，也未肯定它。可怜汤姆的贫困潦倒，的确让李尔看到了"这个世界是怎么个样子"（4.6.143—144），尽管只是假扮，那仍然是引导李尔认清世界这一过程的一部分，在此过程中，李尔认识到财富以及权力的差距并非永恒不变的等级秩序之标志，而是令人无法忍受的社会不公。皮埃尔·德·拉·普里马达耶（Pierre de La Primaudaye）在《法兰西学院》（*The French Academy*）中玩世不恭地写道，"想要维持国民政策，就必须有点不平等"[56]，但是李尔逐渐意识到自己王国中的"不平等"，这个"有人无片瓦遮身，有人饥肠辘辘"（3.4.30）的世界令人无法接受，也是他自己的责任。改良社会不靠上天，而是靠同情心驱使的人类行动：重新分配财富，从"富得流油的人"那里劫一点来给贫苦窘迫的人，才能"证明上天是公道的"（3.4.35—36）。正如葛罗斯特所说，"分配平均便可打破过度的财富，每人都可足给了"（4.1.73—74）。

无疑，《李尔王》中的乌托邦政见受到侵蚀，恰是因为该剧所坚持的贫富差距。[57]剧中强调，使李尔产生同情心要实行平等的，端赖一段独一无二的经历（"我们这些年轻人再也不会有这样多的阅历……"）。正如乔纳森·多利莫尔（Jonathan Dollimore）指出的："在一个慈悲之举的前提是怜悯心、国王需体验臣民的痛苦才会'在乎'的世界里，大多数人将依然贫困潦倒、衣不蔽体、悲惨不幸。"[58]不过，此剧本身，即其所呈现的情景，能引起人的"怜悯"，让观众"体验"到一位糊涂愚蠢国王的"痛苦"，不仅如此，还体验到他"没有留意民间疾苦"所导致的"无屋遮身的贫苦"（3.4.32—33）。当然，想要不分析其在特定时间特定地点的演出就判断出此剧的政治立场（而非此剧*中*的政治立场）是很困难的，但毫无疑问，由于"无屋遮身的贫苦"再次作为社会现实和政治问题被摆上台面，埃德伽的伪装甚至或可提醒我们现代剧院中的中产阶级观众，勿忘剧场外现实中的人类疾苦，同时也提醒我们，现实或许无须如此。

悲剧的政治维度并非在于阐释权力的更迭，就像在历史剧甚至《裘力斯·恺撒》中发生在那一长串帝王身上的情形那样。相反，它在于提出权力之文化基础是否依然合理这一问题，并在于给出否定回答。

——弗朗哥·莫雷蒂（Franco Moretti）

第九章　《麦克白》与"君主之名"

《麦克白》既是莎士比亚主要悲剧作品中最充满暴力的一部，又是其暴力获得文评（若非文本本身）最充分补救的一部。在剧中，麦克白的残暴统治得到了充分的演绎，但用德·昆西（De Quincey）的话说，其统治在本质上只算得上一段"可怕的插曲"，一种可憎的反常现象，既颠覆又肯定了道德秩序。邓肯的仁政被摧毁，被麦克白日益无端的暴行所取代，但苏格兰最终得以从麦克白统治的噩梦中解救出来，一支由英格兰士兵和反叛的苏格兰贵族组成的军队前来"浇灌王权之花，淹灭莠草"（5.2.30）。随着马尔康助邓肯王族一系复辟，权力回归合法之人手中做合法之用，王室和王权自身也成功地得到复兴。在经历了一段可怕的过渡时期之后，权力又一次回归正统与仁慈。因此，评论家大多认为"该剧的样式成功地坚持了该剧既定的主题和道德寓意"[1]，重建了"正统的君臣关系"[2]，而且，通过证实"长子继承制合乎道义及正统"[3]，修补了被麦克白暴力篡位撕裂的纲常礼法，赞美了詹姆斯国王的专制统治。

然而，对剧情主线所描绘的道德映射这一如今为人们所熟知的阐述并不足以充分描述《麦克白》中的故事情节，因为这种阐述将该剧简缩为大胆的道德断言，仅复现了而非分析了支撑这些断言之差异的诠释。对于产生（并消解）于文本复杂性中的各种道德对立，这种阐述承认它们都合乎规范、不容置疑。合法当然是与不合法对立的，忠诚与反叛对立，顺天应时与逆天违理对立，善良仁慈与邪恶狠毒对立。确实，哈兹利特（Hazlitt）指出此剧"建立在比任何其他莎剧都更有力、更系统的对立原则之上"[4]。但实际上，该剧比这暗示的要更加令人不安。这毫不妥协的道德对立原则极其绝对、让人放心，但实际上并不牢靠，它受到文本强制性的重复与类同策略的动摇，让人不安。

同麦克白夫人的待客之道一样，该剧本身也似乎是"样样事做起来都是加倍又再加倍"（1.6.15）：两次侵略、两位考特爵士、两次宴会、两名医生、两位君王、两个王国。这些镜像情节，即被乔纳森·戈德堡（Jonathan Goldberg）一针见血地称为该剧的"镜像污染"[5]的安排，强调剧中激烈的道德对立所反映出的根本性差异实际上既不客观，也不绝对。正如近来一些评论者指出的那样，貌似对立的事物，细察之下竟相似得令人沮丧；而且，更令人沮丧的是，它们甚至还相互关联。[6]如果说该剧确实引发了有关其评论中几乎不可避免的二元对立，那么它同时也揭示出，由这些二元对立所定义的道德等级体系要想得到确立并延续下去，就唯有通过否定主导的一方对其被妖魔化的对立面的绝对依赖才能实现。

无疑，邓肯的仁政与麦克白的暴虐对立，但邓肯的统治依赖于（实际上是要求）麦克白的暴力。剧情伊始那场没有详述的叛乱是麦克白为维护邓肯的权威通过暴力平息的。暴力的分裂被暴力平复。当然，我们要将麦克白的*为君杀戮*与麦克白的*弑杀其君*加以区分：为邓肯效力时，杀戮说明麦克白是"英勇的"，是"可敬的人物"（1.2.24）；为自己的野心图谋时，杀戮说明麦克白是穷凶极恶的，是"可恶的暴君"（5.7.11）。但是，如果说剧本一开始就在强调忠诚与反叛之间的绝对差异，那么与此同时，它也毫不含糊地动摇（若非否定）了这一差异，这不仅反映在麦克白对"无情的麦克唐华德"（1.2.9）的无情处理，也反映在那些游移不定的代词中——它们实际上将两者混为一谈：麦克白"一路砍杀过去"，

> 直到那叛徒面前，既不致礼，也不话别：他从脐至颚一刀把他豁开，枭下他的首级牢牢插在我们的雉堞上。
> （1.2.20—23）

这里只有"我们的雉堞"是明确区分两军的。其他第三人称单数代词的指涉，就如军曹报告的这场鏖战一样，"不很分明"（1.2.7）。唯一"牢牢"固定下来的，就是一颗叛徒的首级。

麦克白对于国君的暴力保护，既维护了邓肯的统治，也摧毁了作为这一统治基础的种种善政。差异消融于引发混乱的相似之中。就如哈利·伯杰（Harry Berger）的绝妙论证所示[7]，英雄与恶徒令人不安地交缠在一起，难以分辨，就像军曹对叛军以及邓肯大军的描述那般："两个疲惫的游泳者扭在

了一起。"（1.2.8）在战斗中，麦克白英勇杀敌，但在复杂的文本和含混的句法中，他的忠诚却离奇地错了位。邓肯"听说［麦克白］个人在叛军之战中冒的险"（1.3.91）；苏格兰国王"得知［麦克白］出现在挪威大军中"（1.3.95）。麦克白对抗"受到那最奸恶的叛徒考特爵士的帮助"（1.2.53—54）的挪威国王入侵时，并未获得邓肯的授权，而是令人不安地"单枪匹马较量，刀锋对矛尖，桀骜对反骨"（1.2.56—57）。

当然，人们完全可以提出异议，认为如此微妙的解读舍弃得太多，认为作为合法君主的邓肯"从政如此廉明"（1.7.18），其本身便是一个绝对的价值标杆，能确认并设定各种行为的道德定位，并使那些鲜明的道德与政治对立变得必要而确凿，尽管这些对立在文本中（或准确地说仅在文本中）显得模糊不清。邓肯无可置疑的权威要求麦克白用暴力来报效，并授权允其暴力报效，一如这权威之后否定了麦克白的狂暴野心，并将其妖魔化。也许詹姆斯本人对该剧会做如此解读，而且人们的确常常把该剧看成对国王的赞美（"这个话题最后可能赢得宫中的好感"[8]，马隆就这样说过），不仅在于那场生动的斯图亚特众君王"秀"用"两个金球、三根御杖"（4.1.11舞台指示，121）精确勾画了詹姆斯王朝的帝国主张，[9]①也在于该剧再现了詹姆斯自己政治理论中的君主专制逻辑。尽管谋杀亵渎了"圣明的御体"（2.3.68），君主权威在此依旧奇迹般地令人臣服、充满韧性，既值得也能够被维护和复原。"事情……逐渐恢复原状"（4.2.24—25）：篡权者被

168

---

① 即詹姆斯一直希望的英格兰、苏格兰两国合并，自己统治英格兰、苏格兰、威尔士三地。

清除，天赋等级和世袭制度得以恢复。即使面对麦克白的残暴罪孽，"莎士比亚也把事情写得仿佛没有什么可以打断王冠从班柯传到詹姆斯的进程一般，"伦纳德·特南豪斯（Leonard Tennenhouse）这样写道，"自然中的种种因素，就如戏剧中的种种因素一样，齐心协力将马尔康送上王位。"[10]

然而，如果说特南豪斯正确地认识到莎士比亚《麦克白》的终极目的是呈现王室谱系，他提出的体系却在不经意间显示，不可能借助绝对君权概念来证明剧中对立关系的合理性，因为特南豪斯实际上提出了**两条**王室谱系，这令人尴尬的冗余必然会动摇两者中任意一者的合法性诉求。如果说斯图亚特一支可追溯至班柯，那么马尔康的继承权似乎就和詹姆斯本人的相冲突。该剧提出了两个似乎无法相容的谱系：是班柯播下"君主的种子"（3.1.69），最终绽放了斯图亚特王朝这朵鲜花，而该剧同时也宣称，是马尔康助邓肯一支重新确立了苏格兰的合法王权。

因此，《麦克白》说得很明白：斯图亚特家族王权的合法性基础，并非父传子承这一确定无疑的规则，不过奇怪的是，此剧对于自己揭开的矛盾一直保持缄默。历史上（用这个词可能也不对，因为"弗里恩斯［Fleance］"似乎是赫克托·博伊斯［Hector Boece］[①]于1527年生造的[11]），大约在剧中所述事件六代以后，据说是弗里恩斯后裔的沃尔特（Walter）迎娶了罗伯特一世（Robert I）之女玛乔丽（Marjory），这时两个王室谱系才最终合并。他们的儿子，罗伯特二世（Robert II）

---

① 弗里恩斯即传说中的班柯之子，斯图亚特王朝的先祖。赫克托·博伊斯（1465—1536）为苏格兰哲学家、史学家，著有《苏格兰民族史》（*Historia Gentis Scotorum*, 1527）。

是斯图亚特王朝的第一位君主，不过他的王位是从母亲那里继承来的（他登上苏格兰王位，是在戴维·布鲁斯［David Bruce］试图让英格兰国王或其子"接管王国"¹²未果之后，而考虑到后来的斯图亚特君主们都致力于将英格兰与苏格兰合并，这实在颇具讽刺意味）。如此一来，该剧强调班柯而非邓肯是"一系的帝王之父"（3.1.59），实际上回避了麻烦的母系传承问题，让权威得以安系于男性身上。但如果说对于一部不断地将女性权力妖魔化的戏剧（若非一种文化），一部宣扬非"女人所生"（4.1.80）就意味着百毒不侵、"未近过女色"（4.3.126）便有了高风亮节的戏来说，这也许是合适的，那么同时它也在该剧（且不谈文化）对于正统性的认识上留下了明显的断层线——尤其是因为詹姆斯的苏格兰王位是从母系继承来的，这一事实与女巫们的"八王之秀"相斥：斯图亚特一系第八位君主实际上是詹姆斯的母亲玛丽（Mary）。在这段绚烂的历史场景中，她的出现（以及缺席）必然给该剧所坚持且被公认的父系继承制带来麻烦。¹³

戏剧主线费尽心机，通过让邓肯一系复辟的方式重新确立君权，但与此同时它又坚称"班柯的子孙"将"世世代代统治这个王国"（4.1.102—103），这两者别扭（换言之，太过明显）地并存，让人无法认为"王位传承进程"将无可避免、道统永续。随着马尔康登基大典的举行，王冠又回到了合法君主手中，但是斯图亚特王朝"一脉相传，直到世界末日"（4.1.117）的未来，却明显另有源头。埃尔斯米尔（Ellesmere）曾写道，詹姆斯很为"正统血脉代代相传"感到自豪，"因为在这一点上，他超过了世上曾有过的所有君主"¹⁴。尽管如此，莎士比亚的戏剧一边妖魔化对"正统血脉代代相传"的颠覆，一边似乎又在强调这种颠覆的必然性；一方面维护正统性概念，一方面又揭露其不稳定性。

当然，文艺复兴专制主义（Renaissance absolutism）[15]通常试图通过强调君权神授以从理论角度（若非历史角度）来巩固这个概念。因此，亨利八世大力通过诉诸"皇帝、国王、公侯甫一继位，上帝即授其统辖之权"，以确立"其头衔及承续之保证"。[16]詹姆斯宣称有王位继承权，用的也是相似的理由：科克（Coke）代表他指出"国王陛下拥有之合法、合理、合乎承续原则的英格兰王位，并非仅源于继承，也非源于选举，而仅源于上帝……因直系传承之理"[17]。而对于坐上"神授之位"的含义，詹姆斯做过精彩发挥："君主非因唯上帝在人间之代位者，坐于上帝宝座之上，且因上帝之口也称其为神。"[18]

《圣经》命令犹太人，"总要立耶和华你神所拣选的人为王"（《申命记》17：15），但如何知道上帝的拣选为谁，如何确立其统治，就无人确知了。君权完全可以坚称自己源于上帝直接授予的绝对权威，但在这个以历史为推动力的世界中，君权的存在离不开种种力量的协调，它无法回避这一点。尽管权力通常力图遮蔽事实，想象自己神圣而永恒，但它本质上源于暴力，通常也靠暴力来维持。托洛茨基（Trotsky）曾宣称，"任何政体都建立在武力之上"[19]，这自然颇具争议性。但即使是保守的文艺复兴时期政治思想家，一般也都懂得那被认作"神授君权"的东西并不能解决权力的问题：它令其神秘化。即使他们依旧坚持君权神授的说法，他们也知道君权的实际起源绝对更为世俗，更为污浊。1595年，威廉·科维尔（William Covell）在《神谕之城》

（*Polimanteia*）一书中承认，多数"联邦的起源都是暴力暴政"[20]。1604年，亨利·萨维尔爵士（Sir Henry Saville）对此见解表示赞同，指出"所有"现存的王国，"以及或许所有曾经存在过的王国……最初都通过武力征服站住脚跟"[21]。正如之后（此时使建立于暴力基础之上的政权合法化这一复杂问题已尽人皆知）马夏蒙特·内德姆（Marchamont Nedham）说过的那样："刀剑之力是且从来都是一个政权宣称有权统治的根本。"[22]

此外，尽管权威源于武力这一认识已成老生常谈，但许多人也明白承认这一点所隐含的政治危险，第一对开本描写仅仅弑君这个念头就让麦克白产生的生理反应时所用词汇的拼写法诡异地确认了这种危险，"horrid Image doth unfixe my Heire①"（1.3.135; TLN 246）。不管是毛发（hair）还是子嗣（heir），都完全可能因王权的暴力起源为人所知而倒立起来（unfixed），长老会神父理查德·巴克斯特（Richard Baxter）就明白这一点。1686年，他在狱中所写的文章中指出，对于此事，君主必须竭力压制，不让他人知晓，不是因为另有真相，而是恐怕它会"鼓励叛徒"或者外族入侵："尽管法国比英格兰、荷兰或者其他王国都强大，我也不敢说如果那个王国征服了它们，他就会是它们的合法君主，我怕这个说法会诱使他去这样尝试。"

让巴克斯特如此考量并否定了征服理论的，是"1603年苏格兰一位匿名人士写的一本小书，题为《自由君权之

---

① 此句中"Heire"一词按如今的规范拼法应是"hair"，这句话的意思是"可怕的景象让我毛发倒立"，但其拼法形似"heir"，因此也可理解为"可怕的景象让我子嗣不固"，故有下文的调侃之语。

法》", 这本书 "将君权合法的起源建立在战争和征服之上, 国王便因此成王"。²³然而, 巴克斯特口中的 "苏格兰的匿名人士", 正是詹姆斯国王本人, 在他的《真正自由君权之法》(*True Law of Free Monarchies*)(该书于1598年初次出版, 用的是化名 "C. 菲洛帕特里斯〔C. Philopatris〕")一书中, 他甚至承认 "最初在我们当中确立法律和政府形式"²⁴时, 强制在所难免。其部分原因在于, 为了避开君权源于人民之赋予这一观点的危险暗示, 詹姆斯不得不退一步, 承认苏格兰君权直接来源于爱尔兰国王弗格斯对苏格兰的征服, "以其自身之友善和力量, 令自己成了此国之主", 就像英格兰君权来自 "诺曼底的私生子"①对英格兰的征服, 他 "凭借武力, 一支铁军⋯⋯令自己成了国王"。²⁵

然而, 一旦权力承认自己惯常源于武力和暴力, 正统这一问题就变得复杂了。这样一来, 有哪位国王不是篡位者, 或至少是篡位者的后裔呢? 尽管詹姆斯认定 "合法仁君同篡位暴君之间的真正差异"²⁶是绝对的, 不容置疑, 但这一差异严格说来无法维持, 在讨论到权威来源时它在逻辑上便瓦解了(博丹的《国邦六书》[*Six Bookes of a Commonweale*]中有一句话有趣地展示了这种瓦解, 那句话急切地批评解读者 "将两个不相容的词儿捆绑在一起: **国王暴君**[a King a Tyrant]"²⁷——博丹气急败坏地在句法层面把自己想要阻止的 "捆绑"演绎了一遍)。即使小心地安排一个顺天行道的起因, 如果通过征服获得了王权, 合法性权力与篡逆暴力之间

---

① 即征服者威廉(1027? —1087)。他为诺曼底公爵罗伯特一世的情妇所出, 因此也被称为 "诺曼底的私生子(Bastard of Normandy)"。

的差别必然变得模糊不清，即使不能完全抹掉。

对于文艺复兴时期的政治理论家来说，这是一个关键问题。他们日益认识到暴力起源给专制主义理论带来的麻烦。《布道书》（*The Book of Homilies*）自信地宣称："经验告诉我们，全知全能的上帝从不让第三代继承人享用不当祖产。"[28]然而实际上，经验往往告诉人们另一回事，历史总是证明篡位者终成合法正统。实际上，1643年，亨利·费恩（Henry Ferne）便称："如果这位解答者审视所有的基督教国家，他很难找到一个不以武力开国的世袭王国，但我认为他不会说这些君主只配被称为掠夺者，因为尽管最初实行侵略和征服的那一位或许不义，但通过由他而始的继承，便使江山易主的天意得以显现，上帝的意志得以昭示；尽管我们无法确定，但这些君王的确在某个瞬间（*momenta temporum*）获得了正道。"[29]

尽管波科克（Pocock）称"征服未在保王思想里扎下根"[30]，但到16世纪末，一种征服理论（conquest theory）显然已经发展起来，并或许令人惊讶地在那些极端保王派中生了根。詹姆斯国王本人在用弗格斯的征服行为解释苏格兰王权正统性时便表达了这一点，不过，詹姆斯试图消弭将权威根植于武力所隐含的颠覆风险，坚称"人民自愿臣服于他"（似不可信），而且这个国家反正本来就"人烟稀少"[31]。其他一些人则意识到詹姆斯试图避开的矛盾其实无法回避，因此对于打造一种政治区分不无担忧，这种政治区分能够将暴力转为权力的过程合理化，并将费恩所援用的那"一瞬间"确定下来。剑桥大学冈维尔与凯斯学院（Gonville and Caius College, Cambridge）的牧师威廉·巴雷特（William Barret），将那位伊丽莎白时代布道家的话扭转过来，坚称即使是篡夺而来的王

172

冠，经过几代人的传承也就自然合法有效了；[32]托马斯·普雷斯顿（Thomas Preston）对于暴君和篡逆者也有过类似论述，即"其直系后裔掌握王权百年以上，其承袭即为合法"[33]；而教会于1606年通过的教规（意味深长的是，詹姆斯拒绝批准此教规）则更加慷慨开放："任何新政府"，教会称，甚至那些"以叛乱开始的"，一旦"彻底稳固"，就是合法的。[34]

当然，对于《麦克白》来说，这个问题更复杂一点，因为不像在英格兰，在苏格兰父位子承本来就是一种"新型"政府组织形式，是肯尼思三世（Kenneth III）在10世纪末始创的新制度。苏格兰传统的政权转移制度是一种王族宗室内的半推举继承制，是特意为防止未成年人继位及连续的暴政而设计的。但按照霍林希德（沿袭博伊斯的说法）的记录，肯尼思三世（即剧中邓肯的祖父）"为自己的儿子不能享受王权而大为痛心"，因此毒死了"原本该继承王国统治权"的那位亲王，指定自己的长子马尔康（Malcolm）为继承人，并劝说贵族们废除了古老的凯尔特选任制①。贵族们"意识到，要拒绝靠暴力能获得的东西纯属徒劳"，只得不情不愿地同意将肯尼思之子封为肯勃兰亲王（Prince of Cumberland），并建立起"儿子无可置疑应承袭父亲之王冠与王国"的制度。[35]

尽管学者们不确定莎士比亚对于苏格兰政治史的复杂细节到底知道多少、理解几分，[36]但他一定清楚苏格兰历史的这一方面，而这个方面（拥护共和政体的史学家，如乔治·布坎南，说得很明白）则揭示了世袭王权的多变性和历史性（因此是可质疑的）本质。《麦克白》的剧情结合了好几位君

173

① 凯尔特族酋长继承人在酋长有生之年选出，通常是其体魄强健的男性亲属。

主执政时期的事件，为了创作它，莎士比亚显然充分阅读了霍林希德的《苏格兰史》（*Historie of Scotland*），因此必然会遇到关于苏格兰早期基于旁系继承传统的权力转移方面的证据和讨论。而就在霍林希德对麦克白统治期的叙述中，他突出讲述了权力传承的程序和原则，实际上，正是这些程序和原则促使麦克白采取了获取王位的行动。编年史中不仅记录说，麦克白具有许多为君所必需的品质，而且还指出"按照王国旧法"他也拥有王位继承权。霍林希德（或者更准确地说，是弗朗西斯·锡恩）写道，邓肯指定自己的儿子马尔康为继承人后，麦克白便"开始谋划如何以武力篡夺王国，（在他看来）他有充分的理由：原本他迟早可获得将他送上王位的所有称号和权力，但邓肯的所作所为诈去了这一切"[37]。

当然，莎士比亚的戏既没有质疑邓肯的权利，也没有维护麦克白的权利，而许多批评家也已注意到莎士比亚在创作《麦克白》时如何选择、调整了原始材料，以详述（若非创造）各种对立冲突。剧本对历史材料做过许多改编，其中之一便是未提史书所记载的"邓肯懦弱和懈怠的治理"[38]，也未提麦克白那十年仁慈和高效的统治。莎士比亚删去了原始材料中模棱两可的部分，如彼得·斯塔利布拉斯所说，将"辩证法"换成了"对比法"。[39]但为什么莎士比亚会关注这样一段需要进行如此重大调整和删削的统治期这一点却鲜有人讨论。无疑这个故事吸引他的，是编年史中所包括的一大段参阅内容，将斯图亚特王朝追本溯源至弗里恩斯。[40]即使如此，如果说选择这一主题是因为它与詹姆斯国王有关联，莎士比亚选择的史实却与他表面上想说的故事完全相斥——且绝对与他那位君王的专制理念格格不入。苏格兰的这段历史不仅把邓肯的权利问题复杂化（若非质疑了他的权利的话），而且将父系继承制度本身，也即该剧理想化、正统化的制度，演绎成一位野心勃勃、凶残嗜杀之暴君的发明。换言之，莎士比亚所用的原始材料令人不安地暗示出，麦克白所攻击（而詹姆斯国王所拥护）的王权世袭制实际上源自这样一位君主：他是麦克白的映像，而非其对立面。

174

不过，莎士比亚自己的这个故事就是一个深刻的"映像"故事，用乔纳森·戈德堡的话说，这些"映像"让"泾渭分明的差异不再泾渭分明"[41]。换言之，这些映像使得历史原始材料中的复杂性得以恢复，而莎士比亚在剧情中一直坚持正反对照而明显摒弃了这种复杂性。剧中处处"用模棱两可的话愚弄我们"（5.8.20），既让我们看到关于这些事件的正统叙述，又让我们看到另外一个令人不安的非正统说法：一边是道德剧，用锡德尼的话说，"令君主对做暴君这事心生畏惧"[42]；另一边又是一出颠覆剧，诡异地消除了两者间的差异。该剧的结局既可看作邓肯正统一系的复辟、对麦克白统治期暴政的平反，亦可看作不过是麦克白开启的暴行模式的重复。该剧始于亦终于对现有统治者的攻击，一位忠诚的贵族获得了新封号，一个叛变的考特爵士被处死。人们对马尔康三呼万岁，如同女巫们对麦克白三呼万岁一样，马尔康在斯贡的加冕，或许会带领国家走向稳定安宁，又或许为又一轮诱惑和混乱提供条件（罗曼·波兰斯基［Roman Polanski］1971年该剧的电影版便是如此。影片结尾处，道纳本离开，去寻找女巫和自己的王冠；或者，实际上编年史里就是这样

写的，历史上的道纳德·本［Donald Bane］①叛变，联合挪威
国王，杀掉马尔康之子，成功夺取了王位）。

因此，剧本始终将事件映像化，保证了戏剧无法被简单
视作专为取悦和赞美詹姆斯国王而做的正统叙述，以表现道
德世界里必然的因果报应、成功的惩恶扬善。然而，对于马
尔康麾下的军队来说，这正是他们对此行动的理解。"我们整
队前进吧，"凯士纳斯说，"我们向该我们效忠的对象去效
忠，我们去迎接拯救国难的良药，为了拔除祖国的沉疴，我
们要随他共同流尽我们的最后一滴血。"（5.2.25—29）马尔康
或许的确是"拯救国难的良药"，但如果说在道德层面一切都
确定无疑，政治层面却明显并非如此。该剧令观众很难判断
"该"效忠的对象究竟何在。麦克德夫称麦克白是"握着血淋
淋御杖的无冕暴君"（4.3.104），但实际上，麦克德夫也很清
楚，不管他的御杖多么血淋淋，他的确是有冕的。尽管麦克
白不可否认是谋杀犯，但他的确是合法继位、加过冕的。"看
来大概王位要让麦克白登上去了。"洛斯说。而麦克德夫则回
答道："他已经受到指名推举，现在到斯贡加冕即位去了。"
（2.4.29—32）"受到推举"，合法登基，麦克白就是国王，可
以说他的臣民就该向他效忠。

维持"合法"君主与"篡位"暴君之间的差异十分困
难，这不仅反映在麦克德夫前后矛盾的看法中，而且通过他
在剧中扮演的角色也印刻在整剧的结构中。显然，他是野心
勃勃的麦克白的忠诚正直版。麦克白先杀了一个叛徒，后杀

175

①　"Donald Bane"，中文一般译作唐纳德·本恩或唐纳德·班，为苏格兰唐
纳德三世的绰号，源于盖尔语"Domnall Bán"，意为"白面唐纳德""美男子唐纳
德"。此处译作"道纳德·本"，是为了方便与剧中人物译名对应。

了一位君主，麦克德夫也一模一样，不过，如艾伦·辛菲尔德（Alan Sinfield）敏锐地指出的那样，麦克德夫杀的叛徒和君主是同一个人。[43]当然，麦克白的两次行动被分得清清楚楚：一次是英勇地保护国家和君主，另一次则是对它们进行残暴攻击。然而麦克德夫的同一次行动则既维护又攻击了王权。它既是解救又是弑杀，是"骚动喧嚣"剧中诸多"清白又黑暗"之事中的又一件。尽管看上去并无不妥，让正统和理性得以再次伸张，但它可能至多只能像他对于马尔康的第一印象一样，"既令人欢欣又使人懊恼"（4.3.138）。

如果说麦克德夫拯救了苏格兰，终结了暴君的统治，用戴维·诺布鲁克（David Norbrook）的话说，惩治了"于家于国之罪"[44]，那么，我们也应该注意到，麦克德夫本人也被指控犯下了"于家于国之罪"，换言之，他被指控为"叛徒"（4.2.81, 45），刺客甲和麦克德夫夫人都这样称呼他。对于刺客甲来说，麦克德夫是"叛徒"，只是因为他反对向自己买凶的苏格兰国王。对于麦克德夫夫人来说，她所指控的当然不是丈夫在政治效忠上的变节，而恰恰是他因自己的政治忠诚背叛了自己的家庭："他不爱我们，他没有天然之情。"（4.2.8—9）在这里莎士比亚改编了原始材料，史料中，麦克德夫去英格兰是"为被残忍杀害的妻儿亲友报仇"[45]，而对于莎士比亚的麦克德夫来说，对国家的忠诚超过对家庭的忠诚，他离家去为国求援，却将家人暴露在了麦克白杀戮之心的"第一个念头"（4.1.147）之下。

诺布鲁克认为："莎士比亚创作麦克德夫妻儿被杀这一幕，是为了说明公私之间的'天然'联系。"[46]但在我看来，似乎完全可以反过来论述：这一事件展现出，专制主义惯常加诸国与家之间的相似类比其实并不成立。亲缘与君权并不必然是互相强化的，不像那种试图天然化统治权的思想所坚称的那样，此幕便揭示出，它们是存在冲突的领域，它们分配权力和要求效力的方式互不相容、矛盾对立。"叛徒是什么？"麦克德夫的幼子天真地问道，但该剧并未给出一个简单明了的答案。"哎，就是起假誓扯谎的人。"（4.2.46—47）麦克德夫夫人苦涩地回答，心中对丈夫背弃家庭责任的行为充满憎怨（而且她这说法很可能是1606年3月火药阴谋案审讯中，耶稣会修道士亨利·加纳特［Henry Garnet］似是而非的说话方式的影射①）。然而在这部常常给人感觉"不是即是"（1.3.142）的剧中，刺客甲的叛国指控同麦克德夫夫人的同样为真（而且也得承认，同样不真），两人的指控都揭示出，原应将所有社会关系合理化并加以担保的权威话语本身却极不可靠。

若说把麦克德夫这样志向高洁、牺牲巨大的人看作"叛徒"是一种苛刻的公正，那么它也的确反映出，要是想有效、合理地阐述某种抗拒理论，同时又不承认权力之本质的条件性和偶然性，这实在是太困难了。例如，胡格诺教徒西奥多·贝萨（Theodore Beza）试图为政治抗拒找到一个合法空间，采用的方法是区分开"通过武力或欺诈篡夺依法不应属于他们的权力"之人实行的暴政（对于这种情况，"每一位公民"都有权利抗拒，以"全力以赴维护国家的合法制度"），与"在其他方面都合法"的"至高权力掌管者"实行的暴政

176

---

①加纳特在审讯上，坚持使用中世纪和文艺复兴时期宗教中的"内心保留（mental reservation）"原则，通过说似是而非的话语之方式，达到既不说谎又保守秘密的目的。

（这种情况下，人民"别无选择"，只能"忏悔、忍耐、祈祷"）。[47]然而，麦克白的情况与两者都不符。他的确采取了"武力和欺诈"行动，但其王位也的确可以说是"依法属于[他]的"。他不仅有权获得王位，且也通过了正规的推选和授权程序。然而，尽管他因此成了"至高权力掌管者"，毫无疑问，他也令"国家的合法制度"蒙尘了。这样一来，人民到底该不该向他效忠？

传统的政治回答清楚无误，不过颇为讽刺的是，它与该剧的传统诠释并不相同。新教牧师威廉·斯克莱特（William Sclater）强调，不论是君主获得权力的手段，还是其任期的作为，对其君主之权威都无影响："这些人有时是擅闯私宅者，篡权就是这种情况；有时是滥用职权者，暴政就是这种情况；但君权本身则源自上帝。"[48]詹姆斯国王也有过相似论辩，指出合法登基的君主不管有多么暴虐，臣民都不可抗拒。不管是天主教还是加尔文派的抗拒理论，詹姆斯都坚决反对，坚称即使面对负有血债的暴君，人民也只能耐心忍受，因为只有上帝可以评判君主。"不少人提笔为造反和背叛作辩，"詹姆斯写道，"声称人生而具有对其国有如对其母之热忱与责任，若见其于暴虐之君手下受凄苦致命之伤害，良善之民因对其祖国之天然赤忱和责任之心，将被迫出手除此祸害，救其国家。"[49]

这一似乎体现天性与爱国之心的做法，准确预示了剧中为国复仇的苏格兰人的道义主张和言辞策略，但实际上，它却为詹姆斯所谴责，认为这种做法既违天意又无效力。他说，其一，它违背了"神学中确定之公理，即行恶不能扬善：故君主之邪恶并不使命定受他裁判者来裁判他"。无论在

177

何种情况下，反叛都是"恶"的，君主本人的行为绝对动摇不了这一现实，即那些"命定受他裁判者"必须永远保持这个身份并支持这一现状。其二，詹姆斯确定"在救其国家于苦痛之中（此为其唯一借口）时，其人必加诸它以双重之苦痛与毁伤，故其反叛将招致适得其反之效"。[50]他们基于原则的抵抗并不能改善现状，只会使它更糟。

不论是从实用角度还是从神学理论角度出发，都无法为抗拒"君主……之邪恶"的做法辩护。实际上，詹姆斯写道，一位统治者或许是"暴君，且夺人之自由；然人既已接受并承认其为己之君主，则君主可令人效忠于己，甚至可令其为己之昌盛祈祷……"[51]因此，在剧中正统的道德立场同正统的政治立场诡异地对立起来，麦克白的残暴罪恶必然引起道德上的憎恶，而这种憎恶所导致的政治反应本身却是有罪的。因为麦克白的统治是合法的（因为他是"被接受和承认"过的），如此一来，以苏格兰拯救者姿态到来的英格兰军队和苏格兰贵族们，便成了戏剧开始时搅扰邓肯合法统治的挪威军队和叛乱贵族的映像了。

这两次都是一支当地军队与一个外国势力联合起来威胁一位苏格兰君主的安全，正是两者的相似性推翻了该剧所坚持的那种过于武断的差异。被破坏的父位子承制度的修复（不过，也许值得注意的是，该剧并未明确确立父位子承原则，即"承嗣之权"[3.6.25]，因为马尔康的苏格兰王位继承权似乎源于邓肯挑选了自己的儿子），以及使其得以修复之力所具有的明显的英格兰特征，当然有助于区分麦克白遭受的报应与邓肯遭遇的由挪威支持的叛乱。麦克白的野蛮残忍，意味着任何以及所有旨在推翻其统治的行动也需要且有理由

178

野蛮残忍，而英格兰之入侵也不仅仅来自英格兰，而且还被赋予了独特的精神权威，这在爱德华"顶顶神圣"（3.6.27）的君主权威中有鲜明的体现。值得注意的是，这一精神权威谨慎地与为实现其道德攻击而进行的必要军事行动拉开了距离。[52]然而，尽管为了保护复辟暴力的神圣性大费周章，它仍旧也必然是暴力的，而且在舞台上几乎是前所未有的明显。尽管该剧想把麦克白的暴力视作违法，是对君主权威的冒犯，必须予以否定，但对于另一种暴力，即树立并维护君权所必需的暴力，它并未提出明显的替代方案。

麦克白的首级引人注目地被挂在高杆上，这幅图景或许可被看作道德秩序和政治正义必然胜利的明证，然而它却并不能轻松地用来平衡剧中的政治立场。尽管叛徒的下场或许是设计用来昭示"那可怕得至高无上的王权"，但就像剧中几乎所有的征兆一样，这幅图景也模棱两可，如卡林·考顿（Karin Coddon）指出的那样，它也只证明了"象征性收场的无效"[53]。"瞧，那里竖着的就是篡贼万恶的首级。"（5.9.20—21）麦克德夫自豪地宣布。然而，这幅视觉图景原本试图以引人瞩目的方式维护合法性权力，平息剧中暴力所引发的政治动荡，却实际上重新激活了未决之难题。如果说它标志着麦克白残暴专政的终结，它亦昭示着神圣王权的脆弱。

那首级的图景肯定会令人想起伦敦塔桥上挂过的叛徒头颅，但它也呼应着詹姆斯以其独特的国家拟人化比喻表述的专制主义核心观点。自然啦，詹姆斯将国王视作"以不同部分构成之身体的头部"[54]，而借助这一类比，便形成了一种清晰（尽管平庸）的政治逻辑。詹姆斯援引格尔森（Gerson）的话写道，人民没有反抗公众"身体"之"首"的权利，即使它已经沾染上"暴政的致命毒液"，而且詹姆斯认为格尔森的论述"极为有力而清晰地证明，即或是暴虐之君主，也不可杀害"。[55]若是砍下首级来，身体必然死亡。"很有可能头脑被迫决定割掉某些朽败的部分⋯⋯以保证身体其他部分的健康，"詹姆斯写道，"但不管头脑得了何种病患，若将其割掉，身体会是何状态，唯请读者诸君明断。"[56]因此，如果严格按照詹姆斯自己的政治理念来看，麦克德夫手提"篡贼万恶的首级"登场，与其说可以被看作"向詹姆斯致敬"[57]，不如说更像是对他那"明断"的挑衅，是非法抗拒而非合法统治的象征。至少对于詹姆斯来说，麦克白的首级并不标志着合法权威的恢复，而是对它的侵犯：是未经授权，违背天意地"残杀暴虐之君主"。这不可能是君权恢复的标志，而必然是"背弃天理"（2.3.111）的，同邓肯神圣躯体上"裂着的刀痕"一样可怖。这样的背弃，不出一代人，就将以詹姆斯之子被枭首的形式再次出现，令人惊骇地呈现在另一个"血洗的舞台"（2.4.6）上。

不过，我想说的显然不是这部戏要求我们以詹姆斯的政治理念或抱负作为解读它的背景，尽管这的确是评论界常见的主张；相反，我想指出，任何类似的解读都是不可能的，我们需要看到该剧对其所用原始材料以及专制主义逻辑本身所呈现的矛盾进行深刻描写的方式。我们当然可以说，英格兰进入苏格兰，将后者从麦克白的血腥暴政下解救出来，这是在委婉地指涉詹姆斯对于英格兰与苏格兰合并的由衷希望；实际上，1605年，乔治·布克（George Buc）就以马尔康与英格兰的爱德华联盟为先例，对合并（"淡淡的投影"）

179

表示期盼，并为之作辩。[58]但如果《麦克白》对英格兰特征的强调，是为了给两个王国的合并提供理由而设计的（而我们不禁要想，把英格兰看作治愈苏格兰之疾的良医，与詹姆斯的合并计划到底有多大程度的契合），那么讽刺的是，按照霍林希德的记叙，正是这一"英格兰性"，让苏格兰蒙受了马尔康之弟的反叛之害：

> 许多人实在痛恨英格兰带来的放浪行为和饕餮浪费习惯，因此愿意接受道纳德做他们的国王，相信（因为他是在这座岛屿上长大的，对这个古老国家的传统习俗和行为耳濡目染，不喜欢英格兰的骄奢淫逸）在他的严格管辖下，可以恢复先辈自古以来的节制。[59]

莎士比亚的剧本对于道纳本的叛乱缄口不提，只在列诺克斯对凯士纳斯问题的回答中，模糊地做了一点可能性暗示："谁知道道纳本是不是和他兄长在一起？""将军，他肯定不在一起。"（5.2.7—8）只有麦克白一人表达了苏格兰人对于英格兰人的"严苛"看法，他尖锐地讽刺他手下那些变节贵族："逃走吧，不忠的爵士们，去跟那些饕餮的英国人在一起吧。"（5.3.7—8）

　　毫不意外，莎士比亚笔下的英格兰特性是另一副模样。他笔下的英格兰人不是活闹鬼也不是老饕，不过他们的社会习惯的确（或许不祥地）影响了苏格兰习俗。马尔康引进了英式爵位来封赏他的贵族们："你们都得到了伯爵的封号，在苏格兰你们是第一批享有这样封号的人。"（5.9.29—30）显然，这些新式恩赐就像之前邓肯封给自己追随者的那些头衔一样，既慷慨又重要，是对忠诚奉献的奖赏，又是宣示社会秩序的机会，而这一社会秩序即将打造并彰显君王的权力。然而，我们也可以认为，在这一王权体系中引进这些新鲜的英格兰封号并非好事，博伊斯和布坎南就是这样看马尔康宫廷采用的英式礼节的：它们不是"照耀在每一个有功者"身上的"恩宠之兆"（1.4.41—42），而是腐败的象征、堕落的催化剂，与其说是合并的根据，不如说是叛乱的动机。[60]

如此一来，剧中英格兰—苏格兰关系似乎并不能预示或推动詹姆斯所想象的愉快合并。《麦克白》中不断出现的映像设置和难以回避的含糊其辞打破了对于"一个君主，一个民族，一套法律，而且，就像最初那样，一个阿尔比恩（Albion）之国①"[61]这一作为合并事业之承诺的集体幻想。"君主之名"本身就不是意义单一、亘古不变的，在该剧循环式剧情里，正如在该剧所利用的那变幻不定的政治理念中，它是混乱而动荡的。而且"君主之名"不仅仅是文艺复兴时期有关君权本质和局限之持续不断的讨论中一个抽象的争议焦点，也是在合并辩论中一个明确有争议的说法，因为1604年的英格兰下议院对于将不列颠看作一个统一的地缘政治体的后果很是不安。人们对于詹姆斯"停止使用英格兰和苏格兰这两个分立的名字"、将两个王国合并在"同一顶王冠之下"[62]的愿望进行了紧张的讨论，而下议院则表示，他们对于这出新的"帝国大戏"（1.3.129）深感不安，认为它会威胁到英格兰和英格兰的性质。"皇帝之名（the name of

---

① 古希腊人和罗马人对于不列颠的称呼。

Emperour）不可取，"他们宣布，"君主之名（the name of King）至为优美，其中有无穷的力量；上帝亦用此名称呼自己。"[63]

在《麦克白》中，"君主之名"的确"有无穷的力量"，尽管这力量不是那一称呼所固有的，而是来自此称谓之使用所定义的社会关系。一旦被承认为"君主"，统治者便可以有效地调动那些定义并维护自己王权的制度和机构。对于马尔康来说，英格兰国王忏悔者爱德华便是神圣而有效之君王威仪的代表："各种各样的福泽环拱着他的王座，表示他具有各种美德。"（4.3.158—159）但实际上，"表示"他无穷力量的不是"环拱着他的王座"的"福泽"，而是愿为之而战的"一万将士"（4.3.134）对他的忠诚。而如果说君王之名可以激活那构成并维护王权的国家力量，它也致力于驯化那种力量，认可暴力并将之转化成勇气。因此，马尔康和复仇的贵族们坚持否认麦克白拥有君主之名。他永远是"暴君"，其暴行令他不配获得忠诚。剧中，只有邓肯和马尔康被称作"苏格兰王"（1.2.28; 5.9.25），这个名字将为了他们的利益所行的暴力之举转化为忠诚、英勇之举。

实际上，尽管在第三幕伊始，麦克白就"作为国王"而登场，而且在"到斯贡受衔即位去"之前已被合法"指名推选"（2.4.31—32），"国王"这个词似乎他自己都不大说得出口。全剧他一共只说了五次，三次是提到女巫的话（1.3.73; 1.3.144; 3.1.57），一次是指"戴王冠之稚子"（4.1.87）的幽灵，还有一次是指邓肯："我们到国王那里去吧。"（1.3.153）许多评论者都讨论过麦克白描述自己计划和实行种种谋杀时用的委婉语，不过，他也用这同一种语言替代法处理了"君主之名"。"When 'tis, / It shall make honor for you.（到时候，会让您得到尊荣。）"（2.1.25—26）他对班柯说，这里就和"If it were done, when 'tis done, then 'twere well / It were done quickly.（要么干了以后就完了，那么还是干快一点。）"（1.7.1—2）一样，在代词的使用上含糊其辞。就连麦克白夫人都没法用言语将他的登基预言充分表达出来："你本是葛莱密斯爵士，现在又做了考特爵士，将来还会得到承诺要给你的。"（1.5.14—15）她说的不是"国王"，不像女巫的三步预言说的那样，而只是解说式的"承诺要给你的"。一旦承认获得并维护君主之名所必需的可怖手段，那么挟无穷力量的君主之名，并不能轻易说出，也没有那么"动听"。

我希望我已清楚地表明了我的目的，我并非要将该剧置于詹姆斯一世执政时期的专制主义幻想背景下，也不是要在它的映像和错位设置中找到区区一点模糊性，有如满厅的镜子，不断地反射各种影像，最终"毫无意义"（5.5.28）。最早由女巫们"加诸"（3.1.57）麦克白的"君主之名"，如同她们所有其他吞吞吐吐的话语一样，无疑都包含歧义。但实际上，当麦克白被贵族们"指名推选"（2.4.31）时，或者当 182"君主之名"在围绕该剧并通过该剧而流转的各种政治话语中发挥作用时，它也并未变得更确定一点。君主之名的每一次重述，其含义都令人不安地变易，但其效能却并不因此而消减。它可以将自己定义为剧中被称为"麦克白"的逆天暴虐的对立面，认为自己稳定而单一，是有益的丰饶之本；然而，剧中种种映像和错位设置却揭示出，它所指称的，恰是那能操纵其所妖魔化的暴行并使之合法化的力量——那么，它就不是麦克白的对立面，而正是麦克白其人，这至少可能且令人不安。"是麦克白最充分地昭示了"君主之名"中的无穷力量，揭露出它既不是空虚的能指，也不是抽象的所指，而是一个总是也只能是在历史中获得意义的名字，要求我们从历史（而我们自己这一代的历史绝非次要）的角度去理解它。

往昔之一切图景，若未被当下视为与己相关，便有可能
永远消失，无可挽回。

——瓦尔特·本雅明

第十章　"米兰公爵和他卓越的儿子"①
——《暴风雨》中的新旧历史

莎剧中唯一一部提到"美洲（America）"（叙拉古的德洛
米奥兴冲冲地说它位于"［奈尔］装饰满了红宝石、红玉、青
玉，光芒洒向西班牙之炽热气息"的"鼻子上"¹）的，当然
是《错误的喜剧》，不过，最终当仁不让地成了人们眼中莎士
比亚探索欧洲与新大陆关系的戏剧却是其另一部谨遵时间、
地点一致原则的喜剧《暴风雨》②。1808年，马隆第一次提醒
我们注意此剧与弗吉尼亚公司卷宗（the Virginia Company
pamphlets）③的关系，指出这些卷宗是现有最可能被称为《暴

---

① 《暴风雨》1.2.438—439。
② 莎士比亚的戏剧大多不遵守"三一律"，但《错误的喜剧》和《暴风雨》
是例外。
③ 即由供职弗吉尼亚公司的威廉·斯特雷奇（William Strachey）所写的《关
于托马斯·盖茨爵士在百慕大群岛遇险和获救的真实报告，1610年7月15日》（*A
True Repertory of the Wracke, and Redemption of Sir Thomas Gates Knight; upon, and
from the Ilands of the Bermudas ... July 15, 1610*）等一系列与这场海难有关的记述，
学界也称它们为"百慕大卷宗（Bermuda Pamphlets）"。

风雨》故事来源的材料，从那以后，人们便一直认为托马斯·盖茨（Thomas Gates）及其手下在百慕大的经历为剧中老套的海难与解救故事提供了具体地点和剧名，这构成了该剧的传奇剧框架。[2]

马隆之后，评论家们便一直宣称，盖茨的船被"那无比恐怖的暴风雨"（如斯特雷奇的记叙所说）从弗吉尼亚的海岸边吹离，又奇迹般死里逃生，而正是这些记叙提供的素材激发了莎士比亚的戏剧想象。有关弗吉尼亚事件的各种记叙文本似乎已被看作该剧的基本来源和蓝本。1901年，第一版亚登校订本的编辑莫顿·鲁斯（Morton Luce）指出，"探海号"（*Sea-Venture*）遭遇的海难"肯定为《暴风雨》中的主要事件提供了灵感"。"实际上，"他接着写道，"我们几乎完全可以说，莎士比亚《暴风雨》所写的内容中，足有十分之九来自殖民这项新事业所带来的灵感。"[3]而评论家们始终坚称（用约翰·吉利斯［John Gillies］最近的话来说，此剧"与那些关于美洲以及弗吉尼亚公司的讨论有重大而非一般的关联"）弗吉尼亚公司的董事中有南安普顿伯爵，莎士比亚曾将《维纳斯与阿都尼》及《鲁克丽丝受辱记》题献给他；还有彭布鲁克伯爵，第一对开本的受题献者之一。因此，说莎士比亚与此事件有这样的联系是极为可能的，尽管不是绝对让人信服。[4]

当然，近来有关《暴风雨》的评论虽然重申此剧的新世界背景，实际上已经将其从传奇剧的理想世界里拽了出来（如吉利斯所用的"关联"一词所示）。如今，弗吉尼亚殖民者的这段经历不再只是一个适时的提醒，让人意识到传奇模式那永恒的结构，在其中，"凡人的意外"会"受到海水的

冲洗，成为富丽奇瑰的东西"（1.2.403—404），人们能感受到
"自然伟大、创造的"手，理顺俗世的混乱，重启爱与人类的
延续。《暴风雨》不再是一部讲述社会矛盾和解与道德复兴的
剧，也不再是关于仁慈的艺术和天意安排的剧；现在看来，
它是一份生动展现英格兰帝国主义初期情状的文献，与詹姆
斯一世宫廷的权力意志息息相关，甚至本质上就是一个"帝
国工具"[5]。

　　普洛斯彼罗如今不再是点化心智的魔法师，而是傲慢暴
躁的行政长官（甚至不是杰弗里·布洛［Geoffrey Bullough］
眼中"善良的专制总督"[6]）。而该剧所采用的传奇形式也不再
是乌托邦的奇幻图景，其本身成了帝国主义意识形态行动的
参与者——通过将统治天意化而使之变成顺应"上天旨意"
（1.2.159）之举，从而上演了殖民合法化必不可少的一幕。柯
尔律治认为《暴风雨》属于那种"理想占主导地位"[7]的剧，
但如今在我们看来，"理想"一般不过是有权势者给自己的欲
望所起的名字。在我们这焦虑的后殖民时代，曾让人确信具
有仁慈教化作用的普洛斯彼罗的法力，如今已成了殖民者主
宰和控制殖民地的方术。现在看来，剧中普洛斯彼罗的魔
法，用斯蒂芬·格林布拉特的话说，是"戒严令的传奇版"，
或用彼得·休姆（Peter Hulme）的说法，它划出了"殖民史中
真正由火药填充的空间"[8]。而凯列班，以及爱丽儿（尽管没
前者那么粗野），则是新世界的原住民，屈服于欧洲人的强权
控制，实非情愿地接受了欧式教化。

　　这是如今《暴风雨》评论的正统思路，但必须指出，这
并不是《暴风雨》演出的正统思路。后者出于众所周知的原
因，往往选择强调艺术性主题和场面，尽管它也已意识到文

185

本中的矛盾和张力。尽管如此，仍然有一些令人印象深刻的演绎"殖民主义"的版本，例如 1970 年在人鱼剧场（the Mermaid）由乔纳森·米勒（Jonathan Miller）执导的演出，选用了黑人演员扮演凯列班和爱丽儿，并且如米勒所写的那样，该演出明确有赖于"观众对整个殖民主题的认识带给莎剧的影响"⁹。不过，这个版本尽管无疑牵涉"殖民主义"，但并不是一部关乎"新大陆"的《暴风雨》。米勒显然想到的是当时尼日利亚的政治现状，而其人物刻画则以奥克塔夫·曼诺尼（Octave Mannoni）在《殖民心理学》（*La Psychologie de la colonisation*, 1950）中对 1947 年马达加斯加叛乱的分析为基础。而较新的一版是 1995 年由乔治·伍尔夫（George Wolfe）执导，帕特里克·斯图尔特（Patrick Stewart）主演，在中央公园（而后又在百老汇）的演出。此次演出将《暴风雨》变成了发生在第三世界国家的幻想剧，而且挑明了殖民主题，尽管模糊了时间和地点。但不管怎样，这样的演出版本只是例外，而非常规。

如果说在舞台上的《暴风雨》与新大陆的关系依然还是可选项，在文学批评中，它与美洲殖民事业存在关联的断言则似乎无法避免，甚至可向历史维度延展；莱斯利·菲德勒（Leslie Fiedler）便宣称，这部剧将"美洲帝国主义的整部历史都向我们预先揭示了"¹⁰。菲德勒至少留了体面，没有把该剧仅看成英格兰帝国主义的记录文献。但显然，对于菲德勒，以及我们中大多数尾随其后的读者而言，这部剧对旧世界与新世界、强权与弱势的冲突做了让人不安的阐释，而其中的虚伪道义也显而易见：剧中，普洛斯彼罗痛斥安东尼奥篡夺了自己的公国，却丝毫不觉得自己篡夺了小岛的主权。"这岛

186

是我的，"凯列班抗议道，"是我老娘西考拉克斯传给我的，你夺了去……我本来独自称王，现在却要做你唯一的臣仆。你把我禁锢在这块坚硬的岩石里，岛上别的地方你都霸占了去。"（1.2.333—346）普洛斯彼罗生气地回答："满嘴扯谎的贱奴。"但让他生气的不是凯列班自称被剥夺了主权，而是凯列班声称自己不应该受虐待："你这样的下流东西，我把你当作人对待；让你住在我自己的窟里，你居然胆敢想要破坏我孩子的贞操。"（1.2.346—350）普洛斯彼罗口中的谎言，指的是凯列班称他为迫害者，对于称他是篡权者这一点他未做分辩，实际上，他压根没有听到这一指控——普洛斯彼罗完全相信自己有权统治这里，根本不觉得这有任何问题。

无疑，普洛斯彼罗的虚伪道义（其虚伪性并不因凯列班的主权主张源于其来自阿尔及利亚的母亲对原住民"精灵"所进行的类似统治而被抵消）与人们遭遇新世界时产生的认识相关，新大陆上的原住民本也可以像普洛斯彼罗对米兰达那样，对这些所谓的新大陆发现者有力地说，"这对于你来说是新的罢了"（5.1.184）。但我们也应提醒自己，此剧与新大陆的关联其实非常微弱。

很明显，它的背景设置在旧大陆。暴风雨是在意大利贵族们自非洲返回意大利的途中降临的，而那些逃过风暴的人据说"现今在地中海上"，"失魂落魄地"回那不勒斯去了（1.2.234）。爱丽儿的确提到了百慕大，不过是明确指出那不是他们所在之地：他告诉普洛斯彼罗，意大利人的船如今安全地停泊在一个港湾里，"有一次你半夜里把我从那里叫醒，前去永远为波涛冲打的百慕大群岛上采集露珠"（1.2.227—229）。文本中仅剩的与新大陆的明确关联，就是被提到过两次的"塞提柏斯",凯列班说这是"我老娘所礼拜之神"(1.2.375),校订者们说这是有关麦哲伦的航海记叙中提到的巴塔哥尼亚宗教里的"大妖魔"。特林鸠罗说英国人"不愿意丢一文钱给跛脚的叫花子,却愿意花十文钱看一个死了的印第安人"(2.2.31—33),但特林鸠罗并没把那个躲在斗篷之下的家伙看作印第安人,只是某种"闻上去一股鱼腥味儿"的"怪物"。如此而已。

有些人会把贡柴罗用过的"plantation(种植地)"一词也看作与新大陆相关的证据,其实莎士比亚就用过这么一次,而且事实上"plantation"这个词是为了旧大陆的宗主权而造的,用来描述英格兰在爱尔兰的殖民计划,而即使用来谈及新大陆,也是指由英格兰独占的飞地——"一块种植地,属于您自己的英格兰同胞",约翰·胡克(John Hooker)给罗利的信中这样写道。[11]当然,贡柴罗的乌托邦幻想源于蒙田一篇关于巴西食人族文章里的一段话,但其中的原始主义想象与意大利朝臣们的梦想和欲望关系不大,那幻想中的自相矛盾暴露了这一点,他的"没有君主"(2.1.158)之世界的想象源于其对立面,即对权力的幻想:"陛下,若是我能在这岛上开种植地……若我是岛上的王。"(2.1.145, 147)

这些算不上什么证据,尤其是无法证明"新大陆上的殖民主义为该剧提供了'主要的话语背景'"这一如今已成老生常谈的论断。[12]尽管普洛斯彼罗的确用人类学、社会学、道德甚至宗教话语描述凯列班("野兽""奴隶""半魔"),以肯定和证实自己的优越性,我们也应该注意到凯列班被形容为"雀斑满面的",并且是"蓝眼"母亲生的(1.2.283, 269;尽管校订者们不断地提醒我们,说"蓝眼"很可能指的是眼皮发青，当时人们认为这是怀孕的征兆；也有可能这是错误拼写，不是"blue-eyed［蓝眼的］"，而是"blear-eyed［眼睛昏花的］"，而对于英格兰观众来说，蓝眼睛是常用语，他们听到这个表达时必然会按传统习惯理解，认为它是在描述虹膜颜色，不管作者原意是否如此）。因此，无法轻易地将凯列班想象成北美原住民或非洲奴隶。实际上，早在1927年，E. E. 施托尔（E. E. Stoll）便斩钉截铁地否认该剧与新大陆有任何关系。他写道："《暴风雨》里没有一个词是关于美洲或弗吉尼亚，殖民地或殖民，印第安人或战斧、玉米、嘲鸫或者烟草的。除了'百慕大群岛'这个词，曾勉强用来指偏远之地，就像东京或者曼德勒一样。"[13]而前些时候，杰弗里·布洛则直言不讳："《暴风雨》不是一部关于殖民的剧。"[14]

当然，施托尔和布洛说得过于绝对了，但如果说此剧与新大陆的殖民活动有什么关系的话，这一关系并未深入其肌理之中，而只是间接指向，难以捉摸，主要存在于各类否定性的表述里，比如爱丽儿或特林鸠罗的那些话，否认了在岛上的经历是在美洲的经历。当然，从某种意义上说，这样的否定表明了新大陆的在场，但我们不禁要问为什么。如果殖民主义的确是（用弗朗西斯·巴克［Francis Barker］和彼得·休姆的话来说）"此剧的表意原则"，那么这原则也已被几乎完全隐去，即使在场，也是以否定的形式存在，为什么剧作家不直接使用弗吉尼亚的相关素材来体现这一原则呢？[15]

也许，这反映出在殖民问题上该剧感到良心不安；抑或我们如此过分地敏感，实际反映了身处后殖民主义社会，我们自觉良心不安。无论如何，想将该剧置于早期殖民话语中、将其还原至某个历史时刻的愿望部分说明了我们现今如

188

何着迷于对过去的想象，就像我们一度也曾着迷于对未来的想象一般；这一愿望似乎也有个正当的动机：我们觉得有必要将该剧从强加于其上的陈腐道德主张（即那些冠之以该剧具有永恒性与超越性之名的说法）中解救出来。但是，对那些将其历史化的做法，我们也可以问一问：为什么是这一时刻，为什么是这样一些话语？可以说，在詹姆斯王时代的英格兰文化中且在此剧中这些话语都同样怪异。无疑，我们完全可以提出比此更明显的其他背景，然后思考为什么在我们眼里，它们不是该剧的"表意原则"，即便只是为了指出将《暴风雨》美洲化本身就是一种文化帝国主义的行为。

比起欧洲殖民活动，该剧更明显关乎欧洲王朝更迭问题，但这已经基本不为人们（或者至少说文学评论）所关注。对于自己流落其上的小岛，意大利贵族们并无兴趣殖民，丝毫不想如里奇（Rich）在《弗吉尼亚消息》（*Newes from Virginia*, 1610, sig. B2ʳ）中阐述第一批英格兰开拓者的目标时所说的那样"在人迹未至之处培植一个民族"。这些意大利人身在旅途，不是要去探索或开发一片新天地，而是要回家，要在参加了阿隆佐之女克拉莉贝与突尼斯国王的婚礼后回归故里。只有特林鸠罗和斯丹法诺关心小岛的统治问题："国王和我们的同伴们既然全都淹死了，"斯丹法诺说，"这地方就归我们继承了。"（2.2.173）而与此相反，安东尼奥与西巴斯辛只关心欧洲的王位："你得到米兰，我则得到那不勒斯。"（2.1.292—293）西巴斯辛急切地如此宣布，并催促安东尼奥拔剑刺杀那不勒斯国王。就连腓迪南也立刻依据其所来自之王朝的角度来理解和阐明自己目前的立场。听到米兰达开口，他惊讶不已："我的语言！天哪！在说这种语言的人中间，我要算是最尊贵的人。"（1.2.431—432）他立即将自己的哀思置于一系列政治关系中："我就是那不勒斯国王，亲眼看见我父王随船覆溺，我的眼泪到现在还不曾干过。"（1.2.437—439）同样，他也飞快地为自己对米兰达的爱找到了政治对策："我愿立你为那不勒斯王后。"（1.2.451—452）而在接近剧终时，阿隆佐听闻普洛斯彼罗"失去"了他的女儿，便将她与自己失去的儿子想象为一对皇家夫妇，唯此才能说出孩子们英年早逝是多大的损失，是多么令人悲伤："天啊！要是他们俩都活着，都在那不勒斯，一个做国王，一个做王后，那该多美满。"（5.1.149—150）

189

确实，文学评论对新大陆的强调不仅遮蔽了剧中更重要的王朝政治话语，而且也遮蔽了我们的双眼，让我们看不到文中令人困惑之处，这些困惑原应令我们警觉到该剧与其所处之历史时刻的关联。阿隆佐在哀悼自己看来已死去的儿子时，可以说毫不意外地未呼其名，而以其在朝中的身份代指："唉，我的继承人，那不勒斯和米兰的储君。"（2.1.113—114）该剧的各种版本中没有一种认为有必要就这句台词做评论，但它看上去是有些问题的。作为那不勒斯国王之子，腓迪南显然是那不勒斯王位的继承者，但为什么说他是"米兰"的继承人呢？安东尼奥已经取代普洛斯彼罗做了米兰公爵，而安东尼奥有儿子，按理就是他的继承人：腓迪南说到自己在暴风雨中的经历时，对溺死的人中有安东尼奥"和他卓越的儿子"（1.2.441）表示痛心。对这句台词的注解，一般是推测该剧原有一个版本，其中这一重王朝关系有进一步的发展，但后来被舍弃了。多弗·威尔逊（Dover Wilson）在新剑桥版（当然，如今这已经是"旧"新剑桥版了）的注解中就是这样写的："他一定是早先版本中阿隆佐这群人中的一员。"好像《暴风雨》必定有过一个较早且不一样的版本似的。斯蒂芬·奥格尔在其牛津版中的措辞则更谨慎一些："有可能莎士比亚最初考虑过设置一个类似腓迪南的角色，但随着剧本的成形就放弃了。"而弗兰克·克默德（Frank Kermode）在亚登版中有些绝望地得出结论："莎士比亚刚开始写剧本时，对他要处理的王朝中的各种关系还不大清楚。"

然而，"王朝中的各种关系"在这里得到了充分甚至是有力的阐述。安东尼奥与那不勒斯做过交易，用普洛斯彼罗的话说，阿隆佐"把大好的米兰和一切荣衔权益，全部赏给我的弟弟"（1.2.126—127），而安东尼奥所付出的代价则是"称臣纳贡，我也不知道要纳多少贡金"（1.2.124），还包括将米兰的主权留归那不勒斯，剥夺安东尼奥之子的继承权。实际上，当剧中阿隆佐恳求普洛斯彼罗"宽恕"其过错时，是他而非安东尼奥提出"你的公国我奉还给你"（5.1.118），这句台词也往往为评论者所忽视。这一传奇剧情节安排的是去拯救米兰，使之免于成为那不勒斯的附庸，却又依然允许国家利益的交融，即詹姆斯关于欧洲和平与一致的想象所要求的那种交融。随着剧中各种奇事真相大白，人们乐意去为那"超乎寻常喜事的喜事狂欢"（5.1.206—207），就连满脑子乌托邦想法的贡柴罗都意识到，奇迹的真正源头是已上演的政治魔术："米兰的主人被逐出米兰，而他的后裔将成为那不勒斯的君主？"（5.1.205—206）他希望看到这一王权斗争的圆满解决被人们"用金子铭刻在柱上，传至永久"（5.1.208）。这柱子使人联想到查理五世的帝王圣像纹章，后来很快被其他欧洲君主所袭用的那个纹章。[16]这样看来，爱丽儿说到普洛斯

190

彼罗的暴风雨成功时用的那近音异义说法便再合适不过了；剧中用魔法重写了历史，其中包括 "not so much perdition as an hair" (1.2.30) ①。实际上，在暴风雨中似乎唯一失去的，就是篡位者安东尼奥被剥夺了继承权的儿子，在剧中的复辟中，仅有这 "one hair（一根头发）"（或者说 "heir［继承人］"）是可以被割舍的。

《暴风雨》曾于1613年在宫中上演过。当时国王的女儿伊丽莎白嫁给普法尔茨选帝侯腓特烈（Frederick, the Elector Palatine），婚礼前有一系列庆典，有十四部戏剧获选上演，《暴风雨》就在其中（不过需要注意，这是此剧有记录演出中的第二次，第一次是1611年万圣节夜在白厅，为"国王陛下"¹⁷献演）。毫无疑问，对于当年宫中的观众来说，剧中的事件更容易令他们想到的是欧洲的政治问题，而不是美洲。阿隆佐为失去儿子、女儿又嫁给外国王子而悲伤，这几乎就是他们自己国王情况的写照，他的儿子亨利于前一年去世，而现在他又要将自己的女儿伊丽莎白嫁给一位外国王子（而且，就像剧中阿隆佐担心的那样，国王后来就再也未能见女儿一面）。

就像所有的皇室婚姻一样，伊丽莎白公主的婚姻是政治联姻，主要是为了国家或至少国王的政治利益，而不是婚姻双方的情感。这桩婚事早有传闻，相关的协商早在1608年就开始了，尽管伊丽莎白还有其他地位显赫的候选夫婿，其中最引人瞩目的是皮德蒙特亲王（Prince of Piedmont），即萨伏伊

①本意是"连一根头发都没损失"。但"hair（头发）"与"heir（继承人）"音近，因此按照本书作者的意思，此句可视为双关，也可理解为："一位继承人都没有损失。"

公爵（Duke of Savoy）的继承人，以及刚刚鳏居的西班牙国王腓力三世（Philip III）。当时关于与伊丽莎白"适合联姻"的人选讨论中，有一个颇有意思的评论："对于公主来说，与皮德蒙特亲王联姻是低嫁了，除非西班牙国王在亲王成婚后将米兰公国给他，但这个可能性不大，因为据说国王自己想娶她。但要嫁西班牙国王的话，她必须改宗。对于处在她与王位之间的那两位来说，这样的婚姻是危险的。而若是与瑞典或者普法尔茨王子联姻的话，对于她则意味着……"（*CSPD*① 1611—1618, p. 97）。

191   詹姆斯最终首肯的是与普法尔茨亲王联姻。在许多方面这都是"最合适的"（*CSPD* 1611—1618, p. 97），而做出这一选择当然是因为它尤其符合这个新教国家的利益，而且能更迅速地让詹姆斯联合那些反对奥地利哈布斯堡王朝（Habsburgs）和天主教联盟（Catholic League）国家的新教同盟国君们。詹姆斯最初希望避免教派结盟，或者准确地说，如果亨利活着的话，他会在教派联盟间为孩子寻偶配对，亨利娶西班牙公主，伊丽莎白嫁普法尔茨选帝侯，以便在欧洲的宗教冲突中充当计划好的调停者角色，但亨利于 1612 年去世，这一平衡性计划落了空。1609 年的《安特卫普和约》（Treaty of Antwerp）促成了西班牙与联省共和国（United Provinces）②之间的和解，这一开始似乎昭示着欧洲和平，可没过几个星期，莱茵的克利夫斯–郁利希联合公国（Cleves-Jülich）的继承权纠纷便又在新教国家和天主教国家间引起分歧，再次将欧

---

① 即"国家文件录，内政系列（Calendar of State Papers, Domestic Series）"。
② 即尼德兰七省联合共和国，是 1581—1795 年存在于现在的荷兰及比利时北部地区（弗兰德地区）的一个国家。

洲推向全面宗教战争，索尔兹伯里伯爵（Earl of Salisbury）担心这将是"整个基督教世界的全面纷争"[18]。此时，詹姆斯别无选择，只能选择站在新教国家君主们这一边——实际上，伊丽莎白与普法尔茨选帝侯联姻最终敲定，也是新教联盟求助于英格兰支持它们对抗天主教联盟的协商结果。[19]

这样一来，英格兰似乎完全投身于维护新教的国际事业中了。达德利·卡尔顿（Dudley Carlton）报告说："所有心怀好意的人听闻这桩婚事，都十分开心满足，视它为宗教的坚实基石和担保……而那些罗马天主教徒则对它恶意诽谤，认为它毁了他们的希望。"[20]不过，实际上詹姆斯几乎立即就开始为查理王子寻求一位西班牙配偶，这说明他从未放弃做"和平之王（Rex Pacificus）"的幻想，要充当这两大宗教对立集团的调停者，确保和平永久。他愿意站在新教联盟这边，更多是因为他想要制衡哈布斯堡王朝打破平衡的侵略行动，而非打算致力于国际新教事业的发展。

这一切似乎将我们远远地带离了《暴风雨》的小岛世界，甚至比那些被认作剧本素材来源的新大陆叙事带得还远。但比起弗吉尼亚公司的卷宗，这可能会让我们更接近该剧的历史核心及其寓意问题。尽管当时在西班牙王权的统治下，包括那不勒斯王国和米兰公国在内的南欧基本上是和平的，神圣罗马帝国当时却正面临权力危机。1606年，哈布斯堡的大公们剥夺了皇帝鲁道夫二世（Rudolf II）的执政权，由其弟马蒂亚斯（Matthias）接掌。1608年，鲁道夫被迫将奥地利、匈牙利以及摩拉维亚的王位让给其弟，只保留了帝国皇位和波西米亚王位。1611年4月，随着其弟被宣告为皇帝，鲁道夫的波西米亚王位也被剥夺了。[21]

192

鲁道夫向新教联盟也向詹姆斯求助。1611 年 11 月，新教君主议会（Diet of Protestant Princes）向英格兰派出使节，请求詹姆斯支持这位被罢黜的哈布斯堡皇帝复位，并同意伊丽莎白与普法尔茨选帝侯的婚姻，以确保他能全力以赴。詹姆斯崇尚君权，这本足以令他支持鲁道夫复位，且他自己 1609 年所著的《为效忠宣誓作辩》（*Apology for the Oath of Allegiance*）便是题献给"不屈的君主鲁道夫二世"的，但这位英格兰国王肯定也清楚，皇帝的困境是自找的：他脾气暴躁、优柔寡断，且日益难以接近。早在 1591 年，亨利·沃顿爵士说鲁道夫似乎"如今顶着皇帝称号只是为了时尚，而不是为了因此获得的统治权"[22]。渐渐地，皇帝不理国事，闭门宫中，潜心科学和秘术研究。实际上，1606 年大公们将权力移交给马蒂亚斯时给出的理由是："陛下只醉心诸如巫术、炼金术、犹太教神秘哲学之类的东西，不惜代价寻求各类宝藏、研习秘宗，用可耻的方式伤害其敌人。"他们还指出，他有"整整一图书馆的魔法书"。[23] 鲁道夫对国政不感兴趣，也渐渐管不上国政，便躲在宫墙内，埋首书中，与另一位"沉湎于魔法研究"（1.2.76—77），因"疏忽了世俗的事务"（1.2.89）而被弟弟篡权的统治者离奇地相似。

约翰·巴克利（John Barclay）那本影射真人的热门小说《尤弗麦昂尼斯·卢西尼尼的萨蒂利孔》（*Euphormionis Lusinini Satyricon*）第二部于 1609 年在巴黎出版（但是在英格兰流传甚广，约翰·厄尔 [John Earle]《小宇宙》[*Micro-Cosmographie*] 中的一个人物说，"大学里的年轻绅士"都在读它），书中的底比斯君主阿奎留斯（Aquilius），让人一眼就能看出是以鲁道夫为蓝本塑造的，他"不理公共事务，不管是外交的还是内政的"（sig. K2ʳ，卡斯顿自译），在他"心爱的书斋"（sig. K5ʳ）中"自求独处"（sig. I2ʳ），"找寻自然奥秘"（sig. K2ʳ）。与此相似，1610年上演的琼生的戏剧《炼金术士》（*The Alchemist*），也展示了英国人对鲁道夫习惯的了解。剧中描写了炼金术士和灵媒爱德华·凯里（Edward Kelly），就如琼生笔下"神术指导"苏托儿（Subtle）一样，与约翰·迪伊（John Dee）一道，在布拉格被无比醉心于炼金术和魔法的"皇帝"奉为"座上宾"（4.1.90—92）。

193

尽管可以想见，知道鲁道夫的喜好和政治命运的人一定很多，但我绝对不是在说，莎士比亚的公爵完全是受鲁道夫二世的启发而塑造的。²⁴我在这里主要想说明一个可资利用且无疑十分紧要的欧洲王朝背景对于此剧相关问题的重要性，比起主导现今《暴风雨》主题的殖民解读来说，此背景更能解释文本中密集的指涉信息。这或许只是旧历史主义的招数：以欧洲为中心且只关心宫廷政治；尽管詹姆斯绝不可能赞同鲁道夫或普洛斯彼罗对魔法的兴趣或对国事的疏忽。虽然乔治·马塞林（George Marcelline）赞美詹姆斯是"奇迹的君主，或者说君主中的奇迹"（1610, sig. H3ᵛ），比起鲁道夫的布拉格宫廷（或稍寒酸一点，普洛斯彼罗岛上的洞窟）中那些神秘的兴趣和魅惑之物来说，詹姆斯所成就的"奇迹"，以及他作为被倾慕对象的魅力，显而易见是更为世俗的。

在他的《巫术说》（*Daemonologie*）中，詹姆斯明确地谴责"不少基督教君主"允许巫师在他们的国家生活，"甚至有时乐见这些人表演巫术"。他说这些君主"在这方面，犯下大错，堪称罪恶，有亏天职"。²⁵而在《皇家礼物》中，他则教导儿子："你有必要喜爱读书，寻求有关一切合法事物的知识，但有两条限制。其一，读书须用闲暇时间，勿得影响你履行公务职责；其二，不可为读而读，主要目的须是以其助你履行职责。"26普洛斯彼罗放弃魔法，重执政务，这赎回了鲁道夫的君位——或者说，让他免于像鲁道夫一样受谴责，而成了像詹姆斯本人一样的拯救者。普洛斯彼罗将自己的魔法书扔进了海里（当然，这不是贡柴罗给他的唯一读物），重拾"君主通鉴（*speculum principiis*）"①中的教导，就像詹姆斯的《皇家礼物》，此书始终清楚统治之术重于魔法。

从某种意义上说，所有的解读都是寓言性的，提出文本字面以外的意义。但这里我并不是建议用另一个寓言来进行替换，不是做个人传记式解读，把普洛斯彼罗看成莎士比亚；也不是做人文主义式解读，将他的法术理解成艺术；更不是最近那种令人生疑的所谓殖民统治解读，以便将此时的普洛斯彼罗看作神圣罗马帝国皇帝。不过我确实是想指出，欧洲政治世界已经离开我们的视线太远了。在《冬天的故事》中，莎士比亚因仿照格林在《潘多斯托》（*Pandosto*）里的写法，可能的确是错给波西米亚加了一条海岸线，但是可以说，比起新大陆上艰难生存的殖民地来说，波西米亚以及其他哈布斯堡王朝各公国的复杂政治与詹姆斯王朝中的希望和焦虑有着更为深刻的联系。

将关注焦点从新大陆移到旧大陆，不是为了回避或者抹去剧中留下的殖民历史痕迹，而是为了个性化处理并澄清那段历史——也许可以说是为它找个理由。要理解17世纪欧洲

①中世纪和文艺复兴时期的一种文学体裁，往往援引历史先例、文学作品，教导君主如何进行自修和统治。马基雅维利的《君主论》便是一个代表。

人的殖民活动，必须将其与欧洲大陆那些强权国家的政治联系起来，必须了解英格兰在欧洲的深度卷入（令人不安的是，在我们近来对早期英格兰政治的研究中，这一历史维度被忽视了），还要知道由于英格兰、西班牙以及荷兰各国殖民动机和条件各不相同，其殖民活动形式亦不相同。如果我们对早期现代殖民主义的关注不仅仅是反射式的，我们就会按殖民事业本来的样子去对待，视其为17世纪欧洲专制主义诸多冲突中公认的、由多种因素决定的活动，而非某种统一的、超越历史的帝国欲望和统治的表现。[27]

当然，剧中明显有欧洲扩张主义的影子，但必须强调，这更多地体现在克拉莉贝与突尼斯国王的联姻，或者阿隆佐支持安东尼奥以换取米兰的归顺中，而非普洛斯彼罗对于小岛的统治。或者准确地说，旧大陆的例子揭示了旧的扩张策略，而小岛上的行动则象征着新的。而人们总是认为两者是相互支持的。欧洲向西张望，主要也是为了本土繁荣。英式帝国主义的典型代言者哈克卢特（Hakluyt）想到新大陆上无与伦比的丰富物产时，充满热情地说（而且所用词句诡异地解释了《暴风雨》的某些地缘政治的内容）："有了如此了不得的宝藏，查理皇帝①岂不是从法国国王那里拿到了那不勒斯王国、米兰公国，以及意大利治下的其他领地，伦巴第、皮德蒙特、萨伏伊吗？"[28]

尽管我会说（也的确说了）该剧明显涉及17世纪欧洲的社会与政治问题，即那些多半被近来坚持关注新大陆的文学

195

---

① 指西班牙的查理一世（Charles I, 1500—1558），于1516年至1556年为西班牙国王，他也是神圣罗马帝国皇帝（1519—1558，称查理五世）。

评论遮蔽掉了的问题，但我并不是说一定要用欧洲的王朝政治取代新大陆殖民主义作为《暴风雨》的"主导性话语背景"，以揭示其意义。实际上，正如我对任何一种具体解读都感兴趣，我也对针对某一文本的历史解读如何形成和立论的过程感兴趣，尤其是考虑到新历史主义对文本背景的判定常被斥为武断（最直言不讳的批评，当属多米尼克·拉卡普拉［Dominick LaCapra］那一连串表示不屑的修饰语了："轻率浅薄的联想主义，并置或者拼贴……毫无说服力的剪辑合成，如果你愿意的话，完全可以说它是七拼八凑的剪切粘贴。"[29]）

　　不管是否轻率浅薄，新历史主义常常十分出色地将看似迥然不同的文化契机和文化实践联系起来，以揭示它们共同参与构建了某一文化系统。在某种程度上，这消除了人们所熟悉的文本与文本背景的二元对立。文本的背景曾经只起平面幕墙的作用，让文本得以充分展示其艺术与思想之复杂深邃，而如今背景与文本可没这么容易区别开了。文学文本不再被视为意义的储藏库，而是意义得以产生的地方——在构建社会意义时，它并不一定比其他话语形式更加有效或更有价值。正是这种拒绝自动优待文学、拒绝置其于其他话语形式之上的做法导致了对新历史主义（以及其他后结构主义批评模式）的众多敌意。然而，文学文本被认为是与一系列物质实践和符号活动交缠的，这样一来，文学文本有别于或优于原来所谓的背景的说法便不再站得住脚。

　　背景这个概念于是就被有效地问题化了，如今背景不被视为某种外在于文本、由文本映射出的静态平面，而是一系列文学文本贯穿其中也为其贯穿的话语。因此，文本与背景的关系是动态的而非层级的：某个文本一定也是其他文本的背景，而某个背景则被揭示出本身就是一个文本，需要解读才能提供意义。所以，许多评论者开始对"背景"这个说法感到不适，担心使用它会恢复文学文本已被尖锐质疑过的自主性及假定价值。

但我们显然无法抛弃背景这一概念。实际上，一旦我们不在文学作品的艺术独立性和形式完美性中追寻它的意义，剩下的就只有背景了。被写被读的文本必然是背景丰富并依赖于其背景的，而这正是文本意义之源。被写的文本从与之缠绕的话语中获得意义；被读的文本则通过构建读者阅读体验的背景而变得有意义。换言之，文本要"意指"什么，只能通过种种过程使得文本与众不同之处与外在于文本之事物的关系被人看清。如理查德·帕尔默（Richard Palmer）所说，意义也许"多种多样"，"但它永远是一种内聚性，一种关系，或者束缚力；它永远存在于背景之中"。[30]

可如果说意义必然受限于背景，富含意义的背景却似乎数量无限。[31]按定义，背景既非单一的也非必然的。当然，人们所选的审视文本的取景框，或伽达默尔（Gadamer）所谓的阐释者处理文本的解读视域，[32]从逻辑上说是无穷无尽的（一个点可为无数线条所汇交），但唯有当它们是且只是为读者的兴趣和需要服务时才有意义。

不过，一旦承认了这一点，那些我们看来与文本有关的背景就值得多想想了。将《暴风雨》与各种历史的和非历史的（如伦理的、心理的、神学的，甚或还可说，审美的）背景联系起来，都于解读有益，而其中没有哪个背景是必然的、决定性的。然而，如果我们的解读是想将此剧重新放回

196

其自身的历史时刻，放回其剧内场景空间，放回其最初上演时的述行表愿的空间（而这愿望是完全合理且有意义的，尽管这并不是我们能有的唯一有用的解读愿望），那么在我看来，我们应更细致地审视旧大陆而非新大陆，审视伊丽莎白和腓特烈的联姻而非波卡洪塔斯（Pocahontas）与约翰·罗尔夫（John Rolfe）的婚姻①，审视詹姆斯自己的著作而非来自詹姆斯敦②的文字。我之所以这么认为，不仅因为旧大陆历史在此剧中留下的印记（作为话语的背景）要比近来文学评论偏向的新大陆历史更为显著密集（实际上，剧本明显地回避了新大陆历史），而且因为这段欧洲历史可以让读者更好地理解文本内容（作为取景框的背景），否则有许多内容就会显得异想天开或是不可思议。不过，如果我们的解读是想将此剧放在我们的这一历史时刻中（这也是合理且有意义的愿望），那么殖民主义主题解读收益更大：戏剧会吸收历史，就像它们一开始便为历史所标记一样。[33]

无论是哪种情况，评论家关注新大陆当然都不是率性而197 为；这部剧的确源于一部关于一群希望前往詹姆斯敦的殖民者的海难记叙。但莎士比亚将故事地点从新大陆改到了旧大陆，与其说是无意中改换了这一帝国主题，不如说是有意将其抹除。在《暴风雨》中，莎士比亚主动选择不去讲述就在面前的新大陆的故事。而如果说之后的历史坚持要我们将那

① 波卡洪塔斯（1595—1616），北美波瓦坦印第安人部落联盟首领之女，与英国移民约翰·罗尔夫结婚，后移居英国，受到上流社会礼遇。
② 詹姆斯敦（Jamestown）为英国在北美洲的第一个永久性殖民点所在地，建于1607年5月，位于美国弗吉尼亚州詹姆斯河一个半岛上。城市名称取自当时的英格兰国王詹姆斯一世。

个殖民冒险主义故事还给该剧，那么至少可以说这既是因为
莎士比亚自己的政治兴趣要求我们这样做，也是因为我们知
道可以用莎士比亚的文化权威来要求别人听一听我们自己的
政治兴趣。的确，这样的解读可以告诉我们一些重要的事
情，但应该说更多的是关乎我们自己而非莎士比亚的世界。
可如果说将关注的焦点从百慕大移至波西米亚，从哈利亚特
（Harriot）①转向哈布斯堡，使得剧本远离欧洲与美洲的殖民冲
突的话，那并不是要回避或钝化其政治锋芒。其实，应该说
这使得那锋芒更加尖锐，只是这种锋芒与其说是在新大陆的
征服故事中找到的，不如说是在旧大陆的杀伐屠戮的宗教冲
突和领土野心中找到的，而令人悲哀的是，今天依然可以在
那里找到。[34]

　　《暴风雨》有效地演绎并处理了这些关于欧洲政治以及
英格兰在其中角色的焦虑，米兰达与腓迪南的婚姻带来和
谐，巩固了专制统治欲望。此剧特意朝着满足贡柴罗祷告的
方向发展："天神啊，向下界看吧，把幸福的冠冕降在这对
新人头上。"（5.1.201—202）但这一对于政治冲突问题的乌
托邦式解决方法（这个解决方法从性质、意识形态以及资金
节省角度来说都颇合詹姆斯之意，他也因此选择通过协商联
姻的方式实现他的外交政策）是不堪一击的，哪怕只是遭讽
刺一击。如果说这冠冕是"幸福的"，我们应该记得，这即
将到来的婚礼恰恰会成就阿隆佐之前因对普洛斯彼罗有"根
深蒂固"（1.2.122）的仇恨而试图完成之事：颠覆米兰主

---

　　① 托马斯·哈利亚特（Thomas Harriot，约1560—1621），英格兰天文学家、
数学家、人种学家、翻译家。著有《关于新垦地弗吉尼亚的简短、真实报告》
（*The Briefe and True Report of the New Found Land of Virginia*）。

权，将它归入那不勒斯王朝的治下。不过，在《暴风雨》的修复性幻想中，没有什么是不能失而复得的（我是说，除安东尼奥卓越的儿子外，他在这些雄心勃勃的政治关系中没有一席之地）。

第五部分

尾声：关闭剧院

正是在这种本质上成分复杂、变动不居的文化情景中，在广泛但异质的大众参与层面上，新的话语种类，也即现今可公开言说内容的新形式，在依然须冒着风险、顶着公认权威压力的情况下，得到深入细致的探索，也常获得重大的成功。

——雷蒙·威廉斯

201

第十一章　"公共娱乐"与"公共灾难"
——戏剧、表演与政治

毫无疑问，英国文艺复兴时期专业戏剧演出史上最著名的一个日子，就是传统上视为其终结的那一天。1642年9月2日，议会下令关闭剧院：

> 公共灾难期间不宜进行公共娱乐，谦卑之季也不宜上演大众戏剧，人皆应悲肃虔敬恪守庄重，不可浮浪轻薄寻欢作乐，故获本届议会上下院授权，在灾祸未消、谦卑继续之期间，公共戏剧予以停演，受到抵制。[1]

202

文学史研究者一般将这一议会法案看作所谓"清教主

251

义"反戏剧情绪两面出击行动的顶峰。尽管有许多人（例如玛戈·海涅曼［Margot Heinemann］在其《清教主义与戏剧》［*Puritanism and Theatre*］一书中）令人信服地质疑了这一传统史观[2]，但显然当时社会上对于戏剧和演员确实抱有不小的敌意。托马斯·怀特"1577年11月3日星期日，鼠疫期间"在保罗十字架下的一场布道中，确实指出，"如果你们仔细看的话，这场瘟疫的源头就是罪孽，而罪孽的源头是戏剧，因此瘟疫的源头是戏剧"[3]。怀特将往往歇斯底里的反戏剧言论（比如普林责难戏剧伤风败俗，用了超过1100页的一整本书）浓缩为一段干脆利落的三段论，尽管从流行病学来说这一推论牵强至极。在16世纪最后25年以及17世纪的前30年里，类似指责戏剧伤风败俗、十分危险的说法层出不穷。直到前不久，研究者一直都按常理把这些不断出现的反戏剧言论看作（用布莱恩·莫里斯［Brian Morris］的话说）反对者挑起的"永久的战争"[4]，且认为直到1642年，已受到清教主义伦理和审美观主宰的议会立法关闭剧院，这才结束了这场战争。

　　1642年的禁令当然反映出人们常说的反戏剧情绪——显然，它对剧院中的"寻欢作乐"导致"浮浪轻薄"很是不安，然而，若将这看成是严谨的清教主义战胜了寻欢作乐者，未免太草率。众所周知，"清教主义"这个说法非常含糊，就连当时的人们都意识到这点。1631年，贾尔斯·维德斯（Giles Widdowes）便指出过："这个名称十分含混，因此不可靠。"[5]即使在这个说法似乎用得相当合理的地方，海涅曼及其他人的研究也有力地证明了，对于习见的清教主义与反戏剧思想之间的相关性，我们仍需要重新考量。

　　并不是所有清教徒都反对戏剧，反对戏剧的人也不都是清教徒。《论清教徒》（*A Discourse Concerning Puritans*, 1641）的作者给了我们有益的提醒："无论持善意抑或持敌意，无论是清教徒还是反清教徒，人各有不同。"[6]那些按多数定义应被视为清教徒的人，比如弥尔顿（Milton）或马韦尔，还有莱斯特伯爵和沃尔辛厄姆（Walsingham），就此事而言，他们显然都赞成演剧活动，甚至为之着迷。威尼斯大使口中的詹姆斯一世朝廷中"清教徒的首领"[7]、第三代彭布鲁克伯爵威廉·赫伯特，每年给本·琼生二十英镑以购买书籍，而且他同其弟一道，都是莎士比亚第一对开本的题献对象。第五代亨廷顿伯爵亨利·海斯廷斯（Henry Hastings, fifth Earl of Huntingdon）有着激进清教的背景和思想，但他却是约翰·弗莱彻的赞助人。实际上，克伦威尔（Cromwell）自己在17世纪50年代便做了戏剧赞助人，允许宫中上演戴夫南特（Davenant）的歌剧。[8]与之相反，像约翰·斯托克伍德、威廉·珀金斯以及威廉·普林这样的人，其言论显然是"清教主义"的，但他们的确在大声疾呼反对戏剧；而像罗伯特·安顿（Robert Anton）或理查德·布雷思韦特（Richard Braithwaite）这种以反清教主义思想著称的人，也同样持有强烈的反戏剧态度。1637年，清教主义的攻击目标劳德大主教（Archbishop Laud）本人便曾竭尽全力阻止剧院在因严重疫情而关闭十五个月后重新开放。

对于关闭剧院原因的传统解释还有一个难点，那便是按照这一假说，1642年关闭剧院前几年应该有更多的反戏剧言论，然而实际上这样的言论在16世纪末期要多得多。尽管17世纪20年代出现过一些反戏剧的文章，但像普林那种谩骂式的《优伶苛评》并不是（如乔纳斯·巴里什［Jonas Barish］所说）对戏剧攻击的"巅峰"，实际上，它于1633年出版时颇为不合时宜，而且根本没有后续著述立刻接上。[9]普林的反戏剧情绪反映的是上一代英国人的焦虑（不过它实际上针对的是完全不同的戏剧环境：并非新兴的商业戏剧，而是宫廷戏剧）。1577年，约翰·诺斯布鲁克著文抨击戏剧；1579年是斯蒂芬·戈森；1583年是斯塔布斯；1587年有威廉·兰金斯；1599年则是约翰·雷诺兹（John Rainolds）。16世纪70年代的最后四年里（换言之，紧随大剧场在肖迪奇［Shoreditch］落成后的那几年），每年的保罗十字架布道都在反戏剧、反进剧院，而1630年至1642年发表的保罗十字布道文中，说到伦敦滋生繁盛的恶习时，却没有一篇提到戏剧和去剧院。

这样看来，对于清教徒越来越抵触戏剧，最终导致表演禁令的颁布这一传统看法，我们似乎无法苟同。实际上，颁布法令的时机便意味着其中的考虑不仅关乎教义，至少也同样关乎其实用意义。尽管格里尔森（Grierson）断言"长期议会（Long Parliament）召集时，它最早颁布的法令之一便是关闭公共剧场"[10]，事实却与此大相径庭。1640年11月长期议会首次开会议事，它的确立即开始解散皇家官僚机构，但要到差不多两年后，它才着手禁戏。而且，它着手禁戏并没有借1642年1月议会中清教力量得以巩固之势头（当时，一位温和派清教徒、来自桑威治［Sandwich］的议员爱德华·帕特里奇［Edward Partridge］提交了关闭剧院的议案，但很快就被否决了，反对者中有皮姆［Pym］，他们的理由是演戏是一个"行业"[11]，不应禁止），而是隔了很久，于1642年8月22日国王在诺丁汉竖起王旗①十一天后才颁布该法令。这样看来，弥尔顿对天主教的评价用于1642年的剧院再合适不过了："如果到了不该容忍它们的时候，那么应该是出于为了国家这个更正当的理由，而不是为了宗教。"12

然而，如果说关闭剧院的原因至少是宗教和政治参半，那么该法令对于议会而言起到了何种战术作用，似乎并非一目了然。尽管批评者反复强调"演员是国王的傀儡"13，但就像海涅曼与马丁·巴特勒有力论证过的那样，14大众戏剧已逐渐发挥出相反的政治作用。随着国王于1642年1月离开伦敦，至少那些上流剧院看上去已经流失了一大批常客。詹姆斯·雪利苦涩地说："伦敦去了约克……而一部剧，尽管如此之新，隔天就要饿死。"15

无论如何，虽然关闭剧院这一招对于打击皇家势力似乎既非必要也非有效，议会颁布这道法令却显然并非出于随意。通过关闭剧院法令的当天，议会还讨论了军费拨款问题，考虑了"西部各郡每日发生的骚乱"，还有很重要的一点是，命令那些犯有"解除天主教信徒及其他可疑家庭之武装，并对之进行洗劫"之罪的人进行赔偿，尽管那些军火、钱财和物品是要"上交给陛下"的。16在如此关键的时刻，他们居然还考虑了剧院问题，这显然说明这个问题被认为具有某种分量，而且同样明确的是，促使议会考虑这个问题的，更多的是实际的治安关切，而非宗教热情。颁发禁令的时机意味着，剧院引发的焦虑，很大程度是因为它们有可能在"这时局动荡、事事棘手的时刻"17推波助澜、增加混乱。

---

① 这是英国第一次内战爆发的标志。

不过，即使这些政治问题得到审视，文学史和政治史研究者往往也只将议会禁令视为对保皇机制的攻击，无意中复制了17世纪中叶文化战争中保王派的叙事。例如，菲利普·爱德华兹（Philip Edwards）便指出，"主要动机（其中也涉及宗教）是反对君权制度及其所有机制"[18]，的确，当时有不少人将这一禁戏法令看作反对国王的一种形式。"叛徒从来都不是艺术之友。"德莱顿（Dryden）在《押沙龙与亚希多弗》（*Absolom and Achitopbel*）中这样奚落道。约翰·丹纳姆（John Denham）则尖锐地指出："不想要国王的人，也不想要戏剧：桂冠和王冠一起离开了，它们有同一个敌人，一道被流放。"[19] 1642年，一本保王派小册子《市民与乡绅的对话》（*A Discourse between a Citizen and a Country-Gentleman*）对此更是冷嘲热讽。乡绅表示："我以为戏剧和剧院都被禁了。""是的，郊区是这样的，"市民回答说，"但是城里还有，市政厅如今就是个剧院。"

> 乡绅：那么，请问，都演些什么戏呢？
> 市民：实话说，我也说不上来。我可没看过，谢天谢地。
> 　　　那里只有大人物。有位典礼官在看门，好人都不
> 　　　让进。
> 乡绅：那你没有好歹听说那出戏的名字吗？
> 市民：有人说它叫《有王还是无王》，或者叫《吾缺国王》。[20]

当时流行的玩笑说，议会把威斯敏斯特变成了唯一一家剧院。"我们最终知晓了为什么戏剧被禁，"塞缪尔·巴特勒（Samuel Butler）后来讥讽道，"原因就是，这样就可以当真杀

人了。舞台必须给断头台让位，假悲剧换成真悲剧……不需要夸张的狂欢，这些希律们不需要舞蹈诱惑就会砍人脑袋①。"²¹

禁戏法令颁布前就有人预见推出这一措施在所难免，并将它与议会对皇家特权的控制联系到一起。1641年出版的一部题为《戏剧演员的抱怨》（The Stage-Players Complaint）的对白体作品中，一个叫阿快（Quick）的演员忧心忡忡地说，许多皇家权力机构已受到了议会的攻击："垄断人倒了，规划人也倒了，高等宗教事务法庭也倒了，星室法庭也倒了，而且（有些人觉得）主教也倒了，我们这些比他们卑贱得多的人，凭啥我们没有理由担心也要倒？"他的同仁阿亮（Light）则安慰他说没有什么好担心的："呸，我可以给你列出好多推不翻的反驳理由来，我们对于所有人来说，都是必要又合适的。"可尽管他自信地说"公众利益非常需要我们［演员］，从某种角度说，要叫我们倒了，那可真是作孽了"，²²议会还真的把演员们推"倒"了。用议会派史学家托马斯·梅（Thomas May）的话说，"法律毫不含糊地"让演员们"噤声"²³，关闭了他们的剧场，其中一些后来直接拆毁了。据一份夹在一本斯托《年鉴》中的十四页手稿所载，环球剧场于1644年4月被"马修·布兰德爵士（Sʳ Mathew Brand）"拆除，"以利用此地皮建公寓"；1649年3月，时运剧院（the Fortune）以及"弗利特街上的索斯伯里宫剧院②，被一伙由这个悲哀时代的极端宗派派

206

_____

① 以色列王希律（Herod）在继女莎乐美一舞后，满足了她砍掉施洗者圣约翰首级的愿望。

② 即"索尔兹伯里宫剧院"。

来的士兵拆除"；而"矗立多年"的黑衣修士剧场（Blackfriars Playhouse）则"于1655年8月6日，星期一，被彻底拆除，地皮被用来建造公寓"。[24] 尽管赫伯特·贝里（Herbert Berry）最近对这份手稿作为证据的价值提出了质疑[25]，但剧院被有组织地拆除，这一点并无疑问；而组织者，用埃德蒙·盖顿（Edmund Gayton）的话说，就是那些"严苛的改革者，他们不知道如何改善修补，于是就把所有东西都推倒了，只留下自己作为那一时代的奇景"[26]。

然而，即使例如海涅曼都认为应该将这种反戏剧狂热视为"主要是一种反保王行动"[27]，这一点依旧并非一目了然。或者，至少并不能明显看出应将它视为一种有效的"反保王行动"。就像海涅曼本人以及其他研究者已有力论证过的那样，戏剧并非保王派意识形态的合作力量，相反，它常常对皇家政策和做法提出尖锐、有力的批评。1558年，伊丽莎白甫一登基，戏剧表演便渐渐被收归皇家赞助和控制，但戏剧早早地证明了自己根本不是稳定的意识形态之可靠的产出源泉。尽管我们听惯了评论家说文艺复兴时期的舞台归根结底是"传播宫廷意识形态的渠道"[28]，是复现官方意识形态政策的场所，但商业戏剧并没有（而且我整本书中都在论证，它也无法）被动地再现与君权建构相关的形象逻辑，而是积极地改写它，并将它重新置于更为宽广的社会表征背景之中。

至少在17世纪40年代之前，仅仅将权力的形式置于一个商业剧场中就能使之弱化到在剧场之外以人们不可想象的方式被人品头论足、受到挑战：帝王威仪被令人不安地置于观众的视线和作家的想象之下。[29]1605年，塞缪尔·卡尔弗特（Samuel Calvert）在写给拉尔夫·温伍德（Ralph Winwood）的

信中说："演员们毫无克制，在舞台上呈现这个时代的一切，
国王、国家、宗教都不放过，其方式如此荒唐，如此肆无忌
惮，任何人听了都要害怕。"[30]1623 年，亨利·赫伯特成为宴
乐官，下令"所有旧剧"都要重新申请演出许可，因为它们
"可能对教会和政府多有冒犯，之前的剧作者过于放肆，超过
我之允许"[31]。然而，1624 年夏天，是赫伯特自己为米德尔顿
的《一局象棋》颁发了许可，那是一部几乎不加遮掩的时局
讽喻剧，其中不仅明白地描摹了英格兰王廷，也把西班牙大
使冈达摩（Gondamor）"演得活灵活现"——约翰·张伯伦
（John Chamberlain）在给达德利·卡尔顿的信中这样写道：演
员们"为此弄到了（据他们说）一套他丢弃的服装"，还搞到
了冈达摩因瘘管痛病常坐的"轿子"。[32]可以理解，此剧引起
人们极大兴趣，为环球剧院引来大批观众（"最少的一天，
也来了超过三千人"[33]，科洛马［Coloma］①抱怨说），令西班
牙大使和英国国王都极为恼怒。

　　查理一世时代的伦敦，即使是在那些时髦的"私人剧
院"里上演的戏剧也免不了涉及时下社会和政治事件，尽管
其讽喻没有那么明显和尖锐。就像巴特勒和其他学者所展示
出的那样，这些戏剧从来都不奴颜婢膝，也不逃避现实，常
常审视并批评国王的政务处置。[34]在专制统治期（period of
personal rule）②，常有那种一意孤行、不受爱戴的君主在舞台
上咆哮恫吓，而那些忠诚的臣民们至少在那里可以像萨克林

---

　　① 即接任冈达摩的西班牙驻英大使。
　　② 又称十一年暴政（Eleven Years of Tyranny），指 1629—1640 年这一时期，
其间查理一世一直以行使国王特权为由拒绝召集议会。

（Suckling）笔下的布伦诺拉特（Brennoralt）①那样承认，他们"有时对国王和朝廷颇为愤怒"³⁵。在戴夫南特的《丽宠》（*Fair Favourite*, 1638）中，国王"黑暗的特权"贯穿全剧，而尽管他最终醒悟过来，意识到"王权统治"若想"受人爱戴"，需要的不是"精妙的统治手腕"，而是"良好的意愿"，³⁶但剧中为君者的良好意愿是从情感而非政治、个人而非公共的角度来说的。国王瞧不起自己所统治的臣民，依旧远离、忽视他们，说他们是"呆滞无趣的一群人，国王命苦，非得讨他们欢喜"，但当他放弃追求尤美娜（Eumena），转而接受了自己王后的爱意，居然就足以确立其统治的合理性了。

但那"呆滞无趣的一群人"不会再容忍自己被人忽视了，而国王想"讨"臣民的"欢喜"也没那么容易了。就连在宫中演出的剧，比如威廉·哈宾顿（William Habington）的《阿拉贡女王》（*Queen of Aragon*, 1640），都可以宣称"对于君主来说，人民平安是最高法律"（sig. C4ᵛ）。在将来，对于人们福祉的呼声会越来越执着，也越来越容易引发混乱，但即使在专制统治末期，私人剧院中的舞台上也常呈现宫廷狭隘的自我利益追求，并且这种批评有时候非常尖锐，无法忽视。1640年，威廉·比斯顿（William Beeston）因为排演理查德·布罗姆（Richard Brome）的《宫廷乞丐》（*The Court Beggar*）而被下狱，并被赶出了国王及王后男童剧团（The King's and Queen's Boys）的理事会。根据亨利·赫伯特的说法，此剧"与［国王］北上旅程有关"，但正如马丁·巴特

---

① 英国诗人约翰·萨克林爵士（1609—1641）创作的戏剧《布伦诺拉特，或不满的上校》（*Brennoralt, or The Discontented Colonel*, 1639）中的主人公。

勒指出的那样，它显然更是对"专制统治之沦丧"的全面攻击。[37]

因此，尽管享受着皇室的赞助，但演员们作为受庇护者却往往不知恩图报。室内剧院及其主要由（像布罗姆在《宫廷乞丐》收场白中说的那样）"贵妇""绅士"和"城内出身高贵之人"组成的观众，还有诸如（据詹姆斯·赖特［James Wright］于1699年回忆）"市民，以及更低贱一点的百姓常去的"[38]时运和红牛（Red Bull）圆形露天剧场，常常不仅服务于王室，也服务于与之对立阶层的利益，即便那只是心怀不满的绅士阶级。所以，议会为什么要在1642年夏末试图关闭剧院呢？毕竟，这种针砭时弊的戏剧完全有可能成为这场对抗国王之战中一个强大的宣传武器。

交战双方无疑都清楚，战争不仅是两军之间的战争，也是双方代言人之间的对峙。1641年撤销星室法庭和高等宗教事务法庭后，政府就失去了控制出版业的有效手段，保王派和激进派便忙不迭地充分利用因此而获得的史无前例的自由。不过就在两年前，被出版物的尖锐批评刺痛了的查理还对出版物被人使用（不仅仅是被人滥用）这一点表示过反对。让他更为忧虑的是媒体被人利用，超过了他对反对势力的本质甚至反对势力的存在的关注。"整个王国的印刷权都属于国王，但这些煽动叛乱者无视我们的禁令，随心所欲地印刷他们想印的东西。"[39]实际上，真正引发议会派分裂的，与其说是1641年11月《大抗议书》（"Grand Remonstrance"）的内容，不如说是它的印刷和出版。这导致许多人，比如爱德华·德林（Edward Dering），投票反对针对查理渎职的报告以及议会激进的改革建议："我从未想到我们竟然会向下请愿，向老百姓陈情，提到国王时就好像提到某个第三者。"⁴⁰然而，尤其是在1641年到1643年那段没有许可证法令的时间里，"印刷权"并不只属于国王，而在内战期间，就像在大多数战争期间，"向老百姓陈情"是对峙中的一大战术。值得注意的是，国王离开伦敦前往牛津时①，随身带走了一台印刷机。

就像"印刷权"一样，戏剧也是一个构建、讨论、改换文化意象和价值的公众渠道。国王也同样对其代言功能提出过专有主张，然而，正如持续不断的控制和审查本身所反映出的情形那样，它亦是批评声音和社会混乱的潜在源泉。不过，这不是简单地颠倒习见的说法，仅用颠覆派戏剧说代替保王派戏剧说，而是要挑战并改变这种简单化的二元对立论本身。

克特叛乱（Kett's Rebellion）②之后，1549年公告宣布暂停所有"用英语演出的"戏剧两个月，理由是这些戏剧大多"包含煽动叛乱之内容，对各种良好的秩序和律令多有指责"。⁴¹一个世纪后，查理二世复辟伊始，纽卡斯尔公爵（Duke of Newcastle）便敦促他支持戏剧表演，因为"这样的趣事可以愉悦人心，使人民忙于无害的活动，可使陛下免受内讧与叛乱之苦"⁴²。不知怎的，戏剧既可以"包含煽动叛乱之内容"，同时也可使君主"免受内讧与叛乱之苦"。这样看来，戏剧既可以煽动叛乱，又可以防止叛乱。如果说这样的矛盾反映出权威自身的反应将戏剧政治化了，它同时也反映

---

① 英国内战期间，由于议会控制了伦敦，查理一世将宫廷迁往牛津。
② 爱德华六世执政时期发生在诺福克的反圈地运动的起义，领导者是罗伯特·克特（Robert Kett，约1492—1549）。

出戏剧具有不稳定的政治机理。只有具体、历史的演出背景才能决定戏剧呈现何种政治意义和效果——即使在这种情况下，除非观众被难以置信地理想化了，否则这些意义和效果依然是繁复多样且往往自相矛盾的。

戏剧既不拥有也不承诺具有先天或固定的政治效价。1603年，亨利·克劳斯（Henry Crosse）在《高尚的国家》（*Vertues Common-Wealth*）中指出，戏剧会激发"可憎的行动、骚乱、兵变、叛乱"，但就在同一年，蒙田（Montaigne）《随笔集》的英译本问世，其中提出了相反见解，强调"秩序井然的国家"应该鼓励戏剧发展，因为戏剧促进"社会和谐，人民友爱"，并且有"移恶易逆之效"。[43]不过，这一矛盾反映出的也许不仅仅是文化对于戏剧态度摇摆不定，而是戏剧本身具有本质上的摇摆性。就像各种嘉年华表演（彼得·斯塔利布拉斯和阿隆·怀特［Allon White］对它们做过出色的研究）[44]，对于权力和欲望来说，戏剧本身永远是一个有争议的空间，从来都既不是天然的颠覆力量，也不是皇家权威的工具。在查理一世统治时期的英格兰，它既不属于国王，也不属于他的批评者。然而，剧院可以也的确是为两者所用，因为它是进行畅达表述的重要场所，是无法稳定又不可控制之意义及意象的产出空间。

议会下令关闭剧院，至少有部分原因是，它意识到了这种易变而非正统的产出力。戏剧产出未获认可的表述，供人质疑，也供人利用。毫无疑问，不能完全甚至主要从遏制保王机制的角度出发去理解议会的戏剧禁令，因为剧院从来都不单单属于那一机制，而议会对这一点心知肚明。剧院只是划出一块公共空间来展示一些话题，供人观看和评判；而在

210

此之前，对于这些话题的解读几乎完全由教会或政府一手垄断。因此，我们更应将关闭剧院理解为议会采取的防御措施，是议会因自知难以抵挡由戏剧助力而出现在舞台上和观众中的那些非授权言论而做出的回应，而不是议会针对君权和保王派意识形态而采取的某种手段。

　　当然，在某种程度上，也可认为这一终止令同其他在"悲肃虔敬恪守庄重"之时期暂停戏剧演出的要求性质相似，比如1612年威尔士亲王亨利去世后，或者1625年詹姆斯国王去世后，国家曾下令"此一时期不宜上演此类戏剧及其他闲逸表演"[45]。不过，1642年颁布禁令的动机不仅在于礼仪，也在于政治。禁令自称是暂时性举措，目的是在这个要求禁食、祈祷（也就是所谓的"苦痛未解期间"）以"平息、避开上帝之怒火"的时期，禁止进行不得体的"公共娱乐"，这反映了法令起草者弗朗西斯·劳斯（Francis Rous）的虔诚。[46]但对大多数支持法令的人而言，就像马丁·巴特勒一针见血指出的，这是"公共治安而非清教改革之举措"[47]，是一种通过限制集会和激进思想的流传，也即通过阻止戏剧参与建构专事审查批评政府的公众群体，从而防止社会骚乱的手段。

　　确实，在这方面，这与在有效监控体系缺失时期议会对于出版业前所未有之自由的反应并无不同，或事实上也并非毫无关联。出版业激进派调动各种力量为议会的立场造势，起初议会很受鼓舞，但很快就意识到，若没有许可证条款，自己的地位会受到威胁。因此，早在1641年2月，议会便成立了一个小组委员会，"对出版之不当使用进行审查"[48]。不过，此委员会当时并无多少动作。一年多后，到1642年4月7日，下院恼火地责令该委员会"次日就呈上要求他们拟定以

211

阻止随意印刷之法令"⁴⁹。8月，随着各方的论争越来越肆无忌惮，两院终于通过了一个法案，以控制"违规印刷导致的巨大混乱与弊端"，禁止任何"虚假、诽谤议会两院议程"的出版物。⁵⁰

不到一周后，下院又给上院发函，希望他们"与下院共同立法，在此动荡时刻、禁食期间，禁止任何戏剧演出"⁵¹。就像未加约束的印刷业一样，如果戏剧无限制、无法律监管的演出可以批评宫廷权威，那么它也会质疑议会这同样法定的场所，暴露并恶化议会派人士与平民间联盟的脆弱和紧张的关系，让其暂时性、过渡性无以遁形。（在此也许值得指出，这一分析并未将议会想象成铁板一块，而认为其本身就充满着经济、地区、党派等各方面的争端与分歧；然而，不管议会的统一性受到其成员忠诚度多大的影响，它仍日益成为人们眼中有效对抗君主［若非君主制］的核心力量。⁵²）尽管议会需要依靠平民的支持，但这两者的政治利益和观念大相径庭，最终导致他们共同目标的分离，以及革命精神的消散。

到头来，内战的第一阶段并非国王与平民的对抗，而是对立的精英派系间的争斗，或者如1643年威斯敏斯特会议所说，是"两股争夺统治权的势力"⁵³在互斗。而与议会派站在一边的市民们很快发现其联盟的局限。尽管伦敦的商贩们大力支持议会事业（1642年的一份宣传册称，八千名学徒应征加入了埃塞克斯伯爵的军队⁵⁴），后者对他们却常怀有戒心（且或许有其合理之处）。8月19日，约翰·波茨（John Potts）写信给西蒙兹·德尤斯（Simonds D'Ewes）说："我和你一样，对出现一大批难以辖制的人很是害怕，这些人总让我担忧会发生最不可收拾的局面，但愿上帝能阻止……到我们不得不利用这群人时，我没法相信自己能安全。"[55]就像惠灵顿（Wellington）后来这样评价自己麾下的部队时说的："我不知道他们能不能令敌人胆寒，但上帝啊，他们令我胆寒。"[56]而对于议会与更为激进的平民联盟一事，埃塞克斯本人则嗅到了危险："我们的后代会说，为了把他们从国王的枷锁中解放出来，我们给他们套上了平民的枷锁。如果我们这样做，人们会对我们指指点点、充满鄙夷，因此我决意要为压制平民的狂妄而献身。"[57]

如果说议会派畏惧"平民的狂妄"，那么，激进派自己也对自己贵族盟友的傲慢日渐鄙斥，并很快意识到议会绅士阶层的立宪主义不足以满足他们自己的政治抱负。就像1649年的一份激进政治宣传册质疑的那样，如果最终实现的不过是"推翻君主暴政，建立贵族暴政"，那这和以前有什么不同呢？[58]许多人逐渐认识到，这场冲突并非关乎是否对社会进行根本彻底的改革，不过是关乎对立精英派别中哪一派占主导地位而已。"最近这场国王与你们之间的战争，"一位平均派成员写信给议会说，"不过是在争到底该由他还是你们来掌握统治我们的最高权力。"[59]而战争初期在布鲁克男爵（Baron Brooke）① 的团里任副团长的约翰·利尔伯恩（John Lilburne），到1646年时会在上院这样发言："你们让我们去打仗，目的不过是把以前骑在我们身上的暴君拉下马，好让你们自己爬上来骑到我们头上。因此，各位大人……如果你们还要这般卑劣地继续下去……摧毁英格兰的基本法律和自由……我

---

① 布鲁克男爵是议会派人士。

发誓将以自己的生命和心血抗击你们，与我当初对抗王党时一样奋勇无畏。"[60]

早在 1640 年，伦敦民众便开始显示自己是一支有效的政治力量，他们尽管也许还暂未主动地挑战寡头统治，但至少愿意大声坚持自己的要求和希望。伯顿（Burton）和普林①出狱后，数以千计的人，有男有女，陪着他们进城，"人们从四面八方聚集过来看他们，为他们欢呼喝彩，几乎是顶礼膜拜，好像他们是天上派下来的一样"[61]。当局正确地意识到，民众这种前所未有的反应，是对星室法庭和高等宗教事务法庭权威的抨击，实际上，这甚至可以看作对国王本人权威的威胁。卡拉伦登伯爵（Earl of Clarendon）将民众这次和平展示支持的行动视为"平民的叛乱（因为它就是如此）和癫狂"[62]。如果说是卡拉伦登的保王焦虑而非新闻报道的准确性原则使得他对这一事件做出如此判断，那么，根据当时一本新闻合刊中的报道，"在多数人眼中"，这场示威是"对英格兰各法院史无前例的侮辱"。[63]卡拉伦登认为，对于保王派来说，正是在这一时刻，内战开始并且失败了："毫无疑问，如果枢密院，或是法官及国王博学的顾问们能鼓起勇气，质疑……这些无耻之徒……得胜回去时导致的煽动性骚乱……那么要摧毁那些种子，拔掉那些植株，并非难事，然而这一切被放任忽视，使其得以茁壮成长，直至迎来谋反和叛乱的丰收。"[64]被视为危险的，正是民众意志的表达，就连托马斯·梅都认识到了这一点，对"这种性质的行动，这种

213

---

① 亨利·伯顿（Henry Burton, 1578—1648）与威廉·普林（即《优伶苛评》的作者）和约翰·巴斯蒂克（John Bastwick, 1593—1654）一道，因为写小册子抨击劳德大主教的观点，被判入狱，处以割耳之刑。

民众主动以似乎狂暴的方式切实地表达出他们对政事之好恶的行动"⁶⁵深表悲哀。

　　然而，人民的确开始越来越多地"表达他们对政事之好恶"。"群众"开始集会、示威，要求发言权。1640 年 11 月，一万五千名伦敦市民签名请愿，要求废除主教统辖制度，而当此请愿最终受理之时，其意义不仅在于教会管理机制的改革，还在于人民的参与。许多人对请愿的"呈递方式"大为不满，迪格比男爵（Baron Digby）便是其中之一，他认为仅此一条理由就足以驳回它："请愿者不仅对议会颐指气使，教它该做什么、该怎么做，这帮平民还想要教导议会根据上帝旨意判断政府是什么、不是什么，还能有比这更冒昧放肆的事情吗？"⁶⁶但民众愈发迫切地要求其意愿受到重视（用威尼斯大使的话说，是"异口同声急不可耐地要求"⁶⁷）。约翰·科克爵士（Sir John Coke）报告说："城中在起草请愿书，已经有两万到三万人签名了……要求依法惩处斯特拉福德伯爵（Earl of Strafford）①。"⁶⁸1641 年 5 月 3 日，群众（据尼赫迈亚·沃灵顿[Nehemiah Wallington]估计有一万五千人）聚集在威斯敏斯特，支持请愿，宣称"会一直坚持请愿，直到总督的事情，以及所有事关改革的问题均得到妥善处理"⁶⁹。第二天，更多、更愤怒的人们聚集在此，声称只有在"本周内判处总督死刑"（用威尼斯大使的话说）的要求得到满足的情况下才肯散去，"否则会采取最暴烈的行动"。⁷⁰5 月 12 日，斯特拉福德被斩首，而尽管人民对此"尽其所能地展示了极度的喜

_____

　　① 托马斯·温特沃思（Thomas Wentworth, 1593—1641），第一代斯特拉福德伯爵，查理一世的首席顾问，内战时期保王派代表人物，曾任爱尔兰总督（1632—1639）。

悦"[71]，目睹了大众力量的国王、军队甚至许多曾反对斯特拉福德的议员显然都大为忧惧。民众的观点逼迫着国王，用威尼斯大使的话说，将斯特拉福德"在大众意愿之祭坛"上献了祭[72]。一位忧心忡忡的伦敦市民写道："要不是民众采取那样骚乱的形式逼迫上院，斯特拉福德爵爷本不必死。"[73]

214

在接下来的几年里，民众的示威和骚乱日益增多，"民众……激昂喧嚣……步步相逼"，而旁观的绅士阶层也越来越忧虑。市民气势汹汹地在议会前聚集，还常常带着刀剑棍棒。罗伯特·斯林斯比（Robert Slingsby）便记录过，11 月 28 日，"唯恐天下不乱的市民们又开始到议会来，数以百计，腰侧佩剑"[74]。议会派的事业的确为这些示威所推进，毕竟这既可以证明他们的政策有民意支持，又可以说明国王无力治国，证明扩大立法机构职权有道理。然而，如果说议会学会了有效地利用人民骚乱（威尼斯大使就是这样说的，他指出，"下院议员……竭力鼓励骚乱，就是为了保证在君权的废墟上建立起他们自己的权威"[75]），它也始终明白，若将反复无常的社会和政治环境中的激进潜质释放出来，将会对自己的权威构成威胁。

到了 1642 年，大众力量的集聚和运用对议会的威胁已不亚于对宫廷的威胁。保王派人士托马斯·阿斯顿爵士（Sir Thomas Aston）这样想象，贵族和绅士阶层就像"那些低地国家，居于低洼之地，受到法律的海堤和大坝的保护，免遭那大海也即下贱平民的侵袭，若大坝一旦溃破，我们会迅速遭遇灭顶之灾，等级和个人间的一切差异都将被抹去"[76]。甚至 1641 年 12 月还宣称普通民众是"我们最可靠朋友"[77]的皮姆，到次年 1 月末也已经担心"更低贱一些的人群骚乱、暴动"会带来的威胁:"买不起的他们就拿,而泥腿子庄稼汉很快就会有样学样,这一趋势会一路向上,如果不加以制止的话,终将让所有人统统陷入凄惨痛苦的境地。"[78]对立的双方都有理由担心自己会被下贱平民这狂暴的"大海"卷走。1646年,布尔斯特罗德·怀特洛克(Bulstrode Whitelock)就参与请愿的女性做过说教,他那番话明白地表达出了议会派的担忧:他们知道鼓励"不得体事情"有风险,"当初觉得这些事情有助于推动你们的计划,这些不得体的事情虽然可能对于你们有过一点好处,但一旦发展起来,最后却会变得对你们大大有害"[79]。

戏剧禁演令正是应该置于1642年夏民众不满和骚乱(或至少是这种民众不满和骚乱导致的恐惧)日益蔓延这一背景之中。当年早些时候,即1642年1月,便有提案建议关闭剧院,不过,尽管议会中的清教徒开始占上风,该提案还是被轻松否决。然而到8月下旬,又有人提出相似的提案,9月2日这一提案便在两院都得到通过。在法案首次提出和最终通过之间的大约七个月里,国王逃离了伦敦,正式宣战,并留下议会去管控它曾鼓励或至少说利用过的公众压力。尽管议会派一开始依赖过"贱民"的支持,但他们也越来越清楚地意识到,如约翰·科比特(John Corbet)指出的那样,"审慎的人"对于人民干政的容忍应该控制在"他们自己可以掌握、调节的范围内"[80],因此,他们采取了各种行动以确保那种掌握,其中便有禁止上演"公共戏剧"一项。值得注意的是,议会的戏剧禁令,是与另一道"镇压、平息英格兰多郡非法骚乱暴动"[81]的公告先后正式颁布的。虽然关闭剧院的要求中显然有一种坚决的"清教主义"反戏剧情绪,但1642年夏通过这道法案，归根结底是为了防止骚乱，试图稳定政局，尽管此时议会力图取代国王，成为政局稳定之源。

当然，自伊丽莎白时代的基本体系确立之时起，戏剧就一直有着鼓动骚乱的嫌疑。用1592年时伦敦市长的话说，市政府官员们一直在抱怨："最为搅扰本城之政局、令政府担忧的，莫过于戏剧和演员，以及因其而生的混乱。"[82]更早些时候，在1574年，"一位名叫霍姆斯（Holmes）的人"申请"划出城内某些地点，用以排演戏剧和幕间剧"。伦敦市长和高级市政官就此事致信内务大臣，表示反对颁发许可，因为这会影响"本城管理中的一个极其重大的问题，即女王陛下子民之聚集问题，本城之管理者须预见到此种聚集必造成各种不便，不断招致各种危险……"[83]1574年12月，伦敦市议会的一道法案称："发现此城中，因戏剧、幕间剧和表演而致大量人群，尤其是年轻人，恣意聚集，随之出现各种骚乱、搅扰……"[84]尽管这一公告确实指出戏剧内容可能会引起混乱，坚持剧目须获得主管部门批准后方可上演，并警告不可擅自添加未获准许的内容，但总的来说，市政当局更关心的是控制上演戏剧的空间本身，而非在此空间中上演的戏剧。按那位忧心忡忡的伦敦市长在1594年所说的，剧院是"诸如城内外游民、无主之人、窃贼、马贼、嫖客、行骗者、欺诈者、谋反者这一类人群常聚集的地方"[85]。伦敦市当局坚决的反戏剧态度，与其说是出于对表演之道德或宗教层面的反对，不如说是对社会秩序混乱的惧怕以及对瘟疫传播的担忧。比如1583年，伦敦市市长便致信沃尔辛厄姆，敦促他对城外特设地区剧院中的戏剧表演加以管束，"最为低贱的民众涌入那里，许多人身上有因感染而生的疮"[86]。那一整个世纪中，当局不断收紧对于戏剧活动的监控和约束，王室主要试图管控戏剧内容，而伦敦当局则着眼于控制演出环境。

在 1642 年夏末，促使议会颁布戏剧禁令的原因似乎主要是对社会动乱的担忧。之前曾助力议会派事业的民众动乱，如今需要受到约束，而剧院这种臭名昭著的"平民聚集之地"被视为顽劣违逆的渊薮和推手。然而，让剧院成为一种威胁的，不仅仅是聚集的人群。其他公共聚集场所照常开放，未遭查禁。实际上，1644 年 1 月，演员们意识到自己被单独挑出来作为打击对象。"所有公共娱乐项目里，只有舞台演出被禁，"他们抱怨道，"其他更有害的公共娱乐项目依然被允许照常进行，例如那野蛮和残忍之温床——斗熊场。"[87]但剧院的确代表着一种特殊的威胁。不像斗熊场，剧院不仅是人们私下聚集的地方，更是他们作为公众聚集的地方。在剧院中，戏剧为聚集的人群提供了用以构建并阐述其利益的政治语汇，戏剧的商业逻辑则赋予了他们评判舞台上所呈现内容的权力。因此，观众并不仅仅是聚集在一起的人群，更是被建构成具有政治意义之场域的公众。对于 1642 年的议会来说，戏剧表演之所以不可接受，原因主要就在此。

戏剧继续得到出版。例如，博蒙特和弗莱彻那部气派的对开本就是 1647 年问世的。获出版的还有其他较小开本的作品集：萨克林的有些剧被收入了《黄金遗稿》（*Fragmenta Aurea*, 1646），卡特赖特（Cartwright）的《喜剧、悲喜剧及其他诗歌》（*Comedies, Tragicomedies, with Other Poems*）于 1651 年问世，马斯顿的一部《喜剧、悲喜剧及悲剧》（*Comedies, Tragicomedies, and Tragedies*）选集于 1652 年出版，当年还出版了查普曼的戏剧集。雪利的《六部新剧》（*Six New Playes*,

1653）、理查德·布罗姆的《五部新剧》（*Five New Playes*, 1653）、马辛杰的《三部新剧》（*Three New Plays*, 1655）、米德尔顿的《两部新剧》（*Two New Plays*, 1657），以及洛多维克·卡莱尔（Lodowick Carell）的《两部新剧》（*Two New Playes*, 1657）也都颇受市场欢迎。

出版商还推出了许多单行本戏剧，其中有一些作品的装订形式明显设计成可与之前出版的戏剧集合订在一起的样子，比如汉弗莱·莫斯利于1652年推出的《白忙一场》（*The Wild-Goose Chase*）。此前他曾在1647年的博蒙特和弗莱彻对开本前言中遗憾地说，这是他当时唯一一部未能购得的尚未出版的戏剧，而他现在用对开本形式将其出版，这样就可以把它装订到先出的那本书中了。①与此类似，莫斯利1655年出版了两部雪利的剧作——《政客》（*The Politician*）和《威尼斯绅士》（*The Gentleman of Venice*），同时以四开本和八开本的形式出版，这就使得拥有1653年八开本选集的人如果愿意的话，就可以把这两部装订进去。

剧院既已关闭，图书业欣然接手，以满足人们对戏剧的渴求。理查德·布罗姆为1647年博蒙特和弗莱彻对开本所写的序诗中指出了这种状况如何让"书商占了便宜"，而这样的局面还将持续到"将来有那么一天印刷也要查禁，就像剧场关得不剩一间"。不过，至少政府似乎对查禁剧本印刷没多大兴趣。有一些政治宣传手册采用了戏剧的形式，《狡猾的克伦威尔》（*Craftie Cromwell*, 1648）便是其中之一，它的开场白不

---

① 书籍由印刷商统一装订的做法始于19世纪30年代，在此之前，书籍的印刷和装订是分开的。顾客可以在书商那里购买散页书或者简装书，再请装帧工艺师按个人喜好加以装帧。

无讽刺地指出，尽管戏剧进一步受到打击，政府却能够容忍戏剧的印刷出版：

> 我们那假冒的官府下了令，
> 要把演员们的嘴巴缝个紧。
> 舞台上鹦鹉学舌肯定要禁，
> 可时代大错咱们尽管去印。[88]

戏剧出版业蓬勃发展。[89]书店里有剧本现货，书商的出版书目则指引读者前往这些书店，而这样的书目常可在书商已出版的书中找到。《老法》（*The Old Law*, 1656）后附的一个书目中列出了超过六百五十部剧（书目标题说这是"迄今出版的全部戏剧"），它们可以在"小不列颠街（Little Britain）挂有'亚当与夏娃'门牌的书店中，或者在针线街（Threadneedle Street）皇家交易所背后的'本·琼生之首'书店中"（sig. a1ʳ）买到。显然，出版商和书商并不担心会惹得政府不快，甚至在政府直接授权出版的小册子中，都会夹有剧本广告。[90]议会并不在乎人民读剧，尽管这些出版物多数保王性质相当明显，想看错都难，这在博蒙特与弗莱彻的对开本中体现得尤为明显。[91]长达四十一页的序言在纪念和哀悼已逝的弗莱彻时，反复使用了王权语汇："诗人之王"（sig. f1ᵛ）、"绝对的君王"、"伟大智趣帝国"的"唯一君王"（sig. f4ᵛ）、"至尊的弗莱彻"（sig. e2ʳ）。这部书本身是一个"王国"（sig. a3ᵛ）。"国王走来时，人民高呼'弗莱彻'！"（sig. f1ᵛ）有一位献词者担心，自己这样赞美弗莱彻，"might raise a discontent / Between the Muses and the ＿＿＿＿＿（会让缪斯与

_____产生龃龉，针锋相对）（sig. a2ᵛ）。要填上挖掉的押韵词并不难。①雪利这样为自己的献词结尾："用芳香膏给我歌唱的时代疗伤，如此便诸事完满，只缺国王。"（sig. g1ᵛ）以此为三十四首赞美诗点了睛，保证读者不致会错了意。

因此，显而易见，被视为威胁的并不是戏剧本身，而是戏剧的公开演出，这也就是当局要控制的。据《忧思信报》（*Mercurius Melancholius*）②称，关闭剧院法令颁布后，有人偷偷演出，后被查禁，演员被逮捕，"以杜绝这种危险的集会"⁹²。实际上，威尼斯大使后来说过，政府当局"坚决全面查禁戏剧，因为他们怀疑民众这样聚集对时局不利"⁹³。

国会议员希望控制戏剧表演，显然针对的更多是他们曾经培育的民众力量，而非国王。1646年，原属黑衣修士剧场的演员，也即国王剧团的演员们向议会请愿，要求支付拖欠他们的工资。3月24日，上院"特向下院提出建议，应该支付其酬金"⁹⁴。如果说禁剧令主要是针对国王的，那么议会如此有良心就很难解释了，尤其是（如詹姆斯·赖特所说）这批演员中多数"都加入了国王的部队，是真诚忠良之人，以一种不同但更高尚的方式效忠旧主"⁹⁵。

219

然而，关闭剧院法令主要针对的对象，既不是国王，甚至也不是国王的属下，而是人民大众那与内战核心推动力产生了冲突的政治抱负。用汉娜·阿伦特（Hannah Arendt）的话说，商业剧院是"自由可以现身"⁹⁶的地方，是权威受到挑战的地方，这种挑战出现在舞台上，出现在质疑和驳斥权威

_____

① 故意留白的词应是 "parliament（议会）"。
② 当时保王派出的新闻月刊。

的戏剧本身中，因为戏剧将其中所呈现的权威意象交由平民观众去评判，而观众的构成则是平等自由的。1595年伦敦市长就提心吊胆地写道，在这里"无主之人和流民"可以聚集在一起"自我娱乐（recreate themselfes）"⁹⁷，或更糟糕的一点是，这也正是议会所担心的，他们会在那里自我增生（re-create themselves）①，让民众这个多头怪兽再长出更多的头来。对于1642年夏末的议会来说，这些未经授权、不守规矩的声音所带来的威胁，即那来自民众（不管其构成者社会身份多么不同，其个人利益如何相异，他们都日益脱离政府的权威管控）的威胁实在是太大了，难以承受。

当然，戏剧表演并没有因1642年禁止"公共戏剧"表演的法令而终结。演员们，如1643年的一期《每周叙事》（Weekly Account）所说，"坚持施展自己遭禁的技艺"，最终导致1644年11月在《厄克斯布里治条约》（Treaty of Uxbridge）中添加了一项条款，要求国王同意通过一道"查禁幕间剧和戏剧"的法令（这一次查禁将是"永久性的"）。实际上，由于一直无法让戏剧表演销声匿迹，议会不得不在1647年和1648年正式重申自己的禁令。⁹⁸议会希望永久关闭剧院，而反对的声音则越来越响，敦促重开剧院。不过，有意思的是，给政府施加压力、要求重开剧院的，不仅有保王派，还有激进派。的确，自剧院关闭那一刻起，许多保王派就一直在据理力争要求演出解禁，而激进派们，至少据托马斯·爱德华兹（Thomas Edwards）称，也开始呼吁"对戏剧宽容以待，允许演员重操其业"⁹⁹。1648年，来自德勒姆（Durham）、拥护

---

① 此处作者对"recreate"一词玩了一下双关。

共和主义的约翰·霍尔（John Hall）提议立即重开剧院，立刻获得了曾在新模范军（New Model Army）中服役的约翰·斯特里特（John Streater）的附议，他认为公共表演有可能激励他秉持的人民共和价值观，至少古典时期的先例是鼓舞人心的："希腊人热爱看剧中表演摧毁暴政的情节。"[100]

因此，不仅仅是议会，激进派也意识到，并未正统化的戏剧演出可以服务于自己的目的。保王派报纸《实用快报》（*Mercurius Pragmaticus*）评论1648年对表演禁令的重申时，指出该做法是为了限制公众对敏感话题的讨论："因为担心所有事情最终会被公开揭露，议会两院又把旧法令重新修修补补，要求禁止舞台戏剧。"[101]报纸认为，禁令不是议会派清教徒们对保王派余孽的又一次成功打击，而是针对各激进派本身的，特别是约翰·利尔伯恩和"他的"平均主义党："因为，现在为了证明*自由*应被推翻，他们［议会两院］开始集中*火力*来攻击他们。"戏剧表意极其易变无常，对于这一必须"压制下去"的自由来说是一种激励。"公共戏剧"是激进派打破平静、破坏稳定言论的回响，不是因为戏剧呈现了他们的话语内容，而是因为它再造了他们那种未经正统化的说话方式。

220

注 释

绪 论

1. 当然，莉萨·贾丁（Lisa Jardine）已经先我一步用它做过标题了。见她的《以历史视角解读莎士比亚》（*Reading Shakespeare Historically* [London and New York: Routledge, 1996]）。

2. *Coleridge's Writings on Shakespeare*, ed. Terence Hawkes (New York: G. P. Putnam's Sons, 1959), p. 106.

3. 关于这个论点更充分的论述，可见我为《莎士比亚指南》（*A Companion to Shakespeare* [Oxford: Blackwell, 1999]）一书所写的导论，本书中部分语句也源自那篇导论。

4. *Aesthetic and Politics*, trans. Ronald Taylor (1977; rpt. London: Verso, 1980), p.127.

5. Chartier, *Forms and Meanings: Texts, Performances, and Audiences from Codex to Computer* (Philadelphia: Univ. of Pennsylvania Press, 1995), p. 2.

第一章

1. 这一说法似乎来自哈罗德·布鲁姆（Harold Bloom），至少，他在自己关于罗伯特·奥尔特与弗兰克·克莫德的《圣经文学指南》一书（Robert Alter and Frank Kermode, *The Literary Guide to the Bible*）的书评中是这么说的。见1988年3月31日版《纽约书评》（*The New York Review of Books*），第23页。

2. Roger Kimball, "The Periphery v. the Center: The MLA in Chicago," in *Debating P.C.: The Controversy over Political Correctness on College Campuses*, ed. Paul Berman (New York: Dell, 1992), p. 65.

3. Dinesh D'Souza, "The Visigoths in Tweed," *Forbes*, April 1, 1991, p. 81.

4. *The Collected Letters of Thomas and Jane Welsh Carlyle*, ed. Charles Richard Sanders (Durham: Duke Univ. Press, 1977), pp. 7, 9.

5. Alexis de Tocqueville, *Democracy in America*, trans. Henry Reeve, rev. Francis Bowen, ed. Phillips Bradley (New York: Vintage, 1945), pp. 58, 64.

6. 关于这一点，约瑟芬·M. 盖伊（Josephine M. Guy）和伊恩·斯莫尔（Ian Small）有令人信服的分析。见：*Politics and Value in English Studies: A Discipline in Crisis* (Cambridge: Cambridge Univ. Press, 1993), pp. 19–28.

7. "Discourse and Discos: Theory in the Space between Culture and Capitalism," *TLS*, July 15, 1994: 3.

8. 这个说法由路易斯·蒙特罗斯（Louis Montrose）提出。他看到统一在"理论"这一名称下"变动不居、组合繁复、相互冲突之叙述体系的多元性"，同样发现这些概念的共同点，是它们都致力于将这些过程"问题化"。见：*The Purpose of Playing: Shakespeare and the Cultural Politics of Elizabethan Theatre* (Chicago: Univ. of Chicago Press, 1996), p. 2.

9. "Morphology and the Book from an American Perspective," *Printing History* 17 (1987): 2.

10. Cohen, "Political Criticism in Shakespeare," in *Shakespeare Reproduced*, ed. Jean E. Howard and Marion F. O'Connor (London and New York: Methuen, 1988), pp. 33–34.

11. 路易斯·蒙特罗斯曾对各种冠有"新历史主义"之名的批评实践做过出色的反思，他承认，新历史主义与"形式主义的分析模式多有相似之处"（p. 401）。见他的《新历史主义》一文（"New Historicism," in *Redrawing the Boundaries: The Transformation of English and American Literary Studies*, ed. Stephen Greenblatt and Giles Gunn [New York: MLA, 1992]）。卡罗琳·波特（Carolyn Porter）曾写过一篇发人深省的文章，其中已先于我提到了我此处谈到的一些看法。她在文中批评新历史主义（她毫不客气地称其为"殖民形式主义"[Colonialist Formalism]），说"它扩大了其声称要挑战的各种形式主义的范围"（p. 261）。见：Carolyn Porter, "History and Literature: 'After the New Historicism'," *NLH* 21 (1990): 253–272.

12. 例如，斯蒂芬·格林布拉特（Stephen Greenblatt）写道："我想建立的医学实践与戏剧实践之间的关系，不是因果关系，也不是文学创作素材与作品之间的关系。不如说，我们面对的，是同一套代码准则，即一套联动的比喻和转义，它们不仅是表达呈现的对象，也是其条件。"见：*Shakespearean Negotiations: The Circulation of Social Energy in Renaissance England* (Berkeley: Univ. of California Press, 1988), p. 86. 或见哈罗德·维瑟（Harold Veeser）的作品，他将新历史主义研究实践定义为"通过分析微小特例"揭示出"左右整个社会的行为准则、逻辑及意图力量"的能力（*The New Historicism*, ed. Harold Aram Veeser [New York: Routledge, 1989], p. ix）。

13. 在这些我们现已熟知的指责的压力之下，一些新历史主义的实践者试图为它特有的阅读和写作策略总结出一套基本原理。尽管如此，大多数人还是会赞同乔尔·法恩曼（Joel Fineman）风趣的断言。他坚称，新历史主义实践的特点就是"纲领性地拒绝为自己指定一个方法论纲领"。见："The History of the Anecdote: Fiction and Fiction," in *The New Historicism*, ed. Harold Aram Veeser, p. 52.

223

14. Harold Aram Veeser, *The New Historicism*, p. ix. 不过，此书中的论文，特别是路易斯·蒙特罗斯的《讲授文艺复兴——文化的诗学与政治》（"Professing the Renaissance: The Poetics and Politics of Culture"）一文，的确对"文化实践与社会、政治和经济程序的关系"（p. 19）做过很有价值的思考。

15. "Consequences," in *Against Theory*, ed. W. J. T. Mitchell (Chicago: Univ. of Chicago Press, 1985), p. 128.

16. 这个经常被引用的说法之所以如此流行，自然是得益于罗兰·巴特（Roland Barthes）的《作者之死》（"The Death of the Author," in *Image, Music, Text*, ed. and trans. Stephen Heath [London: Fontana, 1977], pp. 142–148）。

17. *The Letters of Sir Thomas Bodley to Thomas James, First Keeper of the Bodleian Library*, ed. G. W. Wheeler (Oxford: Clarendon Press, 1926), pp. 219, 222.

18. Gerald E. Bentley, *The Profession of the Dramatist in Shakespeare's Time, 1590—1642* (Princeton: Princeton Univ. Press, 1971), pp. 198–199.

19. 似乎是应国王剧团的强烈要求，宫务大臣下令，该剧团的剧本若要出版，须获得其股东的"许可"。这叫停了计划中合集的出版，但帕维尔和贾加尔德还是将这些剧本分册出版了，并给它们加上了错标日期的封面，认为这样它们就貌似旧的库存，可不引起麻烦地在帕维尔位于常春藤巷（Ivy Lane）的书店（而非格雷格［Greg］所认为的、位于皇家交易所［Royal Exchange］附近的猫与鹦鹉书店［The Cat and the Parrott］）中出售，帕维尔于1614年将店铺迁来此处。见：W. W. Greg, *The Shakespeare First Folio: Its Bibliographic and Textual History* (Oxford: Oxford Univ. Press, 1955), pp. 9–17, 24.

20. Peter W. M. Blayney, "The Publication of Playbooks," in *A New History of Early English Drama*, ed. John D. Cox and David Scott Kastan (New York: Columbia Univ. Press, 1997), p. 389.

21. James P. Saeger and Christopher J. Fassler, "The London Professional Theater, 1576—1642: A Catalogue and Analysis of Extant Printed Plays," *Research Opportunities in Renaissance Drama* 34 (1995): 106–108.

22. 直到1633年，才有另一位剧作家获此称谓：《笼中鸟》（*The Bird in the Cage*）的扉页上标示出"作者：詹姆斯 · 雪利"（The author Iames Shirley）；而《新法还旧债》（*A New Way to Pay Old Debts*）则在扉页上标明"作者：菲利普 · 马辛杰"（The Author. Philip Massinger）。尽管随着戏剧的文学性越来越明确，这样的做法也越来越常见，但在1633年到1640年，也只有另外十一部戏剧四开本将剧作家称为"作者"。

23. 例如，可参见格蕾丝 · 约波洛（Grace Ioppolo）的《修订莎士比亚》（*Revising Shakespeare* [Cambridge, Mass. and London: Harvard Univ. Press, 1991]）。约波洛关于"个别"莎士比亚戏剧不同文本中修订的论点大多引人瞩目，但没有可信的证据表明莎士比亚本人就是修订者。

24. 文本产出的本质具有制度性与合作性，这一观点在杰尔姆 · J. 麦根（Jerome J. McGann）和D. F. 麦肯齐（D. F. McKenzie）的著作中体现得最充分。他们都论证了文本产出的社会性本质。麦根在《文本条件》（*The Textual Condition* [Princeton: Princeton Univ. Press, 1986]）一书中称，写作是"人类沟通交流的特殊形式，如果没有与不同受众的合作性质或其他形式的互动，它就无法实现"（p. 64）。也可参见麦肯齐那部极具影响力的著作《目录学与文本社会学》（*Bibliography and the Sociology of Texts* [London: British Museum, 1986]）。

25. Pierre Macherey, *A Theory of Literary Production*, trans. Geoffrey Wall (London: Routledge and Kegan Paul, 1978), p. 53.

26. "The Materiality of the Shakespearean Text," *Shakespeare Quarterly* 44 (1993): 283. 应该很明显，我所有的观点都受惠于这篇出色的质疑文学实体本质的重要论文。

27. 当然，这是米歇尔 · 福柯《何为作者》中那颇具影响力的论断中的一部分。

224

"What Is an Author," in *Language, Counter-Memory, Practice*, trans. Donald Bouchard (Oxford: Basil Blackwell, 1977), p. 137.

28. 见：Alexander Nehamas, "Writer, Text, Work, Author," in *Literature and the Question of Philosophy*, ed. Anthony Cascardi (Baltimore: The Johns Hopkins Univ. Press, 1987), p. 278.

29. 当然，迈克尔·里法特尔（Michael Riffaterre）在其论文《自立自足的文本》（"The Self-sufficient Text," *Diacritics* 3 [1973]: 39–45）中极为明晰论证的正是这种自立自足性。

30. *The World, the Text, and the Critic* (Cambridge, Mass.: Harvard Univ. Press, 1983), p. 4.

第二章

1. 这是1996年在芝加哥举办的北美地区英国研究大会（NACBS）。1998年，伦敦大学的英国研究中心（Centre for English Studies, University of London）召开了同名会议。不过后者比较符合预期，是文学研究学者的会议，斯蒂芬·格林布拉特和凯瑟琳·加拉格尔（Catherine Gallagher）在全体大会上发了言。1990年，卡罗琳·波特也用了这个说法，但指出自己并不是说新历史主义已经退出了历史舞台，而是她认为需要"'追击'新历史主义（to go 'after' the New Historicism）"，因为这是一种不够充分"史学化的批评方法"（p. 253）。见：Carolyn Porter, "History and Literature: 'After the New Historicism'," *NLH* 21（1990): 253–272.

2. 然而，有人一定会说，我在这本书里做的正是这个。可参见我对新历史主义的讨论，特别是第一章和第六章中的讨论。然而，我很赞同它的目标，也很欣赏它的种种成就。从很多方面说，各种审视考量新历史主义种种假设的专论，最好的一篇依然是琼·霍华德（Jean Howard）简练利落的论文《文艺复兴研究中的历史主义》（"Historicism in Renaissance Studies," *ELR* 16 [1986]: 13–43）。还有许多其他优秀的论述，比如，可以参阅布鲁克·托马斯（Brook Thomas）的《新历史主义和其他过时话题》（*The New Historicism and Other Old-fashioned Topics* [Princeton: Princeton Univ. Press, 1991]）。

3. 比如，可见斯蒂芬·L. 柯林斯（Stephen L. Collins）的《新文学历史主义中的历史在哪里？——以英国文艺复兴为例》（"Where's the History in the New Literary

Historicism? The Case of the English Renaissance," *Annals of Scholarship* 6 [1986]: 231-247）。不过我意识到，在这一章中我对于史学家和文学学者的态度和实践处理得过于概括。我也知道，对于我这里大部分的概括总结来说，都是有例外情况的。但我相信，它们代表的只是例外，而不是对我中心论断的充分驳斥。无疑，在谈到学科研究实践的话里，大多都应该包括"一般来说"这个词。所以，特此授权读者，可以将它插进任何一句缺了它就让人恼火的表述中。

4. "Revisionist History and Shakespeare's Political Context," *Shakespeare Yearbook* 6 (1996): 5.

5. Fredric Jameson, *The Political Unconscious* (Ithaca: Cornell Univ. Press, 1981), p. 9.

6. "The Historical Text as Literary Artifact," in *The Writing of History: Literary Forms and Historical Understanding*, ed. Robert H. Canary and Henry Kozicki (Madison: Univ. of Wisconsin Press, 1978), pp. 41-62.

7. Louis O. Mink, "The Theory of Practice: Hexter's Historiography," in *After the Reformation: Essays in Honor of J. H. Hexter*, ed. Barbara Malament (Philadelphia: Univ. of Pennsylvania Press, 1980), p. 19.

8. 新的东西并非指文学作品的语境化，这实际上是早期历史主义研究的一项基本内容，常见于莉莲·温斯坦利（Lilian Winstanley）、埃德温·格林洛（Edwin Greenlaw）、莉莉·坎贝尔（Lily Campbell）的研究中。可以说，真正的新气象，是人们对于历史环境本身的理解发生了变化，不再将它视为某种可靠的、稳定的背景，衬托并澄清文学作品的复杂性，而是将它看作文本存在的话语环境的一部分，与文本一样需要得到阐释。

9. 尽管布鲁克·托马斯和我的目的不大一样，但他也提到过这种"乔装为跨学科研究的学科扩张主义趋势"，见：*The New Historicism and Other Old-Fashioned Topics*, p. 10.

10. Leslie A. Fiedler, "Toward an Amateur Criticism," *Kenyon Review* 12 (1950): 564.

11. 这一断言有一推论，那就是我关于理论的"斯特兰（Strand）"之论。斯特兰当然就是曼哈顿百老汇大街上那家庞大的旧书店。关于理论的斯特兰之论是说，爱书但囊中羞涩的文学学者常常出没在这样的店里，因此往往只有在理论不再流行时才能撞上其他学科的理论书籍，可以在打折区和二手书架上找到它们。

12. Geoffrey Hartman, "English as Something Else," in *English Inside and Out*, ed. Susan

Gubar and Jonathan Kamholtz (New York and London: Routledge, 1993), p. 38.

13. 有意思的是，史学家真正阅读并欣赏的少数几位文学学者，其研究领域几乎都是 17 世纪（比如安娜贝尔·帕特森［Annabel Patterson］、戴维·诺布鲁克［David Norbrook］、奈杰尔·史密斯［Nigel Smith］、史蒂文·兹维克［Steven Zwicker］），并且其研究关注点都是作为某些政治思想典型反映的文学文本。

14. E. D. Hirsch, *Validity in Interpretation* (New Haven: Yale Univ. Press, 1967), p. 8.

15. "言内的"和"言外的"当然是 J. L. 奥斯丁《如何以言行事》（*How to Do Things with Words*, ed. J. O. Urmson [Cambridge, Mass.: Harvard Univ. Press, 1962]）中的两个关键词。关于斯金纳对奥斯丁理论的运用，见他的"'Social Meaning' and the Explanation of Social Action," in *The Philosophy of History*, ed. Patrick Gardiner (Oxford: Oxford Univ. Press, 1974)，特别是第 111—113 页。

16. 见：Quentin Skinner, "Meaning and Understanding in the History of Ideas," *History and Theory* 8 (1969): 3–53.

17. Quentin Skinner, *The Foundations of Modern Political Thought* (1978; rpt. Cambridge: Cambridge Univ. Press, 1988), pp. i, xi.

18. 在研究中最充分强调意义不仅产生于文本的语义结构，也产生于它呈现给读者的物质形式的学者，也许是罗歇·沙尔捷（Roger Chartier）。见其著作：*The Cultural Uses of Print in Early Modern France*, trans. Lydia G. Cochrane (Princeton: Princeton Univ. Press, 1987); *The Order of Books*, trans. Lydia G. Cochrane (Stanford: Stanford Univ. Press, 1994)；*Forms and Meanings: Texts, Performances, and Audiences from Codex to Computer* (Philadelphia: Univ. of Pennsylvania Press, 1995). 也请见 D. F. 麦肯齐 1985 年的帕尼齐系列讲座（Panizzi Lectures），这些讲座的讲稿已结集出版：*Bibliography and the Sociology of Texts: The Panizzi Lectures 1985* (London: The British Library, 1986).

19. 这个说法是布鲁克·托马斯的，但他的立场不是这个。见他的《新历史主义与其他过时话题》（*The New Historicism and Other Old-fashioned Topics*），第 215 页。

第三章

1. F. O. Matthiessen, *American Renaissance: Art and Experience in the Age of Emerson and Whitman* (New York: Oxford Univ. Press, 1941), pp. 390–395. 1993 年美国

版的叶芝《诗选》里印的是"士兵亚里士多德（Soldier Aristotle）"，众所周知，这让德尔莫尔·施瓦茨（Delmore Schwartz）在《未写之书》（"An Unwritten Book"，*The Southern Review* 7 [1942]: 488–490）中很是困惑。见：Fredson Bowers, *Textual and Literary Criticism* (Cambridge: Cambridge Univ. Press, 1959), pp. 1–35.

2. *William Shakespeare: The Complete Works*, ed. Stanley Wells, Gary Taylor, John Jowett, and William Montgomery (Oxford: Clarendon Press, 1986), p. 1025.

3. Harley Granville Barker, *Prefaces to Shakespeare* (Princeton: Princeton Univ. Press, 1946), vol. 1, p. 332.

4. *The Text of "King Lear"* (Stanford: Stanford Univ. Press, 1931). 不过，她在为 W. W. 格雷格的《〈李尔王〉第一四开本中的异文》（*Variants in the First Quarto of "King Lear"*）一书写的书评中调整了自己的立场，请见：*RES* 17 (1941): 468–474.

5. Alexander Pope, "The Preface of the Editor," in *The Works of Shakespeare in Six Volumes* (London: Jacob Tonson, 1725), vol. 1, p. xxii.

6. *The Division of the Kingdoms: Shakespeare's Two Versions of "King Lear,"* ed. Gary Taylor and Michael Warren (Oxford: Oxford Univ. Press, 1983).

7. 斯坦利·韦尔斯（Stanley Wells）说，在1608年四开本和1623年对开本中，我们有"一部戏的两个版本，每一个都经过有意识的、明显不同的设计"（"The Once and Future *King Lear*," in *The Division of the Kingdoms*, pp. 10–11）；不过也请见 R. A. 福克斯（R. A. Foakes）校订的亚登版《李尔王》(London: Thomas Nelson, 1997)，这一版合并（但也标注）了两版文本，并有力地论证了我们应该将此剧看成"一部有异本版本的作品"(p. 118)。

8. 对莎士比亚也修订自己的剧本这一假说，论证最坚定不移的，是格蕾丝·约波洛的《修订莎士比亚》（*Revising Shakespeare* [Cambridge, Mass.: Harvard Univ. Press, 1991]）。也请见：Steven Urkowitz, *Shakespeare's Revision of "King Lear"* (Princeton: Princeton Univ. Press, 1980).

9. *The Pictorial Edition of the Works of William Shakespeare*, ed. Charles Knight (London: C. Knight and Co., 1834), vol. 6, p. 392.

10. *On Editing Shakespeare* (Charlottesville: The Univ. Press of Virginia, 1966), p. 87.

11. Stanley Wells, Gary Taylor, John Jowett, and William Montgomery, *William*

Shakespeare: A Textual Companion (Oxford: Clarendon Press, 1987), p. 60.

12. Werstine, "Narratives about Printed Shakespeare Texts: 'Foul Papers' and 'Bad' Quartos," *Shakespeare Quarterly* 41 (1990): 81. 但需要指出的是，的确有一些证据显示，还是有用"毛稿"来指作者草稿的例子（不过没有例子可以证明，这就是格雷格所认为的"基本已经是成稿形式"的剧本），如爱德华·奈特（Edward Knight）就提到过，自己有机会看到过《邦狄卡》（*Bonduca*）的"毛稿"①。见：W. W. Greg, *Dramatic Documents from the Elizabethan Playhouse* (Oxford: Clarendon Press, 1931), pp. 5-6n.

13. W. W. Greg, *The Editorial Problems in Shakespeare*, 3rd ed. (Oxford: Oxford Univ. Press, 1954), pp. viii-ix.

14. G. Thomas Tanselle, "The Editorial Problem of Final Authorial Intention," *Studies in Bibliography* 29 (1976): 167. 我对文本和校订的思考不仅大大得益于这篇论文以及汤姆·坦瑟尔的其他重要作品，还有我与他的多次谈话。尽管有时他觉得有必要反驳我的看法，但他总是能让我深深地感到他思想的清晰、表达的精确以及精神世界的丰富。

15. "Proposals for Printing by Subscription Shakespeare's Plays," in *Samuel Johnson on Shakespeare*, ed. H. R. Woudhuysen (London: Penguin, 1989), p. 117. 比如，校订者们一般沿袭汉默（Hanmer）的做法，把对开本中《冬天的故事》4.4.244（TLN 2069）中的"whistle of these secrets"修正为"whistle off these secrets"（"whistle off"为驯鹰术语, 意为"放飞"）；然而，用"whistle"表示"耳语，密谈"其实是早期现代英语的常见用法（*OED* 10），虽然莎士比亚并没有在其他地方这么使用过。诗韵出格对于校订者也有类似的诱惑。尽管如今修正诗韵已经不流行了，斯坦利·韦尔斯最近在他的《为现代读者重校莎士比亚》（*Re-editing Shakespeare for the Modern Reader* [Oxford: Oxford Univ. Press, 1984]）中指出，"我们应该认定我们的诗人是在乎诗歌格律的，以此来表示对他的敬意，而且如果流传下来的文本明显有不足，我们就应该乐于调整它"（p. 50）。对于韦尔斯来说，校订者遇上这种情况而不做修正，那就是在玩忽

227

---

① 爱德华·奈特（生卒年不详，活跃于1613—1637年）是国王剧团的提白人。《邦狄卡》为约翰·弗莱彻（John Fletcher）创作的悲喜剧，故事主人公以英格兰东英吉利亚地区古代爱西尼部落的王后、女王布狄卡（Boudica）为原型。该剧约于1613年由国王剧团公演，收录在1647年出版的博蒙特与弗莱彻作品集第一对开本中。

职守。然而，我们也许可以提出异议：这非常危险，可能会让我们的校订实践走向蒲柏及其他18世纪校订者的干涉式操作，坚持要遵守那些诗韵标准（而"我们的诗人"完全可能有意打破这一标准），强迫我们在其诗行中插入一些生造出来的音节以保证其"完整"。

16. 这种区别是彼得·希林斯伯格（Peter Shillingsburg）在《计算机时代的学术校订》（*Scholarly Editing in the Computer Age* [Athens: Univ. of Georgia Press, 1986]，特别是第27—29页中提出的，其原意有所不同。我在这里想要指出的是，作者在写作过程中，必然会有各种意图并存——被人阅读、为人欣赏、赚上一笔等等（即想要做什么的意图），而这些与他们想要呈现某种艺术效果的希望（即想要表达什么的意图）并不一致。因此，如果假设最能呈现莎士比亚意图的是一句他的原话，而不是一句例如留有排演甚至审查中所做修改痕迹的话，那么这就是将艺术意图置于排演意图之上，即将表达置于行动之上。考虑到莎士比亚的收入来源（实际上并不来自他的剧作家身份，而是来自他的剧团持股人身份），我们无法确定这就是他心中的先后顺序。很可能他最首要的意图是保证新剧能上演、观众愿意来剧院。也请见：James McLaverty, "The Concept of Authorial Intention in Textual Criticism," *The Library*, 6th series, 6 (1984): 121–138.

17. *William Shakespeare: The Complete Works*, p. xxxix.

18. 见：Willian Long, "Precious Few: The Surviving English Manuscript Playbooks," in *A Companion to Shakespeare*, ed. David Scott Kastan (Oxford: Blackwell, 1999), pp. 414–433.

19. Paul Werstine, "McKerrow's 'Suggestions' and Twentieth - Century Shakespeare Criticism," *Renaissance Drama* 19 (1988): 169.

20. 见：Stephen Orgel, "Acting Scripts, Performing Texts," in *Crisis in Editing: Texts of the English Renaissance*, ed. Randall McLeod (New York: AMS Press, 1994), pp. 272–291. 对于文本是单一的、定稿的或自立自足的这种看法，奥格尔（Orgel）在这里和别处都做了精彩的反驳。可特别参考他的《真正的莎士比亚》一文（"The Authentic Shakespeare," *Representations* 21 [1988]: 1–25）。

21. James P. Saeger and Christopher J. Fassler, "The London Professional Theater, 1576—1642: A Catalogue and Analysis of the Extant Printed Plays," *Research Opportunities in Renaissance Drama* 34 (1995): 63–110.

22. 在这个方面，韦伯斯特的《马尔菲公爵夫人》（1623）显得很奇怪，特别自相矛盾。扉页上既说文本"与黑修士剧场私人演出以及环球剧场公演一致"，又说它是"完善、准确的副本，收录大量由于演出时长限制而删除的内容"。

23. 在《对跖点》（*The Antipodes*, 1640）致"尊敬读者"的信中，理查德·布罗姆（Richard Brome）写道："您将在本书中找到因超过时长（有些*演员*自称如此）而未在*舞台*上呈现、于*演出中*被删除的内容……"不过，布罗姆希望自己的剧本按所写而非所演的本子出版，这也反映出了未删节文本对剧团的重要性："能将这些内容按照被批准的原始版本重新插回去，我觉得是件好事。"未删节的文本"有一个具体身份，起到认可授权的作用。宴乐官阅览并在其上签字'批准'演出的版本，是演员拿到的那稿"。见：Andrew Gurr, "Maximal and Minimal Texts of Shakespeare," *Shakespeare's Globe Research Bulletin* 4 (April 1998): 3.

24. 奠定这一理念基础的著作是：Jerome McGann, *A Critique of Modern Textual Criticism* (Chicago: Univ. of Chicago Press, 1983); D. F. McKenzie, *Bibliography and the Sociology of Texts: The Panizzi Lectures 1985* (London: The British Library, 1986).

25. "Presidential Address: Society for Textual Scholarship, 1985: Unfinished Business," *TEXT* 4 (1988): 8.

26. 关于复制本在学术研究方面的局限性，可参见一篇极有说服力的文章：G. Thomas Tanselle, "Reproductions and Scholarship," *Studies in Bibliography* 42 (1989): 25–54.

27. 在莎士比亚这里肯定是这样的，他的文本几乎总是以现代标准形式呈现的。"旧式拼写"版本当然可以给人一种错觉，觉得它是货真价实的，但实际上靠留存的印刷记录是无法复原莎士比亚当初是如何拼写的。早期的印刷版记录的是排字工而非作者的习惯，而在现代版本中保留它们，至多可以说是反映了出版体系的易变和个性。若想看对于这些事实更积极正面的解读，可见: Anthony Hammond, "The Noisy Comma: Searching for the Signal in Renaissance Dramatic Texts," in *Crisis in Editing: Texts of the English Renaissance*, ed. Randall McLeod (New York: AMS Press, 1994), pp. 203–249. 斯坦利·韦尔斯在《莎士比亚拼写的现代化——以关于〈亨利五世〉文本的三个研究为例》（*Modernizing Shakespeare's Spelling, with Three Studies in the Text of* "*Henry V*" [Oxford: Oxford Univ. Press, 1979]）和《为现代读者重校莎士比亚》里，都大力支持拼写现代

228

化，而不是保留古旧过时、非作者选择的不规范拼写。不过，稍显讽刺的是，他和加里·泰勒（Gary Taylor）一起为牛津大学出版社编校过一个旧式拼写版（1986），在那版中，因为受旧式拼写校订版要求的限制，在认为原稿不合要求的地方，就得生造一个旧式拼写法。

第四章

1. J. Thomas Looney, *"Shakespeare" Identified in Edward de Vere the Seventeenth Earl of Oxford* (London: Cecil Palmer, 1920).

2. 关于巴蒂，见：S. Schoenbaum, *Shakespeare's Lives* (Oxford: Oxford Univ. Press, 1970), p. 628; William F. and Elizabeth S. Friedman, *The Shakespearean Ciphers Examined* (Cambridge: Cambridge Univ. Press, 1958), pp. 7, 181. 关于西利曼，见：Schoenbaum, *Shakespeare's Lives*, p. 625.

3. *Letters of Sir Thomas Bodley to Thomas James, First Keeper of the Bodleian Library*, ed. G. W. Wheeler (Oxford: Oxford Univ. Press, 1926), p. 222.

4. 关于布罗姆的合同来往详情，见：Ann Haaker, "The Plague, the Theater, and the Poet," *Renaissance Drama* n.s. 1 (1968): 283–306. 关于职业性戏剧创作的普遍情况，见：Gerald Eades Bentley, *The Profession of the Dramatist in Shakespeare's Time 1590—1642* (Princeton: Princeton Univ. Press, 1971).

5. *Henslowe's Diary*, ed. R. A. Foakes and R. T. Rickert (Cambridge: Cambridge Univ. Press, 1961), pp. 182, 206.

6. Haaker, "The Plague, the Theater, and the Poet," p. 298.

7. 关于海军大臣剧团的例子，见：*Henslowe's Diary*, p. 132. 关于国王剧团的例子，见：E. K. Chambers, *William Shakespeare: A Study of Facts and Problems* (Oxford: Oxford Univ. Press, 1930), vol. 1, p. 136. 当然了，这里涉及的是三位不同的官务大臣，分别对应1619年5月3日、1637年6月10日以及1641年8月7日的决定。

8. 不过，这似乎更多地是为了防止任何个人擅自出售对剧团有用的资产，而不是一股脑儿禁止出版任何剧本。实际上，合同中特地将"《托里斯蒙特》（*Torrismount*）的本子"提了出来，指出合同生效"十二个月内任何人不得印刷出版"此剧。这似乎是希望在当时该剧的公演期间保护它的版权。见：

James Greenstreet, "Law-Suit about the Whitefriar's Theatre in 1609," *Transactions of the New Shakespeare Society*, series 1, pt. 3 (1888): 269.

9. 见彼得·W. M. 布莱尼非凡的论文："The Publication of Playbooks," in *A New History of Early English Drama*, ed. John D. Cox and David Scott Kastan (New York: Columbia Univ. Press, 1997), pp. 383–422.

10. Blayney, "The Publication of Playbooks," p. 394.

11. 此处这个人称代词是有意用之。尽管这一时期的出版商并不一定是男性，但一般都是男性。其遗孀和女儿有时会继承家业，并继续经营下去（虽然更常见的是他们会把这份遗产转卖，比如，多萝西·贾加尔德（Dorothy Jaggard）继承了丈夫艾萨克的遗产，但最终还是将许多项目转让给了托马斯·科茨（Thomas Cotes）和理查德·科茨（Richard Cotes），这其中包括了"她对莎士比亚戏剧的所有权"）。但1642年前莎士比亚戏剧中没有由女性书商印刷或出版的。不过，简·贝尔（Jane Bell）出版并在自己"位于基督堂东端"的店中出售的二十二部书中，有《李尔王》的第三版四开本（1655）。顺便一提，她似乎并不拥有印刷出版此剧的权利，而拥有作者不详的那部《利尔王》（*King Leir*）的出版权，不过她自己并不知道两者的不同。见：Leo Kirschbaum, "The Copyright of Shakespeare's Plays," *The Library*, 5th series, 14 (1959): 247–249.

12. A. W. Pollard, *Shakespeare Folios and Quartos* (London: Methuen, 1909), esp. 64–88. 对于"劣版四开本"这一概念及其对我们理解早期戏剧印刷出版的影响，反思最充分的是这部著作：Laurie E. Maguire, *Shakespeare Suspect Texts: The "Bad" Quartos and Their Contexts* (Cambridge: Cambridge Univ. Press, 1996). 也请见：Randall McLeod, "The Marriage of Good and Bad Quartos," *Shakespeare Quarterly* 33 (1982): 421–431.

13. Thomas Heywood, *The Rape of Lucrece* (London, 1608), sig. A2^r.

14. 关于琼生的对开本，见：*Ben Jonson's 1616 Folio,* ed. Jennifer Brady and W. H. Herendeen (Newark: Univ. of Delaware Press, 1991). 特别是其中这篇论文：Sara van den Berg, "Ben Jonson and the Ideology of Authorship," pp. 111–137. 也请见：Timothy Murray, *Theatrical Legitimation: Allegories of Genius in Seventeenth-Century England and France* (New York and Oxford: Oxford Univ. Press, 1987), esp. pp. 23–104; Joseph Loewenstein, "The Script in the Marketplace," *Representations* 12 (1985): 101–114.

15. 理查德·达顿（Richard Dutton）也认为，莎士比亚在剧团的集体协作气氛中如鱼得水。请见他的优秀论文："The Birth of the Author," in *Elizabethan*

Theater: Essays in Honour of S. Schoenbaum, ed. R. B. Parker and Sheldon Zitner (Newark: Univ. of Delaware Press, 1996), pp. 71–91.

16. *Samuel Johnson on Shakespeare*, ed. Henry Woudhuysen (London: Penguin, 1989), p. 114.

17. 毫无疑问，对于此时期剧本的印刷出版做出最好阐述（实际上是对印刷厂运作的最好阐述）的是布莱尼的专著：Peter W. M. Blayney, *The Texts of "King Lear" and their Origins: Nicholas Okes and the First Quarto* (Cambridge: Cambridge Univ. Press, 1982). 很明显，我自始至终受惠于布莱尼对于早期戏剧印刷和出版的研究，对此心怀感激。

18. 一般认为那时校对不核对原稿，但布莱尼令人信服地更正了这一看法，指出至少弗莱彻和米德尔顿看上去对作者校读样稿的做法很熟悉，在《好勇气》（*The Nice Valour*）第四幕中，他们就写了勒佩特（Lepet）收到即将出版的时政手册校样的场景。见：Blayney, *The Texts of "King Lear" and their Origins: Nicholas Okes and the First Quarto*, pp. 190–197.

19. 例见本·琼生的讽刺短诗《致我的书商》（"To My Bookseller"），在其中，他表示无法想象将看到自己的"扉页钉在柱上，或者贴在墙上，或者夹在开裂的棍子间"，希望没有这样的广告读者们也会去找他的书读。

230   20. James P. Saegar and Christopher Fassler, "The London Professional Theater, 1576—1642: A Catalogue and Analysis of the Extant Printed Plays," *Research Opportunities in Renaissance Drama* 34 (1995): 106–108.

21. 对于 1608 年李尔王四开本的分析，可见布莱尼的 *The Texts of "King Lear" and Their Origins*，特别是第89—150页。

22. 同上，第37页。

23. Peter Stallybrass, "Shakespeare, the Individual, and the Text," in *Cultural Studies*, ed. Lawrence Grossberg, Cary Nelson, and Paula Treichler (New York and London: Routledge: 1992), p. 599①.

24. 我在下文中重构了对开本的印刷安排，这仍然受惠于彼得·布莱尼。见他的《莎士比亚第一对开本》（*The First Folio of Shakespeare* [Washington, D.C.: Folger Library, 1991]）。也请见：Charlton Hinman, *The Printing and Proof-reading of*

---

① 此处系原作中的笔误，应是 p. 598。

the First Folio of Shakespeare (Oxford: Oxford Univ. Press, 1963); W. W. Greg, *The Shakespeare First Folio: Its Bibliographic and Textual History* (Oxford: Oxford Univ. Press, 1955); Edwin Eliott Willoughby, *The Printing of the First Folio of Shakespeare* (Oxford: Bibliographic Society, 1932).

25. 见：Falconer Madan, *The Original Bodleian Copy of the First Folio of Shakespeare* (Oxford: Oxford Univ. Press, 1905).

26. 1609 年 11 月 9 日，史密斯威克取得了尼古拉斯·林（Nicholas Ling）对《爱的徒劳》《罗密欧与朱丽叶》以及《哈姆莱特》的出版权（*SR*, 3, 365）①；此前，他已拿到了《驯悍》的出版权（*SR*, 3, 337），这似乎有助于他获得《驯悍记》的出版权，因为布朗特和贾加尔德于 1623 年 11 月为其他先前未注册的剧本所做的登记中并不包括《驯悍记》。阿斯普雷拥有《无事生非》和《亨利四世下篇》的出版权，他与安德鲁·怀斯（Andrew Wise）一起于 1600 年出版了这两部剧。

27. 奇怪的是，这倒数第二部收入的剧《安东尼与克莉奥佩特拉》，之前已经由布朗特于 1608 年 5 月 20 日登记注册，同时登记的还有《泰尔王子配力克里斯》（*SR*, 3, 378）。布朗特拥有《泰尔王子配力克里斯》的出版权，再加上贾加尔德于 1619 年（即国王剧团入宫演出此剧的那一年）为帕维尔印刷了一版此剧的四开本，这意味着它未收录入第一对开本，无论如何都不应该是出于疏漏。实际上，此剧以这样那样的方式牵扯到了所有主要的对开本出版项目参与人，因此对开本未收录它，很有可能反映出了他们对这部剧是否归属莎士比亚持怀疑态度。

28. 并不存在此作品集的整体出版权，对开本出版后，单部戏剧的出版权便归还了原来的出版商。例如，阿瑟·约翰逊（Arthur Johnson）显然就保留了《温莎的风流娘儿们》的出版权，于 1630 年 1 月 29 日将其转让给了理查德·梅根（Richard Meighan），后者同年出版了此剧（Q3）。类似的情况还有，1628 年 3 月 1 日托马斯·沃克利（Thomas Walkley）将自己持有的《奥赛罗》出版权转让给了理查德·霍金斯（Richard Hawkins），后者于 1630 年出版了一次。史密

① "*SR*"即《书业公会注册记录》（*Stationers' Register*）。1875—1894 年，爱德华·阿伯（Edward Arber）将《注册记录》中 1554—1640 年的部分抽出分五卷印刷出版，"3, 365"便指的是该条记录在阿伯抽印本第 3 卷第 365 页。

斯威克出版了自己拥有版权的四部剧的四开本:《爱的徒劳》(1631)、《驯悍记》(1631)、《罗密欧与朱丽叶》(1637)、《哈姆莱特》(1637),这说明四部剧的全部所有权应该都归还给他了。而且,1630年11月16日,罗伯特·阿洛特(Robert Allott)取得的布朗特版权,只包括布朗特与贾加尔德于1623年11月所登记、之前未注册的十六部剧,而不是布朗特在整部作品集中所占的份额。

29. Blayney, *The First Folio of Shakespeare*, pp. 21–22.

30. *Records of the Court of the Stationers' Company, 1602 to 1640*, ed. W. A. Jackson (London: Bibliographic Society, 1975), p. 110.

31. 关于所谓的"帕维尔四开本",见:A. W. Pollard, *Shakespeare Folios and Quartos*, pp. 81–104; W. W. Greg, *The Shakespeare First Folio*, pp. 9–17; Leo Kirschbaum, *Shakespeare and the Stationers* (Columbus: Ohio State Univ. Press, 1955), pp. 227–242.

231

32. 见:Gerald D. Johnson, "Thomas Pavier, Publisher, 1600—1625," *The Library*, 6th series, 14 (1992): 12–50.

33. 见:Margreta de Grazia, *Shakespeare Verbatim* (Oxford: Clarendon Press, 1991), pp. 14–48; Leah S. Marcus, *Puzzling Shakespeare: Local Reading and Its Discontents* (Berkeley: Univ. of California Press, 1988), pp. 2–25, 43–50. 也请见斯蒂芬·奥格尔极具影响力的论文:"The Authentic Shakespeare," *Representations* 21 (1988): 1–25.

34. In E. K. Chambers, *William Shakespeare: A Study of Facts and Problems*, vol. 2, p. 234. 这首诗很有可能是登比郡的亨利·索尔兹伯里爵士(Sir Henry Salisbury of Denbighshire)写的,最早由伊斯雷尔·格兰茨爵士(Sir Israel Gollancz)刊登在《泰晤士报文学增刊》上:"Contemporary Lines to Heminge and Condell," *Times Literary Supplement*, January 26, 1922.

35. A. W. Pollard, *Shakespeare's Fight with Pirates* (Cambridge: Cambridge Univ. Press, 1920), pp. 45–46.

36. 见:Margreta de Grazia, "The Essential Shakespeare and the Material Text," *Textual Practice* 1 (1988): esp. pp. 72–77; Paul Werstine, "Narratives about Printed Shakespeare Texts:'Foul Papers'and 'Bad' Quartos," *Shakespeare Quarterly* 41 (1990): 65–86.

37. 尽管例如 E. K. 钱伯斯（E. K. Chambers）就曾称巴斯比是"违法出版商的头子"（*The Elizabethan Stage* [Oxford: Oxford Univ. Press, 1923], vol. 3, p. 191），他这里的操作看上去既非罕见也无不妥。见杰拉德·D. 约翰逊（Gerald D. Johnson）的论文："John Busby and the Stationers' Trade," *The Library*, 6th series, 7 (1985): 1–15. 这是约翰逊一系列关于早期现代出版商的出色论文之一。约翰逊指出，此剧如此双重登记注册并无不合常规之处：巴斯比购买、登记此剧的目的就是出售出版权，而他的确成功地将它卖给了约翰逊。只不过因为这桩生意是他自己注册此剧后立即就做成的，所以才有了这笔看上去不常见的双重登记，并让人错以为其中涉及不法交易。

38. *The Plays and Poems of William Shakspeare* (London, 1790), vol. 1, p. xii.

39. 尽管波拉德也曾强调此描述准确（*Shakespeare's Fight with the Pirates*, pp. 59–61），但仍值得指出的是，1647年博蒙特与弗莱彻对开本中，汉弗莱·莫斯利在致读者的信里也说过类似的话："弗莱彻先生写作时从不在行间增添修改。他的朋友们也证实，他从来不把一句话组织两遍。他似乎有那种罕见的才能，可以先在脑子把所有东西都准备、完善好，先塑造、修改自己的想法，或是添加或是删节，然后才下笔。不到一切都如雕刻在铜版或大理石中一般牢不可变，绝不碰笔。"只要随便看一眼弗莱彻的手稿，就能知道莫斯利写的都是些奉承套话。

40. 当然，在这个投资项目中，资金面临最大威胁的是布朗特（史密斯威克和阿斯普雷的主要投资可能体现在提供了出版权，而贾加尔德则还有兴旺的印刷生意），而且实际上他的确可能因此蒙受了损失。之前他在出版生涯中算得上活跃，但在莎士比亚对开本出版后的四年里，他什么都没有印。1625年，他被要求将自己所持有的英文书股份（English Stock）转给乔治·斯温赫（George Swinhowe），部分偿还所欠总共一百六十英镑的债务（见：Jackson, *Records of the Court*, p. 180），而1627年他还将自己的书店卖给了罗伯特·阿洛特，不过从1628年到他1632年去世，他还是断断续续地在出版书刊。

41. 杰弗里·马斯滕（Jeffrey Masten）也有类似言论："'17世纪作家'无法脱离我们所阅读文本材料的建构而独立存在"（p. 120）。见他的大作：*Textual Intercourse: Collaboration, Authorship, and Sexualities in Renaissance Drama* (Cambridge: Cambridge Univ. Press, 1997), 特别是第113—155页。

232　第五章

1. S. Schoenbaum, *William Shakespeare: A Documentary Life* (Oxford: Oxford Univ. Press, 1975), p. 143. 詹姆斯的叙述出现在托马斯·霍克利夫（Thomas Hoccleve）所著《高贵的骑士、殉道者约翰·奥尔德卡斯尔爵士的传奇与辩护》（"The legend and defence of yᵉ Noble knight and Martyr Sir Jhon Oldcastel" [Bodleian Library, MS James 34]）手稿版的题献信中。该题献信最早由詹姆斯·奥查德·哈利韦尔（–菲利普斯）（James Orchard Halliwell [-Phillips]）于1841年出版，而整部手稿则刊登在《理查德·詹姆斯神学士诗歌及其他作品集》（*The Poems Etc., of Richard James, B. D.*, ed. Alexander B. Grosart [London: Chiswick Press, 1880]）中。在《威廉·莎士比亚、理查德·詹姆斯与科巴姆家族》（"William Shakespeare, Richard James and the House of Cobham," *RES* n.s. 38 [1987]）一文中，加里·泰勒推算手稿的年代是"1633年年末或1634年年初"（p. 341）。

2. 大多数评注者根据《英国国家人物传记大辞典》（*Dictionary of National Biography* [DNB]），将威廉·布鲁克及其子亨利认作第七代和八代科巴姆男爵，但请见《英格兰、苏格兰及爱尔兰贵族名册大全》（*The Complete Peerage of England, Scotland, and Ireland*, by G. E. C[ockayne], rev. ed. by Vicary Gibbs [London: St. Catherine Press, 1913], vol. 3, pp. 341–351），两人被列在第十代和第十一代男爵的位置上。也请见此书中的宗谱表：David McKeen, *A Memory of Honour: The Life of William Brooke, Lord Cobham* (Salzburg: Universität Salzburg, 1986), vol. 2, pp. 700–702.

3. Nicholas Rowe, "Some Account of the Life, &c. of Mr. William Shakespeare," *The Works of Mr. William Shakespeare* (London: Jacob Tonson, 1709), vol. 1, p. ix.

4. 斯坦利·韦尔斯在《莎士比亚戏剧中的修改》一文中说这是"全剧中唯一一句出现了［福斯塔夫］名字的诗行"，并指出，"如果把'Falstaff'换成'Oldcastle'，就恢复成十音节诗行了"（"Revision in Shakespeare's Plays," in *Editing and Editors: A Retrospect*, ed. Richard Landon [New York: AMS Press, 1988], p. 72）。但还需要注意的是，至少在那些早期版本中，这根本不是"诗行"。只在蒲柏的校订本面世之后，这句台词才开始被看作诗行。在所有的早期四开本以及对开本中，这一行都出现在散文体段落中。在《"并非此人"——论将福斯塔夫称作福斯塔夫》（"'This is not the man': On Calling Falstaff Falstaff," in

Analytical and Enumerative Bibliography, n.s. 4 [1990]: 59–71）一文中，托马斯·A. 彭德尔顿（Thomas A. Pendleton）对于音节缺失反映出剧作家敷衍了事的修改这一论断提出了异议，他指出，这一整节的格律都不规则（而且他也承认，在最早的版本里，这段似乎印作散文体），而且如果只是想把"Oldcastle"换成"Falstaff"的话，其实有好多种让诗行合乎格律的方法（pp. 62–63）。

5. 当然，文中的"Old."可能指的是"Old man（老头儿）"（"I know thee not, old man [我不认识你，老头儿]"），而不是"Oldcastle"。

6. 当然，关于名字的修改有很多的讨论，最著名的是：Gary Taylor, "The Fortunes of Oldcastle," *Shakespeare Survey* 38 (1985): 85–100; Gary Taylor, "William Shakespeare, Richard James and the House of Cobham," *RES*, n.s. 38 (1987): 334–335; E. A. J. Honigmann, "Sir John Oldcastle: Shakespeare's Martyr," in *Fanned and Winnowed Opinions": Shakespearean Essays Presented to Harold Jenkins*, ed. John W. Mahon and Thomas A. Pendleton (London: Routledge, 1987), pp. 118–132; Thomas A. Pendleton, "'This is not the man': On Calling Falstaff Falstaff"; Jonathan Goldberg, "The Commodity of Names: 'Falstaff' and 'Oldcastle' in *1 Henry IV*," in *Reconfiguring the Renaissance: Essays in Critical Materialism*, ed. Jonathan Crewe (Lewisburg: Bucknell Univ. Press, 1992), pp. 76–88; Eric Sams, "Oldcastle and the Oxford Shakespeare," *Notes and Queries*, n.s. 40 (1993): 180–185. 也请见：Rudolph Fiehler, "How Oldcastle Became Falstaff," *MLQ* 16 (1955): 16–28；Alice-Lyle Scoufus, *Shakespeare's Typological Satire: A Study of the Falstaff-Oldcastle Problem* (Athens: Univ. of Ohio Press, 1978).

7. 见：E. K. Chambers, *William Shakespeare: A Study of Facts and Problems* (Oxford: Oxford Univ. Press, 1930), vol. 1, p. 382. 不过，也许值得注意的是，有奥尔德卡斯尔出场的《亨利五世的大捷》（*The Famous Victories of Henry the Fifth*）也是1598年出版的，出版商是托马斯·克里德（Thomas Creede）。

8. 见：*Henslowe's Diary*, ed. R. A. Foakes and R. T. Rickert（Cambridge: Cambridge Univ. Press, 1961），p. 216. 加里·泰勒（在《时运》这篇文章中，p. 90）也有类似见解，认为演给大使看的这出戏（在1599年或1600年3月8日一封写给罗伯特·锡德尼[Robert Sidney]的信中提到）（*Letters and Memorials of State*, ed. Arthur Collins [London, 1746], vol. 2, p. 175）一定是莎士比亚的剧，但埃里克·萨姆斯（Eric Sams, "Oldcastle and the Oxford Shakespeare"）却积极地尽管

233

并不是完全令人信服地主张"并没有客观的理由来假设宫务大臣剧团这个宫廷剧团没有抄写、借用甚至征用此文本"（p. 182）。

9. 简·欧文的这段话出自她的《炼狱解药》（*An Antidote Against Purgatory*, 1634），我是从 R. W. F. 马丁（R. W. F. Martin）的论文转引的："A Catholic Oldcastle," *Notes and Queries*, n.s. 40 (1993): 185–186.

10. Stanley Wells and Gary Taylor, *William Shakespeare: A Textual Companion* (Oxford: Clarendon Press, 1987), p. 330. 约翰·乔伊特（John Jowett）也基于类似的理由指出，皮多和巴道夫这两个名字是"和福斯塔夫差不多时候被写进戏中的"，而其原型的名字哈维（Harvey）和拉塞尔（Russell）（在 Q1 的 1.2.158 中出现），就像福斯塔夫的名字一样，在现代版本中应该恢复。见他的论文："The Thieves in *1 Henry IV*," *RES* 38 (1987): 325–333.

11. *Henry IV, Part 1*, ed. David Bevington (Oxford: Oxford Univ. Press, 1987), p. 108.

12. 例如，可见：J. Dover Wilson, "The Origin and Development of Shakespeare's *Henry IV*," *Library* 26 (1945): 13. 文中说科巴姆"是一个有清教徒倾向，对演艺界极不友好的人"。也请见：E. K. Chambers, *The Elizabethan Stage* (Oxford: Oxford Univ. Press), vol. 1, p. 297. 不过，威廉·格林（William Green）在《莎士比亚的〈温莎的风流娘儿们〉》（*Shakespeare's "Merry Wives of Windsor"* [Princeton: Princeton Univ. Press, 1962]）一书中则证实，在科巴姆任宫务大臣期间"未制定任何一条于演艺界不利的法律条款"，而且，实际上，自1592年至其1597年去世，"那几次通过了限制演艺事业发展规定的枢密院会议中"，科巴姆男爵"没一次在场"（pp. 113–114）。

13. William Warburton, *The Works of Shakespear* (1747), vol. 4, p. 103.

14. 见：Robert J. Fehrenbach, "When Lord Cobham and Edmund Tilney 'were att odds': Oldcastle, Falstaff, and the Date of *1 Henry IV*," *Shakespeare Studies* 18 (1986): 87–101. 但也请见：E. A. J. Honigmann, "Sir John Oldcastle: Shakespeare's Martyr". 此文认为，这部剧创作的目的是"惹恼科巴姆家族""取悦埃塞克斯（Essex）"（pp. 127–128），并提出此剧"写于——至少说创作始于"1596年上半年，"在科巴姆男爵成为宫务大臣之前"（p. 122）。

15. *The Church History of Britain* (London, 1655), book 4, p. 168.

16. George Daniel, *Trinarchodia*, in *The Poems of George Daniel, esq. of Beswick, Yorkshire*, ed. Alexander B. Grosart (privately printed, 1878), vol. 4, p. 112.

17. 关于奥尔德卡斯尔的生平，最好的记叙依然是 W. T. 沃（W. T. Waugh）的《约翰·奥尔德卡斯尔爵士》（"Sir John Oldcastle," *English Historical Review* 20 [1905]: 434–456, 637–658）。也请见《英国国家人物传记大辞典》中由詹姆斯·泰特（James Tait）撰写的关于奥尔德卡斯尔的条目。接下来的几段受惠于这两篇文章。

18. 见《英国国家人物传记大辞典》第 14 卷第 986 页。斯托（Stow）在他的《英格兰年鉴》（*Annals of England*, 1592）中记述道："他最后的话是对托马斯·厄平汉姆爵士（Sir Thomas Erpingham）①说的，恳请他如果在第三天看到自己起死回生，务必让其教众平和安宁。"（p. 572）

19. 转引自：David McKeen, *A Memory of Honour: The Life of William Brooke, Lord Cobham*, vol. 1, p. 22. 锡恩的《科巴姆男爵纪事》（"treatise of the lord Cobhams"）是为纪念 1586 年 2 月 2 日科巴姆男爵加入枢密院而作，原预备收入霍林希德（Holinshed）《编年史》②1586/1587 版，但后与其他涉及时事政治的内容一起被删除了。1598 年 12 月，锡恩将该文一个考究的手抄版本进献给威廉之子亨利（British Museum MS add. 37666）。见：David Carlson, "The Writing and Manuscript Collections of the Elizabethan Alchemist, Antiquary, and Herald Francis Thynne," *Huntington Library Quarterly* 52 (1989)，特别是第 210—211 页，235—236 页。 234

20. John Foxe, *Acts and Monuments*, ed. Josiah Pratt, in *The Church Historians of England* (London: Seeleys, 1855), vol. 3, p. 350.

21. "Presbyterianism, the Idea of a National Church and the Argument from Divine Right," in *Protestantism and the National Church in Sixteenth Century England*, ed. Peter Lake and Maria Dowling (London: Croom Helm, 1987), p. 195.

22. 见：Annabel Patterson, "Sir John Oldcastle as a Symbol of Reformation Historiography," in *Religion and Literature in Post-Reformation England, 1540—1658*, ed. Donna B. Hamilton and Richard Stie (Cambridge: Cambridge Univ. Press, 1996), pp. 6–26.

23. P. T., "Observations on Shakespeare's Falstaff," *Gentlemen's Magazine* 22 （October 1752）: 459–461. 鲁道夫·菲勒（Rudolf Fiehler），在《奥尔德卡斯尔是如何成

---

① 厄平汉姆曾对威克里夫将《圣经》译成英语的计划表示过支持。
② 即《英格兰、苏格兰、爱尔兰编年史》。

为福斯塔夫的》（"How Oldcastle Became Falstaff"）一文中提出，若说P. T. 实际上是威廉·沃伯顿（William Warburton）也"不是不可能"（p. 19）。

24. 依旧无人能让我相信莎士比亚是天主教徒。不过，可见E. A. 霍尼希曼（E. A. Honigmann）的《莎士比亚——"遗失的年岁"》（*Shakespeare: The "Lost Years"* [Manchester: Manchester Univ. Press, 1985]），作者在其中力证"天主教徒莎士比亚"（p. 126），这颇具争议。

25. D. R. Woolf, *The Idea of History in Early Stuart England* (Toronto: Univ. of Toronto Press, 1990), p. 109. 海沃德《亨利四世生平与统治》的上下篇最近由卡姆登协会（Camden Society）出版了，校订是约翰·J. 曼宁（John J. Manning）(London: Royal Historical Society, 1991)，文中所引内容在第90—91页上。对于时人将罗拉德派与煽动叛乱联系起来的阐述，可见：Margaret Aston, "Lollardy and Sedition 1381—1431," *Past and Present* 17 (1960): 1-44.

26. 转引自：John Booty, "Tumult in Cheapside: The Hacket Conspiracy," *Historical Magazine of the Protestant Episcopal Church* 42 （1973）：293.

27. "That Fraunces Johnson for His Writing Is Not under the Danger of the Statute of 35 Elizabeth, Chapter I...", in *The Writings of John Greenwood and Henry Barrow*, ed. Leland H. Carlson (London: George Allen and Unwin, 1970), p. 463. 在约翰·斯特莱普（John Strype）的《宗教改革年鉴》（*Annals of the Reformation* [Oxford: Clarendon Press, 1824], vol. 4, pp. 192-194）中, 收有该文献（Lansdowne MSS. 75, item 25, ff. 52-53）的一部分。

28. 见：J. E. Neale, *Elizabeth I and her Parliaments, 1584—1601* (New York: Norton, 1966)，esp. pp. 52-53; Patrick Collinson, "John Field and Elizabethan Puritanism," in *Godly People: Essays on English Protestantism and Puritanism* (London: Hambledon Press, 1983), pp. 335-370. 文中所引伊丽莎白的话系转引自尼尔（Neale）的著作，第163页。

29. 转引自：Patrick Collinson, *The Elizabethan Puritan Movement* (1967; rpt. Oxford: Clarendon Press, 1990), p. 388.

30. 35 Eliz. c. 1; in J. R. Tanner, *Tudor Constitutional Documents* (1922; Cambridge: rpt. Cambridge Univ. Press, 1951), pp. 197-200. 尼尔认为，这种苛待清教徒的转向，将教内分宗与煽动叛逆等同起来的做法，是惠特吉福特及其党派促成的"议会政策革命"。见：*Elizabeth I and Her Parliaments, 1584—1601*, pp. 280-

297.

31. *Church and the People 1450—1660: The Triumph of the Laity in the English Church* (Glasgow: Fontana, 1976), p. 152. 尽管如此，如果"就目前而言，进一步改革英国国教会是不可能的"，我们也必须认识到帕特里克·柯林森所谓的"悖论，即进一步宗教改革流产之时正是清教宗教经验伟大时代开启的时刻"（*The Elizabethan Puritan Movement*, p. 433）。

32. 转引自：Neale, *Elizabeth I and her Parliaments*, vol. 2, p. 163. 关于福斯塔夫/奥尔德卡斯尔与当时的宗教焦虑之间的关系，另一种阐释可见：Kristen Poole, "Saints Alive! Falstaff, Martin Marprelate, and the Staging of Puritanism," *Shakespeare Quarterly* 46（1995）: 47–75.

33. 乔纳森·戈德堡（Jonathan Goldberg）在《重置文艺复兴》（*Reconfiguring the Renaissance*）中的一篇论文中也有过类似判断，他认为，恢复"奥尔德卡斯尔"这个名字，会"抹去创造出《亨利四世上篇》早期文本之历史的痕迹"（p. 83）。

34. "The Theory of the Text," in *Untying the Text: A Post-Structural Reader*, ed. Robert Young (Boston and London: Routledge, 1981), p. 39.

35. 这和对开本删除文本中的污言秽语明显不同。1598年四开本中，那些未经审查删除的内容依然存在，因此可称作一个曾用文本，可以还原。

36. 在一篇极有影响力的论文（"The Aesthetics of Textual Criticism," *PMLA* 80 [1965]: 465–482）中，詹姆斯·索普（James Thorpe）指出，在任何艺术作品中"我们称之为作者的那个人的意图……与其他所有与其成果有利害关系者的意图交织在一起了"。对于文学文本作为"社会产物"，最有影响力且水平最高的论述来自杰罗姆·J.麦根，他先是在《现代文本批评论》（*A Critique of Modern Textual Criticism* [Chicago: Univ. of Chicago Press, 1983]）中，后来又在他的《文本环境》（*The Textual Condition* [Princeton: Princeton Univ. Press, 1991]）中有相关论述。不过，也请见 G. 托马斯·坦瑟尔的论文《历史主义与校订》（"Historicism and Critical Editing," *Studies in Bibliography* 39 [1986]: 1–46, esp. pp. 20–27）。

37. 见：G. Thomas Tanselle, "The Editorial Problem of Final Authorial Intention," *Studies in Bibliography* 32 (1979): 309–354.

38. Gary Taylor and John Jowett, *Shakespeare Reshaped: 1606—1623* (Oxford: Clarendon

235

Press, 1993), p. 237.

39. Gary Taylor, *Reinventing Shakespeare: A Cultural History from the Restoration to the Present* (New York: Weidenfeld & Nicolson, 1989), p. 311.

40. 我们对于罗的"证言"到底应该有几分信任，是值得考虑的。罗承袭理查·戴维斯（Richard Davies）①的说法，记叙了莎士比亚"经常"在"一座属于查尔考特的托马斯·卢西爵士（Sir Thomas Lucy of Charlecote）庄园中盗鹿"这个毫无根据的故事。而就在评述修改"奥尔德卡斯尔"之名一事的那一篇中，他还加上从约翰·丹尼斯（John Dennis）②那里弄来的颇有点异想天开的故事：伊丽莎白女王颇喜欢"福斯塔夫这个角色"，下令让莎士比亚"再写一部剧，演演他坠入情网的事儿"（"Some Account of the Life, &c. of Mr. William Shakespeare," *Works*, vol. 1, pp. v, viii–ix）。

41. 例如，T. H. 霍华德-希尔（T. H. Howard-Hill）便提出，蒂尔尼（Tilney）③"与演员们的关系，虽然归根结底是专制的，但往往更趋平等协同，而非势不两立"（"Buc and the Censorship of *Sir John Olden Barnavelt* in 1619," *RES*, n.s. 39 [1988]: 43）。关于戏剧审查制度的详细阐述，见：Richard Dutton, *Mastering the Revels: The Regulation and Censorship of English Renaissance Drama* (Iowa City: Univ. of Iowa Press, 1991). 也请见：Annabel Patterson, *Censorship and Interpretation: The Conditions of Writing and Reading in Early Modern England* (Madison: Univ. of Wisconsin Press, 1984). 尽管帕特森关注的是管制的结果而非手段，她也认为有必要"假定有关当局还是给予了一定程度的合作和理解的"（p. 11）。还有：Janet Clare, *"Art Made Tongue-tied by Authority": Elizabethan and Jacobean Dramatic Censorship* (Manchester and New York: Univ. of Manchester

---

① 理查德·戴维斯（？—1708）1688年继承了格洛斯特郡一位神职人员的一批文件，其中一些提到了莎士比亚。戴维斯在这些文件中添上了莎士比亚去托马斯·卢西爵士庄园偷猎鹿的故事，并声称莎士比亚"辞世时已皈依天主教"。

② 约翰·丹尼斯（1657—1734），英国剧作家、评论人，1702年将《温莎的风流娘儿们》改编成《滑稽的风流绅士》（*The Comical Gallant*），在此剧的致读者信中，他首次提到伊丽莎白一世要求莎士比亚在十四天内完成此剧的故事，两年后又改口说是十天内。

③ 即埃德蒙·蒂尔尼（Edmund Tilney, 1536—1610），伊丽莎白一世以及詹姆斯一世时期的宴乐官，负责戏剧审查，在伊丽莎白一世时代英国戏剧的发展中起到了极为重要的作用。

Press, 1990). 克莱尔也有类似的认识：审查"也许是与创造意识互动之外部力量中最强大的"（p. 215）。

42. 杰拉德·本特利（Gerald Bentley）写道："在17世纪，福斯塔夫无疑是莎士比亚与琼生笔下所有角色中最出名的。对于熟悉此时期文学的读者来说，这应该并不意外。不过，他这种压倒性的地位也许并不总是如此显而易见。"（*Shakespeare and Jonson: Their Reputations in the Seventeenth Century Compared* [1945; rpt. Chicago and London: Univ. of Chicago Press, 1969], vol. 1, p. 119；也请见第120页和第126页。）

43. Thomas Palmer, "Master John Fletcher and His Dramaticall Workes Now at Last Printed," in *Comedies and Tragedies*, written by Francis Beaumont and John Fletcher, Gentlemen (London, 1647), sig. f2ᵛ. 236

44. "Upon Master William Shakespeare, the Deceased Author, and His Poems," in *Poems. Written by Wil. Shakespeare. Gent.* (London, 1640), sig. *4ʳ.

45. Joseph Quincy Adams, ed., *The Dramatic Records of Sir Henry Herbert, 1623—1673* (New Haven: Yale Univ. Press, 1917), p. 52. 这一做法并非特别异乎寻常，因为宴乐厅有一张大约来自1619年的纸片上有这样的记录："福斯塔夫［下］①篇……"见：Bentley, *Shakespeare and Jonson*, vol. 2, p. 1.

46. "To the Great Variety of Readers," *The Norton Facsimile: The First Folio of Shakespeare*, ed. Charlton Hinman (New York: Norton, 1968), p. 7.

第六章

1. Freud, *Wit and Its Relation to the Unconscious*, in *The Basic Writings of Sigmund Freud*, ed. A. A. Brill (New York: Random House, 1938), p. 650.

2. Pauline Gregg, *King Charles I* (Berkeley and Los Angeles: Univ. of California Press, 1981), p. 444.

3. *The Political Works of James I*, ed. Charles Howard McIlwain (Cambridge, Mass.: Harvard Univ. Press, 1918), p. 12.

---

① 这是一则残缺记录："nd part of Falstaff"。因汉译中无法体现此特征，且推测应是"[Seco]nd part of Falstaff（福斯塔夫下篇）"，故采取试用方括号补全的译法。

4. *Gregg, King Charles I*, pp. 437–440.

5. "Venetian Ambassador at Munster to the Doge and Senate, 26 February 1649," in *The Puritan Revolution: A Documentary History*, ed. Stuart E. Prall (London: Routledge and Kegan Paul, 1969), p. 193.

6. 转引自：Perez Zagorin, *The Court and the Country: The Beginning of the English Revolution* (New York: Atheneum, 1970), p. 312.

7. "The Sentence of the High Court of Justice Upon the King [27 January 1649]," in *The Puritan Revolution: A Documentary History*, p. 192.

8. E. M. W. Tillyard, *Shakespeare's History Plays* (London: Chatto & Windus, 1944); Stephen Greenblatt, "Invisible Bullets," in *Shakespearean Negotiations: The Circulation of Social Energy in Renaissance England* (Berkeley: Univ. of California Press, 1988), pp. 21–65——这篇极具影响力的论文最早发表在：*Glyph* 8 (1981)：40–61. 不过，有一篇重要论文对蒂利亚德以及格林布拉特关于大众剧场和皇家场面功能的假设提出了挑战，请见这篇发人深省的论文：Franco Moretti, "'A Huge Eclipse': Tragic Form and the Deconsecration of Sovereignty," in *The Power of Forms in the English Renaissance*, ed. Stephen Greenblatt (Norman: Pilgrim Books, 1982), pp. 7–40. 也请见：Christopher Pye, "The Sovereign, the Theater, and the Kingdome of Darknesse: Hobbes and the Spectacle of Power," *Representations* 8 (1984): 85–106.

9. 见：Jonas A. Barish, *The Antitheatrical Prejudice* (Berkeley: Univ. of California Press, 1981), esp. pp. 80–131. 关于"清教徒主义"这个标签不足以标记所有反戏剧情绪，玛格特·海涅曼（Margot Heinemann）在专著中已做了充分论述，见：Margot Heinemann, *Puritanism and Theatre: Thomas Middleton and Opposition Drama under the Early Stuarts* (Cambridge: Cambridge Univ. Press, 1980), pp. 18–48. 也请见本书第十一章。

10. Phillip Stubbes, *The Anatomie of Abuses* (London, 1583), sig. H2ᵛ.

11. *Histrio-Mastix* (London, 1633), sig. X2ʳ.

12. Stubbes, *The Anatomie of Abuses*, "A Preface to the Reader". 斯塔布斯承认，"有些戏剧、悲剧还有幕间插剧"是"非常诚恳的、值得赞美的作品"。

13. *Records of Early English Drama: Chester*, ed. Lawrence M. Clopper (Toronto and Buffalo: Univ. of Toronto Press, 1979), p. 247.

14. 转引自：Harold C. Gardiner, *Mysteries' End* (New Haven: Yale Univ. Press, 1946),

237

p. 78. 也请见迈克尔·奥康纳尔（Michael O'Connell）引人深思的论文："The Idolatrous Eye: Iconoclasm, Antitheatricalism, and the Image of the Elizabethan Theater," *ELH* 52 (1985): 279–310.

15. 转引自：*The Elizabethan Stage*, ed. E. K. Chambers (Oxford: Oxford Univ. Press, 1923), vol. 2, p. 75.

16. *The Elizabethan Stage*, vol. 2, p. 419.

17. *Tudor Royal Proclamations: The Later Tudors*, ed. Paul L. Hughes and James F. Larkin (New Haven: Yale Univ. Press, 1969), vol. 2, pp. 240–241.

18. *Acts of the Privy Council of England: 1596—1597* (London: Mackie and Co., 1902), pp. 26, 69.

19. Roy C. Strong, *Portraits of Queen Elizabeth I* (Oxford: Clarendon Press, 1963); Marianna Jenkins, "The State Portrait, Its Origin and Evolution," *Monographs on Archeology and Fine Arts* 3 (1947): 23–24.

20. *The Elizabethan Stage*, vol. 4, p. 247.

21. 转引自：Virginia Crocheron Gildersleeve, *Government Regulation of the Elizabethan Drama* (New York: Columbia Univ. Press, 1908), p. 119.

22. *Collections, Part III* (Oxford: Malone Society, 1909), p. 263.

23. *Vox Regis* (London, 1622), pp. 34–35.

24. 这一段受惠于戴维·贝文顿的《都铎戏剧与政治》（*Tudor Drama and Politics* [Cambridge, Mass.: Harvard Univ. Press, 1968], p. 9）。我这里用的三个例子都是他先引用的，不过我还用了其他材料，出自罗兰·怀特1595年11月22日写给罗伯特·锡德尼爵士的信（*Letters and Memorials of State... Written and Collected by Sir Henry Sidney, Sir Philip Sidney, Robert Earl of Leicester, and Viscount Lisle*, ed. Arthur Collins [London, 1746], vol. 1, p. 362）。

25. Bevington, *Tudor Drama and Politics*（书中各处均提及）. 关于斯图亚特王朝的戏剧政治，见：Martin Butler, *Theater and Crisis 1632—1642* (Cambridge: Cambridge Univ. Press, 1984); Albert H. Tricomi, *Anti-Court Drama in England, 1603—1642* (Charlottesville: Univ. Press of Virginia, 1989).

26. *Apology for Actors* (London, 1612), sig. F3ᵛ.

27. *The Elizabethan Stage*, vol. 4, p. 321.

28. Stephen Gosson, *Playes Confuted in Fiue Actions* (London, 1582), sig. E5ʳ.

29. *The Elizabethan Stage*, vol. 4, p. 258.

30. *The Education of a Christian Prince*, ed. Lester K. Born (New York: Columbia Univ. Press, 1936), p. 152.

31. 见：Jonas A. Barish, "*Perkin Warbeck* as Anti‑History," *Essays in Criticism* 20 （1970）：151–171；Jackson I. Cope, *The Theater and the Dream: From Metaphor to Form in Renaissance Drama* (Baltimore and London: The Johns Hopkins Univ. Press, 1973), pp. 122–133.

32. 见第七章注释。

238 33. Richard Bancroft, *Daungerous Positions and Proceedings* (London, 1593), sig. E3ᵛ.

34. *Fragmenta Regalia*, ed. John C. Cerovski (Washington, D.C.: Folger Shakespeare Library, 1985), p. 44.

35. 出自：*Elizabethan Backgrounds: Historical Documents of the Age of Elizabeth I*, ed. Arthur F. Kinney (Hamden: Archon Books, 1975), p. 16. 关于皇家入城仪式，见：R. M. Smuts, "Public ceremony and royal display: the English royal entry in London, 1485—1642," in *The First Modern Society: Essays in English History in Honour of Lawrence Stone*, ed. A. L. Beier, David Cannadine, and James M. Rosenheim (Cambridge: Cambridge Univ. Press, 1989), pp. 65–94. 关于伊丽莎白的入城仪式，有一篇很有启发性的分析文章：Mark Breitenberg, "'...the hole matter opened': Iconic Representation and Interpretation in 'the Quenes Majesties Passage,'" *Criticism* 28 （1986）：1–26.

36. 见：Stephen Orgel, *The Illusion of Power: Political Theater in the English Renaissance* (Berkeley: Univ. of California Press, 1975)；Roy Strong, *Art and Power: Renaissance Festivals 1450—1650* (Berkeley and Los Angeles: Univ. of California Press, 1984).

37. "Invisible Bullets," *Shakespearean Negotiations*, p. 64.

38. *The Elizabethan Stage*, vol. 4, p. 263.

39. *The Quene's Majesty's Passage*, in *Elizabethan Backgrounds*, ed. Kinney, p. 37.

40. *Playes Confuted in Fiue Actions*, sig. D1ᵛ. 安·詹娜莉·库克（Ann Jennalie Cook）指出，莎士比亚的剧院吸引的主要是"上层社会"的观众（*The Privileged Playgoers of Shakespeare's London* [Princeton: Princeton Univ. Press, 1981]），但请见马丁·巴特勒（Martin Butler）《戏剧与危机，1632—1642》的附录2（*Theater and Crisis 1632—1642*, pp. 293–306），它有力地挑战了库克的结论。

也请见库克最近对此的再思考："Audiences: Investigation, Interpretation, Inventions," in *A New History of Early English Drama*, ed. John D. Cox and David Scott Kastan (New York: Columbia Univ. Press, 1997), pp. 305–320.

41. *The Gull's Hornbook*, in *Thomas Dekker: Selected Writings*, ed. E. D. Pendry (Cambridge, Mass.: Harvard Univ. Press, 1968), p. 98.

42. Robert Weimann, *Shakespeare and the Popular Tradition in the Theater*, ed. Robert Schwartz (Baltimore and London: The Johns Hopkins Univ. Press, 1978), pp. 208–252.

43. 转引自：Arden *King Richard II*, ed. Peter Ure (London: Methuen, 1954), p. lix.

44. Stephen Orgel, "Making Greatness Familiar," in *The Power of Forms in the English Renaissance*, ed. Stephen Greenblatt（Norman: Pilgrim Books, 1982）, p. 45.

45. William Camden, *The History of... Elizabeth, Late Queen of England* (London, 1688), pp. 607–608.

46. Camden, *The History of... Elizabeth*, pp. 610, 609, 606.

47. 转引自：Corinne Comstock Weston and Janelle Renfrow Greenberg, *Subjects and Sovereigns: The Grand Controversy over Legal Sovereignty in Stuart England* (Cambridge: Cambridge Univ. Press, 1981), p. 8.

48. Alvin Kernan, "The Henriad: Shakespeare's History Plays," in *Modern Shakespearean Criticism*, ed. Alvin Kernan (New York: Harcourt, Brace and World, 1970), p. 245[①]。也请见我的"'To Set a Form upon that Indigest': Shakespeare's Fictions of History," *Comparative Drama* 17 (1983): 1–15，我从这篇文章里借用了几个说法。

49. *The Life and Letters of Sir Henry Wotton*, ed. L. Pearsall Smith (Oxford: Oxford Univ. Press, 1907), vol. 1, p. 350.

50. 关于斯宾塞与伊丽莎白的复杂关系，有一些颇能引人思考的论述，可见：Louis Adrian Montrose, "The Elizabethan Subject and the Spenserian Text," in *Literary Theory/Renaissance Texts*, ed. Patricia Parker and David Quint (Baltimore and London: The Johns Hopkins Univ. Press, 1986), pp. 303–340; Richard Helgerson, *Self-Crowned Laureates: Spenser, Jonson, Milton, and the Literary System* (Berkeley, Los Angeles, and London: Univ. of California Press, 1983), pp. 55–100. 下面这部著

239

---

① 原文如此。文中所引句子实际上在第246页上。

作则对伊丽莎白时代朝臣的紧张与焦虑做了极有意思的分析：Frank Whigham, *Ambition and Privilege: The Social Tropes of Elizabethan Courtesy Theory* (Berkeley, Los Angeles, and London: Univ. of California Press, 1984).

51. "Invisible Bullets," *Shakespearean Negotiations*, pp. 53, 65.

52. "Making Greatness Familiar," p. 45. 不过，格林布拉特意识到自己的观点被指责过于概括。随着其研究的发展，他对文化的理解有了明显转向，从福柯式的权力存在于所有社会关系中的权力观，转为权力为"社会能量流转"（这是《莎士比亚式协商》[*Shakespearean Negotiations*] 一书的副标题）所塑造的权力观，这种流转带来的不是"一个单一、连贯、完整的系统"，而是"局部的、碎片化的、自相矛盾的"文化 (p. 19)。

53. *King Richard II*, ed. Peter Ure, p. ix.

54. "Calendar of the Contents of the *Baga de Secretis*" in *Fourth Report of the Deputy Keeper of the Public Records*, Appendix II, (London, 1843), p. 293.

55. 见：John Bellamy, *The Tudor Law of Treason: An Introduction* (London: Routledge and Kegan Paul, 1979), esp. pp. 30−33.

56. In *Apophthegms New and Old*, in *The Works of Francis Bacon*, ed. James Spedding, Robert Leslie Ellis, and Douglas Denon Heath (Boston: Brown and Taggard, 1860), p. 341. 如乔纳森·多利莫尔（Jonathan Dollimore）在他的《激进悲剧——莎士比亚及同时代人戏剧中的意识形态与权力》（*Radical Tragedy: Ideology and Power in the Drama of Shakespeare and His Contemporaries* [Chicago: Univ. of Chicago Press, 1984]）一书中指出的，"一个想法之所以有颠覆性，不是因为其固有的特征，也不因为仅仅是想到了它，而是在于它的表述语境——说给谁听，说给多少人听，以及在什么背景条件下将其说出、写出"（p. 10）。正是基于这些，海沃德被判有罪。见：Annabel Patterson, *Censorship and Interpretation: The Conditions of Writing and Reading in Early Modern England* (Madison: Univ. of Wisconsin Press, 1984, esp. pp. 44−48.

57. 马丁·巴特勒驳斥安·詹娜莉·库克断言说剧院中都是出身"上层社会"的观众（见本章第40条尾注）的观点时，不仅引了多个例子表明当时的观众提到过"非特权阶级"观剧者，而且还挑战了库克的数据分析。在巴特勒看来，"人口与剧院容纳人数之比似乎指向与库克结论相反的方向，表明剧院倾向于吸纳而非限制"（p. 298）。

58. 见：Stephen Mullaney, *The Place of the Stage: License, Play, and Power in Renaissance England*（Chicago: Univ. of Chicago Press, 1988）; Louis Montrose, *The Purpose of Playing: Shakespeare and the Cultural Politics of the Elizabethan Theatre* (Chicago: Univ. of Chicago Press, 1996), esp. pp. 19–108. 蒙特罗斯开创性的论文对本文中的研究有所预见：Louis Montrose, "The Purpose of Playing: Reflections on a Shakespearean Anthropology," *Helios* n.s. 7 (1980): 53–76.

59. *The Elizabethan Stage*, vol. 3, p. 500. 斯蒂芬·奥格尔在论文中提醒我们注意文纳这场臭名昭著的骗局有何意义，他说，它"将伊丽莎白时代戏剧表演及其观众最大的共同幻想之一现实化了"（"Making Greatness Familiar," p. 46）。

第七章

1. 莉莉·B. 坎贝尔（Lily B. Campbell）在其所著《莎士比亚的"历史"：伊丽莎白政策之镜》（*Shakespeare's "Histories": Mirrors of Elizabethan Policy* [1947; rpt. London: Methuen, 1970]）中有引人深思的论述。她提醒读者注意，莎士比亚演绎亨利四世统治时期的种种事件，必然会以这样或那样的方式，令"身处16世纪最后几年的英国观众"想起英国最近的历史以及当下的问题（pp. 229–244）。尽管在我看来，她对莎士比亚历史剧之政治含义的理解稍嫌循守旧，但她建构了亨利四世统治时期的一系列事件在当代的共鸣。对于近年来历史主义学者几乎仅关注伊丽莎白那句有名的"我是理查二世，你们不知道吗？"之类比，她的观点是一个很有益的矫正。 240

2. 近来，一批对英国殖民主义的研究强调道："颂扬'英格兰性'至高无上的文化产品，都是以差异和歧视为基础的，确保了英格兰人地位上的优越性产生于异族的'他者性'和劣等性，这其中爱尔兰人就是一个。"可见：David Cairns and Shaun Richards, *Writing Ireland: Colonialism, Nationalism and Culture* (Manchester: Manchester Univ. Press, 1988), p. 7.

3. 关于伊丽莎白与这些神话人物之类比的充分讨论，可见：Elkin Calhoun Wilson, *England's Eliza* (Cambridge, Mass.: Harvard Univ. Press, 1939); Frances A. Yates, *Astraea: The Imperial Theme in the Sixteenth Century* (London: Routledge and Kegan Paul, 1975), pp. 88–111.

4. *The Works in Verse and Prose of Nicholas Breton*, ed. Alexander B. Grosart (London: Edinburgh Univ. Press, 1879), vol. 2, n.p.

5. Thomas Fuller, *Worthies of England,* ed. John Freeman (London: George Unwin, 1952), p. 408.

6. Stephen J. Greenblatt, *Shakespearean Negotiations: The Circulation of Social Energy in Renaissance England* (Berkeley: Univ. of California Press, 1988), p. 30. 也请见 C. L. 巴伯（C. L. Barber）在其专著《莎士比亚的节日喜剧》（*Shakespeare's Festive Comedies* [Princeton: Princeton Univ. Press, 1952]）中的论点——"无序……有巩固秩序的作用"（p. 205），以及伦纳德·特南豪斯（Leonard Tennenhouse）的断言——在历史剧中"狂欢作乐型的人物在对于政治权力合法化极为关键的偶像建构过程中起着特殊的辅助作用"（*Power on Display: The Politics of Shakespeare's Genres* [New York and London: Methuen, 1986], p. 83）。

7. Roy Strong, *Splendour at Court: Renaissance Spectacle and the Theater of Power* （Boston: Houghton Mifflin, 1973）. 关于早期现代景观政治的研究, 较为出色的有：Sydney Anglo, *Spectacle, Pageantry, and Early Tudor Policy* (Oxford: Oxford Univ. Press, 1969); David Bergeron, *English Civic Pageantry, 1558—1642* (Columbia and London: Univ. of South Carolina Press, 1971); Stephen Orgel, *The Illusion of Power: Political Theater in the English Renaissance* (Berkeley and London: Univ. of California Press, 173); Graham Parry, *The Golden Age Restor'd: The Culture of the Stuart Court* (Manchester: Manchester Univ. Press, 1981).

8. 不过，重要的是，格林布拉特对自己的论证做过多次修改，已经渐渐调整了自己对于早期现代英格兰统一性与稳定性的认识。那些形形色色的文化活动，在他看来曾经是不可抗拒的意识形态再现策略的一部分，现在却显得更加紧张，更具有冲突性："甚至那些一心要为单一性权威说话的文学文本，也能被人们用来展示制度以及意识形态的对抗。"（*Shakespearean Negotiations*, p. 3）不过，他所用的说法，"能被人们用来展示"，也许的确反映出他对于实际的抵抗或颠覆的可能性依然持有保留态度。

9. Robert Weimann, *Shakespeare and the Popular Tradition in the Theater*, ed. Robert Schwartz (Baltimore and London: The Johns Hopkins Univ. Press, 1978), pp. 208–255.

10. Mikhail Bakhtin, *Rabelais and His World*, trans. Hélèn Iswolsky (Bloomington: Indiana Univ. Press, 1984), p. 465.

11. *Miscellaneous Prose of Sir Philip Sidney*, ed. Katherine Duncan-Jones and J. A. Van Dorsten (Oxford: Oxford Univ. Press, 1973), p. 114.

12. *The Poems of Joseph Hall*, ed. Arnold Davenport (Liverpool: Liverpool Univ. Press, 1969), p. 5.

13. Edward Forset, *A Comparative Discourse of the Bodies Natural and Politique* (London, 1606), sig. E1ʳ.

14. Thomas Hobbes, *Leviathan*, ed. Michael Oakeshott (New York: Collier, 1962), p. 129. 克里斯多夫·派（Christopher Pye）的研究很有挑战性，他借用霍布斯的观点来考量文艺复兴时期政治与戏剧呈现的本质，认为霍布斯对于王权构成的论述是在探索"君主可视存在的脆弱性以及骇人的力量"。见他的 *The Regal Phantasm: Shakespeare and the Politics of Spectacle* (London and New York: Routledge, 1989)，特别是第43—81页。也请见本书第六章。

15. Pye, *The Regal Phantasm: Shakespeare and the Politics of Spectacle*, p. 43.

16. Sidney, *Miscellaneous Prose*, p. 52.

17. Raphael Holinshed, *The First and Second Volumes of Chronicles* (London, 1586), sig. Eee2ʳ.

18. Jacques Derrida, *Margins of Philosophy*, trans. Alan Bass (Chicago: Univ. of Chicago Press, 1982), p. 241.

19. Hobbes, *Leviathan*, p. 125.

20. *Political Works of James I*, ed. C. E. McIlwain (Cambridge, Mass.: Harvard Univ. Press, 1918), p. 3.

21. *Political Works of James I*, p. 69. 关于继承制度理论，请见：Howard Nennar, *The Right to Be King: The Succession to the Crown of England* (Chapel Hill: Univ. of North Carolina Press, 1995), esp. pp. 1–71.

22. Jean Bodin, *The Six Bookes of a Commonweale*, trans. Richard Knolles (London, 1606), sig. E6ʳ.

23. *Political Works of James I*, pp. 61–62.

24. *Leviathan*, p. 506.

25. William Segar, *Honor, Military and Ciuill, Contained in Foure Bookes* (London, 1602), sig. S6ʳ.

26. "...*si un homme qui se croit un roi est fou, un roi qui se croit un roi ne l'est pas moins,*"（Jacques Lacan, *Ecrits* [Paris: Editions du Seuil, 1966], p. 170). 也请见斯拉沃热·齐泽克（Slavoj Žižek）关于这个问题的讨论，他引用过拉康来讨论国王

与臣民的"盲信误认",即"国王已然就是他本人,这外在于其与臣民的关系"(*The Sublime Object of Ideology* [London and New York: Verso, 1989], p. 25)。

27. Raymond Williams, *Writing in Society* (London: Verso, 1984), p. 15.

28. George Puttenham, *The Art of English Poesie* (London, 1589), sig. X4ʳ. 在他的《詹姆斯国王的朝廷和人格》("Court and Character of King James")一文中,安东尼·威尔顿爵士(Sir Anthony Weldon)轻蔑地称,这句话,而不是人们更熟知的 "*Beati pacifici*(和平缔造者有福了)",才是国王的座右铭。见:Sir Walter Scott, *The Secret History of James the First* (Edinburgh: J. Ballantyne, 1811), vol. 1, p. 421.

29. Mikhail Bakhtin, *Problems of Doestoevski's Poetics*, trans. Caryl Emerson (Minneapolis: Univ. of Minnesota Press, 1984), p. 318.

30. 见戴维·怀尔斯(David Wiles)在他的《莎士比亚的丑角们》(*Shakespeare's Clowns* [Cambridge: Cambridge Univ. Press, 1987])中关于福斯塔夫与丑角的精彩论述,特别是第116—135页。怀尔斯指出,福斯塔夫这个角色"从结构上说就是个丑角",而且这个角色是特意为坎普(Kemp)①创作的(p. 116)。在怀尔斯看来,收场白或者吉格舞是传统丑角的部分戏份,如果我们这样理解这个角色,那就要迫使我们"抛弃以往关于文本统一性的批评观念,转而寻求戏剧体验的统一性"(p. 56)。约翰·考克斯(John Cox)也提出过,应将福斯塔夫看作舞台丑角,特别是塔尔顿(Tarlton)②在戏剧中的继承人。见:John Cox, *Shakespeare and the Dramaturgy of Power* (Princeton: Princeton Univ. Press, 1989), pp. 121–124.

31. Richard Helgerson, *Forms of Nationhood: The Elizabethan Writing of England* (Chicago and London: Univ. of Chicago Press, 1992), p. 227.

242 32. Jean Bodin, *Six Bookes of a Commonweal*, trans. Richard Knolles (London, 1606), sig.

---

① 威廉·坎普(William Kemp, ?1560—?1603)莎士比亚时代的喜剧演员和舞蹈演员,专门从事喜剧角色的表演。

② 理查·塔尔顿(Richard Tarlton, ?—1588)是伊丽莎白时代最著名的丑角,长于做即兴打油诗(这类诗后被称为"塔尔顿")、舞蹈和斗剑,常在一部剧的结尾与观众调侃斗嘴,对推动伊丽莎白时代的戏剧成为大众娱乐形式起了重要作用。

Iii iii3^r; *Every Man out of His Humor*（London, 1600），sig. E3^V; *The Poems of Sir John Davies*, ed. Robert Krueger (Oxford: Oxford Univ. Press, 1975), p. 136. 关于吉格舞，最充分全面的论述依然是：Charles Read Baskerville, *The Elizabethan Jig and Related Song Drama* (1929; rpt. New York: Dover, 1965).

33. *Middlesex County Records*, vol. 2, pp. 83–84. 转引自：Baskerville, *The Elizabethan Jig*, p.116. 我们并不是很清楚这一法令有多大效力，不过雪利（Shirley）于1632年在自己的《变化》（*Changes*）一剧中安排了一个人物，说许多绅士"不像当初人人都懂得体谅，如今没有吉格舞他们就不满意，而他们要为自己的声誉考虑，不能要求在剧终演它，他们就指望在中场时能演一演"（sig. H2^{r-v}）。不管这是说明演一段吉格舞是违法的，还只不过是说这么做显得不体面，可以确定的是，到了17世纪30年代，吉格舞又成了大众戏剧中司空见惯的余兴节目。

第八章

1. 关于早期现代英格兰的社会秩序语言的重要讨论，可见以下研究：Peter Burke, "The Language of Orders in Early Modern Europe," in *Social Orders and Social Classes in Europe Since 1500: Studies in Social Stratification*, ed. M. L. Bush (London and New York: Longman, 1992), pp. 1–12; David Cressy, "Describing the Social Order of Elizabethan and Stuart England," *Literature & History* 3 (1976): 29–44; Keith Wrightson, "Estates, Degrees, and Sorts: Changing Perceptions of Society in Tudor and Stuart England," in *Language, History and Class*, ed. Penelope J. Corfield (Oxford: Blackwell, 1990), pp. 30–52.

2. 即使不去谈论阶级这个概念的历史特性问题，讨论它作为一个概念何时开始存在依然是有意义的，因为与我们所熟知（并且显然是愚蠢）的那个讨论题（即可不可以把弗洛伊德的观念用于生活在弗洛伊德之前的人身上）不同，可以说，阶级须获得人们认知系统的承认作为其存在的条件。如果说确有潜意识这种东西，不管个人是否意识到它的存在，它都是存在的；然而，应该说"阶级"并不是一个先天分类，只等着往里填进概念，而只有当人们将自己作为一个阶级来看待时，阶级才存在。有许多有关阶级意识的颇具影响力的讨论，可见如下资料：Georg Lukács, *History and Class Consciousness*, trans. R. Livingstone (London: Merlin, 1971); *Aspects of History and Class Consciousness*, ed. István Mészáros

(New York: Herder and Herder, 1972), esp. E. J. Hobsbawm, "Class Consciousness in History," pp. 85–127; E. P. Thompson, "Eighteenth-Century English Society: Class Struggle without Class？," *Social History* 3 (1978): 133–165.

3. 即使马克思对这一概念的用法也存在前后不一致的情况，有时他将阶级视为具有历史特殊性的概念，比如在《德意志意识形态》（*The German Ideology*, ed. C. J. Arthur [London: Lawrence and Wishart, 1970]）一书中，他将前工业革命时代的阶层系统（system of estates）与真正的阶级系统（class system）做了对比，认为后者"本身就是资产集团的产物"（p. 87）。而有时候，他则把阶级用作一种普适的分类，指统治与被统治关系中分立的社会集团，比如在《共产党宣言》中那著名的说法，把"阶级斗争的历史"看作"迄今为止一切社会的历史"。

4. 见玛丽·雅各布斯的优秀论文："Is There a Woman in This Text," *New Literary History* 14 (1982): 117–142. 雅各布斯的论文，就像我自己这篇一样，标题显然改自斯坦利·菲什的《这门课上有文本吗？》一书（*Is There a Text in this Class?: The Authority of Interpretive Communities* [Cambridge, Mass.: Harvard Univ. Press, 1980]）。

5. 安娜贝尔·帕特森的《莎士比亚与民众之声》（*Shakespeare and the Popular Voice* [Oxford: Blackwell, 1989]）一书中，对于莎士比亚时代舞台上民众力量的呈现做了充分、丰富的讨论。然而，如果说帕特森有效地打破了一直主导莎士比亚研究的有关艺术及政治的精英思想，恢复了"大众"作为有效分类和研究对象的重要性，她却基本上忽视了使得大众声音能够被听到的戏剧中介力量。尽管她精彩地指出了民众"通过莎士比亚的剧本"发声是一种"腹语术（ventriloquism）"（p. 50），但她拒绝将其视为舞台上阶级呈现的必然本质。帕特森极力反对各种后结构主义研究者对话语自主性所要求的政治与伦理内涵，坚持认为"重要的是……话是谁说的"，并指出这些剧"沉迷于……声音的问题（或政治呈现）"（p. 97）。但是戏剧呈现也同样是个问题。例如，帕特森提到，《科利奥兰纳斯》"让民众作为一个政治实体*为他们自己*发声"（p. 127, 引文中的文字强调为她所注），但如果说在剧本中他们可以"为他们自己"发声，在剧院里则永远必须是演员为他们发声。

6. E. K. Chambers, *The Elizabethan Stage*（Oxford: Oxford Univ. Press, 1923），vol. 3, p. 500.

7. 有关伊丽莎白时代舞台上的异装行为，当然有许多极具影响力的研究，关于这

243

方面的研究特别值得一读的有：Catherine Belsey, "Disrupting Sexual Difference: Meaning and Gender in the Comedies," in *Alternative Shakespeares*, ed. John Drakakis (London: Methuen, 1985), pp. 166–190; Jean E. Howard, *The Stage and Social Struggle in Early Modern England* (London: Routledge, 1994), esp. pp. 93–128; Laura Levine, *Men in Women's Clothing: Antitheatricality and Effeminization, 1579—1642* (Cambridge: Cambridge Univ. Press, 1994; Phyllis Rackin, "Androgyny, Mimesis, and the Marriage of the Boy Heroine on the English Renaissance Stage," *PMLA* 102 (1987): 29–41.

8. Howard, *The Stage and Social Struggle*, p. 95.

9. Phillip Stubbes, *The Anatomie of Abuses* (London, 1583), sig. C2ᵛ.

10. 关于早期现代英格兰的禁奢法令，见：N. B. Hart, "State Control of Dress and Social Change in Pre-Industrial England," in *Trade, Government and Economy in Pre-Industrial England*, ed. D. C. Coleman and A. H. John (London: Weidenfeld & Nicolson, 1976), pp. 132–165. 早年还有两项值得借鉴的研究：Wilfrid Hooper, "The Tudor Sumptuary Laws," *English Historical Review* 30 (1915): 433–449; Frances Elizabeth Baldwin, *Sumptuary Legislation and Personal Regulation in England* (Baltimore: The Johns Hopkins Univ. Press, 1926). 本书中引文来自 1597 年 7 月 6 日的公告，见：*Tudor Royal Proclamations*, ed. Paul L. Hughes and James F. Larkin (New Haven and London: Yale Univ. Press, 1969), vol. 3, p. 175.

11. Hughes and Larkin, *Tudor Royal Proclamations*, vol. 2, p. 136.

12. William Perkins, *The Whole Treatise of the Cases of Conscience* (Cambridge, 1608), sig. GG2ᵛ.

13. Stephen Gosson, *Playes Confuted in Fiue Actions* (London, 1582), sig. G7ᵛ.

14. Fynes Moryson, *An Itinerary* (1617; Glasgow: Maclehose, 1907), vol. 4, pp. 233–234.

15. 例如，在亨利八世元年第 14 条法令公告（*1 Henry VIII*, c. 14）中，"助兴短剧中的演员""大使侍从""纹章官""豪门艺人"，以及"在服侍国王陛下期间，身着御赐号服"者都被特地排除在禁令条款适用范围之外。然而，在伊丽莎白时代的英格兰，"侍从，纹章官，纹章官助理，马背长矛比武、马上比武大会等其他比武会上的传令官，以及其他穿女王御赐服饰者"（*Tudor Royal Proclamations*, vol. 3, p. 180）依然受到豁免，但演员原有的豁免权却消失了。

16. Philip Henslowe, *Diary*, ed. R. A. Foakes and R. T. Rickert (Cambridge: Cambridge

Univ. Press, 1961), pp. 291–292.

244

17. *Tudor Royal Proclamations*, vol. 3, p. 176.

18. William Rankins, *A Mirrour of Monsters* (London, 1587), sig. C3ʳ.

19. Stephen Greenblatt, *Shakespearean Negotiations: The Circulation of Social Energy in Renaissance England* (Berkeley: Univ. of California Press, 1988), p. 88.

20. Jonas A. Barish, "The Antitheatrical Prejudice," *Critical Quarterly* 8 (1966): 331.

21. Sir Walter Ralegh, *Selected Writings*, ed. Gerald Hammond (Harmondsworth: Penguin, 1986), p. 147.

22. 关于伊丽莎白时代英格兰演员的地位问题有许多重要研究，可参考：Jean-Christophe Agnew, *Worlds Apart: The Market and the Theatre in Anglo-American Thought, 1550—1700* (Cambridge: Cambridge Univ. Press, 1986), pp. 101–148; M. C. Bradbrook, *The Rise of the Common Player: A Study of the Actor and Society in Shakespeare's England* (Cambridge, Mass.: Harvard Univ. Press, 1964), pp. 17–66; Philip Edwards, *Threshold of a Nation: A Study of English and Irish Drama* (Cambridge: Cambridge Univ. Press, 1979).

23. Chambers, *The Elizabethan Stage*, vol. 4, pp. 204, 197.

24. 同上，第269页。

25. Gamaliel Ratsey, *Ratseis Ghost* (London, 1605), sig. A4ʳ.

26. 关于纹章授予的具体情况的详述可见：S. Schoenbaum, *William Shakespeare: A Documentary Life* (New York: Oxford Univ. Press, 1975), pp. 167–173.

27. Chambers, *The Elizabethan Stage*, vol. 4, pp. 269–270.

28. *Malone Society Collections* 1, pts. 4 & 5, ed. W. W. Greg (Oxford: Oxford Univ. Press, 1911), pp. 348–349.

29. Chambers, *The Elizabethan Stage*, vol. 4, p. 256. 关于戏剧只是"新兴的但还只是部分可被理解的初生市场经济社会的代理形式"的观点，见 Agnew, *Worlds Apart*（pp. 1–148，引言来自第11页）；还可见卡瑟琳·E.麦卡拉斯基（Kathleen E. McLuskie）发人深省的论文。她提出，从赞助人制度向商业制度的复杂转换，即戏剧"由使用价值向交换价值"的转换，"常常被人混同为精英文化向大众文化的转化"（"The Poets' Royal Exchange: Patronage and Commerce in Early Modern Drama," in *Patronage, Politics, and Literary Traditions in England, 1558—1658*, ed. Cedric C. Brown [Detroit: Wayne State Univ. Press, 1991], pp. 125–

134，引言来自第127页）。

30. 同上，第299页。

31. 同上，第300页。

32. 同上，第237页。

33. 同上，第276页。

34. 同上，第200页。

35. [Anthony Munday], *A Second and Third Blast of Retrait from Plaies and Theaters* (London, 1580), sig. H7ʳ⁻ᵛ. 也请见：William Prynne, *Histrio-Mastix* (London, 1633), sig. X3ʳ.

36. 转引自：Bradbrook, *The Rise of the Common Player*, p. 95.

37. 转引自：David Mann, *The Elizabethan Player: Contemporary Stage Representations* (London: Routledge, 1991), p. 97.

38. Chambers, *The Elizabethan Stage*, vol. 4, pp. 198–199.

39. 转引自：Andrew Gurr, *The Shakespearean Stage, 1574—1642*, 3rd ed. (Cambridge: Cambridge Univ. Press, 1992), p. 132; *Annales* (London, 1631), p. 1004.

40. Fynes Moryson, *Shakespeare's Europe...Being Unpublished Chapters of Fynes Moryson's "Itinerary,"* ed. Charles Hughes (New York: Blom, 1967), p. 476.

41. Robert Greene, *Greenes Neuer Too Late: or, a Powder of Experience Sent to All Youthfull Gentlemen* (London, 1590), sig. I4ʳ.

42. Chambers, *The Elizabethan Stage*, vol. 2, pp. 208–209.

43. Chambers, *The Elizabethan Stage*, vol. 4, p. 255.

44. *Acts and Ordinances of the Interregnum, 1642—1660*, ed. C H. Firth and R. S. Rait (London: HMSO, 1911), p. 1070.

45. 关于对关闭剧院的详细讨论，请见本书第十一章。

46. *A Groats-worth of Witte*, ed. G. B. Harrison (New York: Barnes and Noble, 1966), p. 33.

47. Stephen Gosson, *The S[c]hoole of Abuse, Conteining a Pleasaunt Inuectiue against Poets, Pipes, Plaiers, Iesters, and such like Caterpillers of a Commonwealth* (London, 1579), sig. C6ʳ.

48. *Thomas Platter's Travels in England, 1599,* trans. Clare Williams (London: Cape, 1937), p. 167. 关于将衣物赠予演员的做法，还有其他记录。例如，亨利·赫

245

伯特（Henry Herbert）的笔记里就提到，1635 年"许多华丽的衣服"被赠给了一个法国剧团（*The Dramatic Records of Sir Henry Herbert, Master of the Revels, 1623—1673*, ed. Joseph Quincey Adams [New Haven: Yale Univ. Press, 1917], p. 61）。也可见：*The Earl of Strafforde's Letters and Dispatches*, ed. William Knowler (London, 1739), vol. 2, p. 150.

49. *Documents Relating to the Office of the Revels in the Time of Queen Elizabeth*, ed. Albert Feuillerat (Louvain Uystpruyst, 1908), pp. 21–28.

50. *Documents*, ed. Feuillerat, pp. 409–410.

51. 例如，可见亨斯洛与演员罗伯特·戴维斯（Robert Davies）签订的合约：*Henslowe Papers, Being Documents Supplementary to Henslowe's Diary*, ed. W. W Greg (London: Bullen, 1907), p. 125.

52. 例如，可见威廉·卡洛（William Carroll）的精妙论述：*Fat King, Lean Beggar: Representations of Poverty in the Age of Shakespeare* (Ithaca and London: Cornell Univ. Press, 1996)，esp. pp. 180–207.

53. In *Rogues, Vagabonds, and Sturdy Beggars*, ed. Arthur F. Kinney (Amherst: Univ. of Massachusetts Press, 1990), p. 91.

54. Agnew, *Worlds Apart*, pp. 63–69, 125–135.

55. *Tudor Royal Proclamations*, vol. 3, p. 196.

56. 转引自：James Winny, *The Frame of Order* (Folcroft: Folcroft, 1969), p.106.

57. 关于剧中的社会身份错位，请见：Raman Selden, "King Lear and True Need," *Shakespeare Studies* 19 (1988): 143–170; Judy Kronenfeld, "'So Distribution Should Undo Excess, and Each Man Have Enough': Shakespeare's *King Lear*—Anabaptist Egalitarianism, Anglican Charity; Both, Neither？," *ELH* 59 (1992): 755–874. 还有一篇目前尚未发表的论文：Daniel Vitkus, "Poverty and Ideology in *King Lear*."

58. Jonathan Dollimore, *Radical Tragedy: Religion, Ideology, and Power in the Drama of Shakespeare and his Contemporaries* (Chicago: Univ. of Chicago Press, 1984), p. 191.

246 **第九章**

1. Lawrence Danson, *Tragic Alphabet: Shakespeare's Drama of Language* (New Haven: Yale Univ. Press, 1974), p. 141.

2. Leonard Tennenhouse, *Power on Display: The Politics of Shakespeare's Genres* (New

York and London: Methuen, 1986), p. 132.

3. Marilyn L. Williamson, "Violence and Gender Ideology in *Coriolanus* and *Macbeth*," in *Shakespeare Left and Right*, ed. Ivo Kamps (New York and London: Routledge, 1991), p. 150.

4. *Characters of Shakespear's Plays* (1817; rpt. London: Dent, 1969), p. 191.

5. "Speculations: *Macbeth* and Source," in *Reproducing Shakespeare*, ed. Jean E. Howard and Marion F. O'Connor (London: Methuen, 1987), p. 249.

6. Jonathan Goldberg, "Speculations: *Macbeth* and Source"; Harry Berger, Jr., "The Early Scenes of Macbeth Preface to a New Interpretation," *ELH* 47 (1980): 1–31; rpt. in *Making Trifles of Terrors: Redistributing Complicities in Shakespeare* (Stanford: Stanford Univ. Press, 1997), pp. 70–97; Alan Sinfield, "*Macbeth*: History, Ideology and Intellectuals," *Critical Quarterly* 28 (1986); rpt. in *Faultlines: Cultural Materialism and the Politics of Dissident Reading* (Berkeley: Univ. of California Press, 1992), pp. 95–108; David Norbrook, "Macbeth and the Politics of Historiography," in *Politics of Discourse: The Literature and History of Seventeenth-Century England*, ed. Kevin Sharpe and Stephen N. Zwicker (Berkeley and Los Angeles: Univ. of California Press, 1987), pp. 78–116.

7. Berger, "The Early Scenes of *Macbeth*: Preface to a New Interpretation." 也请见：Stephen Booth, *King Lear, Macbeth, Indefinition, and Tragedy* (New Haven and London: Yale Univ. Press, 1983), pp. 96–101.

8. Edmund Malone, "An Attempt to Ascertain the Order in Which the Plays of Shakespeare Were Written," in *The Plays of William Shakespeare* (London, 1778), vol. 1, p. 324.

9. E. B. Lyle, "The 'Twofold Balls and Treble Scepters' in *Macbeth*," *Shakespeare Quarterly* 28 (1977): 516–519.

10. *Power on Display*, p. 131.

11. 见：*The Chronicles of Scotland, compiled by Hector Boece*, trans. into Scots by John Bellendon (1531) and ed. Edith C. Batho and H. Winifred Husbands (Edinburgh: William Blackwood and Sons, 1941), vol. 2, pp. 154–155. 关于利用虚构"历史"来巩固苏格兰君主制，见：Colin Kidd, *Subverting Scotland's Past: Scottish Whig Historians and the Creation of an Anglo-British Identity, 1689—c.1830* (Cambridge:

Cambridge Univ. Press, 1993), esp. pp. 18–23.

12. George Buchanan, *The History of Scotland* (London, 1690), sig. Qq3ʳ.

13. 关于此剧的历史背景，阿瑟·金尼（Arthur Kinney）写过一系列颇有意思的论文。在其中一篇里，他讨论了这场"秀"，尽管他认为第八位"国王"肯定是詹姆斯本人，并指出"这无比惊人的一刻……当……突然间，舞台上出现了观众们自己的国王"。其中的第八位国王不大可能被明确认同为詹姆斯本人。在当时，这样的展示会被禁止；再说，詹姆斯是第九位斯图亚特君主。当然，真正的第八位斯图亚特国君玛丽未计算在内，有可能是因为她不是国王，而是女王，但即使如此，她的缺席也一样叫人不安。见：Arthur F. Kinney, "Scottish History, the Union of the Crowns, and the Issue of Right Rule: The Case of Shakespeare's Macbeth," in *Renaissance Culture in Context*, ed. Jean R. Brink and William F. Gentrup (Aldershot: Scolar Press, 1993), p. 21.

247   14. Louis Knafla, *Law and Politics in Jacobean England: The Tracts of Lord Chancellor Ellesmere* (Cambridge: Cambridge Univ. Press, 1972), p. 22. 至詹姆斯继位时，斯图亚特王朝对苏格兰的统治已延续了九代。诺曼征服之后的英格兰历史中，最长的、未中断过的王朝也只延续了五代。

15. 毫无疑问，这个说法有争议，而且常常用得不够精准。近来不少研究17世纪英格兰的史学家宣称斯图亚特王朝是依法、以法治国的，因此不应该被认为是"专制"。然而，不仅在考虑国王的集权专制，而且更重要的是，在审视君主如何认定自己权威的来源和授予时，持上述看法都有可能失去一种有用的区分标准。例如，詹姆斯认为自己是"坐在上帝的宝座"上的，而就算他依法治国，他也明显认为自己"超越了法律，是法律的制定者，也是其力量的赋予者"（*The Political Works of James I*, ed. Charles Howard McIlwain [Cambridge, Mass.: Harvard Univ. Press, 1918], pp. 326, 63）。可以说，查理一世也是依法治国的（不过这个说法有些复杂），但他坚信1649年审理他叛国罪一案的法庭没有权利评判国王。关于此概念的重要讨论，可见：Nicholas Henshall, *The Myth of Absolutism: Change and Continuity in Early Modern European Monarchy* (London: Longman, 1992); *Absolutism in Seventeenth-Century Europe*, ed. John Miller (London: Macmillan, 1990), esp. J. H. Burns, "The Idea of Absolutism," pp. 21–42; Howard Nenner, *By Colour of Law: Legal Culture and Constitutional Politics in England 1660—1689* (Chicago: Univ. of Chicago Press, 1977); Glenn

Burgess, *Absolute Monarchy and the Stuart Constitution* (New Haven: Yale Univ. Press, 1996). 也请见：Perry Anderson, *Lineages of the Absolutist State* (London: Verso, 1974).

16. "An Act for the Establishment of the King's Succession" (1534; 25 Henr. VIII, c. 22). Rpt. in *Tudor Constitutional Documents, A.D. 1485—1603, with Historical Commentary*, ed. J. R. Tanner (Cambridge: Cambridge Univ. Press, 1930), pp. 382–385.

17. *Les Reportes del Cases in Camera Stellata, 1593—1609*, ed. William Paley Baildon (London: privately printed, 1894), pp. 163–164.

18. "A Speach to the Lords and Commons of the Parliament at White-Hall" (21 March 1609), in *The Political Works of James I*, p. 307.

19. 转引自：Max Weber, *From Max Weber: Essays in Sociology*, trans. and ed. H. H. Gerth and C. Wright Mills (1946; rpt. New York: Oxford Univ. Press, 1958), p. 78. 韦伯在这里讨论的是国家"垄断"合法暴力的问题。

20. [William Covell], *Polimanteia* （London, 1595）, sig. C4^r.

21. *The Jacobean Union: Six Tracts of 1604*, ed. Bruce R. Galloway and Brian P. Levack (Edinburgh: Scottish History Society, 1985), p. 196.

22. *The Case of the Commonwealth of England, Stated*, ed. Philip. A. Knachel (Charlottesville: Univ. of Virginia Press, 1969), p. 15.

23. 转引自：William M. Lamont, *Richard Baxter and the Millennium* (London: Croom Helm, 1979), p. 97.

24. *The Trew Law of Free Monarchies*, in *Political Works of James I*, p. 61.

25. 同上，第62—63页。

26. *Basilikon Doron, in Political Works of James I*, p. 18. 1591 年发行的苏格兰硬币"银半元(silver helf merk)"背面的铭文是"*his differet rege tyrannus*（异于僭君）"。见：Adam R. Richardson, *Catalogue of Scottish Coins in the National Museum of Antiquities* (Edinburgh: Society of Antiquaries, 1905), p. 253. 艾伦·辛菲尔德（Alan Sinfield）在《断层线》（*Faultlines*）一书中，也提出过类似见解，指出了国家垄断暴力要求在理论上将僭君和合法君主分归两类（pp. 95-108）。

27. Jean Bodin, *The Six Bookes of a Commonweale*, trans. Richard Knolles (London, 1606), sig. V2^v.

248

28. "The Fourth Part of the Sermon for Rogation Week," in *Certain Sermons and Homilies* (London: Society for Promoting Christian Knowledge, 1908), p. 530. 也可参考谚语 "赃物传不过三代"（Morris Palmer Tilly, *Dictionary of Proverbs in England in the Sixteenth and Seventeenth Century* [Ann Arbor: Univ. of Michigan Press, 1950], p. 267）。

29. *Conscience Satisfied* (London, 1643), sig. D4ᵛ.

30. J. G. A. Pocock, *The Ancient Constitution and the Feudal Law: A Study of English Historical Thought in the Seventeenth Century* (1957; rpt. Cambridge: Cambridge Univ. Press, 1987), p. 149.

31. *The Trew Law of Free Monarchies,* in *Political Works of James I*, pp. 62–63.

32. *Ius Regis* (London, 1612), sig. Ff8ᵛ.

33. Roger Widdrington [i.e., Thomas Preston], *Last Reioynder to Mʳ Thomas Fitz-Herberts Reply*... (London, 1619), sig. L4ʳ.

34. Ecclesiastical Canons of 1606, in *Synodalia*, ed. Edward Cardwell (Oxford: Oxford Univ. Press, 1842), vol. 1, p. 346. 关于专制主义的政治理论，见注释 15，以及：J. P. Sommerville, *Politics and Ideology in England, 1603—1640* (London: Longman, 1986, esp. pp. 9–56; James Daly, *Sir Robert Filmer and English Political Thought* (Toronto: Univ. of Toronto Press, 1979).

35. Raphael Holinshed, "The Historie of Scotland," in *Chronicles of England, Scotland and Ireland* (London, 1587), vol. 2, sig. O1ʳ.

36. 例如，可见亨利·N. 保罗（Henry N. Paul）的 *The Royal Play of "Macbeth"* (New York: Macmillan, 1950)："他可能从布坎南的史书中读到了这一点，他对布坎南的作品的确是有所了解的；不过这似乎不大可能，因为关于这点布坎南说得很少。或者（而这个更有可能），他可能找了哪位见多识广的苏格兰人，得到他的帮助，免得在苏格兰历史的问题上犯错。"（p. 155）

37. Holinshed, *Chronicles*, vol. 2, sig. P2ʳ.

38. 同上。

39. "*Macbeth* and Witchcraft," in *Focus on "Macbeth,"* ed. John Russell Brown (London: Routledge and Kegan Paul, 1982), p. 193.

40. 见：Arthur F. Kinney, "Scottish History, the Union of the Crowns and the Issue of Right Rule: The Case of Shakespeare's *Macbeth*," in *Renaissance Culture in Context*,

esp. pp. 18–20.

41. "Speculations: *Macbeth* and Source," p. 242.

42. Philip Sidney, *The Defence of Poesie* (London, 1595), sig. E4ᵛ.

43. Sinfield, "*Macbeth*: History, Ideology and Intellectuals," p. 100.

44. Norbrook, "*Macbeth* and the Politics of Historiography," p. 104.

45. Holinshed, *Chronicles*, vol. 2, sig. P3ᵛ.

46. Norbrook, "*Macbeth* and the Politics of Historiography," p. 104.

47. *The Right of Magistrates*, in *Constitutionalism and Resistance in the Sixteenth Century*, ed. and trans. Julian Franklin (New York: Pegasus, 1969), pp. 105, 107, 129.

48. *A Sermon Preached at the Last General Assize Holden for the County of Sommerset at Taunton* (London, 1612), sig. A4ᵛ.

49. *The Trew Law of Free Monarchies*, in *Political Works of James I*, p. 66.

50. 同上。

51. 同上，第60页。

52. Francis Barker, *The Culture of Violence: Essays on Tragedy and History* (Chicago: Univ. of Chicago Press, 1993), p. 66.

53. Karin S. Coddon, "'Unreal Mockery': Unreason and the Problem of Spectacle in *Macbeth*," *ELH* 56 (1989): 499.

54. *The Trew Law of Free Monarchies*, in *Political Works of James I*, p. 64.

55. *A Remonstrance for the Right of Kings*, in *Political Works of James I*, p. 206.

56. *The Trew Law of Free Monarchies*, in *Political Works of James I*, p. 65.

57. Tennenhouse, *Power on Display*, p. 132.

58. *Daphnis Polystephanus* (London, 1605), sig. A3ʳ.

59. Holinshed, *Chronicles*, vol. 2, sig. P8ᵛ.

60. 博伊斯指出，很多人认为，马尔康引进"英格兰人的礼节、语言，以及过度的欢乐"，这导致了"他未来的劫难"（p. 172）。布坎南也有类似评价，认为"改革公共礼节"这一做法不合时宜，并指出道纳德·本认为英格兰的价值观"破坏了先辈的行为准则"（sig. Ee3ᵛ–4ʳ），这促使他起事反叛。

61. *The Progresses, Processions, and Magnificent Festivities of James I*, ed. John Nichols (London, 1828), vol. 1, p. 331.

249

62. *Stuart Royal Proclamations*, ed. J. F. Larkin and L. P. Hughes (Oxford: Clarendon Press, 1973), vol. 1, pp. 95–99.

63. *Journals of the House of Commons* (London, 1803), vol. 1, p. 183. 关于 "*plenitude potestatis*（无穷力量）"这一概念，可见：J. H. Burns, "The Idea of Absolutism," in *Absolutism in Seventeenth-Century Europe*, ed. John Miller, pp. 21–42.

64. 当然，这不是说仁君与暴君之间没有差别，也不是说邓肯与麦克白之间没有差别（剧中正是描写了两人的差别）。即使往好里讲，这样的结论也是愚蠢的。我要说的是，他们不同的为君之道构建了不同的政治关系，这些关系的确大有不同，但这种不同不应该在"合法性"这个概念中去寻找。我在文中已经论述过，"合法性"这样的概念实际上是将真正的差异神秘化，而不是将它解释清楚。而且，这种神秘化本身会在不知不觉中让人们更加看不见这些实际产生作用的权力关系，并因此无法对之加以改善。

第十章

1. *The Comedy of Errors*, 3.2.133—135. 值得指出的是，对于一部写于16世纪90年代初期的戏剧来说，这里的"美洲"必然是与西班牙而非英格兰的殖民利益联系在一起的。

2. Edmond Malone, *An Account of the Incidents from Which the Title and Part of the Story of Shakespeare's "Tempest" Were Derived and Its True Date Determined* (London: C. and R. Baldwin, 1808).

3. *The Tempest*, ed. Morton Luce (London: Methuen, 1901), pp. xii, xlii.

4. John Gillies, *Shakespeare and the Geography of Difference* (Cambridge: Cambridge University Press, 1994), p. 149. 关于莎士比亚与弗吉尼亚公司的关系，见：Charles Mills Gayley, *Shakespeare and the Founders of Liberty in America* (New York: Macmillan, 1917).

250　5. 这个措辞如今已是《暴风雨》评论中的基本用语，出自安东尼奥·德·内夫里哈（Antonio de Nebrija）在伊萨贝拉女王（Queen Isabella）面前为自己所著的西班牙语语法读本作辩时说的话："语言是完美的帝国工具。"（转引自：Louis Hanke, *Aristotle and the American Indians* [Bloomington: Indiana University Press,

1959], p. 8）不过，内夫里哈（或更准确地说是勒夫里哈［Lebrija］①）对语言与帝国的工具性关系实际上没有说得很清楚。在《卡斯蒂利亚语语法》（*Grammatica Castellana*, 1492）里，他写的是："*siempre la lengua fue compañera del imperio*（语言一直伴随着帝国）"（sig. a2ʳ）。关于此剧与英格兰殖民计划的"关联"，可见：Paul Brown, "'This thing of darkness I acknowledge mine': *The Tempest* and the Discourse of Colonialism," in *Political Shakespeare: New Essays in Cultural Materialism*, ed. Jonathan Dollimore and Alan Sinfield (Ithaca: Cornell Univ. Press, 1985), esp. pp. 56, 64.

6. *Narrative and Dramatic Sources of Shakespeare* (London: Routledge and Kegan Paul, 1975), vol. 8, p. 245.

7. *Coleridge on Shakespeare: The Text of the Lectures of 1811—1872*, ed. R. A. Foakes (Charlottesville: Univ. Press of Virginia, 1971), p. 106.

8. Greenblatt, *Shakespearean Negotiations: The Circulation of Social Energy in Renaissance England* (Berkeley and Los Angeles: Univ. of California Press, 1988), p. 156; Hulme, "Hurricanes in the Caribbees: The Constitution of the Discourse of English Colonialism," in *1642: Literature and Power in the Seventeenth Century*, ed. Francis Barker, et al. (Colchester: Univ. of Essex, 1981), p. 74.

9. Ralph Berry, *On Directing Shakespeare: Interviews with Contemporary Directors* (London: Croom Helm, 1977), p. 34.

10. Leslie A. Fiedler, *The Stranger in Shakespeare* (New York: Stein and Day, 1972), p. 238.

11. Epistle Dedicatory to *The Second Volume of Chronicles* in *The First and Second Volumes of Chronicles*, ed. Raphael Holinshed, et al. (London, 1586), sig. A3ᵛ.

12. Francis Barker and Peter Hulme, "Nymphs and Reapers Heavily Vanish: The Discursive Contexts of *The Tempest*," in *Alternative Shakespeares*, ed. John Drakakis (London: Routledge, 1985), p. 198. 理查德·哈尔彭（Richard Halpern）有过相似见解，他说，"殖民主义已经成为解读《暴风雨》的一个主要，若非最主要

---

① 内夫里哈（1442—1522）出生于西班牙的勒夫里哈，"安东尼奥·德·内夫里哈"为其按照当时人文主义传统，将自己的本名古罗马化的结果。而在古罗马时代，勒夫里哈被称为内夫里哈。

的规则"（"'The Picture of Nobody': White Cannibalism in *The Tempest*," in *The Production of English Renaissance Culture*, ed. David Lee Miller, Sharon O'Dair, and Harold Weber [Ithaca: Cornell Univ. Press, 1994], p. 265）。

13. "Certain Fallacies and Irrelevancies in the Literary Scholarship of the Day," *Studies in Philology* 24 (1927): 484.

14. *Narrative and Dramatic Sources of Shakespeare*, vol. 8, p. 241.

15. Barker and Hulme, "Nymphs," p. 204. 格林布拉特的确是以《暴风雨》与弗吉尼亚公司记事的关系为基础，对此剧进行阐释的，但他看出"此剧背离了这些素材"，虽然他认为这种背离显示了"令百慕大素材变得可以化用的过程"；换言之，尽管此剧改造了来源素材，对于格林布拉特来说，它依然以新大陆和"殖民话语"为核心基础（*Shakespearean Negotiations*, pp. 154–155）。

16. 丹尼斯·凯（Dennis Kay）指出，这里暗指赫拉克勒斯之柱（pillars of Hercules），最初由查理五世选用为帝国象征，后来其他欧洲君主，包括伊丽莎白在内，都纷纷效仿。见：Dennis Kay, "Gonzalo's 'Lasting Pillars': *The Tempest*, V. i. 208," *Shakespeare Quarterly* 35 (1984): 322–324.

17. 见：E. K. Chambers, *William Shakespeare: A Study of Facts and Problems* (Oxford: Clarendon Press, 1930), vol. 2, p. 342.

18. *Parliamentary Debates in 1610*, ed. S. R. Gardiner (London: Camden Society, 1861), p. 53.

19. 见：Roger Lockyer, *The Early Stuarts: A Political History of England*（London and New York: Longman, 1989），esp. p. 15. 也许值得在这里指出的是，彭布鲁克伯爵和南安普顿伯爵（莎士比亚与这两位都有联系）在外交政策上，都强硬地维护清教派。见：Thomas Cogswell, *The Blessed Revolution: English Politics and the Coming of War, 1621—1624* (Cambridge: Cambridge Univ. Press, 1989), esp. pp. 12–50.

20. John Nichols, *Progresses of King James the First* (1828; rpt. New York: AMS Press, n. d.), vol. 2, pp. 601–602.

21. 1611 年 5 月，亨利·沃顿记述了鲁道夫如何被迫"立马蒂亚斯为罗马君主"。在评论马蒂亚斯的追随者们是如何对待鲁道夫时，沃顿提到："他们先收回了对他的服从和尊敬，然后剥夺了他的地位和封号，现在则把他降到如此卑微的地位，连自己的声音都无法主宰。"见：*Life and Letters of Sir Henry Wotton*,

251

ed. Logan Pearsall Smith (Oxford: Clarendon Press, 1907), vol. 1, p. 507.

22. *Life and Letters of Sir Henry Wotton*, vol. 1, p. 268.

23. 转引自：R. J. W. Evans, *Rudolph II and His World* (Oxford: Clarendon Press, 1973), p. 196. 也请见：Hugh Trevor-Roper, *Princes and Artists: Patronage and Ideology at Four Habsburg Courts 1517—1633* (London: Thames and Hudson, 1976), esp. pp. 122-123.

24. 迈克尔·斯里格利（Michael Srigley）在自己的专著 *Images of Regeneration: A Study of Shakespeare's "The Tempest" and Its Cultural Background*（Uppsala: Academiae Upsaliensis, 1985）中，的确提出对此剧应该做时事寓言式解读，但是，当然，我们应该记得，早在创作《爱的徒劳》时，莎士比亚就已开始拿醉心研究、无意国事的统治者们做文章了。

25. *Daemonologie (1597) and Newes from Scotland*, ed. G. B. Harrison (London: Bodley Head, 1924), pp. 24-25.

26. *The Political Works of James I*, ed. Charles Howard McIlwain (Cambridge, Mass.: Harvard Univ. Press, 1918), p. 38.

27. 即使马克·费侯（Marc Ferro）雄心勃勃的综合性大作《世界殖民史》（*Colonization: A Global History* [London and New York: Routledge, 1997]）也承认："的确，殖民与殖民间不尽相同。"（p. viii）

28. *The Original Writings and Correspondence of the Two Richard Hakluyts*, ed. Eva G. R. Taylor (London: Hakluyt Society, 1935), p. 243. 也请见杰弗里·纳普（Jeffrey Knapp）的优秀著作：*An Empire Nowhere: England, America, and Literature from "Utopia" to "The Tempest"* (Berkeley: Univ. of California Press, 1992), esp. pp. 231-234.

29. *Soundings in Critical Theory* (Ithaca: Cornell Univ. Press, 1989), p. 193.

30. Richard E. Palmer, *Hermeneutics* (Evanston: Northwestern Univ. Press, 1969), p. 120.

31. 这里所用的说法是大家熟知的。乔纳森·卡勒（Jonathan Culler）写过，"意义限于背景，背景则无限"（*On Deconstruction: Theory and Criticism after Structuralism* [Ithaca: Cornell Univ. Press, 1982], p. 123）。不过，例如苏珊·霍顿（Susan Horton）也玩过同样的文字游戏，"尽管意义本身可能'限于背景'……背景自己却是无限的"（*Interpreting Interpreting: Interpreting Dickens's "Dombey"* [Baltimore: The Johns Hopkins Univ. Press, 1979], p. x）。

32. Hans-Georg Gadamer, *Truth and Method*, trans. Garrett Barden and John Cumming (London: Sheed and Ward, 1975), p. 269.

33. 正是在乔治·兰明（George Lamming）、罗伯托·费尔南德斯·雷塔马尔（Roberto Fernández Retamar）、艾梅·塞泽尔（Aimé Césaire）以及其他身处20世纪中叶反殖民主义抗争运动中的作家作品中，《暴风雨》遭遇了巨变，成了殖民主义戏剧的典范。

34. 霍华德·费尔佩林（Howard Felperin）最近也提出了类似的看法，认为评论家过于强调"新大陆的殖民主义"了。他说，它在剧中的痕迹被"高估"，人们"以偏概全"了。不过，费尔佩林的目的，不是将"全"看作更大的历史图景，而是"对整个人类史的投射"，或者，像他自己说的，"将历史视为重复的循环"。然而，在我看来，这是将此剧又推向历史批评想要推翻的那种理想主义解读去了。见：Howard Felperim, "Political Criticism at the Crossroads: The Utopian Historicism of *The Tempest*," in *The Tempest*, ed. Nigel Wood (Buckingham and Philadelphia: Open University Press, 1995), esp. pp. 47–55. 关于另一种重置《暴风雨》与新大陆殖民活动关系的解读，见：Meredith Anne Skura, "Discourse and the Individual: The Case of Colonialism in *The Tempest*," *Shakespeare Quarterly* 40 (1989): 42–69. 该论文后收录在以下论文集中：*Critical Essays on Shakespeare's "The Tempest,"* ed. Alden and Virginia Vaughan (New York: G. K. Hall, 1998).

第十一章

1. *Acts and Ordinances of the Interregnum, 1642—1660*, ed. C. H. Firth and R. S. Rait (London: HMSO, 1911), vol. 1, pp. 26–27.

2. Margot Heinemann, *Puritanism and Theatre: Thomas Middleton and Opposition Drama under the Early Stuarts* (Cambridge: Cambridge Univ. Press, 1980).

3. Thomas White, *A Sermo[n] Preached at Pawles Crosse on Sunday the Thirde of Nouember 1577, in the time of the Plague* (London, 1578), sig. C8ʳ.

4. Brian Morris, "Elizabethan and Jacobean Drama," in *English Drama to 1710*, ed. Christopher Ricks (London: Sphere Books, 1971), p. 65.

5. Widdowes, *The Schysmatical Puritan* (London, 1631), sig. A3ʳ.

6. [Henry Parker], "A Discourse Concerning Puritans," in *Images of English Puritanism:*

A Collection of Contemporary Sources, 1589—1646, ed. Lawrence A. Sasek (Baton Rouge: Univ. of Louisiana Press, 1989), p. 130.

7. *Calendar of State Papers and Manuscripts Relating to English Affairs, Existing in the Archives and Collections of Venice and in Other Libraries of North Italy*, ed. R. Brown, et al. (London: Historical Manuscript Commission, 1864—　　), vol. 14, p. 245. 以下简称 *CSPV*。

8. 见：C. H. Frith, "Sir William Davenant and the Revival of Drama under the Protectorate," *English Historical Review* 18 (1903): 319–321; James R. Jacob and Timothy Raylor, "Opera and Obedience: Thomas Hobbes and *A Proposition for Advancement of Moralitie* by William Davenant," *Seventeeth Century* 6 (1991): 205–250.

9. Barish, *The Antitheatrical Prejudice* (Berkeley: Univ. of California Press, 1981), p. 83.

10. H. C. Grierson, *Cross Currents in English Literature of the XVIIth Century* (1929; rpt. London: Chatto & Windus, 1965), p. 69.

11. John Moore, 26 January 1641/1642, in *The Private Journals of the Long Parliament, 3 January to 5 March*, ed. Willson H. Coates, Anne Steele Young, and Vernon F. Snow (New Haven: Yale Univ. Press, 1982), p. 182.

12. John Milton, *A Treatise of Civil Power in Ecclesiastical Causes* (London, 1659), sig. B12^r.

13. Philip Edwards, "The Closing of the Theatres," in *The Revels History of Drama in English, 1613—1660*, ed. Philip Edwards, Gerald Eades Bentley, Kathleen McLuskie, and Lois Potter (London: Methuen, 1981), p. 63.

14. Heinemann, *Puritanism and Theatre, and Martin Butler, Theatre and Crisis, 1632—1642* (Cambridge: Cambridge Univ. Press, 1984).

15. James Shirley, "Prologue at the Black-Fryers," in *The Sisters* (London, 1652), sig. A3^r. 253

16. *Journal of the House of Lords*, vol. 5, pp. 334–337 （以下简称 *LJ*）；*Journal of the House of Commons*, vol. 2, pp. 749–750 （以下简称 *CJ*）. 也可见当时的新闻合刊，比如：*A True and Perfect Diurnall of the Passages in Parliament*, 29 August to 6 September 1642.

17. 关于关闭剧院，最令人信服的是巴特勒在《戏剧与危机》中简洁有力的叙述 (pp. 136–140)。还有一篇里克·鲍尔斯（Rick Bowers）的精彩论文："Players,

Puritans, and Theatrical Propaganda, 1642—1660," *Dalhousie Review* 67（1987—1988）: 463-479. 两人都认为（用鲍尔斯的话说）"关闭剧院是维持公共秩序的重要手段"（p. 465）。尽管这一章最早一稿是在1984年美国文艺复兴协会（Renaissance Society of America）的会议上宣读的，而当时这两部作品都尚未问世，我对于17世纪40年代各种事件的理解依然大大受惠于它们。

18. Edwards, "The Closing of the Theatres," p. 63.

19. "The Prologue to His Majesty," in *The Poetical Works of John Denham*, ed. Theodore Howard Banks (New Haven: Yale Univ. Press, 1928), p. 94.

20. *The Last News in London: Or, A Discourse between a Citizen and a Country-Gentleman* (London, 1642), p. 2.

21. [Samuel Butler], *The Loyal Satyrist: Or, Hudibras in Prose* (London, 1682), p. 21.

22. *The Stage-Players Complaint. In A pleasant Dialogue betweene Cain of the Fortune, and Reed of the Friers. Deploring their sad and solitary conditions for want of Imployment. In this heavie and Contagious time of the plague in London* (1641). In *The English Drama and Stage under the Tudor and Stuart Princes, 1543—1664*, ed. W. C. Hazlitt (1869; rpt New York: Burt Franklin, 1964), pp. 256-257.

23. "To my honoured Friend M. *Ja.* Shirley," in James Shirley, *Poems & c.* (London, 1646), sig. A5ʳ.

24. 转引自：Gerald Eades Bentley, *The Jacobean and Caroline Stage* (Oxford: Oxford Univ. Press, 1968), vol. 6, p. 42.

25. Berry, "Folger MS V.b.275 and the Deaths of Shakespearean Playhouses," *Medieval and Renaissance Drama in England* 10 (1998): 62-93.

26. Edmund Gayton, *Pleasant Notes upon Don Quixot* (London, 1654), sig. Mm4ʳ.

27. Heinemann, *Puritanism and Theatre*, p. 235.

28. Leonard Tennenhouse, *Power on Display: The Politics of Shakespeare's Genres* (New York and London: Methuen, 1986), p. 39.

29. 见第六章。

30. Sir Ralph Winwood, *Memorials of Affairs of State in the Reigns of Q. Elizabeth and K. James*, ed. E. Sawyer (London, 1725), vol. 1, p. 271.

31. Nigel Bawcutt, *The Control and Censorship of Caroline Drama: The Records of Sir Henry Herbert, Master of the Revels 1623—1673* (Oxford: Oxford Univ. Press, 1996),

p. 46.

32. *Letters of John Chamberlain*, ed. Norman Egbert McClure (Philadelphia: American Philosophical Society, 1939), vol. 2, p. 578.

33. 转引自：Bentley, *The Jacobean and Caroline Stage*, vol. 4, p. 871.

34. Butler, *Theatre and Crisis*. 也请见：Albert H. Tricomi, *Anticourt Drama in England, 1603—1642* (Charlottesville: Univ. of Virginia Press, 1989).

35. *Brennoralt*, 3.2.38—39, in *The Works of Sir John Suckling*, ed. L. A. Beaurline (Oxford: Oxford Univ. Press, 1971), vol. 2, p. 210.

36. William D'Avenant, *The Fair Favourite*, in *The Dramatic Works of Sir William D'Avenant*, ed. James Maidment and W. H. Logan (1874; rpt. New York: Russell & Russell, 1964), vol. 4, pp. 223, 232.

37. Bawcutt, *The Control and Censorship of Caroline Drama*, p. 208; Butler, *Theatre and Crisis*, p. 200. 鲍卡特（Bawcutt）指出，巴特勒和其他研究者都认定赫伯特的话是指《宫廷乞丐》，这其实过于自信了。

38. James Wright, *Historia Histrionica: A Historical Account of the English-Stage* (London, 1699), sig. B3ʳ.

39. 转引自：William Haller, *Liberty and Revolution in the Puritan Revolution* (New York: Columbia Univ. Press, 1955), p. 9.

40. *The Debates on the Grand Remonstrance*, ed. John Foster (London: John Murray, 1866), p. 292.

41. 转引自：Glynne Wickham, *Early English Stages, 1300—1600* (New York: Columbia Univ. Press, 1963), vol. 2, part 1, p. 67.

42. *Ideology and Politics on the Eve of Restoration: Newcastle's Advice to Charles II*, ed. Thomas P. Slaughter (Philadelphia: American Philosophical Society, 1984), p. 84.

43. Henry Crosse, *Vertues Common-Wealth: Or, The High-way to Honour* (London, 1603), sig. Q1ʳ; Montaigne, "Of the Institution and Education of Children; to the Ladie Diana of Foix, Countess of Gurson," in *The Essayes of Michael Lord of Montaigne*, trans. John Florio (London: Henry Frowde, 1904), vol. 1, p. 207.

44. Peter Stallybrass and Allon White, *The Politics and Poetics of Transgression* (Ithaca: Cornell Univ. Press, 1986).

45. E. K. Chambers, *The Elizabethan Stage* (Oxford: Oxford Univ. Press, 1930), vol. 4,

254

p. 341.

46. 劳斯是皮姆的继兄，是虔诚的加尔文教派信徒。他在为进入司法界做准备期间改宗此派，最终走上了积极投身政治、推动改革的道路。见：Nicholas Tyacke, *Anti-Calvinists: The Rise of English Arminianism c.1590—1640* (Oxford: Oxford Univ. Press, 1987), pp. 138–189.

47. Butler, *Theatre and Crisis*, p. 138.

48. *CJ*, vol. 2, p. 84. 关于这一时期印刷出版业的规章制度，见：Fredrick Seaton Siebert, *Freedom of the Press, 1476—1776* (Urbana: Univ. of Illinois Press, 1952), esp. pp. 165–191.

49. *CJ*, vol. 2, p. 514.

50. *CJ*, vol. 2, p. 739. 也请见：*LJ*, vol. 5, p. 322.

51. *CJ*, vol. 2, p. 747.

52. 无疑，在众多呼吁应认识将"议会"这一概念均质化的做法存在不足的声音中，最重要的来自康拉德·罗素（Conrad Russell）。罗素在一系列研究中，强调了这一群体内部各种不可避免的分裂，并指出对于敦促采取具体行动的具体个人和组织，我们需要多加研究。请特别参见：Conrad Russell, *Parliaments and English Politics 1621—1629* (Oxford: Oxford Univ. Press, 1979), esp. pp. 1–84.

53. 转引自：R. W. Harris, *Clarendon and the English Revolution* (London: Chatto & Windus, 1983), p. 132. 将［英国］内战，或至少将1642—1646年内战第一阶段看作贵族精英间争斗的这一见解，使许多"修正主义"史学家抛弃了旧的辉格主义史观，否认这场战争是实现民主和包容这一进程中的关键事件，而将它看作在很大程度上出于意外的一场冲突，仅产生短期影响，长期效应即使有也不多。他们认为，1642年英格兰的文化在立宪原则上基本意见统一（分歧主要在宗教方面）。然而，他们过于轻易地否认了战争早期出现的激进主义，这一激进主义不仅清楚地体现在当时的话语之中，而且可以说更为关键的，清楚地体现在平民成为一种政治力量，迫使当时的政治版图重新定义这一点上。相应地，出现了一种比以往的进步论历史观更细腻缜密的反修正主义立场，再次肯定了这几年历史所蕴含的革命意义。见：R. C. Richardson, *The Debate on the English Revolution Revisited* (London: Routledge, 1988）; Richard Cust and Ann Hughes, "Introduction: After Revisionism," in *Conflict in Early Stuart England: Studies in Religion and Politics 1603—1642* (London: Longman, 1989),

255

pp. 1–46.

54. *A Declaration of the Valiant Resolution of the Famous Prentices of London* (London, 1642), sig. A3ʳ.

55. 转引自：Anthony Fletcher, *The Outbreak of the English Civil War* (New York: New York Univ. Press, 1981), p. 379.

56. 转引自：Conrad Russell, *The Crisis of Parliaments: English History, 1509—1660* (Oxford: Oxford Univ. Press, 1971), p. 348.

57. 转引自：H. N. Brailsford, *The Levellers and the English Revolution* (Stanford: Stanford Univ. Press, 1961), p. 35.

58. 转引自：*Freedom in Arms: A Selection of Leveller Writings*, ed. A. L. Morton (New York: International Publishers, 1975), p. 239.

59. 见：*Leveller Manifestoes of the Puritan Revolution*, ed. D. M. Wolfe (1944; rpt. New York: Humanities Press, 1967), p. 237.

60. 见：Brailsford, *The Levellers and the English Revolution*, p. 93.

61. Thomas Hobbes, *Behemoth: or, The Long Parliament*, ed. Ferdinand Tönnies (Chicago: Univ. of Chicago Press, 1990), p. 64.

62. Edward Hyde, Earl of Clarendon, *The History of the Rebellion and Civil Wars in England*, ed. W. D. Macray (Oxford Univ. Press, 1888), vol. 1, p. 269.

63. *The Diurnall Occurrences, or Dayly Proceedings of Both Houses... From the Third of November, 1640, to the Third of November 1641* (London, 1641), sig. B4ᵛ.

64. Clarendon, *The History of the Rebellion*, vol. 1, p. 270.

65. Thomas May, *The History of the Parliament of England* (London, 1647), p. 79. 关于普通民众在内战时期作用最具说服力的论述，可见布莱恩·曼宁（Brian Manning）的《英国人民与英国革命》（*The English People and the English Revolution*），以及他最近发表的《1640—1660年英国的贵族、平民与革命》（*Aristocrats, Plebeians and Revolution in England 1640—1660* [London: Pluto Press, 1996]）。也可见：Valerie Pearl, *London and the Outbreak of the Puritan Revolution* (Oxford: Oxford Univ. Press, 1961), esp. pp. 210–236.

66. *The Third Speech of The Lord George Digby, To the House of Commons* (London, 1641), sig. B1ᵛ–B2ʳ.

67. *CSPV*, vol. 25, pp. 128–129.

68. 转引自：Manning, *The English People and the English Revolution*, p. 58.

69. 同上，第64页。

70. *CSPV*, vol. 25, p. 148.

71. Sir Philip Warwick, *Memoires of the Reigne of Kinge Charles I* (London, 1701), p. 163.

72. *CSPV*, vol. 25, p. 129.

73. 转引自：Keith Lindley, "London and Popular Freedom in the 1640s," in *Freedom and the English Revolution*, ed. R. C. Richardson and G. M. Ridden (Manchester: Manchester Univ. Press, 1986), p. 120. 也请见：Terence Kilburn and Anthony Milton, "The Public Context of the Trial and Execution of Strafford," in *The Political World of Thomas Wentworth, Earl of Strafford, 1621—1641*, ed. J. F. Merritt (Cambridge: Cambridge Univ. Press, 1996), pp. 230–252.

74. *Calendar of State Papers: Domestic Series, 1641—1643*, p. 188.

75. *CSPV*, vol. 25, p. 284. 当然，我们不能指望威尼斯大使对于自己目睹的事件做出完全客观的叙述。对于他就此事所做的报告，就像对待他的其他报告一样，我们也必须考虑到他自己的寡头政治主义倾向。

76. Sir Thomas Aston, *A Remonstrance against Presbitery* (London, 1641), sig. K1ᵛ.

77. 转引自：Clarendon, *The History of the Rebellion*, vol. 4, p. 114.

78. In John Rushforth, *Historical Collections* (London, 1721), vol. 5, p. 307.

79. 转引自：Lindley, "London and Popular Freedom in the 1640s," p. 121.

80. John Corbet, *An Historicall Relation of the Military Government of Gloucester* (London, 1645), sig. B3ᵛ.

81. *Commonwealth Tracts, 1625—1650*, ed. Arthur Freeman (New York and London: Garland, 1975) 收录有该宣言的影印版。

82. Chambers, *The Elizabethan Stage*, vol. 4, p. 308。

83. 同上，271页。

84. 同上，273页。

85. 同上，317页。

86. 同上，294页。

87. *The Actors Remonstrance, or Complaint (1643)*, in *The English Drama and Stage under the Tudor and Stuart Princes*, ed. W. C. Hazlitt, p. 261.

88. *Craftie Cromwell: Or, Oliver ordering our New State* (London, 1648), sig. A1ᵛ. 关于这场戴尔·兰德尔（Dale Randall）所谓的 "纸上之战（the paper war）" 的重要研究，可见：Susan Wiseman, *Drama and Politics in the English Civil War* (Cambridge: Cambridge Univ. Press, 1998), pp. 19–79; Dale B. J. Randall, *Winter Fruit: English Drama 1642—1660* (Lexington: Univ. Press of Kentucky, 1995), pp. 51–65; Nigel Smith, *Literature and Revolution in England, 1640—1660* (New Haven and London: Yale Univ. Press, 1994), esp. pp. 70–92; Lois Potter, *Secret Rites and Secret Writing: Royalist Literature, 1641—1660* (Cambridge: Cambridge Univ. Press, 1989), esp. pp. 90–93.

89. 见：Louis B. Wright, "The Reading of Plays during the Puritan Revolution," *Huntington Library Bulletin* 6 (1934): 73–108.

90. 见：Hyder E. Rollins, "A Contribution to the History of the English Commonwealth Drama," *Studies in Philology* 18 (1921): 302–303.

91. *Comedies and Tragedies*, written by Francis Beaumont and John Fletcher, Gentlemen (London, 1647).

92. *Mercurius Melancholias* (4 September 1647), sig. A2ᵛ. 转引自：Bentley, *The Jacobean and Caroline Stage*, vol. 7, p. 176.

93. *CSPV*, vol. 30, p. 165. 也请见：*The State Papers of John Thurloe*, ed. Thomas Birch (London, 1742), vol. 4, pp. 107–117. 根据其中记录，各区警长接到命令，禁止公众集会，包括戏剧表演集会，因为 "针对政府当局的谋逆和叛乱往往在这种场合策划"。

94. *LJ*, vol. 5, p. 234.

95. Wright, *Historia Histrionica*, sig. B4ʳ. 不过，有必要记得，赖特说话是会避重就轻的。可参照："如今世事艰辛，演员们大多改做了中尉、上尉，而他们在对方阵营里的伙伴们则当上了教会执事和长老"（*Mercurius Britannicus*, 11 August 1645）。

96. Arendt, *Between Past and Future* (1954; rpt. London: Penguin, 1977), p. 4.

97. Chambers, *The Elizabethan Stage*, vol. 4, p. 318.

98. *Weekley Account*, 转引自：Bentley, *The Jacobean and Caroline Stage*, vol. 6, p. 174. 来自《厄克斯布里治条约》中的提议转引自：*Constitutional Documents of the Puritan Revolution, 1625—1660*, ed. Samuell Rawson Gardiner (Oxford:

257

Oxford Univ. Press, n.d.), p. 277. 关于议会 1647 年 10 月 22 日和 1647/1648 年 2 月 11 日颁布的禁令，请见：Firth and Rait, *Acts and Ordinances*, vol. 1, pp. 1027, 1070–1072.

99. Thomas Edwards, *The Third Part of Gangraena* (London, 1646), p. 187.

100. 见：Nigel Smith, "Popular Republicanism in the 1650s: John Streater's 'Heroick Mechanicks,' " in *Milton and Republicanism*, ed. David Armitage, Armand Himy, and Quentin Skinner (Cambridge: Cambridge Univ. Press, 1995), pp. 137–155, esp. p. 151. 关于霍尔，见：Smith, *Literature and Revolution in England, 1640—1660*, p. 71.

101. *Mercurius Pragmaticus* (18—25 January 1648), sig. T4^r. 也请见：Butler, *Theatre and Crisis*, p. 139.

索 引

（索引中的页码为原书页码，即本书边码）

A

abram-men 装疯乞丐, 162, 163

Absolom and Achitophel (Dryden) 《押沙龙与亚希多弗》（德莱顿）, 205

absolutism 专制主义, 169–170, 173, 178, 247n15, 248n34

Acte for the Punishment of Vacabondes and for Relief of the Poore & Impotent 《惩治流
 氓暨济贫济弱法案》, 126, 157

actors, status in Elizabethan England 演员（在伊丽莎白时代英格兰的地位）, 159–
 160, 244n22

Acts and Monuments (Foxe) 《伟绩与丰碑》（福克斯）, 94, 97

Adams, Joseph Quincy 约瑟夫·昆西·亚当斯, 236n45, 245n48

Admiral's men, plays presented by 海军大臣剧团（所上演的剧目）, 34, 74, 95, 228n7

Adorno, Theodor 西奥多·阿多诺, 18;

 Aesthetics and Politics (trans. Taylor) 《审美与政治》（泰勒译）, 221n4

Agnew, Jean-Christophe 让-克里斯托弗·阿格纽, 163, 244n22, 244n29, 245n54

Alchemist (Jonson) 《炼金术士》（琼生）, 193

Alleyn, Edward 爱德华·阿莱恩, 153, 156

Allott, Robert 罗伯特·阿洛特, 230n28, 231n40

All's Well That Ends Well (Shakespeare) 《终成眷属》（莎士比亚）, 127

Alonso (in *The Tempest*) 阿隆佐（《暴风雨》中人物）, 188, 189, 190, 194, 197

Amends for Ladies (Field) 《给女士们的补偿》（菲尔德）, 95, 101

The Anatomie of Abuses (Stubbes) 《恶习的剖析》（斯塔布斯）, 111, 112, 158,

237n10, 243n9

Anderson, Perry　佩里·安德森, 247n15

Annales (Stow)　《年鉴》（斯托）, 159

Anton, Robert　罗伯特·安顿, 203

Antonio (in *The Tempest*)　安东尼奥（《暴风雨》中人物）, 185–186, 188, 189, 194, 197

Antony and Cleopatra (Shakespeare)　《安东尼与克莉奥佩特拉》（莎士比亚）, 63

Apology for Actors (Heywood)　《为演员作辩》（海伍德）, 36

Apology for the Oath of Allegiance (James I)　《为效忠宣誓作辩》（詹姆斯一世）, 192

The Arden Shakespeare　《亚登版莎士比亚全集》, 79, 184, 189, 238n43

Arendt, Hannah　汉娜·阿伦特, 219, 256n96

Ariel (in *The Tempest*)　爱丽儿（《暴风雨》中人物）, 185, 186, 187, 190

Arnold, John　约翰·阿诺德, 161

The Arraignment of Paris (Peele)　《帕里斯的裁判》（皮尔）, 114

Arundel, Thomas　托马斯·阿伦德尔, 97

Aspley, William　威廉·阿斯普雷, 82, 83, 230n26, 231n40

Aston, Margaret　玛格丽特·阿斯顿, 234n25

Aston, Thomas　托马斯·阿斯顿, 214, 256n76

As You Like It (Shakespeare)　《皆大欢喜》（莎士比亚）, 150

Aumerle (in *Richard II*)　奥墨尔（《理查二世》中人物）, 121–122

Austin, J. L.　J. L. 奥斯丁, 52, 225n17

author, as historical agent　（作为历史主体的）作者, 15–19, 32–40, 66–67, 71–92, 93–106

authority, on early modern stage　（早期现代舞台的）权威, 109–127

Awdeley, John　约翰·奥德利, 162

B

Bacon, Francis　弗朗西斯·培根, 125

Bakhtin, Mikhail　米哈伊尔·巴赫金, 135, 145, 240n10, 241n29

Baldwin, Frances Elizabeth　弗朗西丝·伊丽莎白·鲍德温, 243n10

Bale, John　约翰·贝尔, 98

Bancroft, Richard　理查德·班克罗夫特, 100, 116

Banquo (in *Macbeth*)　班柯（《麦克白》中人物），168

Barber, C. L.　C. L. 巴伯，240n6

Barclay, John　约翰·巴克利，192

Bardolph (in *Henry IV*, pt. 2)　巴道夫（《亨利四世下篇》中人物），145–146

Barish, Jonas A.　乔纳斯·A. 巴里什，155, 203, 236n9, 237n31, 244n20, 252n9

Barker, Francis　弗朗西斯·巴克，187, 249n52, 250n8, 250n12, 250n15

Barnes, Barnabe　巴纳比·巴恩斯，36

Barret, William　威廉·巴雷特，172

Barrowists　巴罗派，100

Barthes, Roland　罗兰·巴特，32, 102, 223n31

Basilikon Doron (James I)　《皇家礼物》（詹姆斯一世），142–143, 193, 247n26

Baskerville, Charles Read　查尔斯·里德·巴斯克维尔，242n33

Battey, George M.　乔治·M. 巴蒂，72, 228n2

Bawcutt, Nigel　奈杰尔·鲍卡特，253n31, 254n37

Baxter, Richard　理查德·巴克斯特，170

Beaumont and Fletcher　博蒙特与弗莱彻，78, 105, 217, 218, 231n39, 236n43, 256n91, 256n92

Beeston, William　威廉·比斯顿，208

Bell, Jane　简·贝尔，229n11

Bellamy, John　约翰·贝拉米，239n55

Bellendon, John　约翰·贝伦登，246n11

Belsey, Catharine　凯瑟琳·贝尔西，243n7

Benjamin, Walter　瓦尔特·本雅明，18, 183

Bennett, William　威廉·贝内特，48

Bentley, Gerald E.　杰拉德·E.本特利，223n18, 228n4, 235n42, 236n45, 253n24, 253n33, 256n92, 257n98

Berger, Harry, Jr.　小哈利·伯杰，246n7

Bergeron, David　戴维·伯杰龙，240n7

Bermuda, mention in *The Tempest*　（《暴风雨》中提及的）百慕大，186, 187

Berry, Herbert　赫伯特·贝里，206, 253n25

Berry, Ralph　拉尔夫·贝里，250n9

Bevington, David　戴维·贝文顿, 60, 95, 114, 237n24, 237n25

Beza, Theodore　西奥多·贝萨, 176

Birde, William　威廉·伯德, 73

The Bird in the Cage (Shirley)　《笼中鸟》(雪利), 223n22

Blackfriars playhouse　黑衣修士剧场, 206, 218

Blayney, Peter W. M.　彼得·W. M. 布莱尼, 35, 75, 84, 223n20, 229n9, 229n10, 229n17, 229n18, 230n21, 230n22, 230n24, 230n29

Bloom, Harold　哈罗德·布鲁姆, 48, 222n1

Blount, Edmund　埃德蒙·布朗特, 82, 83, 87, 92, 230n26, 230n27, 230n28, 231n40

Blunt (in *Henry IV*, pt. 1)　勃朗特 (《亨利四世上篇》中人物), 141–142

Bodin, Jean　让·博丹, 143, 171, 241n22, 242n32, 248n27

Bodley, Thomas　托马斯·博德利, 33, 72, 82, 223n17, 228n3

Boece, Hector　赫克托·博伊斯, 168, 172, 180, 246n11, 249n60

Bolingbroke (in *Richard II*)　波林勃洛克 (《理查二世》中人物), 121–122

Bonian, Richard　理查德·博尼安, 81, 88

The Booke of Sir Thomas More, "Hand D" of　《托马斯·莫尔爵士》手稿 (中的 "D 手迹"), 34

Book of Homilies　《布道书》, 171

bookstalls, Shakespeare's plays in　(销售莎剧剧本的) 书摊, 19

Booth, Stephen　斯蒂芬·布思, 246n7

Booty, John　约翰·布蒂, 234n26

Bowers, Fredson　弗雷德森·鲍尔斯, 68, 225n1

Bowers, Rick　里克·鲍尔斯, 253n17

Bradbrook, M. C.　M. C. 布拉德布鲁克, 244n22, 244n36

Bradshaw, John　约翰·布拉德肖, 110

Brailsford, H. N.　H. N. 布雷斯福德, 255n57, 255n60

Braithwaite, Richard　理查德·布雷思韦特, 203

Breitenberg, Mark　马克·布雷滕贝格, 238n35

Brennoralt (Suckling)　《布伦诺拉特》(萨克林), 207, 253n35

Breton, Nicholas　尼古拉斯·布雷顿, 131–132

Brome, Richard　理查德·布罗姆, 73, 74, 208, 217, 227n23, 228n4

Brooke, Henry　亨利·布鲁克, 106, 212

Brooke, William　威廉·布鲁克, 94, 232n2

Brown, Norman O.　诺曼·O. 布朗, 129

Brown, Paul　保罗·布朗, 250n5

Brownists　布朗派, 100

Bruce, David　戴维·布鲁斯, 168

Buc, George　乔治·布克, 179

Buchanan, George　乔治·布坎南, 116, 173, 180, 246n12, 249n60

Bullough, Geoffrey　杰弗里·布洛, 184, 187

Burbage, James　詹姆斯·伯比奇, 158

Burbage, Richard　理查德·伯比奇, 86–87, 155

Burby, Cuthbert　卡思伯特·伯比, 37, 80

Burgess, Glenn　格伦·伯吉斯, 45, 247n15

Burghley, Lord　伯利男爵, 114

Burke, Peter　彼得·伯克, 242n1

Burns, J. H.　J. H. 伯恩斯, 247n15

Burton, Henry　亨利·伯顿, 212

Busby, John　约翰·巴斯比, 90, 231n37

Butler, Martin　马丁·巴特勒, 204, 208, 210, 237n25, 238n40, 239n57, 252n14, 253n17, 235n34, 254n37, 254n47

Butler, Samuel　塞缪尔·巴特勒, 205, 253n21

Butter, Nathaniel　纳撒尼尔·巴特, 37, 81, 90

C

Cain　该隐, 143, 144

Cairns, David　戴维·凯恩斯, 240n2

Caithness (in *Macbeth*)　凯士纳斯（《麦克白》中人物）, 174, 179

Caliban (in *The Tempest*)　凯列班（《暴风雨》中人物）, 185–187

Calvert, Samuel　塞缪尔·卡尔弗特, 206

The Cambridge Shakespeare　《剑桥莎士比亚全集》, 59, 189

Camden, William　威廉·卡姆登, 120, 238n45, 238n46

Campbell, Lily B. 莉莉·B. 坎贝尔, 224n8, 239n1

Capell, Edward 爱德华·卡佩尔, 86

The Captives (Heywood) 《俘虏》（海伍德）, 66

Carlell, Lodowick 洛多维克·卡莱尔, 217

Carleton, Dudley 达德利·卡尔顿, 191, 207

Carlyle, Thomas 托马斯·卡莱尔, 25, 222n4

Carroll, William 威廉·卡洛, 245n52

Cartwright, William, plays of 威廉·卡特赖特（的戏剧）, 217

Catiline (Jonson) 《卡塔林》（琼生）, 146

Catholicism, Shakespeare and （莎士比亚与）天主教, 234n24

Catholic League 天主教联盟, 191

Césaire, Aimé 艾梅·塞泽尔, 251n33

Chamberlain, John 约翰·张伯伦, 207, 253n32

Chambers, E. K. E. K. 钱伯斯, 86, 228n7, 231n37, 232n7, 233n12, 243n6, 244n23, 244n24, 244n27, 244n29–n34, 244n38, 245n42, 245n43, 250n17, 254n45, 256n82–n86, 257n97

Chapman, George 乔治·查普曼, 36, 217

Charles I, King of England （英格兰国王）查理一世, 110–111, 113, 119, 125, 127, 208–209, 236n2

Charles II, King of England （英格兰国王）查理二世, 209

Charles V 查理五世, 190

Chartier, Roger 罗歇·沙尔捷, 18, 221n5, 225n18

Children of the Chapel 礼拜堂少儿剧团, 35

Clare, Janet 珍妮特·克莱尔, 235n41

Clarendon, Earl of (Edward Hyde) 卡拉伦登伯爵（爱德华·海德）, 212–213, 255n62, 255n64, 256n77

Clark, W. G. W. G. 克拉克, 59

classes, social, in Shakespearean text （莎士比亚文本中的社会）阶级, 149–164

Cloud, R. R. 克劳德, 93

Cobham, Joan 琼·科巴姆, 94, 96–97

Cobham, Lord. See Oldcastle, John (Lord Cobham) 科巴姆男爵, 参见"约翰·奥尔德

卡斯尔（科巴姆男爵）"

Coddon, Karin S.　卡林·S. 考顿, 178, 249n53

Cogswell, Thomas　托马斯·科格斯韦尔, 250n19

Cohen, Walter　沃尔特·科恩, 29n10

Coke, Edward　爱德华·科克, 169

Coke, John　约翰·科克, 213

Cold War　冷战, 26

Coleridge, Samuel Taylor　塞缪尔·泰勒·柯尔律治, 16, 185, 221n2, 250n7

Collins, Stephen L.　斯蒂芬·L. 柯林斯, 224n3

Collinson, Patrick　帕特里克·柯林森, 234n28, 234n29, 234n31

Comedies, Tragicomedies, and Tragedies (Marston)　《喜剧、悲喜剧及悲剧》（马斯顿）, 217

The Comedy of Errors (Shakespeare)　《错误的喜剧》（莎士比亚）, 183

Condell, Henry　亨利·康德尔, 86, 87, 88–89, 90, 91, 106

Contarini, Alvise　阿尔维斯·孔塔里尼, 110

Continuation (Trussell)　《续史》（特拉塞尔）, 29

Cook, Ann Jennalie　安·詹娜莉·库克, 238n40, 239n57

Cope, Jackson I.　杰克逊·I. 科普, 237n31

copyrights　版权, 75

Corbet, John　约翰·科比特, 215, 256n80

Coriolanus (Shakespeare)　《科利奥兰纳斯》（莎士比亚）, 150, 242n5

Cotes, Richard　理查德·科茨, 229n11

Cotes, Thomas　托马斯·科茨, 229n11

The Court Beggar (Brome)　《宫廷乞丐》（布罗姆）, 208, 254n37

Court of High Commission, abolition of　高等宗教事务法庭（的撤销）, 208

Covell, William　威廉·科维尔, 170, 247n20

Cox, John　约翰·考克斯, 241n30

Cox, Samuel　萨缪尔·考克斯, 157–158

Craftie Cromwell　《狡猾的克伦威尔》, 217, 256n88

Creede, Thomas　托马斯·克里德, 232n7

Cressy, David　戴维·克雷西, 242n1

Critical Inquiry 《批评探索》, 27

Cromwell, Oliver 奥利弗·克伦威尔, 203

Cross, Claire 克莱尔·克罗斯, 101

crossdressing, in Elizabethan England （伊丽莎白时代英格兰的）异装, 151–154, 162, 243n7

Crosse, Henry 亨利·克罗斯, 113, 209, 254n43

Cultural Materialism 文化唯物主义, 17, 23

Curtain theater 幕墙剧院, 154

Cust, R. C. R. C. 卡斯特, 254n53

Cymbeline (Shakespeare) 《辛白林》（莎士比亚）, 82

D

Daemonologie (James I) 《巫术说》（詹姆斯一世）, 193, 251n25

Daly, James 詹姆斯·戴利, 248n34

Daniel, George 乔治·丹尼尔, 96, 233n16

Daniel, Samuel 塞缪尔·丹尼尔, 29–30

Danson, Lawrence 劳伦斯·丹森, 246n1

Danter, John 约翰·丹特, 79–80

Davenant, William 威廉·戴夫南特, 203, 207, 252n8, 253n35

Davies, John 约翰·戴维斯, 146

Davies, Richard 理查德·戴维斯, 235n40

Davies, Robert 罗伯特·戴维斯, 245n51

"death of the author" "作者之死", 32

Deborah, Elizabeth I depicted as （比拟伊丽莎白一世的）底波拉, 131

Defoe, Daniel 丹尼尔·笛福, 72

Dekker, Thomas 托马斯·德克, 35, 95, 119, 131, 238n41

Denham, John 约翰·丹纳姆, 205, 253n19

Dennis, John 约翰·丹尼斯, 235n40

De Quincey, Thomas 托马斯·德昆西, 165

Dering, Edward 爱德华·德林, 208

Derrida, Jacques 雅克·德里达, 141, 241n18

Deuteronomic prohibition 《申命记》禁令, 154

The Devil's Charter 《魔鬼宪章》, 36

D'Ewes, Simonds 西蒙兹·德尤斯, 211

Diana, Elizabeth I depicted as （比拟伊丽莎白一世的）狄安娜, 131, 136

Diet of Protestant Princes 新教君主议会, 192

Digby, George 乔治·迪格比, 213, 255n66

Digges, Leonard, on Shakespeare 伦纳德·迪格斯（论莎士比亚）, 16, 86, 105

Digges, Thomas 托马斯·迪格斯, 101

A Discourse between a Citizen and a Country-Gentlemen (1642 pamphlet) 《市民与乡绅的对话》（1642年的小册页）, 205

A Discourse Concerning Puritans (Parker) 《论清教徒》（帕克）, 202, 252n6

divine right, of monarchs 神授君权, 170

The Division of the Kingdoms 《王国的分割》, 61

Dollimore, Jonathan 乔纳森·多利莫尔, 164, 239n55, 245n58

Donalbain (in *Macbeth*) 道纳本（《麦克白》中人物）, 174, 179–180

Doran, Madeleine 玛德琳·多兰, 61n4

Douglas (in *Henry IV*, pt. 1) 道格拉斯（《亨利四世上篇》中人物）, 116, 140, 141–142

Droeshout, Martin 马丁·德罗肖特, 85

Dromio (in *The Comedy of Errors*) 德洛米奥（《错误的喜剧》中人物）, 183

Dryden, John 约翰·德莱顿, 205

D'Souza, Dinesh 迪内希·德索萨, 24, 222n3

Duchamp, Marcel 马塞尔·杜尚, 48

The Duchess of Malfi (Webster) 《马尔菲公爵夫人》（韦伯斯特）, 37, 227n22

Dulwich College, Alleyn as founder of 达利奇学院（的创始人阿莱恩）, 156

Duncan (in *Macbeth*) 邓肯（《麦克白》中人物）, 165–168, 172, 173, 174, 178, 179, 181, 249n64

Dutton, Richard 理查德·达顿, 229n15, 235n41

E

Eagleton, Terry 特里·伊格尔顿, 27

Earle, John 约翰·厄尔, 192

Edgar (in *King Lear*)　埃德伽（《李尔王》中人物）, 162, 163, 164

Education of a Christian Prince (Erasmus)　《论基督教君王之教育》（伊拉斯谟）, 116

Edward II, King of England　（英格兰国王）爱德华二世, 111

Edwards, Philip　菲利普·爱德华兹, 205, 244n22, 252n13, 253n18

Edwards, Thomas　托马斯·爱德华兹, 219, 257n99

Edward the Confessor　忏悔者爱德华, 181

Eld, George　乔治·埃尔德, 81

Elizabeth (daughter of James I)　伊丽莎白（詹姆斯一世之女）, 190–192, 196

Elizabeth I, Queen of England　（英格兰女王）伊丽莎白一世, 94, 100, 101, 103, 113, 114, 125, 126, 129–130, 131, 136, 137, 139, 142, 235n40, 238n50

　　pageantry of　其出巡盛典, 117–118, 119, 120, 122, 238n35

　　theater patronage of　作为戏剧赞助人, 206, 215

Ellesmere, Lord Chancellor　埃尔斯米尔大法官, 169

Elyot, Thomas　托马斯·埃利奥特, 149

emendatory criticism　校勘考订, 63, 226n15

England's Joy (Venner)　《英格兰之喜》（文纳）, 126, 151–152

The English Traveller (Heywood)　《英国旅人》（海伍德）, 35, 36

Erasmus　伊拉斯谟, 116, 120

Essays (Montaigne)　《随笔集》（蒙田）, 209, 254n43

Essex, Robert Devereux, 2nd Earl of　（第二代埃塞克斯伯爵）罗伯特·德弗罗, 119–120, 125, 211, 212

Euphormionis Lusinini Satyricon (Barclay)　《尤弗麦昂尼斯·卢西尼尼的萨蒂利孔》（巴克利）, 192

Evangelical Union　新教联盟, 191, 192

Evans, R. J. W.　R. J. W. 埃文斯, 251n23

Every Man in His Humour (Jonson)　《人人高兴》（琼生）, 76

Every Man out of His Humour (Jonson)　《人人扫兴》（琼生）, 66, 76, 114, 156

F

The Faerie Queene (Spenser)　《仙后》（斯宾塞）, 124

Fair Favourite (Davenant)　《丽宠》（戴夫南特）, 207, 253n36

Falstaff (in *Henry IV*, pt. 1) 福斯塔夫（《亨利四世上篇》中人物），64, 93–106, 133, 136–137, 232n4

Falstaff (in *Henry IV*, pt. 2) 福斯塔夫（《亨利四世下篇》中人物），144, 145, 241n30

Fassler, Christopher J. 克里斯托弗·J. 法斯勒，66, 223n22, 227n21, 230n20

Fehrenbach, Robert J. 罗伯特·J. 费伦巴赫，233n14

Felperin, Howard 霍华德·费尔佩林，251n34

Ferdinand (in *The Tempest*) 腓迪南（《暴风雨》中人物），188, 189, 197

Fergus, King of Ireland （爱尔兰国王）弗格斯，143, 171, 172

Ferne, Henry 亨利·费恩，171

Ferro, Marc 马克·费侯，251n27

Fiedler, Leslie A. 莱斯利·A. 菲德勒，47, 185, 187, 225n10, 250n10

Fiehler, Rudolph 鲁道夫·菲勒，232n6, 234n23

Field, John 约翰·菲尔德，101

Field, Nathaniel 纳撒尼尔·菲尔德，95, 101

Field, Richard 理查德·菲尔德，76

Fineman, Joel, on New Historicism 乔尔·法恩曼（论新历史主义），222n13

The First Part of the Contention (Shakespeare) 《王位争夺上篇》（莎士比亚），75

The First Part of Sir John Falstaff 《约翰·福斯塔夫爵士上篇》，105

The First Part of the True and Honorable History of the Life of Sir John Oldcastle (Drayton et al.) 《约翰·奥尔德卡斯尔爵士光荣生平信史上篇》（德雷顿等），94–95

Fish, Stanley 斯坦利·菲什，31

Fleance, in Stuart dynasty （斯图亚特王朝的）弗里恩斯，173

Fletcher, Anthony 安东尼·弗莱彻，255n55

Fletcher, John 约翰·弗莱彻，203

Florio, John 约翰·弗里奥，135

Foakes, R. A. R. A. 福克斯，226n7

Ford, John 约翰·福德，35, 36, 116

Forset, Edward 爱德华·福赛特，137, 241n13

Foucault, Michel 米歇尔·福柯，224n27, 239n52

"foul papers," as authors' working drafts （作为作者初稿的）"毛稿"，62, 65, 78, 87, 226n12

Foxe, John 约翰·福克斯, 94, 97–99, 100, 234n20

Fragmenta Aurea (Suckling) 《黄金遗稿》（萨克林）, 233n18

Fraser, Russell, *King Lear* edition of 拉塞尔·弗雷泽（《李尔王》校订版）, 60

Fraternity of Vagabonds (Awdeley) 《浪子联盟》（奥德利）, 162

The French Academy (de La Primaudaye) 《法兰西学院》（德·拉·普里马达耶）, 163

Freud, Sigmund 西格蒙德·弗洛伊德, 109, 236n1, 242n2

Friedman, Elizabeth S. 伊丽莎白·S. 弗里德曼, 228n2

Friedman, William F. 威廉·F. 弗里德曼, 228n2

Frith, C. H. C. H. 弗里斯, 252n8

Frith, Mary 玛丽·弗里斯, 152

Fuller, Thomas 托马斯·富勒, 96, 132–133, 240n5

G

Gadamer, Hans-Georg 汉斯-格奥尔格·伽达默尔, 196, 251n32

Gallagher, Catherine 凯瑟琳·加拉格尔, 43

A Game at Chess (Middleton) 《一局象棋》（米德尔顿）, 113, 207

Gardiner, Harold C. 哈罗德·C. 加德纳, 237n14

Garnet, Henry 亨利·加纳特, 176

Gates, Thomas 托马斯·盖茨, 184

Gayley, Charles Mills 查尔斯·米尔斯·盖利, 249n4

Gayton, Edmund 埃德蒙·盖顿, 206, 253n26

Geertz, Clifford 克利福德·格尔茨, 31

The Gentleman of Venice (Shirley) 《威尼斯绅士》（雪利）, 217

gentlemen, actors perceived as （演员被认作）绅士, 159–160

Gentlemen's Magazine 《绅士杂志》, 99, 234n23

Gildersleeve, Virginia Crocheron 弗吉尼娅·克罗希龙·吉尔德斯利夫, 237n21

Giles, Thomas 托马斯·贾尔斯, 161–162

Gillies, John 约翰·吉利斯, 184, 249n4

Glapthorne, Henry 亨利·格拉普索恩, 36

Globe theater 环球剧场, 72, 159, 206, 207

Goldberg, Jonathan 乔纳森·戈德堡, 166, 174, 232n6, 235n33, 246n6

Gondamor (Spanish ambassador) 冈达摩（西班牙大使）, 207

Gonzalo (in *The Tempest*) 贡柴罗（《暴风雨》中人物）, 186, 187, 190, 193, 197

Gosson, Stephen 斯蒂芬·戈森, 115, 118, 119, 152–154, 155, 158, 203, 237n28, 243n13, 245n47

Grand Remonstrance (1641) 大抗议书（1641）, 208

Granville-Barker, Harley 哈利·格兰维尔-巴克, 61, 226n3

Grazia, Margreta de 玛格莱塔·德格拉齐亚, 38, 231n33, 231n36

Green, William 威廉·格林, 233n12

Greenberg, Janelle Renfrow 贾内尔·伦弗罗·格林伯格, 238n47

Greenblatt, Stephen 斯蒂芬·格林布拉特, 111, 117, 124–125, 133–135, 138, 154, 185, 222n12, 224n1, 236n8, 239n22, 240n6, 240n8, 244n19, 250n8

Greene, Robert 罗伯特·格林, 159, 161, 194, 245n41

Greenlaw, Edwin 埃德温·格林洛, 224n8

Greenstreet, James 詹姆斯·格林斯特里特, 228n8

Greg, W. W. W. W. 格雷格, 62, 87, 90, 223n19, 226n4, 226n12, 226n13, 230n24, 230n31

Gregg, Pauline 保利娜·格雷格, 236n2, 236n4

Grice, H. P. H. P. 格赖斯, 52

Grierson, H. C. H. C. 格里尔森, 203, 252n10

A Groats-worth of Witte (Greene) 《一点小聪明》（格林）, 161, 245n46

Gunpowder trial 火药阴谋案审讯, 176

Gurr, Andrew 安德鲁·格尔, 227n23, 244n39

Guy, Josephine M. 约瑟芬·M. 盖伊, 222n6

Guzmán da Silva 古斯曼·德席尔瓦, 114

H

Haaker, Ann 安·哈克尔, 228n4, 228n6

Habington, William 威廉·哈宾顿, 207

Habsburg monarchy, James I and （詹姆斯一世与）哈布斯堡王朝, 191

Hal (in *Henry IV*, pt. 1) 哈尔（《亨利四世上篇》中人物）, 93, 94, 133, 134, 136–

　　　140, 144, 145

Hal (in *Henry IV*, pt. 2)　哈尔（《亨利四世下篇》中人物）, 145

Hall, Edward　爱德华·霍尔, 98

Hall, John　约翰·霍尔, 219

Hall, Joseph　约瑟夫·霍尔, 136, 241n241

Haller, William　威廉·哈勒, 254n39

Halliwell, James Orchard　詹姆斯·奥查德·哈利韦尔, 232n1

Halpern, Richard　理查德·哈尔彭, 250n12

Hamlet (in *Hamlet*)　哈姆莱特（《哈姆莱特》中人物）, 127, 135

Hamlet (Shakespeare)　《哈姆莱特》（莎士比亚）, 87, 115, 127, 135, 230n26; 230n28

　　textual studies of　其文本研究, 67–68

　　versions of　其不同版本, 60, 61, 75, 89

Hammond, Anthony　安东尼·哈蒙德, 228n27

"Hand D, " Shakespeare as possible　　"D手迹"（疑似莎士比亚手迹）, 34

Hanke, Louis　路易斯·汉克, 250n5

Harbage, Alfred, *King Lear* edition of　阿尔弗雷德·哈贝奇（《李尔王》校订版）, 60

Harison, William　威廉·哈里森, 158–159

Harris, R. W.　R. W. 哈里斯, 254n53

Harrison, William　威廉·哈里森, 155

Hart, N. B.　N. B. 哈特, 243n10

Hartman, Geoffrey　杰弗里·哈特曼, 48, 225n12

Hastings, Henry　亨利·海斯廷斯, 203

Hatton, Christopher　克里斯托弗·哈顿, 101

Hawkins, Richard　理查德·霍金斯, 230n28

Hayward, John　约翰·海沃德, 100, 125

Hazlitt, William　威廉·哈兹利特, 166

Heinemann, Margot　玛戈·海涅曼, 202, 204, 206, 236n9, 252n2; 252 n14, 253n27

Helgerson, Richard　理查·赫尔格森, 145, 238n50, 241n31

Heminges, John　约翰·亨明斯, 86, 87, 88–89, 90, 91, 106

Henry Stuart, Prince of Wales　（威尔士亲王）亨利·斯图亚特, 210

Henry (in *Richard II*)　亨利（《理查二世》中人物）, 121–122, 123–124

Henry IV, King of England （英格兰国王）亨利四世, 129, 143, 239n1

Henry IV, part 1 (Shakespeare) 《亨利四世上篇》（莎士比亚）, 37, 80, 83, 116, 129–133, 136

　　Oldcastle compared to Falstaff 比作福斯塔夫的奥尔德卡斯尔, 93–106

Henry IV, part 2 (Shakespeare) 《亨利四世下篇》（莎士比亚）, 61, 84, 105, 144, 145

Henry IV (in *Henry IV*, pt. 1) 亨利四世（《亨利四世上篇》中人物）, 137–140

Henry IV (in *Henry IV*, pt. 2) 亨利四世（《亨利四世下篇》中人物）, 144

Henry V, King of England （英格兰国王）亨利五世, 97, 136

Henry V (in *Henry IV*, pt. 2) 亨利五世（《亨利四世下篇》中人物）, 145–46

Henry V (Shakespeare) 《亨利五世》（莎士比亚）, 34, 37, 64, 75, 83, 89, 90, 105, 121, 126, 139, 150, 152

Henry VI, part 2 (Shakespeare) 《亨利六世中篇》（莎士比亚）, 75, 80, 83, 88, 89–90

Henry VI, part 3 (Shakespeare) 《亨利六世下篇》（莎士比亚）, 75, 80, 83, 89–90

Henry VIII, King of England （英格兰国王）亨利八世, 169

Henry VII (in *Perkin Warbeck*) 亨利七世（《珀金·沃贝克》中人物）, 116

Henry VIII (Shakespeare) 《亨利八世》（莎士比亚）, 79, 113, 243n15

Henshall, Nicholas 尼古拉斯·亨歇尔, 247n175

Henslowe, Philip 菲利普·亨斯洛, 34, 72, 95, 153, 162, 228n5, 233n8, 243n16, 245n51

Herbert, Henry 亨利·赫伯特, 105, 207, 208, 245n48, 253n31, 254n37

Herbert, William 威廉·赫伯特, 203

Heywood, Thomas 托马斯·海伍德, 35, 36, 65–66, 75–76, 115, 229n13

Hinman, Charlton 查尔顿·欣曼, 230n24

Hirsch, E. D. E. D. 赫希, 52, 225n14

Historia Histrionica (Wright) 《戏剧史》（赖特）, 256n95

The Historie of Scotland (Holinshead) 《苏格兰史》（霍林希德）, 173, 248n35

History of England (Daniel) 《英格兰史》（丹尼尔）, 29–30

Histriomastix (Marston) 《优伶苛评》（马斯顿）, 156

Histrio-Mastix (Prynne) 《优伶苛评》（普林）, 68, 203, 237n11, 244n35

Hobbes, Thomas 托马斯·霍布斯, 109, 138, 143, 241n14, 241n19, 241n24, 252n8, 255n61

Hobsbawm, E. J.　E. J. 霍布斯鲍姆, 242n2

Hoccleve, Thomas　托马斯 · 霍克利夫, 232n1

Holinshed, Raphael　拉斐尔 · 霍林希德, 140, 172, 173, 179, 233n19, 241n17, 248n35, 248n37, 248n38, 248n45, 249n59

Holy Roman Empire, crisis of authority in　神圣罗马帝国（的权力危机）, 192

Honigmann, E. A. J.　E. A. J. 霍尼希曼, 232n6

Hooker, John　约翰 · 胡克, 187

Hooper, Wilfrid　威尔弗里德 · 胡珀, 243n10

Hostess (in *Henry V*)　老板娘（《亨利五世》中人物）, 64

Hotspur (in *Henry IV*, pt. 1)　霍茨波（《亨利四世上篇》中人物）, 139–40, 145

Howard, Jean E.　琼 · E. 霍华德, 152, 243n7, 243n8

Howard-Hill, T. H.　T. H. 霍华德-希尔, 235n41

Howes, Edmund　埃德蒙 · 豪斯, 159

Hughes, Ann　安 · 休斯, 254n53

Hughes, Paul L.　保罗 · L. 休斯, 243n11

Hulme, Peter　彼得 · 休姆, 185, 187, 250n8, 250n12, 250n15

Hussites　胡斯派, 97

Hymen (in *As You Like It*)　许门（《皆大欢喜》中人物）, 150

hypertextual editions, of Shakespeare's plays　（莎士比亚戏剧之）超文本版本, 68–69

I

interdisciplinarity, in literary studies　（文学研究中的）跨学科性, 43–55

Ioppolo, Grace　格蕾丝 · 约波洛, 223n23, 226n8

Isabella I, Queen of Castile　（卡斯蒂利亚王国女王）伊莎贝拉一世, 250n5

J

Jacob, James R.　詹姆斯 · R. 雅各布, 252n8

Jacobus, Mary　玛丽 · 雅各布斯, 151, 242n4

Jaggard, Dorothy　多萝西 · 贾加尔德, 229n11

Jaggard, Isaac　艾萨克 · 贾加尔德, 82, 83, 84, 87, 229n11, 231n40

Jaggard, William　威廉 · 贾加尔德, 35, 82, 83, 84, 223n19

James, Richard 理查德·詹姆斯, 103

James, Thomas 托马斯·詹姆斯, 33, 72, 93–94, 223n17, 228n3, 232n1

James I, King of England （英格兰国王）詹姆斯一世, 113, 118, 137–138, 142–143, 156, 159, 163, 166, 168, 170–171, 172, 173, 174, 176–179, 180, 189, 190–191, 192, 193, 196, 203, 210, 241n20, 241n21, 241n23, 246n13, 247n14, 247n15

Jameson, Fredric 弗雷德里克·詹明信, 45, 224n5

Jardine, Lisa 莉萨·贾丁, 221n1

Jenkins, Harold, *Hamlet* edition of 哈罗德·詹金斯（《哈姆莱特》校订版）, 61

Jenkins, Marianna 玛丽安娜·詹金斯, 237n19

Jeronimo 《赫罗尼莫》, 35

jig 吉格舞, 146–147, 242n32, 242n33

Johnson, Arthur 阿瑟·约翰逊, 90, 230n28

Johnson, Francis 弗朗西斯·约翰逊, 100

Johnson, Gerald D. 杰拉德·D. 约翰逊, 231n32, 231n37

Johnson, Samuel 塞缪尔·约翰逊, 63, 64, 79, 226n15

    on Shakespeare 论莎士比亚, 77, 229n16

Johnson, William 威廉·约翰逊, 158

Jonson, Ben 本·琼生, 33, 36, 66, 114, 146, 156, 193, 203, 229n14, 235n42

    as author 作为作者, 76–77, 91, 92, 229n14, 229n19

    on Shakespeare 论莎士比亚, 16, 85, 221n16

Jowett, John 约翰·乔伊特, 233n9, 235n39

Julius Caesar (Shakespeare) 《裘力斯·恺撒》（莎士比亚）, 165

K

Kay, Dennis 丹尼斯·凯, 250n16

Kean, Charles 查尔斯·基恩, 121

Kenneth III, King of the Scots （苏格兰国王）肯尼思三世, 172

Kermode, Frank 弗兰克·克默德, 189

Kernan, Alvin 阿尔文·克南, 121, 238n48

Kett's Rebellion 克特叛乱, 209

Kilburn, Terence 特伦斯·基尔伯恩, 255n73

Kimball, Roger 罗杰·金博尔, 222n2

King Lear (Shakespeare) 《李尔王》（莎士比亚）, 60, 162, 164, 229n11, 245n57

    "Pide Bull" quarto of "花斑公牛"四开版, 37, 81

    textual studies of 文本研究, 68

    versions of 不同版本, 61, 81, 89, 90

King's men 国王剧团, 35, 36, 72, 74, 76, 83, 84, 86, 88, 105, 126, 159, 218, 223n19, 228n7

King's Revel players 国王狂欢剧团, 35

Kinney, Arthur F. 阿瑟·F. 金尼, 246n13, 248n40

Kirschbaum, Leo 利奥·基施鲍姆, 229n11, 230n31

Kittredge, George Lyman, as editor of *King Lear* 乔治·莱曼·基特里奇（《李尔王》校订者）, 60

Knafla, Louis 路易斯·科纳弗拉, 247n14

Knight, Charles 查尔斯·奈特, 61, 226n9

Knight, Edward 爱德华·奈特, 226n12

Knolles, Richard 理查德·诺尔斯, 146

Kronenfeld, Judy 朱迪·克罗嫩菲尔德, 245n57

L

Lacan, Jacques 雅克·拉康, 144, 241n26

LaCapra, Dominick 多米尼克·拉卡普拉, 195

Lady Macbeth (in *Macbeth*) 麦克白夫人（《麦克白》中人物）, 166, 181

Lady Macduff (in *Macbeth*) 麦克德夫夫人（《麦克白》中人物）, 175–176

Lake, Peter 彼得·莱克, 98

Lambarde, William 威廉·兰巴德, 119, 125

Lamming, George 乔治·兰明, 251n33

Lamont, William 威廉·拉蒙特, 247n24

Laneham, John 约翰·兰厄姆, 158

La Psychologie de la colonisation (Mannoni) 《殖民心理学》（曼诺尼）, 185

Laqueur, Thomas 托马斯·拉科尔, 154

Larkin, James F. 詹姆斯·F. 拉金, 243n11

Laud, William 威廉·劳德, 203

Lauper, Cyndi 辛迪·劳帕, 149

Law, Matthew 马修·劳, 83–84

Lear (in *King Lear*) 李尔(《李尔王》中人物), 163–164

Leicester, Earl of 莱斯特(伯爵), 202

Lennox (in *Macbeth*) 列诺克斯(《麦克白》中人物), 179–180

Levine, Laura 劳拉·莱文, 243n7

Lévi-Strauss, Claude 克洛德·列维–施特劳斯, 15

The Life and Raigne of King Henrie IIII (Hayward) 《亨利四世之生平与统治》(海沃德), 100, 125

Lilburne, John 约翰·利尔伯恩, 212, 220

Lindley, Keith 基思·林德利, 255n73, 256n79

Ling, Nicholas 尼古拉斯·林, 230n25

literary texts, historians' use of (史学家使用的)文学文本, 50, 225n13

  in history 历史中的, 57

  meanings of 其意义, 54

Lockyer, Roger 罗杰·洛克耶, 250n19

Loewenstein, Joseph 约瑟夫·勒文施泰因, 229n14

Lollards 罗拉德派, 96, 97, 98, 99, 100, 101, 234n25

The London Prodigall 《伦敦浪子》, 37

Long, William 威廉·朗, 65, 227n18

Looney, J. Thomas J. 托马斯·卢尼/隆尼, 71–72, 228n1

Lord Chamberlain's men 宫务大臣剧团, 72, 94, 95

Lords Chamberlain, roles in play printings 宫务大臣(在戏剧印刷出版中所起的作用), 74, 228n7

Louis XV, King of France (法国国王)路易十五, 109–110, 124

Love's Labour's Lost (Shakespeare) 《爱的徒劳》(莎士比亚), 37, 80, 89, 230n26. 230n28

Luce, Morton 莫顿·鲁斯, 184

Lukács, Georg 格奥尔格·卢卡奇, 242n2

Lyle, E. B. E. B. 莱尔, 246n9

M

Macbeth (in *Macbeth*) 麦克白（《麦克白》中人物），165–168, 170, 173, 174, 175, 176, 177, 178, 180, 181–183, 249n64

Macbeth (Shakespeare) 《麦克白》（莎士比亚），87, 165–182

    textual studies of, 文本研究，68

    violence in, 剧中的暴力，165–166

Macduff (in *Macbeth*) 麦克德夫（《麦克白》中人物），174–175, 176

Macherey, Pierre 皮埃尔·马舍雷，38, 71, 223n25

Mack, Maynard, *Hamlet* edition of 梅纳德·麦克（《哈姆莱特》校订版），61

Madan, Falconer 福尔克纳·马登，230n25

Maguire, Laurie E. 劳丽·E. 马圭尔，229n12

Malcolm (in *Macbeth*) 马尔康（《麦克白》中人物），166, 168, 169, 172, 174, 175, 178, 179, 180, 181

The Malcontent (Marston) 《牢骚满腹》（马斯顿），35

Malone, Edmond 埃德蒙·马隆，86, 90, 183, 184, 246n8, 249n2

Mann, David 戴维·曼，244n37

Manning, Brian 布莱恩·曼宁，255n65, 255n68

Mannoni, Octave 奥克塔夫·曼诺尼，185

Marcelline, George 乔治·马塞林，193

Marcius (in *Coriolanus*) 马歇斯（《科利奥兰纳斯》中人物），150

Marcus, Leah S. 利娅·S. 马库斯，231n33

Marston, John 约翰·马斯顿，35, 36, 156, 217

Martin, R. W. F. R. W. F. 马丁，233n9

Marvell, Andrew 安德鲁·马韦尔，125, 202

Marx, Karl 卡尔·马克思，242n3

Mary, Queen of Scots （苏格兰女王）玛丽，142, 169, 246n13

Massinger, Philip 菲利普·马辛杰，36, 217, 223n22

Masten, Jeffrey 杰弗里·马斯滕，231n41

Master of the Revels 宴乐官，126, 207

Matthias, Emperor 马蒂亚斯（皇帝），192, 251n21

Matthiessen, F. O.　F. O. 马西森, 60, 225n1

May, Thomas　托马斯·梅, 206, 213, 255n65

McGann, Jerome J.　杰尔姆·J. 麦根, 67, 223n24, 227n24, 235n36

McKeen, David　戴维·麦基恩, 232n2

McKenzie, D. F.　D. F. 麦肯齐, 67, 90, 223n24, 225n18, 227n24

McKerrow, R. W.　R. W. 麦克罗, 87

McLaverty, James　詹姆斯·麦克拉韦提, 227n16

McLeod, Randall　兰德尔·麦克劳德, 229n12

McLuskie, Kathleen E.　卡瑟琳·E. 麦卡拉斯基, 244n29

Meighan, Richard　理查德·梅根, 230n28

Melville, Herman　赫尔曼·梅尔维尔, 60

Menenius (in *Coriolanus*)　米尼涅斯（《科利奥兰纳斯》中人物）, 150

The Merchant of Venice (Shakespeare)　《威尼斯商人》（莎士比亚）, 116

Merchant Taylors' School　麦彻特泰勒斯学校, 112–113

Mercurius Melancholius　《忧思信报》, 218, 256n92

Mercurius Pragmaticus　《快报》, 220, 257n101

Mermaid Theater　人鱼剧场, 185

The Merry Wives of Windsor (Shakespeare)　《温莎的风流娘儿们》（莎士比亚）, 75, 89, 90, 105, 230n28

MicroCosmographie (Earle)　《小宇宙》（厄尔）, 192

Middleton, Thomas　托马斯·米德尔顿, 36, 113, 207, 217

Miller, Jonathan　乔纳森·米勒, 185

Millington, Thomas　托马斯·米林顿, 88, 90

Milton, Anthony　安东尼·米尔顿, 255n73

Milton, John　约翰·弥尔顿, 202, 204, 252n12

Mink, Louis　路易斯·明克, 46, 224n7

Miranda (in *The Tempest*)　米兰达（《暴风雨》中人物）, 186, 197

Modern Language Association (MLA)　美国现代语言协会, 31, 43

Montaigne, Michel de　米歇尔·德·蒙田, 187, 209, 254n43

Montrose, Louis　路易斯·蒙特罗斯, 222n8, 222n11, 223n14, 238n50, 239n58

Moore, John　约翰·穆尔, 252n11

Moretti, Franco 弗朗哥·莫雷蒂, 165, 236n8

Morris, Brian 布莱恩·莫里斯, 202, 252n4

Morris, William 威廉·莫里斯, 67-68

Moryson, Fynes 费恩斯·莫里森, 153, 159, 243n14, 245n40

Moseley, Humphrey 汉弗莱·莫斯利, 78, 217, 231n39

Much Ado about Nothing (Shakespeare) 《无事生非》（莎士比亚）, 230n26

Muir, Kenneth, *King Lear* edition of 肯尼思·缪尔（《李尔王》校订版）, 60, 61

Mullaney, Stephen 斯蒂芬·马拉尼, 239n58

Munday, Anthony 安东尼·芒迪, 158, 244n35

Murray, Timothy 蒂莫西·莫里, 229n14

N

Neale, J. E. J. E. 尼尔, 234n28, 234n30, 234n32

Nebrija, Antonio de 安东尼奥·德·内夫里哈, 250n5

Nedham, Marchmont 马夏蒙特·内德姆, 170

Nehamas, Alexander 亚历山大·内哈玛斯, 224n28

Nenner, Howard 霍华德·内纳, 241n21, 247n15

Never Too Late (Greene) 《永远不迟》（格林）, 159

Newcastle, Duke of 纽卡斯尔公爵, 209, 254n42

New Criticism 新批评, 60

New Historicism and 新历史主义和（新批评）, 31

Newes from Virginia (Rich) 《弗吉尼亚消息》（里奇）, 188

New Historicism 新历史主义, 30-31, 43-45, 55, 124, 195, 222n11, 222n13, 224n1, 224n2, 224n3

applied to Shakespeare's plays 用以分析莎剧, 16-17

as cultural history 作为文化历史, 29

A New Way to Pay Old Debts (Massinger) 《新法还旧债》（马辛杰）, 223n22

New World, *The Tempest's* relation to 新大陆（《暴风雨》和它的关系）, 183, 184, 185

Nichols, John 约翰·尼科尔斯, 251n20

Norbrook, David 戴维·诺布鲁克, 175, 225n13, 246n6, 248n44, 248n46

Northbrooke, John 约翰·诺斯布鲁克, 159, 203

Northumberland (in *Richard II*)　诺森伯兰（《理查二世》中人物），123

O

O'Connell, Michael　迈克尔·奥康纳尔，237n14

Okes, Nicholas　尼古拉斯·奥克斯，81

Oldcastle, John (Lord Cobham)　约翰·奥尔德卡斯尔（科巴姆男爵），96–99

　　biography of　其传记，233n17

　　Falstaff and　福斯塔夫与（约翰·奥尔德卡斯尔），93–106

Old Fortunatus (Dekker)　《老福多诺》（德克），131

The Old Law (playbook)　《老法》（剧本），218

Orgel, Stephen　斯蒂芬·奥格尔，117, 189, 227n21, 231n33, 238n36, 238n44, 239n59, 240n7

Othello (Shakespeare)　《奥赛罗》（莎士比亚），37, 61

Owen, Jane　简·欧文，95, 233n9

Oxford, Earl of　牛津（伯爵），71

The Oxford Shakespeare　《牛津莎士比亚全集》，60–61, 65, 79, 95, 102, 189

P

Palmer, Morris　莫里斯·帕尔默，248n28

Palmer, Richard E.　理查德·E.帕尔默，196, 251n30

Palmer, Thomas　托马斯·帕尔默，105, 236n43

Pandosto (Greene)　《潘多斯托》（格林），194

Parker, Henry　亨利·帕克，252n6

Parliament, playhouse closing and　（剧院关闭与）议会，201–220

Parnassus plays　《帕纳塞斯》组剧，152

Parry, Graham　格雷厄姆·帕里，240n7

Parsons, Robert　罗伯特·帕森斯，99

Partridge, Edward　爱德华·帕特里奇，204

Patterson, Annabel　安娜贝尔·帕特森，225n13, 234n22, 235n41, 239n56, 242n5

Paul, Henry N.　亨利·N.保罗，248n36

Pavier, Thomas　托马斯·帕维尔，35, 37, 84–85, 90, 223n19, 230n27, 231n32

Peacham, Henry　亨利·皮查姆, 153

Peele, George　乔治·皮尔, 114

Pendleton, Thomas A.　托马斯·A. 彭德尔顿, 232n4, 232n6

Percy family　珀西家族, 130

Pericles (Shakespeare)　《配力克里斯》（莎士比亚）, 75, 81, 89, 230n27

Perkin, John　约翰·珀金, 158

Perkins, William　威廉·珀金斯, 153, 203, 243n12

Perkin Warbeck (Ford)　《珀金·沃贝克》（福德）, 116

Philip II, King of Spain　（西班牙国王）腓力二世, 114

Philip III, King of Spain　（西班牙国王）腓力三世, 190

Philopatris, C. See James I, King of England　C. 菲洛帕特里斯, 参见"英格兰国王詹姆斯一世"

"Pide Bull" quarto, of *King Lear*　《李尔王》的）"花斑公牛"四开版, 37, 81

Pistol (in *Henry IV*, pt. 2)　毕斯托尔（《亨利四世下篇》中人物）, 145–146

plagiarism　剽窃, 125

The Plague　鼠疫, 202, 203, 228n4

Platter, Thomas　托马斯·普拉特, 161, 245n48

playbooks　剧本, 34, 72–92, 217–218, 223n20, 229n9, 229n17

Playes Confuted in Five Actions (Gosson)　《五斥戏剧》（戈森）, 152, 158

plays, authorship of　戏剧（的著述）, 33–38, 72–73

　　collaboration on　其合作, 36, 40, 223n24

　　publication of　其出版, 35, 223n20, 223n21

Plowden, Edmund　埃德蒙·普洛登, 121

Pocahontas　波卡洪塔斯, 196

Pocock, J. G. A.　J. G. A. 波科克, 171–172, 248n30

The Poetaster (Jonson)　《蹩脚诗人》（琼生）, 156

Polanski, Roman　罗曼·波兰斯基, 174

Polimanteia (Covell)　《神谕之城》（科维尔）, 170, 247n20

The Politician (Shirley)　《政客》（雪利）, 217

Pollard, A. W.　A. W. 波拉德, 75, 87, 90, 229n12, 230n31, 231n35, 231n39

Poole, Kristen　克丽斯滕·普尔, 234n32

Pope, Alexander 亚历山大·蒲柏, 61, 226n5

Porter, Carolyn 卡罗琳·波特, 222n11, 224n1

Portia (in *The Merchant of Venice*) 鲍西娅（《威尼斯商人》中）, 116

portraiture and portrayal, of royal persons （皇族之）肖像和画像, 113–114, 237n19

Potter, Lois 洛伊斯·波特, 256n88

Potts, John 约翰·波茨, 211

Presbyterianism 长老制, 101, 234n21

Preston, Thomas 托马斯·普雷斯顿, 172, 248n33

Primaudaye, Pierre de La 皮埃尔·德拉普里马达耶, 163

promptbooks 提白本, 65–66

Prospero (in *The Tempest*) 普洛斯彼罗（《暴风雨》中人物）, 184, 185–186, 187, 188–189, 190, 193, 194, 197

Prynne, William 威廉·普林, 68, 112, 159, 202, 203, 212, 244n35

publishers, of Elizabethan plays （伊丽莎白时代戏剧之）出版商, 75, 78–79, 84–88

Puritans 清教徒, 100, 111, 234n29, 234n31

    stage plays and 其与舞台戏剧, 202–204, 215, 236n9

Puttenham, George 乔治·帕特纳姆, 144, 241n28

Pye, Christopher 克里斯托弗·派伊, 138, 236n8, 241n14, 241n15

Pym, John 约翰·皮姆, 204, 214, 254n46

Q

Queen Henrietta's company 亨丽埃塔王后剧团, 72–73

Queen of Aragon (Habington) 《阿拉贡女王》（哈宾顿）, 207

Queen's men 女王剧团, 157

R

Rackin, Phyllis 菲莉丝·拉金, 243n7

Rainolds, John 约翰·雷诺兹, 203

Ralegh, Walter 沃尔特·罗利, 155, 187, 244n21

Randall, Dale B. J. 戴尔·B. J. 兰德尔, 256n88

Rankins, William 威廉·兰金斯, 154, 203, 244n18

The Rape of Lucrece (Shakespeare)　《鲁克丽丝受辱记》（莎士比亚），36, 75, 76, 184, 229n13

Ratseis Ghost　《拉奇的鬼魂》，156

Raylor, Timothy　蒂莫西·雷勒，252n8

Retamar, Fernández　费尔南德斯·雷塔马尔，251n33

Rex Pacificus, James I perceived as　（詹姆斯一世被视为之）和平之王，191

Rich, R.　R. 里奇，188

Richard Duke of York (Shakespeare)　《约克公爵理查》（莎士比亚），75

Richard II, King of England　（英格兰国王）理查二世，111, 129, 143

Richard II (in *Henry IV*, pt. 1)　理查二世（《亨利四世上篇》中人物），137, 138

Richard II (in *Richard II*)　理查二世（《理查二世》中人物），137, 138

Richard II (Shakespeare)　《理查二世》（莎士比亚），61, 80, 83, 119, 121–123, 126

Richard III (Shakespeare)　《理查三世》（莎士比亚），59, 75, 83, 89, 90, 110, 125

Richards, Shaun　肖恩·理查兹，240n2

Richardson, Adam R.　亚当·R. 理查逊，247n26

Richardson, R. C.　R. C. 理查逊，254n53

Riffaterre, Michael　迈克尔·里法特尔，224n29

Robert I, King of Scots　（苏格兰国王）罗伯特一世，168

Robert II, King of Scots　（苏格兰国王）罗伯特二世，168

Rolfe, John　约翰·罗尔夫，196

Rollins, Hyder E.　海德·E. 罗林斯，256n90

Romeo and Juliet (Shakespeare)　《罗密欧与朱丽叶》（莎士比亚），75, 80, 81, 83–84, 87, 89, 230n26, 230n28

Ross (in *Macbeth*)　洛斯（《麦克白》中人物），174

Rous, Francis　弗朗西斯·劳斯，210, 254n46

Rowe, Nicholas　尼古拉斯·罗，94, 103, 232n3, 235n40

Rowley, Samuel　塞缪尔·罗利，73

Rowley, William　威廉·罗利，35

Rudolf II, Emperor　鲁道夫二世（皇帝），192–193, 251n23

Rushdie, Salman, *fatwah* against　萨尔曼·拉什迪（针对其之死刑圣令），32

Rushforth, John　约翰·拉什福斯，256n78

Russell, Conrad　康拉德·罗素, 254n52, 255n36

S

Saeger, James P.　詹姆斯·P. 赛杰尔, 66, 223n22, 227n21, 230n20

Said, Edward　爱德华·萨义德, 23, 42

Salisbury Court　索尔兹伯里宫剧院, 74

Sams, Eric　埃里克·萨姆斯, 232n6, 233n8

Saul (King of Israelites)　扫罗（以色列王）, 143

Saville, Henry　亨利·萨维尔, 170

Schoenbaum, S.　S. 勋鲍姆, 228n2, 232n1

Sclater, William　威廉·斯克莱特, 176

Scott, Walter　沃尔特·司各特, 241n28

Scoufus, Alice-Lyle　爱丽丝-莱尔·斯库弗斯, 232n6

Sea-Venture, wreck of　探海号（海难）, 184

Sebastian (in *The Tempest*)　西巴斯辛（《暴风雨》中人物）, 188

Second Frutes (Florio)　《二番果实》（弗洛里奥）, 135

Segar, William　威廉·西格, 143, 241n25

Sejanus (Jonson)　《塞扬努斯》（琼生）, 76

Selden, Raman　拉曼·塞尔登, 245n57

Shakespeare, William, as author　（作为作者的）威廉·莎士比亚, 33, 40, 223n26

collaborators of　其合作者, 40

editing of　其剧作的校订, 59–70

historical reading of　其剧作的历史解读, 15–19

hypertextual editions of　其剧作的超文本版本, 68–69

knowledge of Scottish history　其对苏格兰历史的了解, 172–74

"old-spelling" editions of　其剧作的"旧拼写法"版本, 228n27

play formats of　其戏剧版式, 75

play profits of　其戏剧利润, 33, 73–74, 155, 156, 227n16

plays attributed to　被归于其名下的戏剧, 35

in print　其剧作的印刷, 71–92

real estate owned by　其拥有的不动产, 73

as reviser　作为修改者, 61, 226n8, 226n9

Shallow (in *Henry IV*, pt. 2)　夏禄（《亨利四世下篇》中人物）, 145–146

Shillingsburg, Peter　彼得·希林斯伯格, 227n16

Shirley, James　詹姆斯·雪利, 36, 204, 217, 223n22, 242n33, 253n15, 253n23

Shrewsbury, Battle of　索鲁斯伯雷战役, 140, 141, 146

Sidney, Philip　菲利普·锡德尼, 174, 248n42

Sidney, Robert　罗伯特·锡德尼, 135, 139, 237n24, 240n11, 241n16

Siebert, Fredrick Seaton　弗雷德里克·西顿·西贝特, 254n48

Silliman, Sherwood E.　舍伍德·E. 西利曼, 72

Sinfield, Alan　艾伦·辛菲尔德, 246n6, 247n26, 248n43

Sir John Oldcastle　《约翰·奥尔德卡斯尔爵士》, 35, 84, 94

Six Bookes of a Commonweale (Bodin)　《国邦六书》（博丹）, 171, 248n27

Skinner, Quentin　昆廷·斯金纳, 52–53, 225n15, 225n16, 225n17

Skura, Meredith Anne　梅雷迪思·安·斯库拉, 251n34

Slingsby, Robert　罗伯特·斯林斯比, 214

Small, Ian　伊恩·斯莫尔, 222n6

Smethwick, John　约翰·史密斯威克, 82, 83, 230n25, 230n28, 231n40

Smith, Nigel　奈杰尔·史密斯, 225n13, 256n88, 257n100

Smuts, R. M.　R. M. 史末资, 238n35

Sommerville, J. P.　J. P. 萨默维尔, 248n34

Sonnets (Shakespeare)　《十四行诗集》（莎士比亚）, 16

Southampton, Earl of　南安普顿（伯爵）, 76

speech-act theory　言语行为理论, 52

Speed, John　约翰·斯皮德, 99

Spenser, Edmund　埃德蒙·斯宾塞, 51, 124

Srigley, Michael　迈克尔·斯里格利, 251n24

The Stage-Players Complaint (1641 dialogue)　《戏剧演员的抱怨》（1641 年对白体作品）, 205

Stallybrass, Peter　彼得·斯塔利布拉斯, 18, 38, 81, 173, 209, 230n23, 254n44

Star Chamber, abolition of　星室法庭（的撤销）, 208, 212

Stationers' Company　书业公会, 85

Statute of Retainers (1572)　家臣法令（1572）, 157

Stephano (in *The Tempest*)　斯丹法诺（《暴风雨》中人物）, 188

Stewart, Patrick　帕特里克·斯图尔特, 185

Stewart/Stuart dynasty　斯图亚特王朝, 168, 169, 173, 247n15

Stockwood, John　约翰·斯托克伍德, 158, 203

Stoddard, Roger　罗杰·斯托达德, 28

Stoll, E. E.　E. E. 施托尔, 187

Stow, John　约翰·斯托, 159, 233n18

Stowe's *Annals*　斯托《年鉴》, 206

Strachey, William　威廉·斯特雷奇, 184

Strafford, Earl of　斯特拉福德（伯爵）, 213–214, 255n73

The Strand (NYC bookstore)　斯特兰（位于纽约的书店）, 225n11

Streater, John　约翰·斯特里特, 219, 257n100

Strong, Roy C.　罗伊·C. 斯特朗, 113, 117, 134, 237n19, 238n36, 240n7

Strype, John　约翰·斯特莱普, 234n27

Stuart, Arabella　阿拉贝拉·斯图亚特, 106

Stubbes, Phillip　菲利普·斯塔布斯, 111, 114, 115, 158, 203, 237n10, 242n9

Suckling, John　约翰·萨克林, 207, 253n35

sumptuary laws, in England　（英格兰的）禁奢法令, 152–154, 243n10

Swan theater　天鹅剧场, 151

Swinhowe, George　乔治·斯温赫, 231n40

T

Tacitus　塔西佗, 125

Taming of a Shrew　《驯悍》, 82, 230n26, 230n28

The Taming of the Shrew (Shakespeare)　《驯悍记》（莎士比亚）, 82, 230n26

Tanner, J. R.　J. R. 坦纳, 234n30

Tanselle, G. Thomas　G. 托马斯·坦瑟尔, 63, 226n14, 228n26, 235n36, 235n37

Tate, Nahum　内厄姆·泰特, 60

Taylor, Gary　加里·泰勒, 95–96, 99–103, 105–106, 226n11, 227n27, 232n6, 233n8, 233n10, 235n38, 235n39

The Tempest (Shakespeare) 《暴风雨》（莎士比亚），183–197

Tennenhouse, Leonard 伦纳德·特南豪斯，168, 240n6, 246n2, 249n57, 253n28

Textual Practice 《文本实践》，27

theaters (playhouses), closing of 剧院（剧场）（的关闭），199–220

    in Elizabethan London 伊丽莎白时代伦敦的（剧院），159

The Theatre of the Empire of Great Britaine (Speed) 《大英帝国的戏剧》（斯皮德），99

Theobald, Lewis 刘易斯·西奥博尔德，64

theory, critiques of 理论（之批评），24–26

The Theatre (Shoreditch) 大剧场（肖迪奇地区），154, 203

Thomas, Brook 布鲁克·托马斯，225n9, 225n19

Thorpe, James 詹姆斯·索普，235n36

Thynne, Francis 弗朗西斯·锡恩，97, 173, 233n19

Tillyard, E. M. W. E. M. W. 蒂利亚德，111, 236n8

Tilney, Edmund 埃德蒙·蒂尔尼，233n14, 235n41

Timon of Athens (Shakespeare) 《雅典的泰门》（莎士比亚），83

Titus Andronicus (Shakespeare) 《泰特斯·安德洛尼克斯》（莎士比亚），79, 80, 81, 83, 153

Tocqueville, Alexis de 阿历克西·德·托克维尔，25, 222n5

Torrismount, booke of 《托里斯蒙特》（之剧稿），228n8

trahison des clercs 知识分子的背信弃义，26

Treaty of Antwerp (1609) 《安特卫普和约》（1609），191

Treaty of Uxbridge 《厄克斯布里治条约》，219, 258n98

Trevor-Roper, Hugh 休·特雷弗-罗珀，251n23

Tricomi, Albert H. 阿尔伯特·H. 特里科米，237n25, 253n34

Trilling, Lionel 莱昂内尔·特里林，43

Trinculo (in *The Tempest*) 特林鸠罗（《暴风雨》中人物），186, 187, 188

Troilus and Cressida (Shakespeare) 《特洛伊罗斯与克瑞西达》（莎士比亚），61, 74, 81, 83, 84, 88

The True Chronicle Historie of King Leir 《利尔王信史》，81

True Law of Free Monarchies (C. Philopatris; i.e., King James) 《真正自由君权之法》（C. 菲洛帕特里斯，即詹姆斯国王），170–171, 247n24, 247n25, 248n31,

248n49, 248n50, 249n51, 249n54, 249n56

Trussell, John　约翰·特拉塞尔, 29–30

Two Noble Kinsmen (Shakespeare)　《两位贵亲戚》（莎士比亚）, 79

Tyacke, Nicholas　尼古拉斯·泰亚克, 254n46

U

Union of Protestant Princes　新教君主联盟, 191

Urkowitz, Steven　史蒂文·乌尔科维茨, 226n8

V

van den Berg, Sara　萨拉·范·登·伯格, 229n14

Veeser, Harold Aram　哈罗德·阿拉姆·维瑟, 222n12, 223n14

Venner, Richard　理查德·文纳, 126–127, 151

Venus and Adonis (Shakespeare)　《维纳斯与阿都尼》（莎士比亚）, 76, 184

Vertues Common-Wealth (Crosse)　《高尚的国家》（克劳斯）, 209, 254n43

Virgidemiarum (Hall)　《答鞭束》（霍尔）, 136

Virginia Company, Shakespeare and　（莎士比亚与）弗吉尼亚公司, 183, 184, 191, 249n4

Vitkus, Daniel　丹尼尔·维特库斯, 245n57

W

Walkley, Thomas　托马斯·沃克利, 230n28

Walley, Henry　亨利·沃利, 81, 83, 84, 88

Wallington, Nehemiah　尼赫迈亚·沃灵顿, 213

Walsingham, Francis　弗朗西斯·沃尔辛厄姆, 202, 216

Warburton, William　威廉·沃伯顿, 96, 233n13

Warwick, Philip　菲利普·沃里克, 255n71

Waugh, W. T.　W. T. 沃, 233n17

Weber, Max　马克斯·韦伯, 247n19

Webster, John　约翰·韦伯斯特, 36, 37, 227n22

Weekly Account　《每周叙事》, 219, 257n98

Weimann, Robert 罗伯特·魏曼, 135, 238n42, 240n9

Weldon, Anthony 安东尼·威尔顿, 241n28

Wellington, Duke of 惠灵顿（公爵）, 211–212

Wells, Stanley 斯坦利·韦尔斯, 226n7, 226n11, 226n15, 228n27, 232n4, 233n10

Werstine, Paul 保罗·沃斯汀, 62, 66, 226n12, 227n19, 231n36

Weston, Corinne Comstock 科琳娜·科姆斯托克·韦斯顿, 238n47

Whigham, Frank 弗兰克·惠格姆, 238n50

White, Allon 阿隆·怀特, 209, 254n44

White, Hayden 海登·怀特, 45, 224n6

White, Roland 罗兰·怀特, 94, 237n24

White, Thomas 托马斯·怀特, 155, 202, 252n3

Whitefriar's theater 白衣修士剧场, 74, 228n8

White-Jacket (Melville) 《白外套》（梅尔维尔）, 60

Whitelock, Bulstrode 布尔斯特罗德·怀特洛克, 214–215

Whitgift, John 约翰·惠特吉福特, 101, 234n30

Whyte, Rowland 罗兰德·怀特, 114

Wickham, Glynne 格林·威克姆, 254n41

Widdowes, Giles 贾尔斯·维德斯, 202, 252n5

Widdrington, Roger. See Preston, Thomas 罗杰·韦德灵顿, 参见"托马斯·普雷斯顿"

Wilde, Oscar 奥斯卡·王尔德, 40

The Wild-Goose Chase (Beaumont and Fletcher) 《白忙一场》（博蒙特与弗莱彻）, 217

Wiles, David 戴维·怀尔斯, 241n30

Williams, Raymond 雷蒙·威廉斯, 144, 201, 241n27

Williamson, Marilyn L. 玛丽莲·L. 威廉森, 246n3

William the Conqueror 征服者威廉, 143

Willoughby, Edwin Eliot 埃德温·艾略特·威洛比, 230n24

Wilson, Elkin Calhoun 埃尔金·卡尔霍恩·威尔逊, 240n3

Wilson, J. Dover J. 多弗·威尔逊, 189, 233n12

Wilson, Robert 罗伯特·威尔逊, 158

Winny, James 詹姆斯·温尼, 245n56

Winstanley, Lilian 莉莲·温斯坦利, 224n8

The Winter's Tale (Shakespeare) 《冬天的故事》（莎士比亚）, 194

Winwood, Ralph 拉尔夫·温伍德, 206, 253n30

Wise, Andrew 安德鲁·怀斯, 83, 90, 230n26

Wiseman, Susan 苏珊·怀斯曼, 256n88

Witches (in *Macbeth*) 女巫（《麦克白》中人物）, 168, 174, 248n39

The Witch of Edmonton 《埃德蒙顿女巫》, 35

Witt, Johannes de 约翰纳斯·德维特, 159

Wittgenstein, Ludwig 路德维希·维特根斯坦, 52

Wolfe, George 乔治·伍尔夫, 185

women, as publishers 女性（出版商）, 229n11

Wood, Nigel 奈杰尔·伍德, 251n34

Woolf, Daniel 丹尼尔·伍尔夫, 100, 234n25

Worcester (in *Henry IV*, pt. 1) 华斯特（《亨利四世上篇》中人物）, 130

Wotton, Henry 亨利·沃顿, 113, 121, 192, 238n49, 251n21

Wright, James 詹姆斯·赖特, 208, 218, 219, 254n38, 256n95

Wright, Louis B. 路易斯·B. 赖特, 256n89

Wright, W. A. W. A. 赖特, 59

Wrightson, Keith 基思·赖特森, 242n1

Wycliff, John 约翰·威克里夫, 97, 100

Y

Yates, Frances A. 弗朗西丝·A. 耶茨, 240n3

Yeats, W. B. W. B. 叶芝, 60, 225n1

York Commission 约克宗教法庭, 112, 113

York (in *Richard II*) 约克（《理查二世》中人物）, 121–122

The Yorkshire Tragedy 《约克郡悲剧》, 35, 84

Z

Zagorin, Perez 佩雷斯·扎戈林, 236n6

Žižek, Slavoj 斯拉沃热·齐泽克, 241n26

Zwicker, Steven 史蒂文·兹维克, 225n13

图书在版编目（CIP）数据

理论之后的莎士比亚 /（美）戴维·斯科特·卡斯顿（David Scott Kastan）著;陈星译. — 杭州:浙江大学出版社,2022.4
（中世纪与文艺复兴译丛 / 郝田虎主编）
书名原文:Shakespeare after Theory
ISBN 978-7-308-22192-4

Ⅰ.①理… Ⅱ.①戴… ②陈… Ⅲ.①莎士比亚（Shakespeare，William 1564—1616）—戏剧文学—文学研究 Ⅳ.①I561.073

中国版本图书馆CIP数据核字(2021)第278064号

浙江省版权局著作权合同登记图字：11-2022-112号

理论之后的莎士比亚

[美]戴维·斯科特·卡斯顿 著
陈 星译 章 燕 校

责任编辑	张颖琪 祁 潇	
责任校对	黄静芬	
封面设计	林智广告	
出版发行	浙江大学出版社	
	（杭州市天目山路148号　邮政编码310007）	
	（网址:http://www.zjupress.com）	
排　版	杭州兴邦电子印务有限公司	
印　刷	杭州高腾印务有限公司	
开　本	889mm×1194mm　1/32	
印　张	12.5	
字　数	339千	
版 印 次	2022年4月第1版　2022年4月第1次印刷	
书　号	ISBN 978-7-308-22192-4	
定　价	50.00元	